平家物語の文学史

原田敦史 著

東京大学出版会

A Literary History of "The Tale of the Heike"
(Heike Monogatari)

Atsushi HARADA

University of Tokyo Press, 2012
ISBN 978-4-13-086044-4

平家物語の文学史／目　次

序章　『平家物語』諸本を読みなおす

『平家物語』には、質・量ともに大きく異なる数多くの諸本がある――このことが、一種の面倒くささを伴って語られることが、ほとんど当たり前のようになっている。実際、他作品の研究をしている知人たちから、「『平家物語』の本文を引用したいのだが、結局どの本を使えばいいのか」「延慶本というのが比較的古態といわれているようだが、とりあえずはそれを引けばいいのか」といった質問をされることは少なくない。面倒くさいと思っているから、数ある諸本の中から「代表的な本文」を求めるのだろう。

自分が興味を持って取り組んでいる課題のおもしろさをわかってもらえていないのは悲しいが、そもそも写本時代の物語に代表本文を求めるということ自体が、その本質となじまないものなのではないだろうか。物語文学としては例外的に、作者名が一応は確定している『源氏物語』さえ、多種多様な本文を持つ諸本が存在し、それぞれに独自の世界を形作っている[1]。『源氏物語』よりはるかに揺れ幅の大きい『平家物語』に、「これを見ておけばいい」というような代表本文を求めることは、幾多の諸本が織りなす豊かな世界から目をそらすことでもあるはずだ。それでも、面倒を避けて「とりあえず延慶本でいいのか」とする聞き方の背後には、そのことをわかっていながら、『平家物語』諸本の広すぎる世界に踏み込むことへの躊躇とともに、この物語の一筋縄ではいかない研究史に対する、幾分うんざりした気持ちがあるのだろう。だが、いうまでもないことだが、延慶本が重要であるということと、延慶本だけ見ておけばいいということは、決してイコールでは繋がらない。いま、諸本の問題が、その豊かさよりも面倒くささに比重を置いて語られるようになっているのだとすれば、それは、現在のような形で延慶本が注目を集めるようになった傍らで、取り落としてきたものもあるということなのではないだろうか。本論への導入として、まずはこのことを振り返っておきたい。

数多くの諸本をどのように分類し、その変遷をどのように論じるかは、常に『平家物語』研究の課題だった。今日では、諸本を大きく「語り本系」と「読み本系」の二つに分けることはおおむね認められており(2)、両系統の間には、「単に内容上の相違に還元できない」「文芸的方法の差異」(3)があるという理解も、一般的なものとなっている。語り本系は、琵琶法師と何らかの関連があることが想定されている諸本で、十二巻形態で平家嫡流の子孫である六代の死を以て幕を閉じる八坂系（中院本など）と、建礼門院徳子に関する話をまとめて「灌頂巻」を立て、十三巻とした一方系（覚一本など）、両者の中間的な形態を示す諸本（屋代本・百二十句本など。灌頂巻を立てない）などがあり、それぞれに数多くの本が現存している。一方の読み本系は、概して記事量が語り本系より多く、特に頼朝の挙兵から関東席巻までの記事を、語り本系がほんの数行ですませているのに対して、読み本系はこれを長々と詳述する。そのほかにも、読み本系は語り本系には見えないエピソードを数多く収載している。延慶本・長門本・四部合戦状本などのほか、『源平盛衰記』・『源平闘諍録』など、『平家物語』とは異なる書名を冠するものも含まれている。長門本・四部本・盛衰記は語り本系の灌頂巻に相当する記事をもって物語を終えるが、長門本は二十巻、盛衰記は四十八巻と、巻数もばらばらである。そのほか、語り本系と読み本系の中間的な形の諸本（南都本など）もあり、こうして並べただけでも実に多彩だということがわかる。『平家物語』の研究は、これら諸本の複雑な関係をいかに解きほぐすかという問題に否応なく直面することになるのであり、それゆえにこれまでの研究史の中で多くの労力が費やされてきた。

近代『平家物語』研究の初期において、これらの諸本の生成と流動については、「記事量の少ないものから多いものへ」という認識が一般的であったが、[4] それを初めて理論的な視座のもとに描き出して見せたのは、戦後のいわゆる歴史社会学派だったろう。その旗手たる永積安明氏は、『平家物語』が、歴史を変革し、新時代をうち立てた英雄たちの行動を語る叙事詩であるということ、「語り」を介する文学であったがゆえに広く「国民」のものとなり得たことを高く評価した。そして、諸本の「成長」の中で、王朝的・叙情的な要素が拡大されてゆくこと、説話の挿入によって平家没落を描くという焦点が拡散してゆくことを、いずれも叙事詩的展開を制御するものとして、むしろ「後退」であると捉えた。[5]――清盛も義仲も義経も、悲劇的な結末を迎えるその日まで、運命と戦いながら行動し、前進してゆく。『平家物語』の本質と魅力を、彼らの姿を描き出した「叙事詩」である点に見出し、そのことを軸として諸本の展開が語られていたのである。それが、実証のともなわない仮説にすぎなかったとしても、[6] そうして示された『平家物語』世界の像は、多くの読者を惹きつける力を有していただろうと思う。その後の諸本研究の進展によって、現存の語り本系諸本がいずれも何らかの形で読み本系的な本文の影響下にあることが明らかになってゆくにつれて、読み本系の中でも簡略で、叙事的に見える四部合戦状本などを中心として古態をめぐる議論が交わされるようになったのは、[7] 自然な成りゆきであったのだろう。

それに対して、延慶本の「全体的古態性」を論じて四部本本文を批判するとともに、多くの説話について延慶本の古態を論証し、延慶本の形から語り本などへ展開してゆく道筋を示したのが、水原一氏である。[8] 素材となった資料の生の姿を残す、未整理で雑多な本文こそ本来の姿であると考え、延慶本はその編集意識の希薄さゆえに、古態をよく保存しているとされた。『平家物語』は、一人の原作者の手になるものではなく、その成立は多元的なものであったと想定する。この延慶本古態説は、叙事的なものこそ古態と考え、『平家物語』の流動と、その中における延慶本の存在を「増補」という概念で捉えていた従来の論に対して「作品観そのものを根底から変える問題提起を含んでいた」[9] ほどのものであり、個々の説話についての指摘には、従うべきものが多い。それゆえに、延慶本を重視する研究はその後も相次ぎ、今日に至るまでその影響を色濃く残している。そうした中で、諸本の流動については、延慶本の形を基準として、略述・改編によって他本の形が生じるという、それまでとは正反対の方向が、新たに見出された。

雑多で未整理な本文から、整理された本文へ。だがそれこそが、『平家物語』の諸本を考える上で、不断に問い直されなければならないことではなかったか。確かに、様々に異なる文体が統一もされないまま一書の中に収められている延慶本の姿からは、近代文学のような一元的な成立を想定することはできないとするのが正しい理解だろう。だが、先述のように、そして本書でも繰り返し問題にするように、延慶本などの読み本系と、語り本系との間には、「単に内容上の相違に還元できない」「文芸的方法の差異」がある。それは、一読して誰もが感じるであろうと思われるほどの違いである。そして一方には、四十八巻にふくれあがった『源平盛衰記』のような読み本系の異本もある。大きく性格の異なるものを生み出しうる何物が、延慶本の中に存したのか。それを見極め、『平家物語』諸本全体の流動を論じようとすることは、文学研究としての大きな課題であると考えるが、そうした視点が埋没しがちになったように思われてならない。「雑多なものからの整理」というだけで、この問いに答えうるだろうか。その検証も含めて、諸本の変遷を史的に跡づけるための説明は、この物語を研究する上での不可避の課題として、常に繰り返し試みられるべきものではなかったか。

部分的な説話単位で、延慶本的な形から語り本の生成を論じる研究は、近年でも成果を挙げている[10]。しかし、諸本論は本来、こうした部分の問題を超え、『平家物語』の流動という、いわば一つの文学史に向かわなければならないもののはずだ。それゆえにこそ、常に再検証の目にさらされねばならないのである。ならば、そのために必要なのは、一つ一つの異本の、文学としての質を問い続けることなのではないだろうか。かつてそれを試みた論は、「叙事と抒情」「時代を変革する英雄と古代の貴族」「進歩と後退」など、その発想は確かに時代の制約を受けていたし、細部への目配りも十分とはいえなかった。延慶本古態説の後には、振り返られることも少なくなった。だが、文学的な評価に基づいて諸本の流動を語るという方法まで置いてくることはなかったのではないか。文学研究としては当たり前ともいえるこの方法に説得力があった時代には、専門外の人々が感じる煙たさも、今ほどではなかったのではないかという気がするのである。もちろん、筆者自身が当時をリアルタイムで知っているわけではないのだが、後の世代から見てそのように感じられるということだけでも重要なのではないだろうか。

最近では、さらに事情が変わってきている。「全体的古態性」が謳われた延慶本に、後次的な改編の跡があることが、櫻井陽子氏によって次々と明らかにされてきたのである。[11] それは、覚一本的本文や盛衰記的本文の取り込みであったり、独自の省略であったりするのだが、要は延慶本も他諸本と同様に、部分ごとに様々な本文との関係を有する、複雑な諸本関係の中にある一異本だということであり、その点において他諸本と本質的に異なることはないということだ。それらを系統図のような形で繋ぐことは断念せざるを得ないこともわかってきた。[12] 延慶本の生成圏に迫る研究も多くの成果を挙げているが、[13] 延慶本の成立を『平家物語』そのものの成立に結びつけうる理論的な裏付けも十分ではない。[14]「古態を多く有するが、細部については検証が必要な本」という厄介な性格の本の位相を見定め、その先に『平家物語』諸本全体をも見渡すような視野を開くことは、やはり文学としての読みによってしかなされ得ないのではないだろうか。

延慶本を含め、諸本の複雑きわまる関係が明らかになる中で、そこに筋道を見出すためには、それぞれの読解を積み重ねるという方法によらざるを得ないのではないかということである。このような立場に立つとき、本文研究によって得られた部分的な古態の証明は、諸本の個性を照らし出す尺度としての意味を持つことになるだろう。そのためにも、本文のより精緻な検証は、継続されなければならない。それを一つの糸口として、それぞれの構想と性格を読み取り、諸本群の中に定位させる可能性を探る。それを積み重ねていくことが、すなわち『平家物語』の諸本を論じるということなのではないだろうか。その地点から、『平家物語』自体の成立や本質について、あるいは他の作品との関わりについて、見えてくるものもあるはずだ。

以上が本書の基本的な意図と方法である。議論の過程で具体的に一つの軸としたいのは、読み本系と語り本系の関係をどのように考えるかということである。延慶本古態説に対して、松尾葦江氏によって「延慶本古態説、広本系先行説をとるならば、広本系から十二巻本への転換の説明が、成立論の上では不可欠である」[15]という問題提起がなされたことがあったが、それに対する十分な答えが得られているとはいい難い。性格の異なる二大系統がどのようにして生じたのかを問うことは、『平家物語』諸本の変遷を考える上で、最も大きな問題であろう。

如上の観点から、まずは読み本系の中でも多くの問題を含む延慶本を対象として本文研究を重ねるとともに、その成果を可能な限り作品の読みに還元し、延慶本がいかなる位相にある異本なのかを見定める。一方で語り本系諸本についても、屋代本や覚一本といった諸本を中心として、その本文の生成過程や方法についての分析を重ねてゆく。このような考察を通じてそれぞれの文学的な特質の一端を摑み、両者の関係を考えるための基本的な視点を得るまでを第一部で目指すこととし、第二部では、その結果を踏まえて物語の終結部に焦点を絞り、諸本の展開について一つの流動史の素描を試みようと思う。その上で、『保元物語』や『平治物語』といった周辺の作品へも、若干の目配りをしてみたい。

大風呂敷を広げたところで、筆者の能力の及ぶ範囲でという制約がある以上、結局は限られた諸本を取り上げての議論にならざるを得ないだろうが、それは仕方がない。今は、広く『平家物語』諸本を見渡せる基礎が作れればそれでいい。

（1）『源氏物語』研究において、近年では、これまで権威とされてきた大島本の素性を再検証し、他諸本の世界に光を当てようとする発言が見られるようになっている（『大島本源氏物語の再検討』二〇〇九年、和泉書院。特に加藤昌嘉氏「本文研究と大島本に対する15の疑問」など）。以前から「諸本の数だけの平家物語論が、まず書かれねばならない」（松尾葦江氏『平家物語論究』第二章―三、一九八五年、明治書院。初出一九八一年）との指摘のあった『平家物語』が、代表本文を定めつつあることとの対比は、興味深くもある。

（2）この呼称がどれほどそれぞれの実態に即しているかということについては議論がある（語り本が全て琵琶法師による口頭の語りを反映しているかどうか、など）が、広く定着した用語であることは確かである。

（3）松尾葦江氏『軍記物語原論』第一章第一節（二〇〇八年、笠間書院。初出一九九八年）。同氏はまた、読み本系は「饒舌、具体的、説明的」、語り本系は「韻文的、叙情的、王朝的」とも述べている（同書第一章第四節）。

（4）以下に述べることに関連する、延慶本と他諸本との関係を中心とした研究史についての詳細は、拙稿「平家物語諸本との関係」（『延慶本平家物語の世界』二〇〇九年、汲古書院）を参照。

（5）『中世文学の展望』（一九五六年、東京大学出版会）。『平家物語』の成立は、純粋な叙事詩としてではなく、英雄達の行動に目を見張る心情とともに、没落する貴族への同情をも併せ持つという、矛盾・対立を孕んだものとして想定されている。

（6）たとえば、「語りを介して多くの諸本が生まれた」という考えは、今日ではほぼ否定されている。千明守氏は、語りによる成長の諸段階を示すとされていた諸本が、いずれも机上の作業によって作られた、書承の産物であることを証明した（「鎌倉本平家物語本文の一考察―「覚一系諸本周辺本文」の形成過程について―」（『史料と研究』第十三号、一九八三年一月）ほか一連の論考）。

（7）渥美かをる氏『平家物語の基礎的研究』（一九六二年、三省堂）、信太周氏「〝歴史そのまま〟と〝歴史ばなれ〟―四部合戦状本平家物語をめぐって―」（『文学』第三十四―十一号、一九六六年十一月）、山下宏明氏『平家物語研究序説』（一九七二年、明治書院）など。

（8）『平家物語の形成』（一九七一年、加藤中道館）、『延慶本平家物語論考』（一九七九年、加藤中道館）。

（9）佐伯真一氏『大東急記念文庫善本叢刊　中古中世編　別巻1　重要文化財　延慶本平家物語（六）』解説（二〇〇八年、汲古書院）。

（10）千明守氏「屋代本平家物語の成立―屋代本の古態性の検証・巻三「小督局事」を中心として―」（『あなたが読む平家物語1　平家物語の成立』一九九三年、有精堂）など。

（11）「延慶本平家物語（応永書写本）本文再考―「咸陽宮」描写記事より―」（『国文』第九十五号、二〇〇一年八月）、「延慶本

平家物語（応永書写本）の本文改編についての一考察―願立説話より―」（『国語と国文学』第七十九―二号、二〇〇二年二月）、「延慶本平家物語（応永書写本）における頼政説話の改編についての試論」（『軍記物語の窓　第二集』二〇〇二年、和泉書院）、「忠度辞世の和歌「行き暮れて」再考―平家物語の本文の再検討から―」（『国語と国文学』第八十三―十二号、二〇〇六年十二月）、「延慶本平家物語と源平盛衰記の間―延慶本巻八の同文記事から―」（『駒沢国文』第四十四号、二〇〇七年二月）、「延慶本平家物語と源平盛衰記の間、その二―延慶本巻七の同文記事から―」（『駒沢国文』第四十六号、二〇〇九年二月）など。

なお、「従来指摘された延慶本の古態を理由に、延慶本の、未だ検証されていない部分・側面の古態を言うことはできない」ことは、佐伯真一氏によってすでに明示されていた（『平家物語遡源』第一部第一章、一九九六年、若草書房。初出一九八六年）。

（12）その端的な表明としては、佐伯真一氏「書評　武久堅著『平家物語成立過程考』」（『伝承文学研究』第三十五号、一九八八年五月）など。

（13）牧野和夫氏『延慶本『平家物語』の説話と学問』（二〇〇五年、思文閣出版）など。

（14）志立正知氏「平家物語の成立」（『平家物語を読む』二〇〇九年、吉川弘文館）。

（15）『軍記物語論究』第三章―三（一九九六年、若草書房。初出一九九五年）。

本書で引用する『平家物語』諸本の本文は以下の通り。

延慶本……『校訂延慶本平家物語』（二〇〇〇―〇九年、汲古書院）により、影印（二〇〇六―〇八年、汲古書院）を参照して一部表記をあらためた。

長門本……『長門本平家物語』（二〇〇四―〇六年、勉誠出版）により、一部表記をあらためた。

『源平盛衰記』……中世の文学『源平盛衰記』（一九九一年―、三弥井書店）により、一部表記をあらためた。未刊分は同書の凡例に従って慶長古活字版の影印（一九七七―七八年、勉誠社）を翻刻・校訂して用いる。

四部合戦状本……『訓読四部合戦状本平家物語』（一九九五年、有精堂）により、必要に応じて影印（一九六七年、大安）を参照した。

覚一本……日本古典文学大系『平家物語』（一九五九―六〇年、岩波書店）。

屋代本……『屋代本高野本対照平家物語』（一九九〇―九三年、新典社）により、ルビは適宜省略。必要に応じて影印（一九七三年、角川書店）を参照して一部表記をあらためた。

中院本……『校訂中院本平家物語』（二〇一一年、三弥井書店）。

この他の諸本および他文献については、引用の都度明示する。

第一部　『平家物語』諸本の性格と位相

第一章　延慶本『平家物語』論

第一節　屋島合戦譚本文考

はじめに

序章に述べたように、かつてその古態性が注目された延慶本『平家物語』の中にも、後次的な改編の跡が少なからず存することが、近年の研究史の中で明らかにされてきている。本節では、それらの成果を踏まえ、巻十一の屋島合戦譚を対象に、延慶本本文についての考察を試みる。延慶本の本文が、決して他諸本に先行する形を残すものではないことを指摘することになるが、それが延慶本という一異本の全体像を把握しようとする上でいかなる意味を持つのかという点についても、あわせて考えてみたい。

『平家物語』が描く屋島の戦いは、〈那須与一〉や〈弓流し〉〈錣引き〉など、多彩な挿話に彩られた合戦譚であるが、本節で扱うのは、暴風雨の中大物浦を出航した義経が四国に上陸する場面から、屋島で源平が繰り広げる合戦の前半部までの範囲とする。

表1-1　『平家物語』の展開（義経阿波上陸～屋島到着）の対比

四部本・長門本・松雲本	覚一本
ハチマ[注)]上陸	阿波上陸
近藤六が麾下に入る	近藤六が麾下に入る
近藤六に屋島の情勢を問う	
（近藤六に屋島への行程を問う……長門本のみ）	
桜間介良遠と合戦（城攻め）	
勝浦の地名を喜ぶ	勝浦の地名を喜ぶ
	桜間介良遠と合戦（城攻め）
	近藤六に屋島の情勢を問う
近藤六に屋島への行程を問う	近藤六に屋島への行程を問う
（金仙寺観音講……四部本なし）	
屋島へ手紙を運ぶ男を捕らえる	屋島へ手紙を運ぶ男を捕らえる
屋島急襲	屋島急襲

注）　四部本では「鉢麻の浦」，長門本「八間浦，尼子か津」，松雲本「八幡ノ尼子ノ浦」．

一　延慶本本文の形成—義経阿波上陸～屋島到着—

わずか二刻あまりで四国へ渡り着いた義経は、勝浦で一戦して勝利した後、一路平家のいる屋島を目指す。[1] その間の『平家物語』の展開を、まずは四部合戦状本・長門本・松雲本の読み本系三種と、覚一本との対比によって示す（表1－1）。

本節で問題にする範囲では、語り本系の中では屋代本などもほぼ同様であり、覚一本で代表させる。表1－1からは、読み本系と語り本系とでは、「勝浦の地名を喜ぶ」と「桜間介良遠と合戦」記事の位置関係に相違があり、また読み本系の中では、義経が近藤六に屋島への道のりを尋ねる記事が長門本のみ前にあるという違いはあるが、それ以外は大まかに共通する構成であるといってよい。次に延慶本の構成を、『源平盛衰記』と対照させる形で掲げる（表1－2）。

表1－2で□を付したのは、前掲の四部本などの表に見られない記事である。それらのうち、延慶本と盛衰記に共通するものがあることを確認しておきたい。

以上のような諸本の構成に基づき、最初に問題にしたいのは「勝浦合戦」である。延慶本で屋島合戦終了後に、「二月十九日勝浦ノ戦、廿日屋島軍、廿一日志度ノ戦ニ討勝テケレバ……」とあるように、『平家物語』はいずれの諸本も勝浦の地で合戦があったことを描いている。しかしその内実が、延慶

表 1-2　延慶本と『源平盛衰記』の対比

延慶本	盛衰記
蜂間尼子の浦に到着	はちまあまこの浦に到着
桜間外記ノ大夫良遠と合戦	桜間外記大夫良連と合戦
	備前児島城の情勢・屋島の平家の布陣
	桜間介良遠と合戦（城攻め）
勝浦の地名を喜ぶ	勝浦の地名を喜ぶ 付天武天皇の故事
	義経，屋島への行程を浦人に問う
近藤六が麾下に入る	近藤六が麾下に入る
義経，近藤六に屋島の情勢を問う	義経，近藤六に屋島の情勢を問う
道中の敵の情報（田内左衛門三千余騎）	道中の敵の情報（田内左衛門の配下少数）
	田内左衛門配下の僅かな兵を蹴散らす
金仙寺観音講	金仙寺観音講
屋島へ手紙を運ぶ男を捕らえる	屋島へ手紙を運ぶ男を捕らえる
屋島急襲	屋島急襲

本以外の諸本では「阿波上陸後の、桜間（桜馬・桜場）介良遠に対する城攻めの合戦」で一致するのに対して、延慶本のみが異なっており、そこには延慶本の本文形成上の問題を読み取ることができるように思われる。具体的に確認すると、一般によく知られている覚一本では、義経は阿波上陸と同時に服属させた近藤六から、その地の名が勝浦であることを知らされることになっている。そして、地名のめでたさを喜んだ後に「此程に平家のうしろ矢ゐつべい物はないか」と問い、「阿波民部重能がおと丶、桜間の介能遠とて候」という返答を受けてそれを蹴散らすという展開になる。その合戦は、

能遠が城にをしよせて見れば、三方は沼、一方は堀なり。堀のかたよりをしよせて、時をどッとつくる。城の内のつは物ども、矢さきをそろへてさしつめひきつめさん〴〵にゐる。源氏の兵是を事ともせず、甲のしころをかたぶけ、おめきさけんでせめ入ければ、桜間の介かなはじとやおもひけん、家子郎等にふせき矢ゐさせ、我身は究竟の馬をもッたりければ、うちのッて希有にして落にけり。

と描かれるのだが、傍線を付した部分の記述は、当該記事を極めて簡略に済ませる長門本を除いて、四部本・松雲本・盛衰記に共通しており、これらの諸本が勝浦合戦について同一の認識を持っていることは

疑いない。合戦の相手が、平家主力の家人であった阿波民部成良（重能）の弟「桜間介良遠」であることも共通である（松雲本のみ「良近」）。読み本系の場合、上陸地の名と戦場の地名を別に描き（長門本や松雲本は、ハチマ上陸後、勝浦へ移動してから合戦が行われたとしている）、「勝浦」という名前を聞いて義経が喜ぶのも戦闘が終わった後となっている点で語り本系と異なるが、これは『吾妻鏡』元暦二年二月十八日条に

……卯剋着二阿波国椿浦一。〈常行程三ケ日也。〉則率二百五十余騎一上陸。召二当国住人近藤七親家一為二仕承一。発二向屋島一。於二路次桂浦一。攻二桜庭介良遠一〈散位成良弟。〉之処。良遠辞レ城逐電云々(2)。

と見える記事と類似する。語り本系は、読み本系の記事配列を基に整理をしたものかと思われるが、両系統の間に、勝浦合戦に対するおおまかな共通理解があることは動くまい。独自記事の多い盛衰記でもこの点は同様で、盛衰記の場合、義経はハチマ上陸時に「桜間ノ外記大夫良連」と合戦し、生虜にした者から屋島情勢とともに「桜間介良遠」の情報を得る。「三十余町」移動してその城を襲撃して蹴散らし、浦人から地名が「勝浦」であることを聞いて喜ぶということになっているので、盛衰記でも、勝浦合戦は他諸本と同一の戦いを指すことになるのである。

これらに比して延慶本は特異である。上陸時の「桜間外記ノ大夫良遠」との合戦は、相手の名が「良連」ではなく「良遠」であること以外は盛衰記と同内容だが、その直後に土地の者から勝浦の地名を教えられて喜び、以後屋島到着まで戦闘が行われることはないので、勝浦合戦は「外記大夫良遠との上陸戦」を指すこととなり、その一方で諸本共通の「介良遠への城攻め」記事を欠くのである。さらに、勝浦合戦後

「……是より八嶋へはいか程の道ぞ」(3)。「一日路で候」。「さらば敵のきかぬさきによせよや」（覚一本）

と、近藤六に屋島への道のりを尋ねる場面も諸本共通のものだが、延慶本にはこの記事も見られない。

このような諸本の関係を延慶本を古態とする立場から説明しようとするならば、四部本などの形は延慶本の略述・再編によって成ったもの、盛衰記は延慶本に増補をして成ったものということになるだろう。しかし、城攻めの合戦

記事一つをとっても明らかなように、他の『平家物語』諸本には延慶本からの派生では説明のつかない要素が多く、かつそれが他諸本全てに（時には『吾妻鏡』までも）共通している。延慶本を、これらの諸本の祖型であると見るには無理があろう。のみならず、延慶本を基盤に他諸本の記事を取り入れ、さらに増補を加えたのが盛衰記だと考えることにもまた疑問点が多く、それを明らかにすることは、延慶本の形成過程を透かし見るためにも有用であるように思われる。例えば、盛衰記とのみ共通する延慶本の記事のうち、上陸戦の際に船上から馬を下ろす場面で、義経は

「……物具セヨヤ殿原。浪ニユラレ風ニ吹レテ立スクミタル馬、無二左右一下シテ、アヤマチスナ。息ヨリ追ヲロセ。船ニ付テヲヨガセヨ。馬ノ足トヅカバ船ヨリ鞍ハヲケ。其間ニ鎧、具足ハ取付テ、船ヨリ馬ノ足トヅカバ浪ノ上ニテ弓引ナ。射向ノ袖ヲマカウニ当テ、忩ギ汀ヘ馳寄セヨ。敵ヨスレバトテ騒ベカラズ。今日ノ矢一筋ハ敵百人ト思ベシ。穴賢、アダヤ射ルナ」

と下知するのだが、延慶本では傍線部以降の文意がとれない。しかし、盛衰記には

「……各物具シ給へ、船ニユラレ風ニ吹レテ立スクミタル馬共也。左右ナク下シテ誤スナ。沖ヨリ追下シテ、船ニ付テ游セヨ。馬ノ足トヅカバ、舟ヨリ鞍ヲ置ベシ。其間ニ鎧、物具取付テ、船ヨリ馬ニハ乗移レ、敵寄ト見ナラバ、平家ハ汀ニ下立テ、水ヨリ上ジト射ズラン。浪ノ上ニテ相引シテ、脇壺内甲射サスナ、射向ノ袖ヲ末額ニアテ、、急汀ヘ馳寄ヨ、敵近付バトテ騒事ナカレ、今日ノ矢一ハ敵百人禦ベシ、透間ヲカズヘテ弓ヲ引。アダ矢射ナ」

とあって、読解に支障のない文章になっている。延慶本の方に何らかの脱落があると思われ、延慶本から盛衰記へという方向での関係は想定できないのである。類似の例は他にも見出すことができる。近藤六から屋島への道中を固める敵について情報を得る場面には、

「……屋島ヨリコナタニ平家ノ家人ハ無カ」。「此ヨリ一里計罷候テ、新八幡ト申宮候。其ヨリアナタ、勝ノ宮ト

申所ニ、阿波民部大夫ガ子息、田内左衛門成直ト申者ゾ、三千余騎ニテ陣ヲ取テ候也」ト申ケレバ、判官、「ヨカンナルハ。打ヤ、殿原」トテ、畠山庄司次郎重忠、和田小太郎義盛、佐々木四郎高綱、平山武者季重、熊谷次郎直実、奥州佐藤三郎兵衛継信、同舎弟佐藤四郎忠信、究竟ノ兵者已上七騎、早走ノ進退ナルニ乗テ、歩セツ、アガ、セツ、屋島ノ館ヘゾ馳行ケル。

とあるのだが、三千余騎という大軍の存在が明かされたにもかかわらず、わずか五十騎の義経勢が何の脅威も感じていないのが不自然である上に、実際には敵と接触することもなくあっさり屋島へ到着してしまうのもおかしい。やはり延慶本の本文には乱れがあるのだが、この点でも盛衰記には

「惟屋島ヨリコナタニ敵アリヤ」ト問バ、近藤六申ケレ（ママ）ハ、「今卅町計罷テ勝宮ト云社アリ。彼ニ阿波民部大輔成能ガ子息、伝内左衛門尉成直、三千余騎ニテ陣ヲ取タリツルガ、此間河野四郎通信ヲセメントテ、伊予国へ越タリト聞ユ、余勢ナドハ少々モ候ラン」ト云ケレバ、判官「急々」トテ、畠山庄司次郎重忠、和田小太郎義盛、佐々木四郎高綱、平山武者季重、熊谷次郎直実、奥州佐藤三郎兵衛継信、同弟四郎兵衛忠信、鎌田藤次光政等、一人当千ノ者共ヲ先トシテ、打ヤ〳〵トテ勝社ニ押寄テ見レバ、伝内左衛門尉ガ兵士ニ置タリケル歩兵等少々在ケレ共、散々ニ蹴散テ、逃ハタマ〳〵遁ケリ。向フ奴原一々ニ頸切懸テ打程ニ、（中略）馬ニ打乗、馳ツ蹀ツ〳〵、讃岐屋島へ打程ニ……

とあり、傍線部の記述によって延慶本のような不自然さのない整合的な内容となっている。

この延慶本本文の乱れを、単純に現存本書写上の問題に帰することはできない。例えば、屋島到着後、義経による急襲を受けて平家が海上に逃れる場面に、

……惣門ノ渚ヨリ御船ニメス。去年ノ春、一谷ニテ打漏サレシ人々、A平中納言教盛、新中納言知盛、修理大夫経盛、新三位中将資盛、讃岐中将時実、B小松新小将有盛、同侍従忠房、能登守教経、此人々ハ皆船ニ乗給フ。大

臣父子ハ一ツ御船ニ乗給ヘリ。C右衛門督モ鎧キテ打立タムトセラレケルヲ、大臣殿大ニセイシ給テ、手ヲ取テ、例ノ女房達ノ中ニオワシケルゾ、憑シゲナク、大将軍ガラモシタマワザル。

という、やはり四部本などにはない記事がある。出陣しようとした清宗を父である宗盛が止めたとするのだが、延慶本では他に出陣した武者がいたことは前後で一切触れられておらず、傍線部は意味が通じない。この点も盛衰記ならば

……惣門ノ渚ヨリ御舟ニメサル。去年一谷ニテ被二討漏一タル人々也。A前内大臣宗盛、前平中納言教盛、前権中納言知盛、修理大夫経盛、前右衛門督清宗也。B小松少将有盛、能登守教経、小松新侍従忠房已下侍共ハ、城中ニ籠レリ。大臣殿父子ハ一舟ニ乗給タリケルガ、C右衛門督モ鎧着テ打タヽントシ給ケルヲ、大臣殿大ニ制シテ、手ヲ引テ例ノ女房達ノ中ヘオハシケルコソ、イツマデト無慙ナレ。

と、小松の公達や教経、侍たちが城中に籠もって戦おうとしたという記述があり、文意は明瞭である。やはり盛衰記の形でなければ意味が通じないのだが、傍線部Aの人名の挙げ方の違いや、小松の公達と教経が「城中ニ籠」ったのではなく「船ニ乗」ったのだとする傍線部Bの相違が、単純な誤脱によって生じたものとは思われない。

以上のような例は、延慶本→盛衰記という方向では、両本の関係を理解し得ないということを示している。構成面において独自の崩れを見せる延慶本が、盛衰記との共通記事においても古態性を主張し得ないという現象は、次のような想定を可能にするだろう。すなわち、延慶本と盛衰記のみに見える記事は増補されたものであろうということ、両本はそのような情報を新たに受容した共通の層を抱え込んでいるのではないかということである。[4] それらの記事を取り込む過程で桜間の城攻めを脱落させ、勝浦合戦の内実までも変化させたのが、延慶本の姿なのではないだろうか。[5]

このような想定のもとで屋島における戦闘の叙述に目を向けると、全く同様の指摘をすることができる。

二　延慶本本文の形成――〈継信最期〉の前後――

屋島合戦の冒頭から〈継信最期〉の前後までの展開を、四部本によって確認する。

① 源氏襲来を察して海上に逃れた平家の前に、武者五騎（義経・鹿島六郎・金子十郎・金子与一・伊勢三郎）が現れ、順々に名乗りかける。
② 遅れ馳せの源氏四五十騎（奥州の佐藤兄弟、後藤兵衛父子ら）が到着し、屋島内裏を焼く。
③ 平家方から教経・盛次らが出陣、盛次と義盛が〈詞戦〉を繰り広げる。
④ 戦闘が始まり、佐藤兄弟・金子十郎・金子与一・後藤兵衛父子らが義経をかばう。

↓

〈継信最期〉

となる。諸本によって人名や騎数に若干の出入りはあるが、長門本のみ④を欠き、〈継信最期〉に続けて

⑥「武蔵国住人片岡兵衛経忠」とて、おめいてよせけれは、能登守、よくひきてはなち給へは、経忠かよろいの引合、羽房までこそ射こうたれ。しはしもたまらすおちにけり。これをしらまさしと新兵衛基清、おめいてかけけれは、能登守のはなつ矢に、内甲をしころへいたされて、矢に付てこそ落にけれ。能登守の矢さきにかゝりて、くきやうのもの五六騎はうせにけり。

と教経の活躍を描く記事を置くが、それ以外では、右の①から〈継信最期〉までの展開は、語り本系諸本も含め、ほとんどの諸本で一致する。また、①②は『吾妻鏡』元暦二年二月十九日条に

今日辰剋。到㆓于屋島内裏之向浦㆒。焼㆓払牟礼。高松民屋㆒。依㆑之。先帝令㆑出㆓内裏㆒御。前内府又相㆓率一族等㆒浮㆓海上㆒。廷尉〈著㆓赤地錦直垂。紅下濃鎧㆒。駕㆓黒馬㆒。〉相㆓具田代冠者信綱。金子十郎家忠。同余一近則。伊勢三

郎能盛等一。馳二向汀一。平家又棹レ船。互発二矢石一。此間。佐藤三郎兵衛尉継信。同四郎兵衛尉忠信。後藤兵衛尉実基。同養子新兵衛尉基清等。焼二失内裏幷内府休幕以下舎屋一。黒煙聳レ天。白日蔽レ光。于レ時越中二郎兵衛尉盛継。上総五郎兵衛尉忠光〈平氏家人。〉等。下レ自レ船而陣二宮門前一。合戦之間。廷尉家人継信被二射取一畢。廷尉太悲歎。

とある記事とも共通性が高い。これらに比して、延慶本はここでも特異な構成となっている。延慶本では、まず、

A　惣門ノ前ノ渚ニ武者七騎馳来ル。（中略）一番ニ進ミケル武者ヲミレバ……

と、僅か七騎の源氏の中から、一人進み出た義経が名乗りをかける。相手を無勢と見た平家は教経を出陣させ、

B　畠山庄司次郎重忠進出テ（中略）同国住人熊谷次郎直実、同国住人平山武者季重、一人ハ奥州佐藤三郎兵衛継信、同舎弟佐藤四郎兵衛忠信、一人ハ相模国住人三浦和田小太郎義盛、一人ハ近江国住人佐々木四郎高綱、七騎ノ者共、我モ〳〵ト名乗係テ、船ニ向テ歩セ出テ、追物射ニ散々ニイル。

と、七騎の源氏武者が応戦する。その後に、

C　判官矢面ニ立テ、我一人ト責戦ケレバ、奥州住人佐藤三郎兵衛、同舎弟四郎兵衛、後藤兵衛実基、同子息新兵衛基清等、大将軍ヲ打セジトテ、判官ノ面ニ立戦ケリ。

D　此ニテ常陸国住人鹿島六郎宗綱、行方余一ヲ始トシテ、棟人ノ者共四十余人打レニケリ。

E　能登守ハ小船ニ乗テスルリト指寄テ、指ツメ〳〵射サセテ引退ク。次ニ片岡兵衛経俊、胸板ノ余リヲ射サセテ同引退ク。次河村三郎能高、内甲ヲ射サセテ、矢ト共ニ落ニケリ。

という戦闘を描いた後に〈継信最期〉へ繋げ、さらに

F　サルホドニ勝浦ニテ戦ツル源氏ノ軍兵共、ヲクレバセニ馳テ追付タリ……

として、集まった源氏勢の名寄せを置く。違いは明らかであろう。延慶本は、〈詞戦〉をこの位置に持たず、一方でB・D・Fなど、四部本などに見えない記事が多い。Eは長門本の⑥の内容と重なるようにも見えるが、同文といえ

るほど近くはない。延慶本では〈詞戦〉は翌日の戦闘の冒頭に置かれており、合戦に先だって行われる〈詞戦〉がこのような位置にあることも特異だが、それ以上に注目したいのは、A〜Fの各々が、全く繋がらないばかりか互いに矛盾し合う、極めて理解しにくい本文になっていることである。Aでは義経を含めて七騎だったとしか読めないが、Bでは義経を除いて七騎である。Cでは、その七騎のうちなぜか佐藤兄弟だけが、いつ現れたのかもわからない後藤兵衛父子と共に戦う。Dに至っては、「四十余人」の源氏勢の存在など、前後のどこを探しても見いだせない。そもそも、阿波に上陸した義経勢は「五十余人」だったはずで、この時点で四十人を失うことは、壊滅に等しい。また、引用は控えるが、Fの名寄せに登場する二十五人のうち実に十三人が、巻十一冒頭に

参川守範頼ハ神崎へ向テ、長門国へ渡ラントス。相従フ輩ハ……

とある範頼軍の構成員と重複する。ほとんど合理的な理解を絶するといっても過言ではない内容なのであるが、①〜⑤の共通型から大きく外れるこのような構成が、他諸本に先行するものではないということは、いくつかの徴証から推測できる。合戦一日目が暮れると、平家方は「焼内裏ノ前」で夜を明かしたと記されているが、②を持たず、内裏焼失の描写を欠く延慶本では、唐突の感は否めない。Cは他諸本の④に相当する記事だが、延慶本では、後藤父子の登場はやはり唐突といわざるを得ないのに対し、他諸本では①②で登場した武士が④で奮戦するのは何ら不自然ではない。延慶本の形から、他諸本や『吾妻鏡』が派生したと見なすことはできないのは明らかで、逆に、他諸本がこれらの齟齬を解消するために内裏焼失の場面を創出し、B〜Eの中からCだけを腑分けして取り出して合戦二日目から移動させた〈詞戦〉と接続させ、そのCと矛盾しない人名を①②に加えたと想定することは、ほとんど不可能であると思われる。

そのようにとらえた上で、前項と同様に盛衰記と対比させると、いかなる操作を経て延慶本の本文が形成されたのかが見えてくる。ここでも、B・D・Fなど、四部本などに見られなかった要素が、盛衰記と延慶本とで共通するの

である。盛衰記の構成を大まかにまとめると、他諸本には見られない詳細な義経の装束描写に続けて、

〈詞戦〉

〈内裏焼失〉

B　源氏七騎の活躍

F　遅れ馳せの源氏勢、勝浦より到着（名寄せなし）

〈那須与一〉

［大胡小橋太の活躍］

〈弓流し〉

［小林神五宗行の活躍］

D　鹿島六郎宗綱、行方六郎、鎌田藤次光政ら十余人討たれる

E　河越三郎宗頼、片岡兵衛経俊、河村三郎能高、大田四郎重綱、教経に射られる

〈継信最期〉

という展開をとる。一見してわかることだが、延慶本で様々な矛盾をはらんでいたB～Fの諸要素が、盛衰記では全く異なる配置となっている。盛衰記はこれらの記事を、初めは小勢だった義経軍が徐々に人数を増やしていくという流れの中に、延慶本のような無理のない形で配しており、また内裏焼失の描写も欠落させていない。この盛衰記を、延慶本を増補・再編して作られたと見ることは、やはりできない。例えば、延慶本Eの「指ツメ〳〵射サセテ引退ク」の部分はこのままでは意味がとれないが(6)、盛衰記の「能登守ハ心モ甲ニ力モ強ク、精兵ノ手聞ナリ。源氏ガ懸廻シ〳〵テ、チト跟蹐所ヲ見負テ、指詰〳〵射ケル矢ニ、武蔵国住人河越三郎宗頼、目ノ前ニ被ㇾ射テ引退。次ニ片岡兵衛経俊、胸板イラレテ引退ク……」ならば正しく理解できる。これは単なる脱文によるものだとしても、Bの人名

にも問題がある。延慶本から佐藤兄弟を除くと、顔ぶれ、順序ともに盛衰記と一致するのだが、盛衰記がわざわざ佐藤兄弟だけを削る理由は考えにくい。延慶本で佐藤兄弟が入っているのは、Aより前、義経勢の行軍を描いた、「畠山庄司次郎重忠、和田小太郎義盛、佐々木四郎高綱、平山武者季重、熊谷次郎直実、奥州佐藤三郎兵衛継信、同舎弟佐藤四郎忠信」という部分（前項に引用）との脈絡づけを狙ったものと思われる。ここでも延慶本のほうに本文の崩れが目立つのだが、構成面での大きな相違は、盛衰記→延慶本という直接関係を想定することもためらわせる。前項での検討と同様に、両本が他の『平家物語』諸本には見られない新たな情報を受容した層を共有していると考えるのが、最も妥当であるように思われる。

延慶本と盛衰記の関係を以上のようにとらえるならば、両本の構成の相違からは、四部本などに見えなかった諸要素が後次的に取り込まれたものであり、かつ本来個々に独立した情報であったとの推測を導き出すことができるだろう。以下に見る松雲本の存在が、その傍証となる。松雲本は、四部本などの①～⑤をほぼそのまま踏襲し、〈継信最期〉へと繋げている。次いで〈那須与一〉を挟んで長門本の⑥を置き、［大胡小橘太の活躍］〈錣引き〉を並べた後

此ニモ判官ノ宗徒ノ兵四十余人討レテ、僅ニ七騎ニソ成ニケル。判官宣ケルハ、無勢ニナレハトテ各心弱フ思給ヘカラス。七騎ニ成テ世ニ出ル、先例ナリ。遠ハ八幡殿ノ例、近クハ鎌倉殿石橋山ノ合戦ノ時、七騎ニ成テ椙山ニ隠レテコソ御座ケレト宣フ処ニ、平家ヲ背ク輩、阿波・讃岐ノ野山ニ隠居タリケルカ、屋島ノ浦ノ烟ヲ見テ、軍已ニ始レリ。判官殿ハ小勢ニ御座ソ、急ゲ〳〵トテ、五騎十騎追著々々馳参程ニ、日既ニ暮タリ。(7)

という場面を描くのだが、これは延慶本・盛衰記のD（宗徒の四十人）・B（七騎）・F（遅れ馳せの到着）と共通の情報によって書かれたものと見て間違いないだろう。さらに、翌日の合戦中には［小林神五宗行の活躍］という盛衰記との共通記事がある。標準的な『平家物語』の構成の上に、延慶本や盛衰記としか重ならない記事を持つ松雲本の形は、それらが増補されたものであることを証していると思われる。

以上を踏まえて延慶本・盛衰記・松雲本の関係を整理するならば、この三本はB・D・Fという他の『平家物語』には見えない情報を受け入れた段階を共有しているのであり、そこからさらに新たな記事も取り込んだのが盛衰記と松雲本なのだということになる。三本それぞれの構成は、それらの情報をいかに処理するかという方法の相違をあらわすものであり、延慶本に関しては、〈詞戦〉を二日目に回すという大胆な改編を経て①〜⑤という標準的な形を完全に解体し、新たな要素をはめ込んで再構成するという方法によって作られたものと見て間違いあるまい。

三　延慶本の形態の意味するもの

延慶本における屋島合戦譚の形成過程を右のように理解するならば、それは新たに大きな問題を現前させる。後次的な情報を受け入れ、編集の手を加えて成ったはずのものであるにもかかわらず、前項で見たように、その本文には結果として多くの無理が生じているということである。このことの意味は、決して小さくあるまい。延慶本古態説は、原資料の形を残す異なる文体が未整理なまま同居している雑纂性、編集意識の希薄さを古態性の証左と見るものであった。本来独立していたはずの個々の情報が雑然と並べられ、矛盾だらけの展開となっている屋島合戦譚は、その雑纂性の極まった姿といってよいだろう。しかし、詳細に検討すれば、そこには新たな記事を取り込み、いじり回した痕跡が歴然としており、他諸本に先行しうるものとは見なし得ない。延慶本の雑多さ、未整理さが、独自の改編の手が加わった後でなお残るものであるとすれば、当然ながらそれは古態性の問題へと直結はしない。むしろその編集は、文学的な意図に基づく行為として、積極的にとらえられなければならない。本節の範囲でいえば、具体的な人名を多く挙げることで、合戦譚に事実らしさを与えようとしたと見ることは許されるだろう。盛衰記・松雲本にも見られない名寄せを有するFなども、そうした志向のあらわれと見てよいように思われる。類似の傾向は延慶本の他の箇所についても指摘されているが、(8) 多くの記事を取り込みながら新たな姿を作り出してゆく中で、如上の志向が、時として文脈の綻びさえ生じさせるのだということも、延慶本の方法の問題としてとらえ返す必要があるのだろう。

延慶本古態説が「作品観そのものを根底から変える問題提起」(9) であったならば、延慶本の再編性を指摘することもまた、「作品観」の問題と不可分となろう。細かな本文研究によって延慶本に改編の跡を見出すことは、延慶本古態説の中で忘れられがちだった「編集意識」や「構想」を掘り起こし、作品論を通じて延慶本を諸本群の中に定位する糸口たるべき意味を負うのである。

（1）松雲本はいわゆる取り合わせ本で、大半が語り本系の本文であるが、巻十一の前半部のみが読み本系となっており、弓削繁氏によって盛衰記に先立つ読み本系の本文として位置づけられている（「松雲本平家物語巻十一の本文―読み本系の一本として―」『山口国文』第二十一号、一九九八年三月）。

（2）引用は新訂増補国史大系本による。なお、「椿浦」は吉川本では「桂《椿》浦」とある。

（3）盛衰記では、尋ねた相手は近藤六ではなく浦人である。

（4）櫻井陽子氏「延慶本平家物語と源平盛衰記の間―延慶本巻八の同文記事から―」（『駒沢国文』第四十四号、二〇〇七年二月）は、延慶本と盛衰記のみに共通する巻八の記事が増補されたものであり、現存盛衰記の方に比較的古い姿が残っていることを指摘する。

（5）なお、上陸戦時の「桜間外記ノ大夫良遠」という人名については、盛衰記の「桜間外記ノ大夫良連」と「桜間介良遠」とを合成したようにも見える。しかし、延慶本は巻九にも「桜葉外記大夫良遠」という人物を登場させており、その意味では矛盾がない（ただし、成良との関係を甥とするか叔父とするかで揺れがある）。彼ら一族の素性は必ずしも明らかではないものの、五味文彦氏『院政期社会の研究』第四部第二章（一九八四年、山川出版社。初出一九八二、一九八四年）は、阿波民部成良の本姓が「粟田」であったことを主張しつつ、『外記補任』治承四年に見える「粟田良連」を盛衰記の良連に比定している。前掲の『吾妻鏡』には「桜庭介良遠」とあるほか、角田文衛氏が『平家後抄』（一九七八年、朝日新聞社）の中で指摘された『阿波国徴古雑抄』所収の「古城諸将記」にも、

……従是十代之末葉桜間外記大夫良連也、良連無子、以甥良遠為子、〈桜間介是ナリ、〉良遠兄成良、号阿波民部〈南方勝浦郡城主ナリ、〉

と見える。成立は近世に下るかと思われる史料だが、その情報は延慶本以外の読み本系に近く、これらの記述から考えれば、延慶本の「外記ノ大夫良遠」の方に混乱があることは確実と思われる。

(6)　川鶴進一氏「長門本『平家物語』の屋嶋合戦譚―構成面からの検討―」(『早稲田大学大学院文学研究科紀要(第3分冊)』第四十二号、一九九七年二月)は、この部分を教経の「一旦退却」と読む。しかし、「さしつめさしつめ」「さしつめひきつめ」の語が「射る」ではなく「射さす」にかかる例は、延慶本・長門本・覚一本を通して他に一つも見いだせない。盛衰記の本文と対照すれば、延慶本に乱れがあることは明らかである。同氏の方法は「全体の基調として延慶本的本文を有する長門本に於いて、その非延慶本的部分を考察する」というものだが、延慶本の本文を全く無批判に用いている点で危険であり、従えない。長門本に改編の跡を見出そうとすること自体には同意できるが、それはいかなる諸本に対しても同様なのであって、氏が長門本を見るのと全く同じ目で、延慶本もとらえなければならないのである。

(7)　引用は弓削繁氏「大東急記念文庫蔵松雲本平家物語巻十一(翻刻)」(『岐阜大学教育学部研究報告(人文科学)』第四十七―一号、一九九八年十月)による。なお、海上に逃れた平家の中で、宗盛が清宗の出陣を止める前掲の場面の本文は盛衰記に近く、延慶本のような矛盾はない。

(8)　松尾葦江氏『軍記物語論究』第四章―二(一九九六年、若草書房)が、記録的記事や大量の文書に支えられた延慶本の編年体的構成の中に虚構や矛盾を認め、「ときには素材となった史的記述や文書を取り入れることが優先して、物語の脈絡に関心を払わない場合すらあった」と指摘されていることは、本節にとっても有効な観点である。

(9)　佐伯真一氏『大東急記念文庫善本叢刊　中古中世編　別巻1　重要文化財　延慶本平家物語(六)』解説(二〇〇八年、汲古書院)。

第二節　「横笛」説話論

はじめに

小松殿に仕えていた侍滝口時頼と、建礼門院の雑仕横笛との恋は、時頼の父の反対によって引き裂かれ、滝口は出家して高野山へ移り住んだ。『平家物語』巻十や御伽草子によって広く知られた悲恋譚であるが、諸本によって著しい差異が見られるその内容については、横笛のその後の運命に着目して、出家型、入水型と分けて考えられるのが通常である(1)。『平家物語』諸本では、横笛の出家と法華寺での修行を語る語り本系を出家型(2)、滝口の庵室を訪ねた帰途に入水死をとげる読み本系を入水型と分類するのが一般的だが、延慶本のみ、横笛は一度は出家したもののやがて入水死を遂げたとして、両型それぞれの特徴を併せ持つ独特な展開を示している。その特殊性に着目した論考も少なくないのだが、本節では、それらに学びながら、やや広い視点に立って、延慶本「横笛」説話の位相について若干の考察を加えてみたい。

一　延慶本本文の問題点

すでに指摘されていることだが(3)、延慶本の「横笛」説話は、前後の記事構成の中における配列上の位置が、他の『平家物語』諸本とは異なっている。議論の出発点として、その延慶本の記事配列がおそらくは後次的な改編によるものであろうということを見ておきたい。便宜上長門本を用いて、他諸本における展開からたどっておく。

妻子恋しさに屋島を脱出した維盛であったが、重衡が虜囚の身となったことを伝え聞いて上京を断念、

なく〳〵かうやへまいり給て、人をそたつねられける。　（①維盛、高野を尋ねる）

と高野を目指す。ここで、維盛が尋ねた人とは、かつて小松家に仕えた滝口入道であったことを明かし、

三条さいとうさゑもん大夫もちよりか子に、さいとうたき口時よりとて、小松殿に候けるか、……

（②「横笛」説話）

以下、滝口と横笛の悲恋譚を語る。その後再び維盛の場面へと戻り、

よう少より、小松殿に候けるか、十三のとしより、ほん所にしこうして、A おほうちの出仕の時は、絵かき花むすひたるかりきぬにたてゑほし、私のありきには、ひた、れにおりゑほし、ひんをなて、ゑもんをかきしきそくをや。出家の後は、けふはしめて、これを見給ふ。いまた三十にたにもならさるに、殊外にやせおとろへて、いつしか老僧すかたになりたり。こきすみ染の衣におなし色のけさうちかけて、かうのけふりにしみかへり、かしこけに思たる心中、うらやましくそおもはれける。あん室を見給へは、槙のいた戸につたしける、B しんの七賢かこもりたりけん竹林寺、かんの四皓かすみし商山も、かくやありけんと思あはせられてあはれ也。

（③昔今の滝口の姿）

として、昔と今の滝口の姿を対比させる。維盛の突然の来訪に滝口は驚くが（④維盛、滝口と対面）、「これにてかみをおろして、水のそこにも入なんとおもふなり」という決意を明かす維盛に対して、滝口は現世の無常を長々と説いて聞かせた後に（⑤滝口の説法）、維盛と共に高野詣に出発し、奥院の弘法大師廟に至る（⑥維盛、高野堂塔巡礼）。ここで、

A 高野御山は、帝しやうをさりて二百里、郷里をはなれて無人声、青嵐こすゑをならせとも、夕日の影はしつかなり。嵐にまかふれいの音、雲ゐにきゆる香の煙、いつれもたつとくそおほゆる。花の色、林霧のそこによと

み、かねの声、斎江の霜にひゝき、かはらに松おひ、かきに苔むして、せいさう久おほゆるもあはれ也。

という、よく知られた高野讃仰の句を挟み、入定後の大師を拝んだ例として観賢僧正の説話が引かれ（B 観賢僧正説話）、続いて、白河院が高野へ御幸したときの話（C 白河院高野御幸）へと筆が及ぶ。その内容には、天竺への御幸を望む院に対して、大江匡房がその道のりの苦難を述べ立てる「a 流沙葱嶺」と、弘法大師が清涼殿において他宗の碩学たちに即身成仏を体現して見せ、論破したという「b 宗論」とが含まれる。そこから、

「これもりか身の、雪山の鳥鳴らんかやうに、けふかあすかとおもふものを」

という「⑦ 維盛の述懐」へと接続したあと、高野参詣を終えた維盛たちは再び滝口の庵室へ戻り、物語はそこで修行する滝口の姿を描き出す。

ひしりか行きを見給へは、C しこくしん〳〵のゆかの上にはしん理の玉をみかき、入我々入のくはんの前には心性の月あらはるらん、とおもひやるこそたつとけれ。（中略）後夜しんてうのかねの音には、生死のねふりをさますらんとおほえたり。D のかれぬへくは、かくてこそあらまほしくはおもはれけれとも、かひなし。（⑧ 滝口の行儀）

そして翌日、いよいよ維盛の出家へと進んでいく、というのが長門本の概略である。

これを基準に他諸本を整理しておく。まず読み本系は、

〈長門本〉①→②→③→④→⑤→⑥→A→B→C（a・b含む）→⑦→⑧
〈南都異本〉[4] ①→②→③→④→⑤→⑥→A→B→C（a・b含まず）→⑦→⑧
〈四部本〉①→②→③→④→⑥→B→⑦→A→⑧
〈盛衰記〉［維盛、粉河寺詣］→①→②→［法輪寺縁起］→［「横笛」異説］→③→④→A→⑥→B→⑦→⑧→⑤
〈闘諍録〉①→②→④→A→⑥→⑦→⑧

となる。『源平盛衰記』には⑤の位置の異同およびいくつかの増補記事が見られ、『源平闘諍録』では、「横笛」説話

自体が極めて簡略である。一方、語り本系では、

〈屋代本〉①→②→③→④→[A]→⑥→⑦→⑧

〈覚一本〉①→②→③→④→⑥→[A]→[B]→⑦→⑧[5]

〈中院本〉①→②→③→④→⑥→[B]→[C]（a・b含む）→[A]→⑦→⑧

となっている。このように並べてみると、[A]・[C]と⑤の位置および有無については流動性があるようだが、[6] それ以外では、②「横笛」説話の位置、さらにはその他の記事の順序に関しても、以上の諸本全てにおいて一致していることが確認できる。

こうした諸本の様態をふまえ、特に②の位置と③・⑧の各種傍線部との関係を念頭に置きつつ延慶本に目を転じてみると、その違いは明らかである。延慶本の概略を示す。

①′ 維盛、高野に滝口入道を訪ねる
④ 維盛、滝口と対面
⑤ 滝口の説法
⑥ 維盛、高野堂塔巡礼
[ア] 高野山略縁起
[B] 観賢僧正説話
⑦ 維盛の述懐
⑧′＋③′ 滝口の庵室の様子
③″＋⑧″ 昔今の滝口の姿
②′ 「横笛」説話

［イ］永観律師事

延慶本は、①で維盛が高野を訪ねるまでは他本と同じであるが、そこでは滝口は

三条斎藤左衛門太夫茂頼ガ子息、斎藤瀧口時頼トテ、小松殿ノ若侍ニテ有ケルガ、道心ヲ発テ俄ニ出家シテ、此五六个年此御山ニ住ス……

と紹介されるだけで、「横笛」説話への展開はない。③についての言及もないまま二人が高野詣に発ったあと、「［ア］高野山略縁起」（詳細は後述）の独自記事が入り、［B］→⑦の後に二人は再び滝口の庵室へ戻り、物語は

此庵室ト申スハ、年来住荒シタリケレバ、軒ニハ信夫生滋リ、庭ニハ樒ノ花ガラ積タリ。C至極甚深ノ床ノ上ニハ磨キ二真理ノ玉ヲ一、後夜晨朝ノ鐘ノ音ニハ覚ス二生死ノ眠ヲ一。B四皓ガ住シ商山、秦ノ七賢ガ竹林モ、カクヤ有ケント覚ヘタリ。

と、「滝口の庵室の様子」の描写へと移る。この部分の本文が、傍線の記号によって示したように、長門本など他諸本の⑧・③の部分をつなぎ合わせたものなのである。続いて、

A彼瀧口、朝ニ使ヘシ時ハ、布衣ニ立烏帽子、清気ナリシ者ノ、未三十余ノ齢ナレドモ、老僧姿ニヤセクロミ、黒キ衣ニ同ジ袈裟、ヒマナククレル数珠マデモ、思入タル其気色、浦山敷サヤ増リケム、ノガレヌベクハ、角テモアラマホシクゾ被レ思ケル。人間八苦、眼ノ前ニ顕レ、天上ノ五衰モ加様ニヤト哀也。D

と、「昔今の滝口の姿」を対比させるが、これも、他本の③⑧の一部に相当する。ここで、

抑瀧口ガ道念ノ由緒ヲ尋ヌレバ、女故トゾ聞ヘシ。

として②「横笛」説話へと入っていくのであるが、その「横笛」説話も、冒頭に記したような特殊なものであり、かつ「［イ］永観律師事」という独自記事をも伴っている。

以上の比較からは、「横笛」説話をめぐる前後の記事配列について、延慶本の特殊性が自ずと浮かび上がる。②の

位置だけでなく、③・⑧の各種傍線部も、延慶本以外の諸本は皆、ほぼ長門本同様に備えているのである。相対的な古態を多く残すとされる延慶本ではあるが、櫻井陽子氏[7]の成果に代表されるような近年の延慶本本文研究の水準に照らしてみれば、右に見たような特殊性を、そのまま延慶本の古態性に還元させて考えるわけにはいかないだろう。むしろ、延慶本には、諸本に共通の型を崩してしまっているという意味において、後次的な改編の跡を見ることができるのではないだろうか。

二　延慶本本文の位相

以上の推測を助けてくれるのが、延慶本のアおよびBの本文である。アは

抑彼ノ高野山ト申スハ、帝城ヲ去テ二百里、郷里ヲ離テ無人声、晴嵐不レ鳴レ梢ヲシテ、夕日ノ影モ閑也。

という、長門本などのAの前半に該当する句で始まるが、以下「i 入唐〜帰朝」「ii 宗論」「iii 入定まで」から成る〈弘法大師伝〉と、高野山の地形が金剛界、胎蔵界の曼荼羅に相似することをいう「iv 高野山地形事」までの長大な記事を挟んだ後、

山ハ峨々トシテ高ク聳ヘ、渺々トシテ無レ際モ。花色ハ僅ニ綻ビ二林霧ノ底一ニ、鐘ノ音ハ幽ニ響ク二尾上ノ霜一ニ。嵐ニ紛フ振鈴、雲居ニ見ル香ノ煙リ、取々ニゾヤ覚ル。

という、これも長門本などのAの後半に当たる句で終わるのである。すでに指摘されているように、このような構成は、Aの記述に増補記事を挟む形で成ったものであろう[8]。

一方のBについても、延慶本には著しい特徴がある。一般にBは、般若寺の観賢が入定後の大師を拝むという話であるが、高橋亜紀子氏[9]がいわれるように、延慶本のみ、

般若寺僧正観賢、勅使ヲ賜テ、詣《テ》二奥院一、押二開《テ》御帳一、御装束ヲ進レ替ムトシ給ケルニ、霧深ク立渡テ大師ノ御姿見ヘサセ給ハズ。御弟子ニテ石山ノ内供淳祐ト云人オハシキ。則其故ト省クテ、深ク涙ヲ流ツ、……

と途中で主語が入れ替わり、以後、発露涕泣した後に大師を拝むことを得たのも、大師の装束を替え、伸びていた髪を剃り申し上げたのも、観賢ではなく淳祐のこととなってしまっているのである。このような説話構成は他の弘法大師伝などにも見られず、延慶本編者による改編と見なしてよいであろう。

こうした独自の文脈から、先に見たようにこれも他の『平家物語』諸本とは異なる特徴を持つ「滝口の庵室の様子」「昔今の滝口の姿」を経て、その後に接続しているのが、延慶本の「横笛」説話なのである。如上の[ア]・[B]における改編性に着目するならば、⑧′+③′、③″+⑧″と、『平家物語』諸本に共通の型を崩しながら②′に至る構成についても、延慶本独自の改編によるものであると考える可能性が、よりひらけてくるであろう。

三　延慶本の性格

そして、それは同時に、延慶本の「横笛」説話の内容も[ア]以降の文脈と不可分であるということを、示唆しているのではないだろうか。かなり遠回りしてきたようであるが、これが、本節が延慶本の「横笛」説話について導入する、新たな観点である。そのために、再び遠回りをするようであるが、延慶本の[ア]以下の文脈から確認しておきたい。

この点に関して、最も示唆に富む見解を示されているのは、武久堅氏の論であろう[10]。氏は、維盛の屋島離脱から入水に至るまでの延慶本の長大な記事を、高野―粉河―熊野の巡礼を経て妻子恋慕の断執を果たし、那智沖での入水へと至る、一連の「維盛聖地巡礼物語」と見なす立場から読み解かれる。

高野の弘法大師伝承、観賢僧正説話は原風景の舞台の聖化に添えられた讃歌であり、舞台の導師時頼の前歴を明かすその悲恋物語と発心譚は、此岸に迷う維盛を彼岸に引き渡すいわゆる境界領域管理人の権威を保証する資格証明書に他ならない。

というその指摘には、ア〜②′に関する基本的な問題点は出尽くしていると思われるが、この指摘に従えば、前述のBの特殊性にも一つの方向性を見いだせるであろう。すなわち、延慶本では観賢僧正はすでに巻六「白河院祈親持経ノ再誕ノ事」に登場し、

昔《シ》東寺ノ長者観賢僧正ト、高野ノ検校無空律師ト相論ヲナス事アリテ、無空律師高野ヲ離山シ給シカバ、住侶悉ク退散シテ、荒廃ノ地トナリニケリ。

と、高野山荒廃の元凶として描かれているのである。(11) 聖地「讃歌」の文脈において、このような人物を、入定後の大師を拝んだ希有な例として引きたくないのは当然であろう。(12) 「維盛聖地巡礼物語」において、高野を無上の聖地として描出しようとする意図を読み取ってよいであろうが、もう一点、延慶本の特徴を押さえておくとすれば、それはアのうちの〈弘法大師伝〉冒頭におかれた

委《ク》尋二吾朝之風儀一、広《ク》訪二四海之流例一、唯褰《テ》二六七宗之法燈一而赫《シ》二光於朝野一、僅《ニ》立《テ》二三四五之教乗《ヲ》一、旋《ス》二轅於東西一二。我国《ノ》入《シ》二道照和尚之唐一二、窺《ヒ》二顕宗於白馬寺一二、異朝《ノ》来《シ》二恵慈法師之朝一二、弘《ム》二妙法於斑鳩ノ宮一二。皆学《テ》二五時之教文一、未《ダ》《ズ》レ汲二五瓶之智水《ヲ》一。

という文言である。我が国の仏法が未だ十分な状態ではなかったことに触れた後に大師の功績を語り出そうとするその口吻は、金沢文庫蔵二十二巻本『表白集』に見られる、

夫以、自覚本初之教、起于北印之金字、伝法灌頂之法、出自南天之鉄塔、是以、四万太之月雖照異域、五智印之水未潤本朝、　（第三、三七オ）

夫以、白象催趺於震旦、青象牽轡於神州以降、西天遺教渡東土、印度梵夾弘漢地、所以、両部之法燈、雖愍〔照〕異域、

三密之智水、未潤本朝、[13]　　　　（第十九、一五オ）

のような真言系の表白文にも通じるかとも思われるが、「異朝」との対比のみをいうこれらの句に対して、国内の他宗派についてあからさまに言及している点、延慶本の性格は明らかであろう。真言の法を伝えて「大日内證之余暉者、広ク曜キ二一朝ニ一、遍照外用之遺塵者、普ク盛ンナリ二吾朝ニ一」としたのは弘法大師の功績に他ならないのである。このような認識は、以下ⅰ〜ⅳと続く記事のうち、清涼殿の議論の場で他宗を帰服せしめたことを伝える「ⅱ 宗論」と特に響きあう。延慶本[ア]には、聖地高野の描出において、他宗に対する優越からその聖性を保証しようとする、「宗論」[14]的な一面を見てよいのではないかと思われる。

四　延慶本の「横笛」説話

ここでようやく「時頼入道々念由来事付永観律師事」の章段へと目を向けることができる。その内容は章段名のとおり、②「横笛」説話とともに「[イ] 永観律師事」を含んでいるが、如上の観点からまず注意されるのは、この[イ]である。嵯峨の往生院で出家したものの、都近さ故に「折節ニ付テハ問来ル人モシゲクシテ、坐禅ノ床モ不レ閑、念誦ノ心モ乱レケレバ」という思いから山崎宝寺へと移り住んで「行澄テ」いた滝口であるが、横笛の死を聞いて再び「都近クスマヒシテ、加様ニ心憂事ヲ聞ニ付テモ、傾道ノ障トモ成ヌベシ。我身コソアラメ、年荘ナリツル女ヲサヘ、世ニ無者ト成シツル事ヨ」として、新たに求めた修行の地が、かつて永観が住んだ東大寺の庵室であった。物語はここで、『発心集』を用いて永観の事績を述べるのであるが、結局

此庵室モ猶心ニ叶ハザリケレバ、「イカナラム深山ノ奥ニモ」トゾ思ケル。

として、滝口は高野に移るのである。小林美和氏は[15]、こうした度重なる移動における諸段階が「至高の境地に登りつ

めるまでの重要な道標」であることを論じられているが、氏も注意されるとおり、こうした滝口の行動を支えるのは、

菩薩ノ得無生忍、猶古郷ニテハ難レシ顕二於神通一ヲ。何況、発心ハ止ン事ナケレドモ、不退ノ位ニ至ラネバ、触レテレ事易レ乱。古郷ニ住ミ、知人ニ交テハ、争一念ノ妄心ヲ起サヾラム。

という、これも『発心集』に依拠する[16]思想であろう。問題は、このような立場にとっては永観の庵室すら「心ニ叶ハ」ないものとされている点である。延慶本は、永観もまた

此上人モ思ヨリシテ、発心シ給タリケルヤラム、

呉竹ノ本ハアフヨモシゲカリキ末コソ節ハ遠ザカリユケ

ト読タリシ人也。

として、恋を契機として出家した人物として描くことで脈絡付けをしているが[17]、その永観の東大寺の庵室さえもまた、往生院や山崎宝寺と同様に、滝口の道心には応え得なかったのである。その庵室を去って高野を目指したという道のりは、滝口の道心の軌跡であるとともに、高野山こそ他のいかなる寺院にも勝る至高の聖地であることの証明に他なるまい[18]。

こうした側面が、前述の「宗論」的性格に通じるものであることは明らかである。延慶本の「横笛」説話には、「永観律師事」を介して「維盛聖地巡礼物語」における第一の聖地高野を讃える一連の脈絡の中に位置づけられてゆく、という側面があるのである。

五　滝口と横笛の対話

如上の点を、延慶本「横笛」説話をめぐる枠組みと見なすならば、それはア・Bの後に⑧′＋③′「滝口の庵室の様子」、③″＋⑧″「昔今の滝口の姿」を置き、「横笛」説話に繋げるという記事配列とも不可分であるがゆえに、延慶本の段階において新たに与えられたものと考えてよいであろう。では、②′の内容自体はどうであろうか。その叙述に独自の要素に目を向けてみよう。前述のように延慶本は、一旦は出家したもののやがて入水するという他に類のない横笛の運命を描く。その死の場面は

横笛ハ出家シテ、東山清岸寺ト云所ニ行澄テ居タリケルガ、彼所ハ都近シテ、知モシラヌモ押並メテ問事シゲキ宿ナレバ、トガムル事モ右流左クテ、何《レ》ノ山ノ辺ニモト、アクガレ行ケル程ニ、桂河ノ辺ニテ、「如何ナル男ナレバ、吾故ニカヽル道ニモ思入ゾ。イカナル女ナレバ、ツレナク浮世ニナガラエ、心ニ物ヲ思ラム。

恋シナバ世ノハカナキニ云ナシテ無跡マデモ人ニ知スナ」

トテ、此川ニ身ヲ投テ失ニケリ。

となっているが、横笛の最期に至るまでの叙述にも、問題となるべき点は多い。滝口の出家後、突然の夜離れに悩んだ横笛が彼の出家を聞いて嵯峨まで訪ねていくところから、その死に至るまでの本文を煩瑣をいとわず引用し、問題点を整理しておくことにしたい。(19)

横笛此事ヲ聞テ、泣々彼《コ》ヘ尋行。[一]比ハ神無月中ノ六日ノ事ナレバ、響《ク》レ嵐二鐘ノ音、深行マヽニ心澄ミ、涙ニ濡ル袖ノ上ニ、木葉ノ積モ不二払敢一。梅津里ニ吹風モ、春ニアラネバ身ニシミ、桂郷ノ月影ハ、雲居遥ニ澄昇ル。亀山ヤ、スソヨリ出ル大井川、イトヾ哀ゾ増リケル。」往生院ニ尋入テ、庵室ノ側ニ至シカバ、庭ニハ蓬生滋リ、跡踏付タル事モナク、軒ニハ信夫匍係リ、四壁幽ニ見ヘタリケリ。憂節繁キ竹柱、近ク立寄テ聞ケバ、

〔二〕折節入道古歌ヲゾ詠ケル。

世ヲ厭ヒ浄土ヲ傾フ墨染ノ有繋《ガ》ニヌル、袖ノ上哉

横笛聞レ之テ、

恨敷ヤ早晩カ忘レム涙河袖ノシガラミ朽ハハツトモ」

女申ケルハ、〔三〕「今マデ御出家ヲ知セサセ給ヌ事ノ心憂サヨ。如何ナル時、虎臥野辺エモ、蓬ガ杣マデモ、オクレジト契給シゾカシ。イツノ間ニ替ケル御心ゾヤ。昔ノ好難レ忘テ、是マデ尋参タリ。縦一宇ノスマヒコソ不レ叶トモ、谷ヲモ隔テ、峯ヲモ連ネテ、互ニ善縁トモ成リ、一蓮ノ身トモ成ム」ト云ヒモアエズ泣ケレバ、瀧口入道、破無ク思シ女ノ音ト聞ニ、胸騒ギ書キ暮ラス心地シテ、「馳リ出、見バヤ」ト思ヘドモ、「サテハ仏ニ成ナムヤ。生死ノ紀綱ニコソ」ト心強ク思テ、弥返事モセザリケリ。」〔四〕横笛、「是マデ奉レ尋タル無二甲斐《モ》一、ウタテクモ閉籠給ヘル御心ヅヨサカナ。人ハゲニサモ無リケル物故ニ、吾身一ニカキクレテ、思心ハ何《カ》計、女ノ身程ニ心憂物ハナシ。今生ノ対面セムモ今計、責テハ御音計ヲモ聞カセサセ給ヘ」ト云ケレバ、瀧口申ケルハ、「誰故ニ、カヽル道ニモ思入ゾトヨ。今世ノ対面不レ可レ有。有レ契者、一蓮ノ上ニト祈給ヘ」ト計ニテ、出合事ゾ無リケル。」〔五〕女是ヲ聞テ、恨ノ涙セキアエズ、押ル袖モ露ケクテ、自《ラ》髪ヲ押切テ、庵室ノ窓ニ投懸クトテ、

剃ルマデハ浦見シ物ヲアヅサ弓誠ノ道ニイルゾウレシキ

時頼、是ヲ聞テ、

ソルトテモナニカウラミムアヅサ弓引留ムベキ心ナラネバ」

以上の本文からは、他の読み本系に共通の型から明らかに外れる点として、〔一〕の道行文が他本では横笛が滝口の許から帰る場面にあること、〔二〕の場面で、他本では和歌の贈答はなく、読経の声を聞いて滝口の存在に気付くという筋になっていること、〔四〕において、他本では一言も発しない滝口が、横笛へ言葉を掛けていること、〔五〕で出家型

に特有の和歌の贈答が、語り本系とは詠み手を逆にして置かれていること、の四つの問題点を取り出すことができる。[20]

この中で、最も注目されてきたのは〔五〕の横笛歌であろう。服部幸造氏が

　髪を切ったのは恨みの心からであり、いささか惑乱気味の行為であったのだが、切った途端に恨みの心が消えるという回心が起った、というのであろうか。

として、「前からの続き具合があいまい」だといわれているように、[21]確かに〔五〕の文脈は一見解しにくい。その曖昧さに対して、延慶本の横笛に中世の女性罪業観による「愛欲の女人」という造型を見る名波弘彰氏は、横笛の発心・出家というプロットを、横笛造形の一貫性を壊す後次的な竄入であるとし、[22]同様に横笛の女性としての罪業に着目する小林美和氏は、髪を切って投げかけるという行為について、「滝口への決別宣言であると同時に、自らの罪深き執心への縁切り状であった」という解釈を示されている。[23]いずれも示唆に富む見解だが、本節ではさらに、〔二〕・〔四〕との関連を重視したい。つまり、「出家後の入水」という独自のプロットとそれに伴う「剃ルマデハ」歌が解釈を難しくさせているのなら、同じ独自要素である〔二〕・〔四〕も、そこまでの文脈と関連させて考えることはできないだろうか、ということである。

〔二〕・〔四〕を含む延慶本と、他諸本との間の最大の違いは、他本において滝口は訪ねてきた横笛に対して一言も発しないのに対し、延慶本では〔二〕・〔五〕の和歌の贈答、〔四〕の会話と、三度にもわたって二人の間に〈対話〉が成立していることである。このことに注意して延慶本の文脈を整理してみよう。横笛は、突然行方をくらまして出家した滝口の真意など知らずに、嵯峨の滝口の許を訪ねてゆく。このとき、偶々滝口が口ずさんだ「世ヲ厭ヒ」の歌は、出家後も滝口が「有繫《ガ》ニヌル、袖ノ上哉」という苦悩を抱えていることを横笛に知らしめる役割を果たしていることになるはずである。しかし、まだ横笛は、何故の苦悩なのかまでは気付いてはいない。それは横笛の返歌と、〔三〕の言葉とに表れている。彼女の心を満たしていたのは、「イツノ間ニ替ケル御心ゾヤ」という思いであった。その横笛の口説

きに、心強くも返事をせずにいた滝口に対して、横笛は重ねて言葉を投げかける。この四の傍線部に注目したい。滝口が心変わりをしたと思っている横笛は、「あなたはもう私のことを何とも思っておらず、私一人が恋の思いに苦しんでいる」ことのつらさを訴えかけているのであるが、それに対して滝口は「誰故ニ、カヽル道ニモ思入ゾトヨ」と答えているのである。それは、出家を決意したときの「親ノ諫ヲ背カバ不孝ノ罪業難㆑遁。依㆑之女ヲ捨ムトスレバ、神ニ係テ契シ昵言モ皆詐ト成ヌベシ」という思いとも対応するであろう。横笛への恋ゆえに、出家という選択をせざるを得なかったのだというその言葉は同時に、二の滝口歌の真意も明らかにしたはずである。滝口は心変わりをしたわけではない。だからこそ出家後も女への思いに苦しんでいるのである。そして、男の思いは変わっていないことを確認し、にもかかわらず現世での恋の成就を断たれた横笛に、残された唯一の道として「有㆑契者、一蓮ノ上ニ」という可能性が示されることになる。だからこそ横笛は、最後の対面を拒否された恨みの中で「誠ノ道ニイルゾウレシキ」と出家の喜びを表明したのではなかったか。二・四における〈対話〉こそが、横笛を出家に導いたのである。またそれ故にこそ、自らの仏道生活が完遂できないことを悟った横笛は、「無跡マデモ人ニ知スナ」と、死に臨んでも滝口を気遣わずにはいられなかったのではなかったか。

むすび

恋と仏道の間で苦しむ二人の心がこのように浮き彫りにされている点こそ、延慶本に固有の特徴として認めるべきではないだろうか。これを滝口の側からみれば、横笛との〈対話〉は、出家後も抱き続けた彼の苦悩をさらけ出すものに他なるまい。恋慕の思いに苛まれているのは、滝口も横笛と同じであった。出家したはずの横笛の死を伝える報が、「我身コソアラメ、年荘ナリツル女ヲサヘ、世ニ無者ト成シツル事ヨ」と、新たに彼を苦しめることになるのは必然であり、それは「都近クスマヒシテ、加様ニ心憂事ヲ聞ニ付テモ、傾道ノ障トモ成ヌベシ」と、都近くの地を厭いさらなる深山を志す契機となった。〈対話〉を通してその苦悩が浮き彫りにされているが故に、それを超克した滝口は、恩愛に悩む維盛の導師たるべき資格をより強固にする。一方で、その滝口が度重なる移動を経て最後にたどり着いた高野は、「東山清岸寺」で「行澄テ」いたものの、「彼所ハ都近シテ、知モシラヌモ押並メテ問事シゲキ宿ナレバ、トガムル事モ右流左クテ」と、都近くの煩わしさゆえについには死を選んだという横笛の運命さえも反証として、恩愛の苦しみに沈む者を救いうる聖地として立ち現れてくることになる。出家後もなお苦悩する滝口の姿を描き出すことは、高野という地がもたらす救済と密接に関わるのであり、永観の庵室を経て高野を目指す彼の道心の軌跡は、「横笛」説話に先立つ㋐以下の文脈と合流して、至高の聖地としての高野を描き出す。

第四項までに検討した内容とあわせてみれば、このような延慶本の「横笛」説話に独自の要素もまた、後次的な改編によるものであると見なす可能性も、考えてよいのではないだろうか。維盛の入水に対する高野・熊野の救済と滝口の導きは、いずれの『平家物語』にも共通するものだが、延慶本はそこに新たな記事を取り込み、構成の大枠にまでも手を加えて独自の文脈を作り出しているのである。高野の聖性を極度に強める記事をはめこみ、「横笛」説話はそれに対応する一方で、導師としての滝口の意味づけをもより強く明瞭に打ち出すのである。その独自の重層的な構造は、他の諸本に先立つものとしてではなく、先行する『平家物語』に手を加え、その一面を肥大化させたものと理解するのが正しいだろう。その中で、「横笛」説話に対しても最も意識的に向き合っているのであって、延慶本の位相を正しく把握するためには、改作によって獲得した文学的な個性を、きちんと読み取る必要がある。

（1）　松本隆信氏「御伽草子の本文について―小敦盛と横笛草紙―」（『中世庶民文学　物語草子のゆくへ』一九八九年、汲古書院。初出一九六三年）、岩瀬博氏『伝承文芸の研究　口語りと語り物』第四篇第五章（一九九〇年、三弥井書店。初出一九七五年）、神野藤昭夫氏「横笛草紙の成立まで―室町時代物語論のために―」(『日本文学』第二十六―二号、一九七七年二月)等。

(2) 屋代本のみ、横笛は滝口を訪ねた後程なく死んだとして、出家には触れていない。

(3) 岩瀬氏注(1)論文、服部幸造氏「『平家物語』滝口出家譚」(『松村博司先生喜寿記念国語国文学論集』一九八六年)。

(4) 南都異本は巻十のみの零本であるが、長門本・延慶本と近い本文を持ち、特に長門本との間に共通祖本が想定されている。武久堅氏『平家物語成立過程考』第二編第一章(一九八六年、桜楓社。初出一九八〇年)および松尾葦江氏『平家物語論究』第三章―五(一九八五年、明治書院)。

(5) 一方系の葉子十行本は、⑥と⑦の間に、[C](a・b含む)・[A]・[B]を置く。

(6) 長門本[C]は、屋代本抽書「流砂葱嶺同宗論事并高野御幸事」と共通性が高く、「屋代本的な本文を巻十相当巻に移動し補入したもの」であることが論じられている(櫻井陽子氏「延慶本平家物語巻六における高野山関係記事をめぐって」『駒沢大学仏教文学研究』第七号、二〇〇四年三月)。一方、南都異本の[C]については、それが『高野物語』に「殆ど一致する」との指摘がある(松尾氏注(4)前掲論文)。[C]・[A]に関しては、いかなる形が本来であるのか、現存諸本から断定することは難しい。

(7) 「延慶本平家物語(応永書写本)本文再考」(『国文』第九十五号、二〇〇一年八月)以降の一連の論考。

(8) 武久堅氏は、『平家物語の全体像』第Ⅱ章―四(一九九六年、和泉書院。初出一九八八―一九九〇年)において、i～ivの本文の成立について依拠資料との対比から詳細に論じられている。なお、長門本にはない「山ハ峨々トシテ高ク聳ヘ、渺々トシテ無レ際モ。花色ハ僅ニ綻ビ二林霧ノ底一ニ、鐘ノ音ハ幽ニ響ク二尾上ノ霜一ニ。」までを、「つなぎの句」として延慶本が加えたものとされているが、盛衰記に類句を見いだすことができ、延慶本の創出とは言い切れない。

(9) 「延慶本『平家物語』における高野山関連記事の考察―「観賢僧正説話」をめぐって―」(『続々・『平家物語』の成立』二〇〇三年二月、千葉大学大学院)。

(10) 武久氏注(8)論文。

(11) 源健一郎氏「源平盛衰記と南都の真言宗―巻第四十、法輪寺縁起の増補と「宗論」削除の理由を探る―」(『軍記と語り物』第三十二号、一九九六年三月)に指摘がある。

(12) 延慶本において観賢の事績が淳祐にすり替えられていることの意味については、高橋氏注(9)論文で詳しく考察されている。

(13) 引用は『守覚法親王と仁和寺御流の文献学的研究資料篇金沢文庫蔵御流聖教』(二〇〇〇年、勉誠出版)による。

(14)　延慶本の「宗論」的性格については、源健一郎氏「『平家物語』における仏法的立場の表出―延慶本・源平盛衰記を例として―」(『四天王寺国際仏教大学紀要』第三十七号、二〇〇四年三月) より、多くの学恩を蒙った。
(15)　『平家物語の成立』第二章―二 (二〇〇〇年、和泉書院。初出一九九三年)。
(16)　武久氏注(4)前掲書序論第三章 (初出一九七九年)。
(17)　『拾遺往生伝』によれば、永観の出家は十二歳であり、恋を契機とするにはやや無理がある。また、「呉竹ノ……」の歌は、盛衰記巻三十八では通盛と小宰相のなれそめ譚の中で、小宰相が夜離れを恨んで詠んだ歌となっている。歌意から考えても女性の歌とする方が自然か。
(18)　「真言宗の教理、歴史を概説した入門書」(阿部泰郎氏『中世高野山縁起の研究』一九八二年、元興寺文化財研究所) とされる『高野物語』で、念仏宗の代表として永観の名が挙がっていることも参考になろう。「順次に念仏、天台、禅が先の説を批判しながら主張し、やがて真言がこれを止揚するという弁証法的な構成」(阿部氏前掲書) をとる同書においては、永観も真言の至高性によって止揚される存在でしかないわけである。また、源氏注(14)論文は、延慶本巻一の〈得長寿院供養〉と〈延暦寺縁起〉とが、いずれも南都に対する天台の優越を主張するものであり、これらの記事を通して「南都に対峙する天台の仏法的立場が展開されている」ことを論じている。
(19)　本節では、滝口の出家に至るまでの前半部については言及しないが、『西行物語』との関連を指摘する、山崎淳氏の極めて示唆に富む論考がある。「延慶本『平家物語』の滝口入道像―西行像享受の一例として―」(『日本文学史論』一九九七年)。
(20)　⊟は長門本と同文性が高く、両本が共通の層を持つことを窺わせるが、長門本は以下、滝口の許からの帰途そのまま入水に至るという一般的な入水型の展開となっている。
(21)　服部氏注(3)論文。
(22)　「延慶本平家物語の横笛説話における出家と入水をめぐって―横笛説話形成過程論序説―」(『言語・文学・国語教育』一九九四年、三省堂)。なお、名波氏が延慶本の「先行形態性」について論じられていることは、本節とは立場が異なる。
(23)　小林氏注(15)論文。

第三節　平頼盛像の造型

はじめに

寿永二年七月、迫り来る木曾義仲の脅威の前に、都を捨て西国へ落ち行くことを余儀なくされた平家の中で一人、平頼盛は、一門から離れて都に留まった。その様子は『平家物語』にも記されているが、例えば覚一本では次のようになっている。

　池の大納言頼盛卿も池殿に火をかけて出られけるが、鳥羽の南の門にひかへつゝ、「わすれたる事あり」とて、赤じるし切捨て、其勢三百余騎、都へとッてかへされけり。

頼盛のこの行動が、母池禅尼が源頼朝の恩人であるという関係を頼ってのものであったことについて述べる。

　抑池殿のとゞまり給ふ事をいかにといふに、兵衛佐つねは頼盛に情をかけて、「御かたをばまッたくをろかにもひまいらせ候はず。たゞ故池殿のわたらせ給ふとこそ存候へ。八幡大菩薩も御照罰候へ」なンど、度々誓状をもッて申されける上、平家追討のために討手の使ののぼる度ごとに、「相構て池殿の侍共にむかッて弓ひくな」なンど情をかくれば、「一門の平家は運つき、既に都を落ぬ。今は兵衛佐にたすけられんずるにこそ」とのたまひて、都へかへられけるとぞ聞えし。

という覚一本の記述も、よく知られたものであろう。しかし、頼盛関連記事について、とりわけ延慶本は、『平家物語』他諸本には見られない独自の内容のものを多く持っており、本節では、そうした延慶本における頼盛像について、一つの読解を試みる。それに先だって、諸本によって記事配列の差異が著しい都落関連記事群について、延慶本における大まかな配列を示しておく（表1－3）。

一　延慶本の頼盛関連記事

表1－3を踏まえて、まずは論述の都合上、記号による整理を加えつつ、延慶本巻七における平家都落の際の、頼盛の描写をたどることから始めたい。都落を決意した平家は、法皇の姿が見えないことを知って安徳天皇のみを帯同し、六波羅に火を放って焼き払う。続いて、維盛が妻子との名残を惜しむ〈維盛都落〉が描かれ、〈頼盛離脱〉が置かれるのはその後である。ここで、

①頼盛ハ、仲盛、光盛等引具テ、侍共皆落散テ、纔ニ其勢百騎計ゾ有ケル。鳥羽ノ南《ミ》赤井川原ニ暫クヤスラヒテ、下居テ、大納言ヨソヲ見マワシテ宣ケルハ、「行幸ニハヲクレヌ、敵ハ後ニ有。中空ニナル心地ノスルハイカニ、殿原。此度ハ、ナドヤラム物ウキゾトヨ。只是ヨリ京エ帰ラムト思フ也。A都テ弓矢取身ノ浦山敷モ無ゾ。Bサレバ故入道ニモ随フ様ニテ随ハザリキ。無㆓左右㆒池殿ヲ焼ツルコソクヤシケレ。イザ、ラバ京ノ方ヘ。鎧ヲバ用意ノ為ニ各〻キルベシ。返々モ、人ハ世ニ有バトテ、ヲゴルマジカリケル事カナ。入道ノ末、今バカリニコソアムナレ。イカニモ〳〵ハカ〴〵シカルマジ。都ヲ迷出テ、イヅクヲハカリトモナク、女房達ヲサヘ引具シテ、旅立ヌル心ウサヨ。イカバカリノ事思アワルラム。侍共皆赤ジルシ取捨ヨ」ト宣ケレバ……

という決断とともに都へと引き返した頼盛の姿が描かれる。長門本にのみほぼ同内容の記事があるが、このように頼

表1-3　平家都落関連記事

記　事
主上都落
維盛都落
頼盛離脱（抜丸説話，八幡大菩薩の示現を含む）
平家一門名寄
摂政基通離脱
貞能帰京
東国武士の事
男山八幡遥拝
忠度都落
行盛新勅撰入集
経正都落
福原にて一夜を明かす（経盛・能方の事を含む）
宗盛の演説
福原落
恵美仲麻呂の事

盛の心中に深く踏み込んだ描写は、他諸本には見られない。次いで頼盛は、八条女院の乳母子にあたる女房との婚姻関係を頼って女院のもとへ身を寄せようとするが、その際の女院と頼盛とのやりとりについて細かく描くのも、延慶本・長門本だけの特徴である。「都ニ留テ君ノ見参ニモ入リ、出家入道ヲモ仕リテ、閑ニ候テ、後生ヲモ助ラムト存テ、カクナム参テ候也」と言って現れた頼盛と、女院とのやりとりは

② 女院、三位局ヲ御使ニテ、「誠ニソレモサル事ナレドモ、源氏已ニ京ニ入テ、平家ヲ滅ベシト聞ユ。サラムニ取テハ、此内ニテハカナヒナムヤ」ト仰有ケレバ、頼盛畏テ、C「マコトニサヤウノ事ニモ成リ候ハヾ、忩ギ御所ヲ罷出候ハムズレバ、ナジカハ御大事ニ及候べキ」ト被ㇾ申ケレバ、女院又、「イカニモヨク〳〵相ハカラハルベシ。但シ源氏ト訇ルハ、伊豆兵衛佐頼朝ゾカシ。ソレハノボラヌヤラム。上リタラバ、サリトモ別ノ事ヨモアラジ。カシコクゾ故入道ト一心ニテオワセザリケル。今ハ人目モヨシ。平家ノナゴリトテ世ニオワシナムズ」ト仰有ケレバ、頼盛、「世ニアリト申候ハヾ、定テ今ハ何事カハ候べキ。D只今落人ニテ、アチコチサマヨワム事ノ悲サニコソ、カヤウニ参テ候へ。仰ノ如ク、頼朝ガ方ヨリ度々文ヲタビテ候シニ、故母ノ池ノ尼ガ事ヲ申出テ、『其形見ト頼盛ヲバ思ゾ。世ニ有ラムト思モソノ為ナリ』ト、毎度ニ申テ候シナリ。其文コレニ持候」トテ、中間男ノ頸ニ懸サセタリケル革ノ文袋ヨリ取出テ、見参ニ入ル。同手モアリ、カワリタル筆モアリ。判ハイヅレモカワラズト御覧アリ。サレバ討手ノ使ノ上リシニモ、「穴賢、池殿ノ殿原ニ向テ、弓ヲモ引ベカラズ。弥平左衛門宗清ニ手カクナ」ト、国々ノ軍兵ニモ、兵衛佐警メラレケルトカヤ。（長門本同じ）

というものである。頼朝との関係についてもここで言及されるのであるが、こうした頼盛の動きに対し、平家本隊では、越中次郎兵衛盛次が攻撃を進言するものの、

③「中々サナクテモ有ナム。年来ノ重恩ヲワスレテ、Eイヅクニモ落着ムズル所ヲ見ヲカズシテ留ルホドノ仁ハ、源氏トテモ心ユルシセジ。サホドノ奴原ハ、アリトテモナニカハセム。トカク云ニ不ㇾ及」（長門本同じ）

という宗盛の意見によって退けられる。さらに延慶本では、「抑頼盛ノトヾマリ給フ志ヲ尋レバ」として、父忠盛の名刀抜丸を頼盛が相続したことをめぐって、「大政入道モ心得ズ被」思ケリ」「内々叔父甥ノ中、心ヨカラズトゾ聞ヘシ」と、清盛・宗盛ら嫡流との間に確執が生じていたことを述べる〈抜丸説話〉と、門出の際に八幡大菩薩の示現たる童子から鳩の羽を授かったことを「頼朝世ヲ打取テ、一天ヲ心ニ任ムトテ、頼盛ヲ恩賞スベキ瑞相ニテゾ有ラム」と解して離脱を決意したことを記す〈八幡大菩薩の示現〉とを置くが、これら二つは長門本にも見られない、延慶本独自の構成である。(1)

こうした一連の頼盛の行動に対して、倫理観の欠如した裏切り者として一貫して批判的に読むのが、小林美和氏(2)である。一方、鈴木彰氏(3)は、頼盛の残留決意は〈抜丸説話〉に象徴されるような一門内部での対立によるとし、②傍線部Cにおいて、女院に迷惑をかけぬよう、いざとなれば退出する覚悟を告げることを、「自らの運命を受け止める姿」(4)と読む。延慶本には「語り本のごとき一門離反・心変わりは特に描かれていない」とし、また頼朝との関係についても、先に言及するのは頼盛ではなく女院のほうであり、頼朝との関係のみを離脱の原因として描く他本とは、明らかな相違があるとされるのである。延慶本の頼盛という同材を扱いながら、このように対照的な読解が存するのは興味深いが、例えば頼朝との関係の描き方という点については、いくら他諸本の場合と違って最初に言及したのが女院からであっても、頼盛を裏切り者と割り切って見る目には、そもそも都落のどさくさの中で頼朝からの文書をしっかり握りしめていたというだけで、十分非難に値するようにも映るだろう。鈴木氏も指摘されるように、前掲の記事に、語り本系などに比して多くの相違があることは確かだが、延慶本の頼盛造型には、その行為が批判されるべき裏切りか、そうでないか、という観点からの議論だけでなく、より広い角度から検討される余地があるように思われる。以下その点について考えていきたい。

二　頼盛の離脱

如上の頼盛の行動について、それがいかなる性質のものであったかを、鮮やかに照らし出す記事が、一連の都落の記事群の中にある。以下に見る〈貞能帰京〉である。前述の〈八幡大菩薩の示現〉の後、場面は宗盛・知盛ら主流の側へと移り、維盛ら小松家および頼盛らの不参を嘆く宗盛に対し、知盛は都での討死に固執する。そこへ小松家の面々が合流し、「其外落行平家ハタレ〳〵ゾ」と、平家一門の名寄が続く。摂政基通は、平家の聟であったにも関わらず離脱し、その後に置かれるのが、〈貞能帰京〉である。平家主力の侍の一人である平貞能は、「川尻ニ源氏廻リタリ」という情報を得て出張っていたが、虚報だと知って戻る途中、一門と出会い、その都落を諌める。

④「アナ心ウヤ。是ハイヅチヘトテワタラセ給ゾヤ。都ニテコソ塵灰ニモナラセ給ワメ。西国へ落サセ給タラバ、遁サセ給ベキカ。又平ニ落付給ベシトモ覚候ワズ。落人トテ、アシココ、ニ打散レテ、骸ヲ道ノ頭ニ曝シ給ワム事コソ心ウケレ。コハイカニシツル事ゾ。新中納言殿、三位中将殿、トク〳〵引帰ラセ給へ。ケウガル軍仕テ、後代ノ物語ニ仕リ候ワム。[a]弓矢ヲ取習、敵ニ打ル、事、全ク恥ニアラズ。何事モ限有事ナレバ、今ハ平家ノ御運コソ尽サセ給ヌラメ。サレバトテ、叶ワヌ物故ニ、敵ニ後ヲセム事、ウタテク候」

ここで貞能が主張したのは都での討死である。これに対して宗盛は、「女院、二位殿ヲ始奉テ、女房共アマタ」を気遣っての決断であると弁ずるが、さらに貞能は

⑤「[a]弓矢ヲ取習《ヒ》、妻子ヲアワレム心ダニモ深ク候へバ、思キラレズ候……」

と言い放ち、法皇を逃がした不手際を責め、「貞能ニヲヒテハ、骸ヲ都ニテサラスベシ」と言って都へ帰って行く。

貞能のこうした行動は、義仲の耳にも届き、

⑥「筑後守貞能ガ最後ノ軍セムトテ帰上タナルコソ哀ナレ。[a]弓矢ヲ取習、サコソハ有べケレ。相構へテ生取ニセ

ヨ」

と感ぜしめるが、貞能は結局

⑦　酉時マデ、マテドモ〳〵大臣殿已下ノ人々帰リ上リ給ワズ。

という事態のために戦をすることなく、重盛の墓の始末をして再び一門と合流して行くのである。ここまでの延慶本の叙述については、長門本がほぼ変わらない記事を有している。

一方、貞能が引き返してくるという報は、頼盛のもとにももたらされ、

⑧　貞能城へ帰入ト聞ヘケル上、「盛次、景清等ヲ大将軍トシテ、残留平家共討ムトテ都ヘ入ヌ」ト訇ケレバ、池大納言色ヲ失テ騒ガレケリ。サレドモ源氏ハ未打入ズ、平家ニハ別ヌ。浪ニモ付ズ、磯ニモ付ヌ心地シテ、只八条ノ院ニ、「若ノ事アラバ助サセ給ヘ」ト被㆑申ケレドモ、「ソレモカヽル乱ノ世ナレバ、イカヾハセサ給ベキ」ト、御ナゲキ有ケルモ、理ニ過テ哀也。平家ノ方ノ者ヤシタリケム、歌ヲ札ニ書テ、池殿ノ門ノ前ニ立タリケリ。

トシゴロノヒラヤヲステヽハトノハニウキミヲカクスイケルカヒナシ

大納言、コノ歌ニハヂテ出仕モシ給ワズ、常ニハ籠居シテゾヲハシケル。

という事態へと発展する。この⑧は、『源平盛衰記』には見られるが、長門本にはない。

これら一連の叙述が、貞能の帰洛を知ってうろたえて女院に助けを求め、決して迷惑はかけないと誓った前掲②傍線部Cの頼盛の言葉が、口先だけのものでしかなかったことを露呈する記事へと収斂し、さらにその頼盛を皮肉る落首へと通じている⑧ことは、右の〈貞能帰京〉記事を頼盛との関連において読みうることを示唆していよう。[5]そうした観点から注目したいのは、〈頼盛離脱〉との表現上の対応である。まずは④の傍線部に見られる、落人としてさすらうことを憂う貞能の言葉であるが、こうした憂いは、②傍線部Dに見えるように頼盛にとっても同じであった。①にも類似の言葉がある。落人たることを拒否し、ひとり都へ戻ったという点においては、貞能も頼盛も同じなので

ある。しかし、一方は都での決戦という諫言が容れられないと知って一門の後を追って合流し、一方は離反して敵の庇護下に走った。これら二人の行動を支えていた原理が正反対のものであったことが、傍線部aの表現から明らかになる。すなわち、④⑤⑥と三度繰り返されるように、貞能の行動は一貫して「弓矢取」としてのものであったのに対し、頼盛は①傍線部Aにはっきりとあるように、「弓矢取」であることを捨てていたのである。(6) 貞能が主張したのは、第一に都での討死であったが、それは一門と共にするのでなければ意味はなかった。だからこそ、自らの行動を以て示しても一門が引き返してこないと見るや、再び彼らと合流したのである。「弓矢取」たる貞能にとって、一門と離れるという選択肢は、おそらくなかったのだ。この貞能との対照によって、延慶本における頼盛像はまず、「弓矢取」であることを放棄して、一門から離れた存在としての姿を明らかにするのである。

いま一つ、一門と行動を共にしようとする「弓矢取」の存在が、頼盛の姿を対照的に浮き彫りにしている記事がある。〈貞能帰京〉の後、主のいなくなった都の様を描いた文のあとに続く、〈東国武士の事〉である。

⑨日来召ヲカレタリツル東国者共、宇津宮左衛門尉朝綱、畠山庄司重能、小山田別当有重ナムド、ヲリフシ在京シテ大番勤テ有ケルガ、鳥羽マデ御共シテ、「何クノ浦ニモ、落留ラセマシマサム所ヲミヲキ進セム」ト申ケレバ、大臣殿宣ケルハ、「志ハ誠ニ神妙也。サワアレドモ、汝等ガ子ドモ多ク源氏ニ付テ東国ニアリ。心ハヒトヘニ東国ヘコソ通ラメ。ヌケガラ計具テハ何カハセム。トク〳〵カヘレ。世ニアラバワスルマジキゾ。汝等モ尋来レ」ト宣ヒケレバ、「何クマデモ御共シテ、ミヲキ進セムト思ケレドモ、a弓矢ノ道ニ此程心ヲヌカレ進テ参リタラバ、何事ノアラムゾ」トテ、トマリニケリ。廿余年ノ好ミナレバ、ナゴリハヲシク思ケレドモ、各ノ悦ノ涙ヲヲサヘテ罷留ニケリ。

記事配列、本文ともに延慶本と長門本とで極めて共通性が高い都落関連記事の中で、この〈東国武士の事〉は、両本がはっきりと内容的に異なる数少ない例である。長門本は四部合戦状本と近く、子息所従等、皆、兵衛佐にしよくしにけれは、是等は召こめられてありしを、「西国へくし下りて、斬へし」とさたありけるを、貞能、「是等か首はかりを召されたらんに、よるまし。さいし眷属も、さこそ恋しく候らめ。唯とく〳〵御ゆるしあて、本国へくたさるへく候」

と、東国武士たちは斬首寸前だったのを貞能の進言によって助けられたとして、延慶本とは一致しない。(7) 東国武士が、自ら平家に付き従おうとする意志を示す延慶本の描写は、むしろ盛衰記や南都本と近い。しかし、延慶本の場合はさらに、平家の供をして行くことを望む彼らの行動を支えているのが「弓矢ノ道」であるとし、またそれゆえに宗盛から「心ヲヲカレ」たことによって東国へ帰ったことを明言するが、これらは盛衰記や南都本にも見られない独自の表現である。この東国武士たちの行動が、自ら一門から離れた頼盛と対照をなすことは、傍線部における表現によって知られよう。こちらも、延慶本の独自表現だが、これは〈頼盛離脱〉に対する宗盛の、③傍線部Eの言葉と明確に対応している。この対応を通じて、平家の行く末を見届けようとする東国武士と、一門を離れた頼盛とが、はっきりと対比される。先の〈貞能帰京〉記事は長門本との共通性が高かったが、延慶本では、さらにこの〈東国武士の事〉における独自の記述を通じて、「弓矢取」であることを捨てて一門から離脱した頼盛の姿が、より明瞭に浮かび上がるのである。

三　頼盛の関東下向

右に見たような、「弓矢取」たることを放棄するという頼盛の行動はおそらく、頼朝のもとに走るということとも不可分である。そのことを確認するために、巻十に目を移してみたい。巻十には、一人都に落ち留まった頼盛が関東へ下向し、頼朝と対面したことが描かれている。それに際して頼盛は、平治の乱の際の恩人として、頼朝が対面を熱望する弥平左衛門尉宗清を同行させようとするが、相伝の侍であるにも関わらず、宗清は拒んだ。その理由を宗清は、西海に漂う平家一門を「心憂」く覚えてのことであったと述べるが、それに対して頼盛は、次のように言葉をかける。

⑩「一門ヲ引別テ残留ル事ハ、乍二我身一モイミジトハ思ハネドモ、命モ惜ク、世モ捨ガタケレバ、慭ニ留リニキ。其上ハ又下ラザルベキニ非ズ。遙ノ旅ニ趣クニ、争カ可レ不二見送一。余執尽キズ思バ、ナドカ落留シ時、サモ云ハザリシゾ。大小事、汝ニコソハ云合シカ」

この頼盛に対して、宗清は

⑪「人ノ身ニ命計惜物ヤハ候。又身ヲバ捨レドモ、世ヲバ捨ズト申タリ。御留リアレ(「シ」歟)トニハ候ハズ……」

と一定の理解を示すが、「西国ニオハシマス殿原、若ハ侍共ノ聞候ハム事恥敷」思う由を言い、同行は頑なに拒む。

このやりとりは、諸本によって些細ながら相違がある。長門本では⑪は延慶本と同じだが、⑩の傍線部は「身もすてかたく、命もおしけれは」とあるため、会話がかみ合っていない（南都異本も同じ）。覚一本では⑩「さすが身もすてがたう、命もをしければ」、⑪「人の身に命ばかりおしき物や候。又世をばすつれども、身をばすてずと申候めり」となっている。冨倉徳次郎氏(8)は、これらを踏まえて、延慶本については「たとえ死んでも身分財産にしがみつく」と解釈されている。しかし、「命の惜しさ」を言う頼盛に対して、「たとえ死んでも」では、やはりかみ合っているとは言い難い。また、『長門本平家物語の総合研究校注編　下』(9)の脚注は、⑪について「身」と「世」は逆の方が妥当と指摘している。これらはいずれも、冨倉氏が「「身」と「命」とはほぼ同類の語」といわれるような理解に拠っているのだろうが、覚一本のような形であればそれで問題なくても、延慶本の形にあてはめるには無理があるということだろう。しかし、以下のような例は、延慶本の形について全く異なる解釈が可能であることを示している。すなわち、『大槐秘抄』に、「一代に年号の多く積もり候ふと、当代の蔵人五位との多く積もるは、よしなきことに候ふ」と述べた上で、今時の蔵人五位の節操のなさを挙げ、彼らの行動をすこしうるほひある上達部殿上人は、申べきにもあらず、われ〳〵おなじごと蔵人経たる諸大夫の、少しもうるほへるがもとには、はう〴〵とまかりあひて候ふなり。人の心のわろくなりて候か。もしは受領になるみちの候はで、ずちなく、世の捨がたくて、身をすて候ふかの間なり。[10]

と述べる記事が見えるのである。ここでいう「身」も「世」も、「命」に関わる語ではないことは明らかで、五位蔵人にも受領にもなれずに、経済力のある家に出入りして世を渡る彼らの行動を、「世」を捨てず「身」を捨てたものと評しているのである。ここでいう「身」とは、極言すればプライドのことに他なるまい。こうした解釈を延慶本にあてはめるならば、宗清は、「たとえプライドは捨てても、世俗的な地位は捨てないものだ」と言っているのであって、⑩⑪はそれぞれ、「命モ惜ク」が「人ノ身ニ命計惜物ヤハ候」に、「世モ捨ガタケレバ」が「身ヲバ捨レドモ、世ヲバ捨ズ」に対応しているのである。[11]

宗清は、この言葉によって、一門を離れて頼朝を頼るという行動に理解を示しながらも、決して自らは頼盛に伴って関東へ下向しようとはしなかった。それは、頼盛が捨てた「身＝プライド」を、自身はまだ保持していることを、主に対して突きつけたことを意味しよう。では、宗清がなお保っていたプライドとは何か。それは「敵ヲモ責ニ御下候ハヾ、一陣ニコソ候ベケレドモ、是ハ参ゼズトモ御事闕クマジ」という彼の言葉に明らかなように、まさしく「弓矢取」としての行動原理に他ならないのではないだろうか。そうした立場に立つ者にとって、頼朝のもとへ走り、剰え莫大な恩賞を受けるなどは、できることではなかったのである。換言すれば、この宗清の言葉は、頼朝のもとへ走るという行動が、「弓矢取」たることを捨てて初めて可能であったことを示しているのである。[12]

さらに、巻十においては、いわゆる〈三日平氏〉の記事にも注目しなくてはならない。〈三日平氏〉は、貞能の兄平田入道を大将として、伊賀・伊勢の平氏が蜂起し、近江国の源氏末葉と合戦を繰り広げた事件として『平家物語』に描かれているが、諸本中で唯一延慶本だけがこれを、平田入道らが

⑫「一門ヲ引離レテ、都ニ留給ダニモ心憂ニ、剰ヘ今日此比関東ヘ下向シテ、頼朝ニ伴給事不レ可レ爾。イザ一矢射テ、西国ノ君達ニ物語申テ咲ン」

と、頼朝に面会するために関東へ下った頼盛の帰途[13]を襲ったものとして描くのである。[14] 乱自体は結局すぐに鎮圧されるが、延慶本はこの事件に対して、

⑬平家普代相伝ノ家人タル上、弓矢取身ノ習ニテ、責テノ好ヲ忘レヌ事ハ哀ナレドモ、責テノ事ニヤ思立コソ忝ナケレ

と評している。類似の評は他本にも見られるが、傍線部aは延慶本の独自表現であり、ここでも「弓矢取」と頼盛とが対照されているわけである。延慶本において、平家への志を忘れない「弓矢取」の姿が、「一門ヲ引離レテ、都ニ留」ることと同時に、「関東ヘ下向シテ、頼朝ニ伴」という行為をも照らし出していることは、もはや明らかであろう。

四　頼盛の行動の意味

以上見てきたように、巻七の貞能や東国武士、巻十の宗清や平田入道らの行動は、「一門から離れて頼朝を頼る」という頼盛の行為が、「弓矢取」たることを放棄して初めて可能であったということを映し出している。これらを踏まえてもう一度〈頼盛離脱〉記事へと目を向けてみよう。前述のように、頼盛が「弓矢取」としての生き方を捨てていたことは、すでに①傍線部Aに見えている。そして、続く傍線部Bにあるように、それは清盛との確執と関わる問題であった。両者の確執が、③のあと「抑頼盛ノトゞマリ給フ志ヲ尋レバ」として語り出される〈抜丸説話〉に象徴されていることは、鈴木氏の指摘の通りであろう。しかし、傍線部A・Bに見えるように、清盛ら嫡流と精神的な隔たりを感じていたことが、「弓矢取」としての立場を放棄することと不可分であり、頼朝のもとへ走るという行為が

その上で初めて可能であったのであれば、鈴木氏のいわれるように、一門内対立を頼盛離脱の原因として描くことが、そのまま「一門離反・心変わりは特に描かれていない」ということと繋がるのかどうか、あらためて考えてみなくてはなるまい。むしろ、延慶本の頼盛記事においては、一門内対立を語る〈抜丸説話〉と、八幡の神意を通じて頼朝による「恩賞」の予感を得る〈八幡大菩薩の示現〉とが、二つ並べられていることにこそ意味があるのではないだろうか。延慶本の頼盛記事は、一門内部での確執を原因として、「弓矢取」を捨てることによって一門を離れ、頼朝を頼るという道を得た、という筋道において、一つの脈絡をなしているものと思われる。このような脈絡において、〈抜丸説話〉と〈八幡大菩薩の示現〉は一対のものとして読むべきなのであろう。[15]

　ではなぜ、一門を離れ、頼朝を頼るという行為は、「弓矢取」たることを捨てた上でなければできないのだろうか。あるいは、貞能や東国武士、宗清、平田入道といった侍たちは、「弓矢取」を貫くことによって、何を保持し続けていたのだろうか。こうした問題に向かうとき、佐伯真一氏[16]が、延慶本の「弓箭ノ道」の用例を調査され、⑨の例にも触れつつ、それが「あくまで「武士らしさ」の表現」であって、決して倫理的・道徳的な意味で用いられてはいない、と論じられたことは、極めて示唆的である。貞能ら「弓矢取」を一門につなぎ止めていたのは、倫理や道徳ではない。彼らは、自らの心を外側から縛る規範に、その行動を規制されていたわけではないのである。それを最もよく表しているのは、⑬の例であろう。「弓矢取」たちが保持していたのは、「責テノ好」なのである。同様の表現は、⑨の中にも認められる。東国に肉親を多く残してきているにも関わらず、「弓矢取」たちが平家に従おうとしたのは、「廿余年ノ好ミ」のためであった。この、極めて感情的な繋がりこそが、「弓矢取」たちを平家と結びつけていたのであって、それは、必死の諫言を退けられてなお、一門の都落に合流した貞能も、理屈の上では頼盛に理解を示しながら、一門への聞こえをはばかって関東下向を拒否する宗清も、同じだったのではないだろうか。[17]延慶本は、⑬で「弓矢取」たちの姿を「哀ナレ」と言うのと同様、貞能についても、⑥で木曾の口を通して「筑後守貞能ガ最後ノ軍セムトテ帰上タナルコソ哀ナレ」との評を与えている。巻十では、宗清の弁を聞いた「心有侍共」が皆涙を流したことも描かれている。「弓矢取」の身を捨てた頼盛は、平家一門に対するこうした感情的な連帯までも捨てていたのである。この対照的な二種の人物像に対して、延慶本がどちらに寄り添おうとしているかは、⑥や⑬の「哀」の語や、⑧の「トシゴロノヒラヤヲステ、ハトノハニウキミヲカクスイケルカヒナシ」歌の存在が、はっきりと示しているであろうが[18]、それもまた、倫理的・道徳的なものというよりも、まず第一に心情的な共感であると思われる。

五　〈平家都落〉像

都落における頼盛像の意味を以上のように解するならば、翻ってそれは、「平家都落」全体の中で、どのように位置づけられるものなのだろうか。鈴木彰氏[19]は、頼盛と、彼と並んで「宗盛との精神的な隔たりを持つという共通性を有する」維盛を一対として扱い、それらの「内部対立の浮上によって必ずしも一丸とはなり得なかった平家一門の様相」を描くことが、延慶本における都落の叙述の焦点であったことを論じられているが、本節の観点からすれば、それは延慶本の一面ではあり得ても、全てではあるまい。むしろ、そのような異分子の存在が、逆に「平家都落」自体をどのように照射するのか、ということを考えてみたいのである。少なくとも頼盛に関して本節で行ってきた検討を踏まえるならば、その頼盛と「弓矢取」たちとの対照は、「平家都落」全体をいかに意味づけるのか。まずは以下のような記述に注目しなくてはならない。前掲〈東国武士の事〉の後、物語はそれまでの描写を総括するかのように、次のように言葉を連ねる。

⑭平家ハ、或ハ礒部ノ波ノウキマクラ、八重塩路ニ日ヲ経ツヽ、船ニ棹ス人モアリ。或ハ遠ヲワケ嶮キヲ凌ツヽ、馬ニ鞭打人モアリ。前途ヲイヅクト定メズ、[b]生涯ヲ闘戦ノ日ニ期シテ、思々心々ニゾ被」零ケル。権亮三位中将

ノ外ハ、大臣殿ヲ初トシテ、棟トノ人々、北方ヲ引具シ給ヘドモ、下ザマノ者共ハ、妻子ヲ都ニ留置シカバ、各ノ別ヲヲシミツヽ、行モ留モ互ニ袖ヲゾシボリケル。タヾカリソメノヨガレヲダニモ恨ミシニ、後会其期ヲシラヌ事コソ悲ケレ。相伝譜代ノ好モ浅カラズ、年来日来ノ恩モ争ワスルベキナレバ、涙ヲ、サヘテ出タレドモ、行空モナカリキ。

そして一門は、男山を遥拝して「南無八幡大菩薩、今一度都へ帰シ入給へ」と泣々祈念しながら、歩みを進めてゆく。こうした描写のうち、右の傍線部は諸本を通じて見られる部分だが、傍線部bの記述を持つのは、他に長門本があるのみである。「弓矢取」としての生き方を捨て、同時に「好」という心情的な連帯をも捨てて一門から離反した頼盛の存在は、如上の表現とも、対照的な響き合いを見せるだろう。③の宗盛の言葉を振り返れば、ここでいう「恩」もまた、頼盛が捨て去っていたものに他ならない。頼盛という異分子の存在はここで、都落という選択を共にした者たちが、長年の「恩」と、その年月を通じて醸成された「好」という連帯によって結ばれていたことを、そして、彼らがそうした連帯を保ち続けていたのは、「弓矢取」という生き方ゆえのものであり、その彼らをこれから先に待ち受けるのは「闘戦ノ日」のみであるということを、逆説的に浮上させるのである。

物語はこのあと、〈忠度都落〉〈行盛新勅撰入集〉〈経正都落〉を描き、福原に到着した一門は、故清盛の墓に詣で、一夜を明かすことになる。ここに、清盛の弟経盛が詩歌管絃、とりわけ管絃に優れていたことを述べ、その弟子である能方との別れを描く記事が置かれるのだが、本節におけるここまでの観点からは、こうした配列にも注目しておく必要がある。〈忠度都落〉はいうまでもなく、歌道を志していた忠度が俊成のもとに引き返して詠草を託し、千載集入集を請うというものであり、〈行盛新勅撰入集〉も同様に歌道に関わる逸話である。忠度の詠歌を、「ヨミ人シラズ」として一首しか入集させなかった俊成に対して、子の定家は行盛の歌を、名をあらわして新勅撰集に入集させた。経正は、「幼少ヨリ仁和寺ノ守覚法親王ノ御所ニ被レ候シガ、昔ノ好ミ難レ忘被レ思ケレバ」として、法親王との別れを惜しむために引き返し、琵琶の名器青山を返納した。これらの逸話に、詩歌管絃にまつわるという共通点を見出すことはたやすいだろう。しかし、こうして名残惜しい思いを断ち切って都を後にする忠度らの姿が、同様に詩歌管絃を通じて結ばれていた経盛と別れて都へ戻る能方の姿と、やはり一つの対照をなしていることに、注意しなければならないと思うのである。能方と経盛との別れは、

⑮ 能方ハ、「イカナラム野ノ末、海ノアナタマデモ御共セム」ト、ナゴリヲシタヒ給ケルヲ、経盛、「カヽル身ニナリ候ヌル上ハ、御身ヲイタヅラニナシ給ハム事、争カ侍ベキ。若シ不思議ニテ世モ立ナヲリテ候ハヾ、見参ニ入ベシ。ハカナクナリタリト聞食サバ、必ズ御念仏候ベシ。今生一旦ノムツビニヨテ、来生長久ノ栖ト訪ワレマヒラセ候ハム。ユメ〳〵思留リ給へ」ト、穴賢制シ給ケレバ、ナゴリハヲシク思ワレケレドモ、福原一夜ノトマリヨリ、都へ返給ケリ。

と描かれる。詩歌管絃によって繋がれた絆を断ち切って都を後にした忠度らとは対照的に、能方は詩歌管絃による繋がりを捨てて都へと戻る。いくら名残は惜しくとも、「生涯ヲ闘戦ノ日ニ期」す平家一門の道行きに、彼のような人物はふさわしくなかったのではないだろうか。この能方についての記事は、他に南都本や盛衰記にも見られるが、これらの諸本では延慶本のように〈忠度都落〉〈行盛新勅撰入集〉〈経正都落〉が一続きの配列になっておらず、また平家一門の福原到着より先に、山門御幸から還御に至る法皇の動きを叙した記事さえ挟んでしまうため、能方記事との間に脈絡を見出すことは困難である。また、それ以外の諸本では能方記事自体を欠いているため、如上の対照を認めうるのは延慶本だけということになる。(20)

そして、福原での一夜が明けて翌日、宗盛は、都落に従ってきた「肥後守貞能、飛騨守景家以下ノ侍共」らを初めとする一同に対して、「泣々宣ケル事コソ哀レナレ」という様で、次のように呼びかけた。

⑯ 積善ノ余慶、家ニ尽キ、積悪ノ余殃、身ニ及。故ニ、神ニモ放レ奉リ、君ニモステラレ奉テ、帝都ヲ迷出、

客路ニ漂ル上ハ、今ハ何ノ憑カアルベキナレドモ、一樹ノ影ニ宿ルモ前世ノ契也、一河ノ流ヲ渡モ多生ノ縁猶深シ。何況汝等ハ、一旦従付ノ門客ニモアラズ、累祖相伝ノ家人也。或ハ近親ノ好、（「他」歟）仕ニ異ナル末（「者」歟）モ有。或ハ重代ノ芳恩コレ深キ者モ有。家門繁昌ノ昔ハ、恩潤ニ依テ私ヲ顧キ。楽ミ尽キ悲ミ来ル。今何ゾ思慮ヲハゲマシテ、スクハザラムヤ……

ここでもやはり、彼らの間を繋いでいるのは、「好」と「恩」なのである。頼盛の行動を振り返れば、それは「弓矢取」であることをやめさえすれば、捨てられるものであったはずだ。しかし、宗盛に対する一同の答えは、

⑰ 心ハ恩ノ為ニ仕ワレ、命ハ義ニ依テカロケレバ、命ヲバ速ニ相伝ノ君ニ献リテ、二心アルベカラズ。アヤシノ鳥獣ダニモ、恩ヲ報ジ徳ヲ酬フ志浅カラズトコソ承レ。（中略）就レ中、[a]弓箭ノ道ニ携ル習、二心ヲ存ヲ以テ長生ノ恥トス。設日本国ノ外ナル新羅高麗ナリトモ、雲ノハテ海ノハテナリトモ、ヲクレ奉ベカラズ。

というものであった。「好」と「恩」とによる連帯を求める宗盛に対して、「弓箭ノ道ニ携ル習」として、それに反することはないというのである。諸本のうち、語り本系の屋代本や覚一本には、傍線部aに該当する表現が見えるが、読み本系では長門本を除いて、「弓箭ノ道」の語を持つものはない。ここに至って、延慶本における「平家都落」は、「好」と「恩」とによって繋がれた「弓矢取」たちの道行きとして、はっきりと一つの像を結ぶことになろう。

六　延慶本の位相

延慶本ではこのあと、福原落をした一門に対して〈恵美仲麻呂の事〉の記事を置き、かつての恵美仲麻呂と同様に、都を出た平家を待ち受ける未来が、「只今ニ滅ナムズル物ヲ」というものでしかないことを刻印する。平家一門は、「好」と「恩」とに繋がれて、この明白な滅びの未来に向かって道行きを続けてゆく。「寿永二年七月廿五日に平家都

を落はてぬ」という巻七末尾の一文に収斂してゆく構成の中で一門の悲哀を印象づける語り本とは異なり、延慶本の「平家都落」は「哀感」の描出を焦点としてはいないとする鈴木氏の指摘は、正しい一面をとらえていようが、延慶本と語り本系それぞれから受ける印象の差は、両者の方法の相違によるものであるという一面も存するように思われる。語り本のような集約的な構成をとらない延慶本においては、「哀感」もまた多くの説話の重層と、それらの連関の中に読み取らねばならない。また、本節で見てきたような、延慶本における頼盛像と、それを通じて照射される「平家都落」の特色の多くは、時には、系統的に近い関係にあるはずの長門本とすら共通しない独自の記事や表現によって支えられているものであった。それらの全てにおいて、延慶本の形が他本に先行するのかどうか、稿者としては断言できず、特に巻十の〈三日平氏〉記事に顕著なように、延慶本の古態性が疑わしいものもある。したがって、その延慶本を諸本の展開を考えるための基点に据えることには、躊躇せざるを得ない。延慶本もまた、独自の発展を遂げた姿を我々の前にさらしていると見るべきであって、他諸本に比して特権的な位置にあるわけではない。『平家物語』という作品の流動の方向性として、ありえた可能性の一つが具現化したものであるということを念頭に置きつつ、延慶本の文脈をきちんと読み解いていかなければならないのである。

(1)〈抜丸説話〉については、長門本と『源平盛衰記』にも見られるが、位置が異なる。長門本は巻一に、盛衰記は巻一と四十に載せている。鈴木彰氏『平家物語の展開と中世社会』第三部第一編第五章（二〇〇六年、汲古書院。初出二〇〇〇年）は、〈抜丸説話〉前後の配列について延慶本と盛衰記を比較し、盛衰記に見える矛盾が延慶本の配列を崩したことによるとして、延慶本の先行を説く。しかし、それは延慶本の代わりに、〈抜丸説話〉をこの位置に持たない長門本を比較対象として用いても全く同じ結果が得られるものであり、〈抜丸説話〉の有無についての証明にはなっていない。矛盾がないように盛衰記の配列を並べ直したのが延慶本だという可能性も残る。その上で、長門本がこの位置に〈抜丸説話〉を持たないことについては、「延慶本と長門本の間にも、抜丸の扱いについて、『盛衰記』同様の方向性が見いだせる点、物語変容の普遍性を窺わせる現象として注目される」と述べるのだが、長門本と延慶本の比較というプロセスを経ていない以上、論証になっていない。

（2）『平家物語の成立』第二章─五（二〇〇〇年、和泉書院。初出一九九九年）。

（3）鈴木氏注(1)前掲書第一部第二編第一章（初出二〇〇〇年）。

（4）なお、初出稿の段階ではその姿を「潔い」と評されている。

（5）岡田三津子氏は、これら貞能に関する記事が頼盛に対する批判として機能していると論じられている（「延慶本『平家物語』の人物造型─平家貞・貞能の場合を中心として─」『中世文学』第三十二号、一九八七年五月）。また、鈴木氏注(1)前掲書第一部第一編第三章（初出一九九九年）は、依拠資料等との関係から、頼盛記事（および維盛記事）と貞能記事が「連動する形で成り立っていた可能性」を指摘しているが、その連動について具体的な読解には踏み込んでいない。

（6）『愚管抄』に類似の言葉が見える。なお、長門本では傍線部Aの箇所が「都にては、弓矢とりの、うらやましくもなきそ」となっており、文意がとりづらい。

（7）語り本系の屋代本や覚一本では、助命の進言者は異なるが、斬首寸前だったという点では、これらの諸本と共通する。徳竹由明氏は、長門本・四部本における前後の記事との齟齬を指摘し、延慶本的本文からの改作であることを論じる（「『平家物語』長門本と四部合戦状本の近似本文に関する一考察─平家都落ち話群中の東国武者の記事を中心に─」『三田国文』第三十一号、二〇〇〇年三月）が、『四部合戦状本平家物語全釈　巻七』（二〇〇三年、和泉書院）が指摘するように、延慶本の本文でも、東国武士達が自主的に平家に従っていたとする記述は、「召ヲカレタリツル」という表現自体と抵触する。文脈の齟齬に着目して古態を論じようとする限り、延慶本・長門本のどちらを優位とも決めがたい。

（8）『平家物語全注釈　下巻（一）』（一九六七年、角川書店）。

（9）一九九九年、勉誠出版。

（10）群書類従雑部第四十四。表記を一部改めた。

（11）なお、冨倉氏が四部本について「「捨レ身不レ捨レ命」とあり、これは恥をさらしてでも生きていたいとの意となろうか」とされていることは、本節の延慶本に対する解釈に近い。

（12）実際に頼盛は、関東下向の際、頼朝から莫大な恩賞を蒙って帰洛している。それに対して物語は「命ノ生タルノミニ非ズ、得付テゾ登ケル」と述べている（諸本類同）が、小林氏注(2)論文は、これを「頼盛を断罪する物語作者のことば」とする。

（13）田中大喜氏「平頼盛小考」（『学習院史学』第四十一号、二〇〇三年三月）は延慶本の記述を史実と見ているようだが、頼盛の帰京は実際には五月頃であり（佐伯真一氏「寿永年間頼盛関東下向について」『延慶本平家物語考証　一』一九九二年、新典社）、反乱があったのは七月（『玉葉』など）である。

（14）岡田氏注（5）論文は、巻七の〈貞能帰京〉と巻十の貞能兄の反乱と、二度にわたって「貞能との関連において頼盛批判を行っていることは注目に値いする」としている。

（15）なお、鈴木氏注（5）論文は〈八幡大菩薩の示現〉を「付加的」なものであるとし、「抜丸話の主流性は動かし難い」とする。その理由として、当該記事が「前後の叙述が近しい長門本にはみえず、内容的にも頼朝を予祝するものとなっている」ことを挙げるのだが、〈抜丸説話〉〈八幡大菩薩の示現〉をともにこの位置に持たない長門本の本文が、なぜ頼盛像の読解から後者のみを排除する根拠たりうるのだろうか。注（3）および注（5）論文は、同氏が延慶本から読み取った頼盛の姿が諸本展開の中で失われ、一門からの離反者とみなされていくとし、その過程を「都落」像全体の変貌と絡めて論じるのだが、〈抜丸説話〉と〈八幡大菩薩の示現〉という、頼盛像の読解を大きく左右する記事に関して、両方をこの位置に有する延慶本の姿が他諸本全てに先行しうるのかどうか。少なくともこの二つの記事の有無について、長門本に対する延慶本の先行を断定しうる要因は見いだしがたいように思われる。

（16）「「兵の道」・「弓箭の道」考」（『中世軍記の展望台』二〇〇六年、和泉書院）。

（17）「弓矢取」にとって「心」の繋がりが重要なことは、前掲の〈東国武士の事〉からも読み取れる。

（18）前述のように、延慶本では〈貞能帰京〉に先だって、平家の聟だった摂政基通の離反を描いている。すでに指摘があるように、この記事は、離反行為を知った盛次が、宗盛に攻撃を進言するなど、構成上〈頼盛離脱〉と共通性が高い（橋口晋作氏「「攝政殿落留給事」をめぐって―「侍」の物語など―」『鹿児島県立短期大学紀要』第二十七号、一九七六年十二月）。しかし〈貞能帰京〉によって照射されるのは頼盛のみであり、ここでも一つの対照をなしていると見ることもできる。

（19）鈴木氏注（5）論文。

（20）鈴木氏注（5）論文は、これらの説話を付加的なものとしてのみ扱うが、この点でも本節とは立場が異なる。

（21）鈴木氏注（3）論文および注（5）論文。

（22）注（21）に同じ。

第二章　語り本系『平家物語』論

第一節　屋代本『平家物語』における維盛関連記事の形成

はじめに

屋代本が、語り本系『平家物語』の成立を考える上で重要な伝本であることは、論を俟たないであろう。その本文の研究においては、読み本系諸本との関連を考えなければならないという認識も、広く共有されているものである。中でも特に、千明守氏が、

屋代本・覚一本の本文のその源には、現存の延慶本そのものということはできないにしても、延慶本に近い形態をもった本文の存在を想定することができる。(1)

と論じられたことは大きかったと思う。以来、屋代本をはじめとする語り本系諸本の本文の検証は、多くがこの「延慶本的本文」との関わりを視野に入れて行われてきた。(2) 本節もまた、そうした成果に導かれつつ、巻十の平維盛に関する記事を対象として、屋代本の本文がどのように形成されたのかを検証し、併せて語り本系『平家物語』の特質の一端について考えようとするものである。その過程で、読み本系諸本にも多く言及することになるが、延慶本以外の

表 2-1　維盛関連記事

	延慶本	四部本
Ⅰ	維盛，北の方，それぞれに相手を思いやる．（巻八・卅五）	該当記事なし
Ⅱ	i 維盛，北の方からの音信に心乱れる． ii 維盛，宗盛から二心を疑われる． iii 維盛，出家を決意．（巻九・十七）	i 維盛と北の方，和歌の贈答．続けて延慶本Ⅰの一部に相当する記事を置く． ii 維盛，宗盛から二心を疑われる． iii 該当記事なし
Ⅲ	維盛，小宰相の入水を聞く．（巻九・三十）	維盛，小宰相の入水を聞く．
Ⅳ	北の方，維盛の身を案じる．生けどられた「三位中将」は夫ではないと聞くが，心痛はやまず．（巻九・三十）	北の方，維盛の身を案じる．生けどられた「三位中将」は夫ではないと聞くが，心痛はやまず．（以下，巻十）
Ⅴ	i 斎藤兄弟，平家首渡しを見て維盛が含まれていないことを確認． ii 維盛は病気と知り，北の方は嘆く． iii 維盛，都へ音信．「イヅクトモ」歌．（巻九・卅二）	i 斎藤兄弟，平家首渡しを見て維盛が含まれていないことを確認． ii 維盛は病気と知り，北の方は嘆く． iii 維盛，都へ音信．

本文にも、順次目配りをしていきたい。「延慶本的本文」の具体像が必ずしも明らかでない現状にあっては、延慶本以外の読み本系諸本をも視野に入れておくことは有効だろうと思われるからである。

一　語り本の形成

本節では、屋代本巻十前半の維盛関連記事を中心的に扱う。平家が一の谷の合戦に敗れ、「三位中将」が生けどられたとの報は、都に隠れ住んでいた維盛北の方のもとへも届き、大きな衝撃を与えた。「三位中将」は夫ではなく重衡だということはすぐに判明し、斎藤五、斎藤六の兄弟によって、討ち取られて大路を渡された首の中にも維盛のものはなかったことを知らされるが、維盛が合戦に参加できなかったのは重い病のためであったと聞き、北の方の心が晴れることはなかった。検討の対象とするのは、以上の記述に続く部分である。本来は一続きだが、便宜上A・B・Cの三つに区切って考察する。その過程で、読み本系諸本をも参照することになるが、読み本系の維盛記事には、屋代本その他の語り本系諸本に見られないものが少なくない。そのため、本節の論述に関わる範囲のおおまかな記事構成を、延慶本と四部合戦状本を対照させる形で、表にして整理しておく（表2-1）。

なお、本節で問題にする範囲では、長門本は延慶本とほぼ一致し、四部本は南都本と近い。

以上を踏まえて、まずは

[A] 三位中将モ通《カヨ》フ心ナレハ、都ニサコソ我ヲ無㆓覚束㆒思ラメ、頸共ノ中ニハ見ストモ、水ノ底ニモ沈ミヤシヌラントテコソ歎《ク》ラメ、未此世ニ長ラヘタルソト知セハヤトハ思ヘトモ、①忍タル棲《スミカ》ヲ人ニ知センモサスカナレハトテ、啼々明シ暮サセ給ケリ。②夜ニ成レハ、余三兵衛重景、石童丸ナト云者ヲ喬《ソハ》ニメシ、「都ニハ只今、我事ヲコソ思出ラメ。少キ者共忘ルトモ、人ハ忘《ル、》隙アラシ。③角独《クリ》只イットナク明シ暮セハ慰《サ》ム方ハ無レトモ、越前三位上ヲ見《ル》ニハ、賢《カシコ》クソ少キ者共ヲ都ニ留《メ》置タリケル」トテ、泣々悦《ヒ》給ケリ。④北方ハ、商人《アキント》ノ便《リ》ニ文ナトノ自ラ通ニモ、「ナト今マテ迎ヘ取セ給ハヌソヤ。疾《トク》シテ迎ヘ取セ給ヘ。少キ者共モ不㆑斜《メ》恋シカリ奉リ、我モ尽セヌ物思ニ長ラウヘキ様モナシ」ナント細々ト書ツ、ケ給ケレハ、⑤三位《ノ》中将此御返事見給テモ、⑥何事モ思入給ハス、臥《シ》沈ミテソ歎カレケル。a大臣殿モ二位殿モ聞㆑之給テ、「サラハ北方、少キ人々ヲ奉《リ》㆓迎《ヘ》取《リ》㆒、一所《ロ》ニテ何ニモ成《リ》給ヘカシ」ト宣ヘトモ、⑦「我身コソアラメ、人ノタメ糸惜ケレハ」トテ、泣々月日ヲ被㆑送ケルソ、セメテノ志《サシ》ノ程モ顕レケル。サテモ可《キ》㆑有ナラネハ、近フ召仕レケル侍ヘ一人シタテ、都ヘ上セ給ニ、三ノ文ヲソ被㆑書ケル。

の部分から検討する。都で北の方が維盛のことを案じ続けていたところ、維盛もまた「通フ心」ゆえに妻子のことで心を痛めていたとする書き出しは、読み本系のV—iiiと共通する。以下の記述の中にも、断片的に読み本系に通う表現が極めて多く用いられており、番号を付した傍線部がいずれもそれにあたるのだが、読み本系諸本と対比させたときにまず目につくのは、読み本系諸本においては、それらが個々に離れた場所に散在しているということである。たとえば①は、覚一本や八坂系第一類などの語り本には見えないものであるが、読み本系ではⅤ—ⅲに

中将モ通フ御心ナリケレバ、「都ニイカニオボツカナク思ラム（中略）忍テスム所ヲ人ニ見セムモサスガナレバ、ウトカラヌ者ニテコソ、一クダリノ文ヲモヤラメ」トオボシテ、……（延慶本。四部本も類同）

とある。また、屋代本③は、八坂系第一類（中院本など）には見えるものの、覚一本にはない表現だが、これはⅢの箇所に

権亮三位中将此有様ヲ見給テ、「カヤウニヒトリ明シ晩ハナグサム方モナケレドモ、賢クゾ此人ヲ留置テケル。我モ引具シタリセバ、終ニハカヽル事ニコソアラマシ」ナド、セメテノ事ニハ思ツヾケラレ給ケリ。（延慶本。四部本類同）

とあるのと重なっている。屋代本は、これらの記事を巻十の一箇所に集めたような形になっているのだが、このような屋代本の本文が、読み本系的な本文の再編という過程を経て作られてきたものだと考えることから始めたい。すでに池田敬子氏によってなされている、

屋代本は、巻十にまとめて維盛の心理描写部分を置く。その文脈には少々乱れがあり、先行本文との関係を暗示するところかと思われる。(3)

という指摘は、そのための糸口となるだろう。

②・⑤に目を向けてみたい。②における維盛の感慨は、平家が一の谷で大敗を喫した直後だという現状に対応していない。都の北の方は、今回の合戦で夫が命を落としたのではないかと案じ、維盛自身もまた「通フ心」ゆえに、「頸共ノ中ニハ見ストモ、水ノ底ニモ沈ミヤシヌラントテコソ歎《ク》ラメ」と、妻子を思いやっていたはずである。②における「少キ者共忘ルトモ、人ハ忘《ル》隙アラシ」という表現は、そのような状況にそぐわない、緊迫感に欠けたものと

なっているといわざるを得ないだろう。⑤の矛盾はさらに明瞭である。維盛は北の方からの「御返事」を読んで悲しんだことになっているが、これより前の部分に、二人が手紙のやりとりをしていたという記述は、一つもないのである。これらの不自然な表現は、再編の過程で生じたものと考えるのが妥当であろうが、この点を説明するために先行本文として想定しうるのは、延慶本ではなく四部本である。四部本ではⅡ―ⅰの位置に、

平家、都へ返り入るべしと聞こえければ、余党の都に残り留まりしも、式代の文をぞ遣はしける。権亮三位中将も、自づから福原の商人の便りに、君達の御許へ消息を奉りたまふ。其の便りにぞ、亦御返事も有りける（中略）夜にも成るに、余三兵衛重景・石童丸を近付けたまひて、「都にては寐寤もや為るらん、我が事のみを云ひ出だすやらん。少き者共は忘るゝにも世も忘れじ者を」とて、涙を流して明かし暮らしたまふ。（南都本も類同）

とあり、一の谷合戦以前の二人の交信、「御返事」の語、子供は私を忘れても妻は忘れていないだろうという維盛の思いなどが、それぞれ矛盾や不自然さのない形で見出されるのである。屋代本がこうした本文を改編することによってできあがっていること、その過程で文脈に乱れを生じさせたことは、間違いないだろう。先述のように、これまで語り本の成立を考える際には、「延慶本的本文」との関連が重視されてきた。[4] しかし、以上の例を併せて考えれば、語り本の母体となった本文の面影を探る上で、延慶本（あるいは長門本）以外の読み本系諸本との関係を視野に入れなければならないことは明らかである。

だがその一方で、延慶本との関連でしか説明のできない箇所もある。④・⑥・⑦の部分である。該当する表現は四部本や南都本には見いだせないが、延慶本Ⅱには

ⅰ 権亮三位中将ハ、年隔タリ日重ルニ随テ、古郷ニ留メ置シ人々ノ事ノミ無二穴倉一恋クゾ被レ思ケル。商人ノ便ナドニ自ラ文ナムドノ通ニモ、北方ハ、「相構テ迎取給へ。少キ者共モナノメナラズ恋シガリ奉ル。ツキセヌ歎ニナガラウベクモナシ」ナムド、細々トカキツヾケ給ヘルヲ見給ニ付テモ、「アワレ迎取奉テ、一所ニテトモ

カクモナラバ、思事アラジ」ト思立給事ヒマナケレドモ、人ノ為イトヲシケレバ、思忍テ日ヲ送ル。

ii サルマ、二ハ余三兵衛、石童丸ナムドヲ常ニアト枕ニ置キ給テ、暁テモ晩テモ、只此事ヲノミ宣テ、臥沈ミ給へバ、三位中将ノ有様ヲ人々見給テ、「池ノ大納言ノ様ニ頼朝ニ心ヲ通シテ、二心有」トテ、大臣殿モ打トケ給ハネバ、「ユメ〳〵サハ無物ヲ」トテ、イトヾアヂキナクゾオボシメサレケル。

iii「愛執増長、一切煩悩」ノ文ヲ思ニハ、穢土ヲ厭ニイサミナシ。閻浮愛執ノキヅナコハケレバ、浄土ヲ欣ニ倦シ。宿執開発ノ身ナレバ、今生ニハ妻子ヲ念フ心、合戦ニ向思ニ身ヲ苦メテ、来生ニハ修羅道ニ落ム事疑ナシ。「只一門ニ不レ知レシテ都エ忍テ上テ、妻子ヲモ見、妄念ヲモ払テ、閑ニ臨終セムヨリ外ノ事有ベカラズ」ト思ナラレニケレバ、何事モ思入レ給ハズ、臥沈給フゾ哀ナル。

とある。本節にとって重要な部分なので、煩瑣を厭わず全文を引いたが、iの傍線部は屋代本の④・⑦に、iiiの傍線部は⑥に、それぞれ重なっている。屋代本の場合、特に④に関しては、一の谷合戦の余燼くすぶる中で商人を介した音信というのは考えにくく、一門の大敗、夫の病を知りながら全く気遣わず、ただ一方的に「迎えとれ」というのも、文脈になじんでいない。しかし、延慶本IIは一の谷合戦の前にあり、屋代本のような問題は生じていない。屋代本の不自然さは、やはり先行本文を崩したことによると思われるのだが、この場合それは延慶本的な形との関連でしか考えられないのである。同時に、⑥の用いられている文脈が延慶本iiiと全く異っているのを見れば、屋代本の先行本文に対する利用態度が、極めて断片的なものであったことも窺知できよう。

以上からは、結局屋代本の成立を考える上では、四部本的本文と延慶本的本文の、双方との関係を想定しなければならないことになる。少なくとも二種以上の本を参照して作られたのか、それとも読み本系の中に双方の特徴を併せ持つ伝本があったのかまでは、現段階で断定はできないが、屋代本が読み本系的な本文を基に作られたことは明らかだろう。それが、先行本文の文脈をかなり自由に解体し、時に断章取義的ともいえるようなやり方で切り貼りして組み直すという方法で行われていることにも、注意をしておきたい。

二　屋代本の位相

屋代本本文の形成過程を右のように考えるならば、それは他の語り本とどのような関係にあるのか。他の語り本系諸本にも目配りをしておかなければならないだろう。特に注意されるのが覚一本である。覚一本では、屋代本のAに該当する部分が、

三位中将もかよふ心なれば、「宮こにいかにおぼつかなくおもふらん。頸どものなかにはなくとも、水におぼれてもしに、矢にあたッてもうせぬらん。この世にある物とはよもおもはじ。露の命のいまだながらへたるとしらせたてまつらばや」とて、侍一人したてて宮こへのぼせられけり。三の文をぞかゝれける。

とあるのみで、屋代本②〜⑦の内容が、そっくり抜けている。維盛が、商人を介した北の方とのやりとりを経て、迎えとりたい気持ちを押し殺すという、屋代本④〜⑦に該当する内容は、覚一本では巻九、読み本系のⅡの位置に置かれている（ただし⑤⑥に相当する表現を欠く）。屋代本と四部本的本文との関連が指摘できた②⑤が覚一本において欠けているという点のみに着目すれば、四部本的本文との接触が、語り本系本来のものではなく屋代本独自のものだったとの可能性も浮上する。しかし、屋代本の②にあたる表現は、中院本の同箇所にも見出すことができ、四部本的本文との関連が、屋代本のみの問題などではないことは明らかである。さらに、続く部分の本文からは、当該箇所に関する限り、他本に比して屋代本こそが、語り本系の初期の姿に近いことが推測できるのではないかと思われる。(5)

〔B〕先ツ北《キ》方ヘノ御文ニハ、「一日片時絶間ヲタニモ、ワリナ《シ》フコソ思《(ママ)》シニ、b空《トク》キ日数モ隔《ヘタ》リ《ヘリ》ヌ。⑧都ニハ敵充満テ、我身一ノ置所タニアラシニ、少キ者共引具テ、サコソ心苦ク御坐ラヌ。疾シテ奉ニ迎取一、一所ニテ何ニモナラ

ハヤト思ヘ共、御為心苦シケレハ」ナント細々書テ、奥ニハ一首ノ歌ヲソ被レ書タル。

⑨イツクトモ知ヌアフ瀬ノモシヲ草カキヲク跡ヲ形見トハミヨ

少キ人々ヘノ御文ニモ「徒然《ツレ〳〵》レヲハ何ニシテナクサムラン。疾シテ迎《ヘ》取ンスルソ、サコソ有ラメ」ナント書テ、奥ニハ「六代殿へ維盛、夜叉御前へ維盛」ト書テ日付セラレケリ。是ハ、我イカニモ成テ後、形見ニモ見ヨトテ、中将角ハ被レ書ケル也。御使《ヒ》都へ登《リ》、此御文ヲ奉ル。北方御文見給テ、思入テソ被レ歎ケル。

一の谷合戦後、維盛が家族に書状を送ったという、内容的には読み本系のV—iiiに相当する部分である。⑨の和歌は四部本にはなく、傍線部⑧は、延慶本では巻八のⅠの位置に

「イカナル有様ニテカ有ラム。誰アワレミ、誰糸惜ト云ラム。我身ノ置所ダニモアラジニ、少者共引具テ、イカ計ノ事ヲカ思ラム……」

とあるものである。屋代本が、ここでも延慶本的な本文の影響下にあることが確認できるとともに、先行本文を断片的に切り取って利用するという方法が、相当な広範囲を射程に収めていることも看取される。ただしこのBには、読み本系とは一致しない、独白の要素がある。傍線部bにおいて、維盛が北の方に対して、「迎えとるつもりはない」と明言してしまうことである。延慶本V—iiiでは、

「今日マデハ露命モ消ヤラズ。少キ人々何事カアルラム」ナド細々ト書給テ、ヲクニ、

イヅクトモシラヌナギサノモシヲグサカキヲクアトヲカタミトハミヨ

とあるのみであり、和歌の有無をのぞいて四部本もほぼ等しい。心中に「思立給フ事」があったことが地の文で明かされているが、「迎えとる」という都落の際の約束を破棄する意志を、読み本系の維盛が妻子に向かって表明することはない。傍線部bは、屋代本を含めた語り本系に独自のものなのであるが、屋代本以外の語り本では、この部分と前との接続が不自然なのである。覚一本を例にとるならば、前掲のように、維盛にとっては「宮こにいかにおぼつか

なくおもふらん～露の命のいまだながらへたるとしらせたてまつらばや」という思いが、都へ書状を出す直接の動機だったとされている。この点は屋代本も同様である。ところが覚一本の場合、そうして出された書状が、妻子を自らのもとへ迎えとることを拒否する内容だということになってしまうのである。これは中院本でも同様である。なぜ、妻子を安心させるために出したはずの書状の内容が、彼らを絶望させるものでなければならないのか。読み本系Ⅴではこのような問題は生じておらず、覚一本の不自然な文脈が、読み本系的な形からいきなり作り出されたとは考えにくい。覚一本本文は、何らかの略述を経ていると見るのが妥当だろう。「三の文」以前に維盛と北の方との間には何らかのやりとりがあり、覚一本はそれを省略したのではないかということだが、該当する内容を語り本系諸本の中に探そうとするならば、屋代本の②から⑦に至る文脈以外にない。覚一本の不自然さは、屋代本のような形から、②～③を削除し、④～⑦に当たる部分を巻九に移したことによると考えるのが、最も蓋然性が高いのである。

②・③を屋代本と共有していながら、④以下を欠いたまま「三の文」へと接続する形となっている中院本が、巻九に該当記事を持っていないことも、以上のような推論の傍証となるだろう。屋代本は、読み本系的な本文からの再編の痕跡と思われる箇所を、他の語り本以上に多く残しているが、先述のように、その文脈には未熟な点が多い。新たに成立した語り本系の本文には、さらなる洗練が必要だったであろう。そうしたときに、異本編者がそれぞれの方法で整理を行った結果が、覚一本や中院本の形なのである。②～③を削除し、④以下を巻九へと「戻した」のが覚一本であり、(6) 一方の中院本は、Aの出だしにある、「都の妻子が自分の安否を気遣っているだろう」という維盛の心中描写を省くことによって②との矛盾を解消している。その上で、④～⑦は完全に削除したのである。覚一本と中院本がともに、自身の無事を知らせ、安心させるためのはずの書状が、逆に妻子を絶望させる内容となっているという問題を新たに生じさせているのは、双方が屋代本的な本文に手を加えて成立していることを証しているように思われる。

とはいえ、前掲Aの傍線部ａは、宗盛や二位尼が維盛をいたわるという、他本に見えない特異な内容であり、こうした部分まで含めて、現存屋代本の形を語り本成立当初の姿そのものであると見ることには躊躇される。あくまでも、「屋代本的本文」が、古い語り本の面影を留めているのだという言い方にならざるを得ないことは、付言しておきたい。

三　屋代本の構想

以上のようにして成立した屋代本は、いかなる物語であることを志向していたのか。それを知ることは、屋代本のみならず、語り本系がいかなる物語として成立したのかを考えることにも通じるだろう。問題点は、続くCの部分に明瞭である。

Ⓒ「御使《ヒ》、急キ可レ下之由申セハ、「サルニテモ暫《ラ》ク。御返事ノ有ンスルソ」トテ、泣々起上《キリ》、細々ト御返事書テソ給ケル。若君姫君モ筆ヲ染テ、「サテ御返事トハ何ト書ヘキ」ト申給ヘハ、母御前、「只兎モ合モ、和《ワ》御前カ思ハンスル様ニカケ」トソ宣ケル。「ナト今マテ迎ヘトラセ給ハヌソヤ。穴《アナ》御恋シ〳〵」ト、詞モ替《リ》給ハス、二人ナカラ同詞ニソ被レ書ケル。

御使《ヒ》屋島ヘ下テ、此御返事進セタリケレハ、三位《ノ》中将、北方ノ御文ヨリモ、若君姫君ノ、「恋シ〳〵」ト被レ書タルヲ見給《ヒ》テソ、今一キハ無《ク》二為方一ハ被レ思ケル。三位中将今ハイブセカリツル古郷ノ伝聞《ツテキヽ》晴《ハレ》給ヘ共、妻子ハ従《モト》来《ヨリ》心ヲ悩《ナヤ》マス物ナレハ、恋慕《ホ》ノ思イヤマサリケリ」。⑩抑今ハ穢土ヲ厭《イト》フニ無《ク》レ勇《イサミ》、閻浮《エンフ》愛執《シウ》ノ綱強《ツナツヨ》ケレハ、浄土ヲ願フニ倦《モノウ》シ。今生ニ妻子ニ心ヲ摧《クタ》キ、当来ニハ修羅ニ堕《ヲチ》ン事心憂《ウ》カルヘシ。サレハ自《リ》レ是都ヘ上リ、妻子ヲ見テ、妄念離《レ》テ、自害センニハ如《シカ》シトソ思定給ケル。

都の妻子から返信が届き、それを見た維盛が自害の決意をするまでの叙述である。ここでは、読み本系と重なる表現は⑩しかなく、それ以外の［　］で囲んだ部分はおおむね他の語り本系諸本と一致する。この⑩では維盛の決意が述べられている。四部本などには見られず、延慶本との関係を想定しなければならない箇所なのだが、いかなる過程を経てその決意に至るのか、延慶本と屋代本との間には大きな隔たりがある。

延慶本において、⑩に該当する表現が見えるのは前掲Ⅱのⅲである。延慶本Ⅱの文脈をたどると、まずⅡ―ⅰで維盛は、北の方からの迎えとってほしいという懇願に心揺れるが、相手のことを考えて必死にその思いを押し殺す。続くⅱでは、妻子を思って沈んでばかりいる態度が、二心あるものとの誤解を生み、宗盛から白眼視され、そのことを維盛は「アヂキナク」思う。それが原因で維盛は、「只一門ニ不レ知レシテ都エ忍テ上テ、妻子ヲモ見、妄念ヲモ払テ、閑ニ臨終セムヨリ外ノ事有ベカラズ」というⅲの決意へと至るのである。だが屋代本の［　］部には、宗盛らとの確執について一切触れられていない。(7) A・Bで、妻子を強く思いながらも迎えとる意志がないことをはっきりと告げ、それに対して妻子から来た返信、とりわけ「穴《アナ》御恋シ〳〵」と、幼い感情をありのままに書き綴った、二人の子供の手紙に接し、「無ク二為方一」思ったことが、「自リレ是都へ上リ、妻子ヲ見テ、妄念離レテ、自害センニハ如《シカ》シ」という維盛の決意の原因となったとするのである。この［　］部の内容は、読み本系諸本には全く見られない。こうした記事によって、妻子への思いこそが維盛のその後の行動を決定づけたのだという、その一点に叙述を集中させているのが屋代本（および他の語り本）の形なのである。(8) それが意識的に選び取られたものであったことは、⑩の本文からも明らかである。屋代本には、「今生ニ妻子ニ心ヲ摧《クタ》キ、当来ニハ修羅ニ堕《ヲチ》ン事心憂《ウ》カルヘシ」とあり、中院本でもほぼ同様なのだが、妻子に対する愛執を残すことが、来世で修羅道に堕する因になるというのは、あまりに耳慣れない言説である。妄執によって動物に転生した話などは説話集類に数多く見えるが、はっきり「修羅道」一つに限定するものは、管見の限り見あたらない。一方、闘諍を修羅道に結びつける言説は『吾妻鏡』などにも見られ、ある程度流布していたものと思われる。(9) ⑩の本文は、延慶本Ⅱ―ⅲのように「今生ニハ妻子ヲ念フ心、合戦ニ向思ニ身ヲ苦メテ、来生ニハ修羅道ニ落ム事疑ナシ」とあったのを崩したものであり、その背景に、維盛の心中描写を妻子への愛という一点に集中させようとする構想があったことは、おそらく間違いないだろう。

四　維盛発心の意味

それにしても、「あぢきなさ」ゆえに「閑かな臨終」を求めることと、「せんかたなさ」から「自害」を選ぶこととの径庭は、あまりにも大きい。延慶本Ⅱの維盛は、妻子への思いに苦しむことも、一門に従い、合戦の日々を送ることも、どちらもが仏教的な罪であることを恐れている。それゆえに、その双方を捨てて閑かな臨終を求めることが、自らの救済に繋がることを信じ、希求している。その直接の契機となったのはⅡ—ii、宗盛ら一門の人々から向けられる視線だった。いわれのない白眼視を受け、現世を「アヂキナク」思ったことが、来世の救いを仏道に求めるきっかけになったというのである。その後、妻子への恩愛を断ち切れずにどれほど苦悩することになるとしても、延慶本Ⅱには、来世に救いがあることを信じ、自らの意志でそれに向かって一歩を踏み出そうとした者の姿がある。

巻七の都落の描写を振り返れば、維盛の心中はさらにはっきりする。維盛の出立の場面は次のように描かれていた。

様々ニ誘置給ホドニ、程モフレバ、「大臣殿、サラヌダニ惟盛ヲバ二心アル者ト宣ナルニ、今マデ打出ネバ、イトヾサコソ思給ラメ」トテ、ナク〳〵出給ヘバ……

同行を望む妻子を振り切れずにいる維盛に、最初の一歩を踏み出させたのは、宗盛に対する意識だったのだ。一門の中には、宗盛との間に確執を抱えて都に留まった、頼盛のような者もいた。[10]だが維盛は、そのような道は選ばなかったのである。彼はこの時、一門に対して「二心」なきことを行動を以て示すことを、自らの意志で選択したのだ。にもかかわらず、維盛はその後も疑われ続けた。一門との同行は、妻子との別れという、この上ない犠牲を払って選択したものだった。それなのに、自らが人々から必要とされず、一門内部における存在意義を否定するような視線にさらされたこと、その失望からくる「あぢきなさ」こそが、維盛を出家へと駆り立てたとするのが、延慶本の文脈なのである。世を「アヂキナク」思うことが来世での救いを求めようとすることのきっかけとなるという筋立ては、仏道を志す者の思考過程として、一般的に理解しやすいものだろう。(11)

如上の脈絡は、屋代本以下の語り本では根本から解体されている。異口同音に父への恋しさを素直に吐露する我が子らの言葉に触れ、「無《ク》二為方一」思ったことが、維盛に自害の決意を促したというのである。語り本の維盛は、追い詰められ、その苦しみから逃れるために自死を選ぼうとしているのみであって、彼岸に救いを求めてなどいない。それは、覚一本が⑩を、

「抑これより穢土を厭にいさみなし。閻浮愛執の綱つよければ、浄土をねがふも物うし。たゞこれよりやまづたひに宮こへのぼッて、恋しきものどもをいま一度みもし、見えての後、自害をせんにはしかじ」とぞ、なく〳〵かたり給ひける。

としているのを見れば、一層はっきりするだろう。屋代本にあった「当来ニハ修羅ニ堕《ヲチ》ン事心憂《ウ》カルヘシ」や「妄念離《レ》テ」といった記述を除くことによって、「浄土をねがふ」心を持てない者が苦しみから逃れるために「自害」を選択するという文脈を、より純化しているのが、覚一本なのだ。来世への恐れも、救済を求める心もない。この⑩本文の変遷は、読み本系的本文（⑩は延慶本）から屋代本へ、そして覚一本へという方向の流動を想定した、第二項までの考察を裏付ける。そして、語り本が選んだこの新たな方向性が、やはり巻七の都落の場面と対応していることも、注意しておきたい。語り本は、都落に際して維盛が宗盛らを意識しているとする描写を一切することなく、代わりに読み本系にはない

「都ニハ父モナシ、母モナシ。……少《ヲサナ》キ者共ヲハ、誰《レ》ニ見譲《ユツ》リ、何カニセヨトカ思給フ。恨メシウモ留給物哉」

トテ、且ハシタイ、且ハ恨テ泣給ニソ、三位中将モ無㆓為方《センカタ》㆒ハ思ハレケル。（屋代本）

若公姫君はしりいでて、父の鎧の袖、草摺に取つき、「是はさればいづちへとて、わたらせ給ふぞ。我もまいらん、われもゆかん」とめん〳〵にしたひなき給ふにぞ、うき世のきづなとおぼえて、三位中将いとゞせんかたなげには見えられける。（覚一本）

といった表現を持つ。語り本が描くのは、ただ運命の前に無力で、妻子への愛ゆえに「せんかたなさ」に苛まれる者の姿である。同じく都落の場面における

若君姫君、大床ヘコロヒ出テ、声ヲハカキリニ喚《ヲメ》キ叫ヒ給フ。（中略）此《ノ》声々ノ、耳ノ底《ソコ》ニ留テ、西海ノ旅ノ空マテモ、吹風ノ音《コヘ》、立浪ノ声《ヲト》ニ付テモ、只今聞ヤウニソ被㆑思ケル。（屋代本）

という叙述が語り本に固有であるのは、語り本が維盛造形において志向したものを、端的に示しているといえるだろう。

五　維盛入水の意味

読み本系、特に延慶本と語り本との質的な差異を以上のように整理するならば、問題は自ずと以後の維盛の行動にも及ぶ。屋島を出奔してから入水に至るまでの大筋は、読み本系・語り本系を通じて同様なのだが、右に見てきた部分との整合性が問題なのである。延慶本では、Ⅱで出家を決意した後、Ⅴ―ⅲでは、家族に自らの無事を告げようとしつつも、

心中ニハ思立給フ事モアレバ、「是計ニテゾ有ラムズラム」トオボシケルニ、涙ニクレテ、エツヾケアヘ給ワネドモ、（中略）「終ニイカニ聞ナシテ、イカナル事ヲ思ワレムズラム」トオボスゾ悲シキ。

という思いがあったことを描写する。その言葉通り、巻十で一門からの離脱を決行し、高野へ赴く。「閑ニ臨終セム」という望みを果たすために聖地を目指したのである。しかし、

本三位中将ノ被二生取一テ、京、田舎、人ノ口ニ乗ダニモ心憂ニ、我サヘ憂名ヲ流テ、差シモ賢ニオハセシ父ノ首ニ、血ヲアヤサム事口惜テ、千度百般、心ハ進給ケレドモ、恋ト恥トヲ比レバ、恥ハ猶モ悲テ、泣々高野山ヘ詣リ給ヒ……

とあるように、妻子との再会が果たされることはなかった。それを阻んだのは、亡き父への思いだという。妻子との別れという犠牲を払ってまで一門の一員として生きることを選択し、にもかかわらず一門から疎外されたとき、早世した父の面影が、いわばアイデンティティの最後の拠り所として心に残されるというのは、平家嫡流の維盛にとって自然なことだろう。父の名を汚すことへの恐れも、入水の前に父祖ゆかりの地である熊野を訪れる行動も、こうした心情とともに理解できる。その後維盛は、妻子への恩愛の情を断ち切れずに苦しみながらも、導師滝口に背中を押されて「忽ニ妄念ヲ飜シテ、向レ西叉レ手ヲテ、高声念仏三百余反唱澄テ、即チ海ヘゾ入給フ」ことを得る。その心は大きく揺れ動きはしたものの、最終的には、「閑ニ臨終セム」という、自らが選び取った生き方を完遂したことになろう。出家の決意から入水に至る読み本系の文脈は、整然と筋道が立っている。

だが語り本ではこのような理解は成り立たない。そもそも維盛は、自害によって苦しみから逃れようとしただけで、妻子への思いで埋め尽くされた心には、来世での救いを信じられるほどの余地はなかった。その後、高野で滝口を前に

「同クハ是ニテ髻《リ》ヲ切テ、火ノ中水ノ底ヘモ入ラント思ソヤ」

と述べるところで、唐突に「髻《リ》ヲ切」る意志が明かされるのだが、語り本系に固有の傍線部に見えるように、その志も「同クハ」という程度の微弱なものでしかない。そんな人物が、わざわざ高野に赴き、聖地を巡ってから「忽《チニ》翻《シ》二

妄念ヲ一、念仏数百反唱ツ、海へと沈んでいくのである。

ここには、読み本系とは異なる語り本系の特質がある。延慶本のように、自ら仏道に価値を見出し、臨終正念を求めたわけではない。逆らいようのない運命に絶望し、自らの生を絶とうとしたにすぎない。語り本が、敢えてそのように改編したのである。その上で、そんな者さえも救ってやろうとするのだ。そのために、語り本もまた維盛を高野へ赴かせるのである。以後の維盛の心には、滝口の出家姿を見て「可レ遁《クレ》ハ、角テモ在マホシクヤ思ケン」と感じたり、熊野で「必《ス》西方浄土へ迎《ヘ》給へ」と祈るなど、徐々に道心が兆し始めたかに見える。だがCの脈絡を踏まえて読むならば、この時の維盛に、来世での救いを信じ、それに縋る気持ちがどれほどあったといえるのか。往生を願う数少ない言葉は、心底からのものといえる程の強さを持ち得ないまま、「古郷ニ留置《メキ》シ妻子安穏ニト、被レ《レ》祈《ラ》ケルコソ、厭《イトヒ》二浮《ウキ》世ヲ一入《リ》二実道ニ一給へ共、猶妄執《マウシユウハ》不レ尽ト覚《ヘ》テ悲《シ》ケレ」という叫びの前にかき消されてしまうのではないだろうか。そして、入水直前になっても迷いを口にする維盛に対して、滝口は長い説法の後、

「成仏得道シテ悟《リ》ヲ開《ヒラ》カセ給ナハ、娑婆ノ故郷へ帰《リ》テ難《タ》レ去カリシ人ヲモ導《ヒ》キ、御恋シキ旁ヲモ迎《ヘ》給ハン事、不レ可レ経《フ》レ程ヲ。努々余念渡《ラ》セ給ナ」

と告げる。この言葉を聞いて維盛は入水した。再び妻子に会えるという、その言葉自体は諸本同じである。読み本系では「閑ニ臨終セム」という希望と妻子への愛という、維盛を苦悩させる二つの思いを止揚し、信じる道へ赴く決意を固めさせてくれる言葉だったろう。だが語り本の維盛像から、己の来世を願う強い意志は読み取れない。そんな維盛に滝口は、妻子との再会の可能性を説くのである。それは維盛にとって、さしたる希望も持っていなかった自身の後世に、初めて光が射した瞬間だったのではないだろうか。

来世に救いがあると信じて希求し、そのために妻子恋しさを必死で断ち切ってゆくという読み本系の維盛描写は、仏教的な意味で筋道が立っている。しかし、語り本系の場合、臨終正念を求める維盛の気持ちは、読み本系に比して

遥かに薄い。妻子への愛ゆえに絶望して死んでいこうとする人間が、最後に「再び愛する者たちに会える」という言葉に背中を押されて入水するのである。彼岸の世界に初めて見出した希望が、仏による救済ではなく「愛する者達との再会」であったとするならば、それを信じて入水した最期とは、純粋に仏教的な意味で救われるものであったのだろうか。[12] 確かに、「忽《チニ》翻《シ》二妄念ヲ一、念仏数百反唱ツヽ」という入水の様は、維盛が救われたことを暗示するだろう。だがそこに至るまでの脈絡は、読み本系のように筋道立ってはいない。それでも語り本の維盛が救われたとするならば、その「救い」とは、仏教的な意味を超えているのではないだろうか。それは、あえていえば、苦しみぬいて生きた者の最期が救われないものであってよいはずはないという思い、極限の状況に置かれ、死んでいった人々への共感という情緒的なものであったということになるだろうか。仏道による救済があることを知りながら、それに向かって踏み出す強さを持たない者をも、情緒的に包み込んでやろうとするのが、語り本なのだ。維盛の入水を「心弱き人の往生」とする読み方は、[13] 語り本にこそふさわしい。

六　語り本系の特質

語り本の文学的な特質を、以上のように読みとるとき、いま一つ注目したい箇所がある。

若君ノ乳人ノ女房、北方ニ申ケルハ、「サレトモ、本三位《ノ》中将殿ノ様ニ、生虜ニセラレ給ヒテ、京鎌倉引シロハレテ、浮名ヲモ流サセ給ハテ、高野ニテ御出家、熊野へ参ラセ給テ、後世ノ事祈請申サセ給テ、御身ヲ投《ナゲ》給候。是ハ歎《キ》ノ中ノ御喜也。何《カ》ニ思食ストモ叶ハセ給《フ》マシ。御様《サマ》ヲ替サセ給テ、後世ヲコソ訪《ヒ》進《セ》サセ給ハメ」ト申セハ、北方《ノ》「実《ケ》ニモ」トテ、泣々様ヲ替、三位《ノ》中将ノ後世ヲソ訪《ヒ》給ケル。（屋代本）

とあるように、語り本系において、維盛の死を知った北の方が、嘆きつつもやがて出家をし、夫の後生を祈っていることである。読み本系では、北の方が出家することはない。そしてそれは、以前の文脈を振り返れば、全く当然のことなのである。先述のように、都落に際して維盛は、宗盛らに対して二心なきことを示すために、泣く泣く妻子を振り切って出立している。この時点で維盛は、妻子と暮らすより、平家一門の一員として生きることを優先し、選択したのだ。その一門に疎外されてからは、臨終正念こそが維盛にとっての最重要課題だった。屋島離脱の後も、都に行くという選択肢もあったはずのところを、囚われて父の名を辱めることを恐れて断念している。読み本系においては、維盛には常に、妻子より優先するものがあったのである。妻子を大切に思いながらも、自らの後世を案じ、「閑ニ臨終セムヨリ外ノ事有ベカラズ」と思い定める姿は、一門の没落を予見しながら、「不レ如只名ヲ遁レ身ヲ退テ、今生ノ名望ヲ抛テ、、来世ノ菩提ヲ求ニハ」として、肉親を残して一人先立っていった父重盛ともどこか通う。

　しかし北の方は違う。彼女は都落以来、「いずれは迎えとる」という維盛の言葉を信じ続けていた。「三位中将」が囚われたと聞けば、

「『少キ者共ノ恋シサニ忍《ママ》ガタシ。イカヾシテ此世ニテ相見ズラム』ト返々云タリシカバ、同都ノ内ニ入タラバナド思テ、態ト被レ取テ上ルヤラム」（延慶本）

と、自分達に会うためにわざと捕虜になったのではないかと案じ（Ⅳ）、夫が病だと聞けば、

「穴心ヅヨノ人ノ心ヤ。所労アラバ、『カウコソアレ』ト、ナドカ告ザルベキ。軍ニアワヌホドノ所労ナレバ、大事ニコソ有ラメ。思歎ノツモリニヤ病ノ付ニケルコソ。都ヲ出デ、ヨリ、我身ノワビシキト云事ヲバ、一度モイワズ、『只少者共コソ心苦ケレ。終ニハ一所ニコソスマセウズレ』トノミナグサメシカバ、サコソ憑ミタルニ、サテハ身ノ煩ヒケルニコソ。皆人モ具スレバコソ具シタルラメ。野ノ末、山ノ末マデモ、一所ニ有バ互ニ心苦サヲモナグサムベキニ、カヤウニノミナク悲シサヨ」

と嘆く（延慶本Ⅴ—ii）。夫が常に自分達のことを第一に思ってくれていると信じることが、北の方を支えてきたので

ある。その維盛が、出家の後高野・熊野を巡礼して、入水して果てたという。常に自分たちのことを一番に考えてくれていたはずの夫が、自分たちの存在よりも仏教的な救いに価値を見出し、行動したという事実を知ったとき、北の方はどれほど愕然としたことか。「忩迎取テアソバセムズルゾ（延慶本V—iii）」という言葉が嘘だったと知ったときの心痛は、察するに余りある。読み本系が描く北の方の物語は、間違いなく「捨てられた者の悲劇」なのだ。そんな北の方が、語り本系のようにたやすく夫のために出家などしないのは、当然なのである。

語り本系には、右の引用に該当するような、北の方の心中に深く切り込んだ描写はない。維盛からの書状によって、「迎えとるつもりはない」と知らされたときでさえ、「北方御文見給テ、思入テソ被レ歎ケル（屋代本C）」とあるのみであり、その心理描写は読み本系に比して著しく後退している。それと引き替えに、出家をするのである。語り本は、北の方の心中に分け入って、戦乱の中に起きた一つの悲劇を描出しようとはしない。夫の霊を慰め、その魂に寄り添う役目を与えてやるのが、語り本の方法なのだ。『平家物語』では、「敗れていく人間の傍には必ずと言っていいほど、寄り添う人間がいる」とは松尾葦江氏の指摘であるが[14]、そのようにして動乱の中で死んでいった者を情緒的に包み込んでやろうとする傾向は、特に語り本系に顕著である。それが『平家物語』に本来内在するものであるとすれば、語り本とは、そのような『平家物語』の一面を、拡大して成立したものなのだろう。維盛北の方像の変質は、そのことをよく表しているように思われる。

（1）　千明守氏「屋代本平家物語の成立—屋代本の古態性の検証・巻三「小督局事」を中心として—」（『あなたが読む平家物語1　平家物語の成立』一九九三年、有精堂）。

（2）　櫻井陽子氏『平家物語の形成と受容』第一篇第四章（二〇〇一年、汲古書院。初出一九九九年）、志立正知氏『『平家物語』語り本の方法と位相』第六章（二〇〇四年、汲古書院。初出二〇〇〇年）など。

（3）「心弱き人の往生―維盛―」（『軍記と室町物語』二〇〇一年、清文堂。初出一九九二年）。ただし具体的な論証は行われていない。

（4）本節で扱った記事に関しては、水原一氏「維盛・六代説話の形成」（『平家物語の形成』一九七一年、加藤中道館）が、延慶本を古形とし、語り本の形は整理の結果と見る。

（5）これが屋代本の全てにいえるわけではないことは、千明氏注（1）論文に明らかである。

（6）ただし、隣接する梶井宮についての記事との前後関係が読み本系とは逆になっており、完全に一致するわけではない。

（7）後に高野山に赴いた維盛は、滝口を前にして

「……古郷ニ留メ置シ少者《キキ》共カ事ヲノミ、明テモ暮テモ思居タレハ、物思フ心ヤ色ニ見《ヘ》ケン、大臣殿モ二位殿モ、池大納言ノ様ニ此人モ、二心ロ有トテ打解《トケ》給ハネハ、最《イト》ト心モ不《ス》レ留シテ、屋島館《ノ》ヲマキレ出、是マテ迷《ヒ》来レリ」（屋代本）

と述べているが、語り本の文脈では齟齬を来す。維盛が本心を語っていないのだとも読めるが、いずれにしても改編を経た結果であることは確実だろう。

（8）鈴木則郎氏「『平家物語』における平維盛像についての一考察」（『東北大学文学部研究年報』第二十九号、一九八〇年三月）に指摘がある。「小松家の特殊なあり方」の問題も含めて、諸本の維盛記事が詳細に比較されているが、語り本系と読み本系の前後関係は保留する。

（9）青木千代子氏「「修羅道」の成立」（『国語年誌』第十一号、一九九二年十一月）。

（10）鈴木彰氏『平家物語の展開と中世社会』第一部第二編第一章（二〇〇六年、汲古書院。初出二〇〇〇年）は延慶本において維盛と頼盛が一対の存在として扱われているとする。

（11）『源氏物語』賢木巻では、桐壺帝の死後、源氏と藤壺が世をあぢきなく思って出家を志す。

（12）池田氏注（3）論文は、維盛入水の場面には、妄念の中に死んだ宗盛のような方向に、いつ「揺れるやもしれぬ不安」があるとする。

（13）池田氏注（3）論文。

（14）『軍記物語原論』第三章第二節（二〇〇八年、笠間書院）。

第二節　屋代本前半部の構造

はじめに

屋代本『平家物語』は、長く語り本系の古本として扱われてきた一異本である。前節でも触れたとおり、近年では本文についての検証が進み、他の語り本に対して全てにおいて古態を主張できるものではないことが明らかにされてきている。千明守氏(1)によって、巻三の「小督」説話の位置づけをめぐって、覚一本に対する屋代本の後出性が指摘されたのは、その嚆矢であり、代表的な成果でもあろう。こうして本文に対する研究が深化する一方で、では屋代本という物語をどう読むのか、ということについては、その本文の素性の穿鑿ほどの関心は払われてこなかったように思う。本文の全てが覚一本や、他の語り本に対して古さを主張できるものでないのであれば、屋代本もまた一つの物語として、覚一本以前の未熟なもの、という位置から解き放たなければならない。一方系と八坂系に大別される語り本の中で、必ずしも全面的に古態を主張できるわけでもなく、系統的にも孤立しているように見える屋代本をどう読むかということは、語り本系全体をいかにとらえるかという問題を考える上でも有益であろう。すでに松尾葦江氏が、屋代本も、すでに物語である。「平家物語」である以上、当然だと思われようが、〝覚一本以前〟の、〝未熟な物語〟ではなく、別途の物語性を追求したという意味を強調して言うのである。

という見解を示され、巻十二を対象に検証を加えられている(2)が、屋代本が追求した「別途の物語性」がいかなるものなのかを探るこうした考察は、文芸的な観点から見て屋代本が覚一本ほどの完成度を達成し得ていないということとは関わりなく、より多角的になされる必要がある。本節ではこのような立場から、屋代本を物語として読み解くことを試みる。前半部を対象とするのは、屋代本がそこに、明らかに覚一本とは異なる物語の枠組みを構築していることが読み取れるからであり、同時にそれが、語り本とはいかなる方法によって成った物語であったのかという一つの例示たりうると考えるからである。

一　屋代本の「悪行」

『平家物語』諸本において、「前半に清盛を描き、その因果応報として後半で平氏の滅亡を記す(3)」という「因果観的構想」が、特に語り本においてよく読みとれるということは、佐伯真一氏の説かれる通りであろう(4)。清盛栄花の由来を語る巻三の「大塔建立」で、厳島社を修理した清盛に対し、明神の口から

修理終テ、清盛彼社ヘ被レ参タリケルニ、大明神託宣アテ、「汝チ知レリヤ忘レリヤ、弘法ヲ以テ云セシ事ハ。但シ悪行アラハ子孫マテハ叶マシキソヨ」

といわせるところには、「ソモ一期ゾヨ」（延慶本）という読み本系とは明らかに異なる構想が表出している。こうした「因果観的構想」においては、その前半部は平家が何故滅びたのかという「因」を積み上げていく過程ということになろう。そして、清盛に対して栄花を約束した厳島明神を通して、「悪行アラハ子孫マテハ叶マシキ」と言わせた時から、「悪行」という言葉は、そのための重要なキーワードとなったはずである。池田敬子氏は、この語について覚一本を対象に検証され、清盛の「悪行」が殿下乗合、治承三年の大量解官・大臣流罪と法皇幽閉、福原遷都という王法破滅と、三井寺炎上・南都炎上という仏法破滅にあたることを指摘し、

覚一本は、巻五までの巻において、清盛の犯す王法破滅・仏法破滅の悪行の道程をたんねんに描いて来た。そのことが、悪行に対する悪報として清盛自身は無間地獄に堕し、平家一門は衰微から滅亡に至ることを納得しうる

ものとしている。「悪行」という語の意識的なたくみな使用によって、平家の滅亡という歴史的事実を文学作品とする際の仕かけを作りあげたのである。(5)

と述べられた。覚一本の一面を鋭く突いた考察であると思うが、同様にまた屋代本においても、「悪行」という語をめぐって明らかな一定の傾向を指摘することが可能である。それは、屋代本を一つの物語として読み解くための、重要な視点を提供してくれるように思う。以下に挙げる屋代本の用例から確認していきたい。

1　巻三「大塔建立」(6)　(前掲)

2　「平家ノ悪行ナカリセハ、今此瑞相ヲハ争《テ》カ拝奉ヘキ」　(巻三「大臣流罪」)

3　抑大政入道、如何ナル心ニテ加様ノ悪行ヲハシ給フトソ云ニ、人申ケルハ……　(巻三「行隆之沙汰」)

4　平家世ヲ取テ廿余年、悪行過レ法《ニ》テ、只今既ニ滅ヌトコソ見テ候ヘ　(巻三「法皇被流」)

5　「平家於《テハ》二悪行ニ一竟メン。去《ル》安元ヨリ以来《タ》、多クノ臣家卿上、或ハ流シ、或ハ失《ナ》ヒ、関白ヲ流シ奉テハ聟ヲ関白ニ成奉ル。法皇ヲ城南ノ離宮ニ遷シ奉リ、高倉宮ノ御頸ヲ切リ、残《ル》所ハ今都ウツシ計ナレハ、加様ニシ給ニヤ」トソ人申ケル。　(巻五「都遷」)

6　依《テ》二大政入道悪行《ニ》一、或時ハ奉《リ》三推二籠《コメ》鳥羽殿《ニ》一、又福原へ御幸成進セナントシテ……　(巻六「祇園女御」)

7　当代《ノ》平家《ハ》御外戚ニテ御坐ス。(中略) サレ共悪行過《スキ》レ法《ニ》、万人背《ソムク》レ之《ヲ》。　(巻七「返牒」)

8　平家ノ依《テ》二悪行《ニ》一コソ、都鄙ニ二人ノ御門ハ坐々ケレ。　(巻八「名虎」)

9　平家ノ時ハ四十二人カ官職ソコヲ止メタリシカ、是ハ四十九人ナレハ、平家ノ悪行ニハ猶超タリ。　(巻八「法住寺合戦」)

10　北面ニ候ケル宮内判官《ノ》公朝、藤内左衛門時成、尾張国へ馳下ル。(中略) 木曾悪行ノ事ヲ訴ンカ為也。　(同前)

11　宮内判官《ノ》、藤内左衛門馳下テ、木曾カ悪行ノ事、一々ニ申ス。　(同前)

12　兵衛佐、「木曾カ悪行アラハ、何度モ頼朝ニ被㆓仰下㆒テコソ被㆓追討㆒ヘキニ、……」　（同前）

13　「清盛ハ悪行（ママ）タリシカトモ、希代ノ大善根ヲセシカハ、代ヲハ目出ク二十余年マテ持チタリシ也。悪行計ニテハ代ヲ持事ハ無物ヲ。……」　（同前）

14　「全ク頼朝カ、平家ニ意趣不㆑奉㆑思《ヒ》。（中略）サレ共悪行過㆑法ニテ、天ノ責難《カタキ》㆑遁《ノカレ》ニヨテ、奉《レ》㆑責云詔命ヲ被《ル》㆑下上《サ》ハ、子細ヲ申ニ無《シ》㆑所。」　（巻十二「大臣殿被斬」）

15　日比ノ悪行ノ憎サハサル事ナレトモ、今日ノ有様ヲ見テ、守護ノ武士モ千万ノ大衆モ、皆袖ヲソ洨《ヌラシ》ケル。　（巻十二「重衡被斬」）

この十五個所が、屋代本の本文における用例であるが、番号を囲んだものは、覚一本には見えない例である。また、巻九は屋代本は欠巻であるが、屋代本と覚一本との混態本とされる、「覚一系諸本周辺本文」と呼ばれる諸本のうち、「悪行」という語の使用をめぐって明らかに覚一本とは異なる本文を持つものがある。

16　〈百〉アワヤ、木曽カ参リ候ソヤ。イカナル悪行カ仕ンスラン。　（巻九「義経院参」）

17　〈百〉義経申レケルハ、「木曾ガ悪行ノ事、頼朝ハ承テ大ニ驚キ、範頼、義経二人ノ舎弟ヲマイラセテ候。」　（同前）

ともに片仮名百二十句本の引用であるが[7]、16はほかに平仮名百二十句本と平松家本が、17は平仮名百二十句本・小城本がこれに類した本文を持つ。こうした例から、その基となった屋代本の本文の姿が推察できる可能性もあろうが、仮にこの二例をも加えれば、全十七例のうちの七例が、独自の用例となる。

次に、覚一本にはあるが屋代本にはないという用例を見ておく。

18〈覚〉忠仁公・昭宣公より以降、摂政関白のかゝる御目にあはせ給ふ事、いまだ承及ず。是こそ平家の悪行のはじめなれ。　（巻一「殿下乗合」）

19　〈屋〉忠仁公、照宣公ヨリ以来、摂政関白ノカヽル御目ニ合セ給事、是ソ始ト承ル。
〈覚〉「是は平家太政入道殿の御頸を、悪行超過し給へるによッて、当社大明神のめしとらせ給て候」と申と覚えて（中略）入道の悪行超過せるによッて、一門の運命すでにつきんずるにこそ……　（巻三「無文」）

20　〈覚〉（夢中に賜った笏を）懐中して宿所へ帰り、ふかうおさめてをかれたりけるが、平家の悪行によッて南都炎上の間、此行隆、弁のなかにゑらばれて……　（巻六「祇園女御」）
〈屋〉傍線部なし

21　〈覚〉平家こそ当時は仏法共いはず、寺をほろぼし、僧をうしなひ、悪行をばいたせ、……　（巻七「木曽山門牒状」）
〈屋〉平家コソ当時ハ滅《ホロホシ》二仏法《ヲ》一、失《ウシナヘ》レ僧ヲ。

22　〈覚〉南都炎上の事、（中略）衆徒の悪行をしづめんがためにまかりむかッて候し程に、不慮に伽藍の滅亡に及候し事、力及ばぬ次第にて候へども……　（巻十「戒文」）

23　〈覚〉平治に信頼は悪行人たりしかば、　（巻十一「大臣殿被斬」）
〈屋〉傍線部「希代ノ朝敵ナリシカハ」

24　〈覚〉（法皇は）か様の悪行によッて御憤あさからず。　（巻十二「平大納言流罪」）

18で「悪行のはじめ」を欠くのは屋代本のみ、21は、八坂系の中院本なども「悪行」を欠くが、延慶本には「平家コソ仏法トモ云ハズ、寺ヲモ亡シ僧ゾ失へ。カヤウノ悪行ヲ致スニ依テ」とある個所である。19は屋代本には該当する章段自体がなく、22も屋代本に対応する表現は見られない。24は、法皇からの使者の花形の顔に浪形の焼印を押した時忠の行為を指すが、屋代本はここでもそれを「悪行」ということはない。

こうした用例を素直に眺めれば、屋代本に一定の傾向があることは、自ずから読み取れよう。結局屋代本における用例は、その殆どが、「大臣流罪」以下巻三末までを費やして描かれる、清盛による治承三年十一月のクーデターに際して用いられるものと、義仲による法住寺合戦を指すものとで占められているのである。前者は2・3・4・6・9、後者は10・11・12（・16・17）である。1は前掲の厳島明神の言葉であるし、7・13・14などは、個別の事件というよりは、むしろ清盛や平家の行為を総体的にいったものとしてよいであろうから、平家の行為に限れば、具体的な「悪行」とは、〈治承三年の政変〉のほかは「悪行の極み」である福原遷都およびそれに際して数え上げられる一連の行為（5）、都落の際の安徳帝帯同（8）、南都焼討を指すと思われる重衡の行為（15）、ということになる。その中でも、用例数の偏りと法住寺合戦の例とを合わせて考えれば、〈治承三年の政変〉が重要なものとして浮かび上がってくることは明らかであろう。「悪行」の語が集中的に用いられているこの二つの事件に、法皇に対する武力行使とそれに伴う叙位除目の専断、という共通項を見いだすのは容易である。屋代本は清盛によるクーデターを語る章段を「入道相国奉恨朝家同悪行事」ともしている[9]。王権の頂点にあるものに対して武力を用いて反逆し、臣下でありながら除目を専断する。こうした行為が屋代本にとっての「悪行」なのであり、それはそのまま「大塔建立」における「悪行アラハ子孫マテハ叶マシキ」という契約を通した、一門滅亡の因なのである。屋代本もまた、「悪行」という語を意識的に用いることによって、「滅亡の仕かけ」を作り上げようとしているのではないかということが、まずは確認できよう。

二　屋代本の問題点

では、その「滅亡の仕かけ」は、いかなる形をとって物語の上に現れているか。用例の検討からさしあたり抽出できる、二つの問題点から考えてみたいと思う。一つ目は、いわば質的なもので、「王法破滅・仏法破滅」を「悪行」

として描く覚一本とは異なり、仏法破滅に対する目配りがあるとは感じられないということである。屋代本にも確かに15の南都炎上を指すと見られるものはあるが、すでに平家が壇浦に滅びた後の巻十一の一例でしかなく、一見して覚一本のような仏法への意識が欠けているように感じられる。もう一点は、そうした「悪行」の中でも、平家の滅亡の因たりうるものとしては、〈治承三年の政変〉という一点にかかる比重が極めて大きいということである。こちらは時期的な偏りの問題としてよいだろうか。巻一「殿下乗合」で「平家悪行の始め」をいわないのは、諸本中でも異例である。王権に対する罪という点では、5で数え上げられている諸事件や、8などにも共通性はあるが、5の叙述については、治承四年六月の遷都に至るまでの比較的短い期間の事件を、〈治承三年の政変〉を基点として把握しているように読めるし、何より用例数の偏りが〈治承三年の政変〉の「悪行」としての重さを自ずから物語っていよう。

以上のまず一点目については、「王法破滅・仏法破滅」を「悪行」とする覚一本において、三井寺炎上と南都炎上が仏法破滅にあたることは、池田氏が指摘されている[10]。前掲の20・21がそれにあたろう。屋代本がこれらの行為を積極的に「悪行」と見なそうとはしないことは用例の示すとおりであるが[11]、そもそも、屋代本には仏法の滅亡を王法の滅亡を連動するものとしてとらえようという姿勢がほとんどない。他諸本が仏法王法の危機を並べて把握しようとしているような記述を、ことごとく欠いているのである。例えば覚一本では巻二にある「善光寺炎上」の末尾には、

「王法つきんとては仏法まづ亡ず」といへり。さればにや、「さしもやンごとなかりつる霊寺霊山のおほくほろびうせぬるは、平家の末になりぬる先表やらん」とぞ申ける。

とある。この章段は、諸本間に配列の異同があるが、屋代本と周辺本文である竹柏園本以外の諸本には、いずれも見られるものである。「平家のすえになりぬる先表」とするのは覚一本に独自の表現で、「王法の末」とするほうが一般的だが、傍線部については、この章段を有するどの諸本にも見られる一節である。

巻三「辻風」における辻風に対する朝廷側の対応として記される御占も、同様の例である。覚一本には、

是たゞ事にあらず、御占あるべしとて、神祇官にして御占あり。「いま百日のうちに、禄をもんずる大臣の慎み、別しては天下の大事、幷に仏法王法共に傾て、兵革相続すべし」とぞ、神祇官陰陽寮共にうらなひ申ける。

とあり、延慶本も「仏法、王法共滅ビ、兵革相続テ飢饉疫癘ノ兆ス所ナリ」と、同じく仏法王法の危機をいう個所であるが、屋代本では

「今百日ノ内ニ、禄ヲ重フスル大臣ノツ、シミ、其後天下大《キ》ニ乱テ、兵革兵乱相続スヘシ」ト神祇官、陰陽寮共ニ占《ヒ》申ケリ。

とあるのみである。

平家による最大の仏法破滅である南都炎上に際しても、巻六で「仏法王法共ニ尽ヌルコトコソ浅猿ケレ」とはいっているが、巻五の終わりで諸本が

聖武皇帝宸筆の御記文には、「我寺興福せば、天下も興福し、吾寺衰微せば、天下も衰微すべし」とあそばされたり。されば天下の衰微せん事も疑なしとぞ見えたりける。（覚一本）

というところ、屋代本のみ

サレハ聖武皇帝ノ震筆ノ御記文ニモ、「我等（ママ）興複セハ天下モ興複スヘシ。我寺衰微セハ天下モ衰微スヘシ」トソアソハサレタル。浅猿カリシ事共ナリ。

というだけで、「天下の衰微」へとつなげる文言を持たない。仏法の滅亡を王法の滅亡に繋がるものとすることを、屋代本は回避しようとしているように見える。これらの例は、関口忠男氏が「末法観」との関連で論じられた[12]ものとも重なるが、「悪行」に関わる物語構造の問題として把握することも可能であろう。屋代本が描くのは、仏法破滅が「悪行」に含まれない世界であり、そこでは平家がもたらす天下の危機と、仏法の破滅をつなげて解釈する回路は遮断されているのである。それは、巻六の「嗄声」で、諸本が

「南閻浮提金銅十六丈の盧遮那仏、やきほろぼしたてまつる平家のかたうどする物こゝにあり。めしとれや」と、三声さけんでぞとをりける。（覚一本）

というところ、屋代本には

雲居ニ皺枯タル音ノ大成ヲ以テ、「平家ノ方人城太郎」ト三度喚テソ通リケル。

とあるのみで、南都炎上を咎める天の声は記されないこととも、関わっていよう。(13)「悪行」の偏りに対応する枠組みを、屋代本は確かに物語の中に持っているといえる。

では、こうした物語を志向した屋代本が、王法からの仏法の排斥を主張していると見るべきなのであろうか。だとすれば、そうした思想の形成圏と屋代本の成立との関係も見えてこようが、本節の関心はそこにはない。先程の15を見るまでもなく、屋代本に仏法に関する叙述が全くないわけではないし、巻六の清盛の死に際しても、南都炎上との関連は語られている。重衡や清盛といった個人レベルでは、確実に仏法破滅の報いは受けているのである。本節ではむしろ、如上の傾向を屋代本という物語の構成の問題として、つまり、「悪行」の報いで平家一門が滅ぶという物語において、「悪行」の語の使用からうかがわれる屋代本の「滅亡の因」構築の構想が、物語に与えた構成に関わるものとしてとらえてみたい。具体的には、先程挙げた二点目と関わるものとして、より広い視点から考えてゆくこととする。

三　鹿谷事件の脈絡

屋代本が、〈治承三年の政変〉に「悪行」の重点をおこうとしているであろうということは、すでに確認した。用例からすれば、この事件は平家の最初の「悪行」でもある。このことは、巻一の「殿下乗合」から「悪行の道程」を歩み出すのとは、自ずから違った構成を屋代本にとらせることになるのであって、先の仏法の問題はその一側面にすぎないのではないか。そうした意味で、仏法破滅と同様に、その扱いが著しく覚一本とは異なる事件がある。鹿谷事件である。

鹿谷の陰謀が露見して、関係者が捕縛されるのは巻二であるが、事件の余波はそれ以降も尾を引くもので、巻二から巻三にかけての長い部分を占めている。行綱の密告以下の、事件の前半にも注目すべき点はあるが、ここでは、まずは事件後の敗者達をめぐる叙述に注目したい。先行研究も多いが、例えば志立正知氏は、覚一本と屋代本を文芸的な観点から比較検討され、その記事配列の相違について問題にされている(14)。両本の配列の詳細は氏の論に明らかなので、ここではまず大まかな流れだけを、氏の指摘を交えながら追ってみることとするが、覚一本では、成親配流→成経・康頼・俊寛配流→成親出家～最期→法皇御灌頂～山門滅亡・善光寺炎上→康頼出家・熊野詣・卒塔婆流・蘇武→中宮懐妊→成経・康頼赦免、という順で語られる。成親の配流に続けて、成経ら三人の鬼界ヶ島への流罪が語られた後、すぐに視点は成親に戻ってその最期までを語る。成親を主人公とする文脈は途切れることなく、「成親物語」を展開している。その後に、法皇灌頂から山門滅亡に至る一連の山門関連記事と、善光寺炎上とを挟んで、続く中宮徳子懐妊を機とする成経・康頼の赦免へと繋がる文脈も、途切れることなく「鬼界ヶ島物語」として展開されている。

一方、屋代本の大きな相違は、成経ら三人の流罪の後に、康頼出家～蘇武までを続けて語ってしまうところにある。記事順は、成親配流→成経ら配流→康頼出家・熊野詣・卒塔婆流・蘇武→成親出家～最期→法皇御灌頂～山門滅亡→中宮懐妊→成経・康頼赦免、となり、成親の流罪とその非業の最期の記事との間に長大な鬼界ヶ島流人記事がおかれるため、「成親物語」としての文脈は分断されてしまうのである。同時に、「鬼界ヶ島物語」の方も、熊野詣による帰洛の保証と実際の赦免との間に、成親最期に続けて山門関連記事までを挟む形になるため、熊野の霊験を軸として、救われた康頼・成経と許されなかった俊寛について語る文脈が、断ち切られてしまっているのである。志立氏が、屋代本に対して、覚一本には「「成親物語」「鬼界ヶ島物語」としてのより緊密な関係を築こうとする構成に対する文芸的意識」があるとされているのは、的確な評価であろう。

しかし、こうした覚一本が屋代本に比べ構想の「深化」があるとされることについては再考の余地があるのではないだろうか。確かに如上の観点からすれば、覚一本の方が屋代本より優れた文芸性を獲得しているのは疑いないだろうが、覚一本の評価としては妥当でも、覚一本が達成しているものと比べるだけが、屋代本に対する見方としても十分だとはいいきれまい。氏は屋代本が語り本では「最古態」であるとの前提から立論されているが、氏ご自身の最近の論にも明らかなように[15]、現在ではその足枷ははずされているはずであるし、いずれにしても屋代本の叙述は屋代本が選び取ったものに他ならないのだから、覚一本とは別の方向性を目指したものとしての読解も試みられるべきであろう。

そうした意味で、志立氏が、鹿谷事件を統一するものとして設定された、敗者達の「運命が悲劇的であればあるだけ、清盛とそれに体現された平氏の悪行性は強調される」という視点は、なお有効であろうと思う[16]。氏がいわれるように、緊密な文脈を保って展開する覚一本の「成親物語」と「鬼界ヶ島物語」において際立つ成親や俊寛ら敗者達の悲劇は、そのまま、彼らにそうした運命をもたらした人物である清盛像へとはね返る。屋代本では成経・康頼については、配流の時点から熊野によって帰洛の保証を得るまでが、ひとまとまりを形成しているが、この、熊野によって救われた彼らの逸話の配置が、事件の敗者の「悲劇的運命」を語る文脈を分断していることは確かである。そのことについてはしかし、屋代本が覚一本になろうとしてなれなかった物語なのではないということを考えるならば、全く違った見方もできるのではないだろうか。つまり、そもそも屋代本の目は、敗者達の悲劇には向いていなかったのだと考えることも可能であろう。時間的に重なる内容である以上、語る順序に前後が生じるのは仕方のないことであり、物語は区切りごとのひとまとまりを重ねていくしかないが、そうしたときに屋代本は、事件の首謀者の死より先に、一旦は配流されながらも救われた者達と、その運命が保証されるまでの過程を語ってしまうことに一つの区切りを見いだしているのであって、覚一本とは全く逆に、敗者の「悲劇的運命」を語ることも、それによって清盛の「悪行性」を強調することも必要としていない、そういう物語として屋代本を見てみる必要もあるのではないだろうか。

実際に、そうした意識からは出てこないように思われる表現が、この事件による悲劇の最たるものといってよいであろう、俊寛の運命の描写についていくつか見いだされる。例えば、巻三の「赦文」で都からの船が到着する場面では、康頼と成経は「例ノ熊野詣」をして不在のところ、一人残っていた俊寛が最初に赦文に接し、自分の名が記されていないことに愕然とするという場面がある。読み本系にはなく、語り本系の創出による記事だと思われるが、屋代本では熊野詣と赦文の記事とが離れているために十分な効果をあげているとはいえず、その屋代本が、こうした場面を設定した語り本としての古い姿を伝えているのか、これだけでも疑わしいが、勅使が文を差し出す様を、屋代本は

御使ノ頸ニ懸サセタル文袋ヨリ宣旨ヲ取出シテ奉ル。

と記す。この赦文はもともと、

同七月下旬ニ、鬼海島ノ流人共可㆑被㆓召返㆒之由、宣下セラル。大政入道モ可㆑被㆑免《ユルサ》由状ヲ出サル。

として発行されたものであった。覚一本では赦文は

去程に、鬼界が島の流人共めしかへさるべき事さだめられて、入道相国ゆるしぶみ下されけり。

と出されたものであり、その到着も

雑色が頸にかけさせたる文袋より、入道相国のゆるしぶみ取出いて奉る。

と描き、いずれも清盛の名を強調している。「宣旨」「宣下」を第一に言う屋代本では、生殺与奪を握る者としての清盛の存在感は極めて希薄になるが、これらはいずれも屋代本の独自文なのである。また、覚一本などに見られる「不信第一人」との説明を欠く上に、成経・康頼の赦免の後、中宮御産とそれに付随する「大塔建立」「頼豪」を挟み、

成経らの帰洛に続く形で置かれる、鬼界ヶ島へ来訪した有王によって俊寛の死去が見届けられるという場面においては、その死に様をわざわざ

自ラ食事ナントモトメ、偏ニ弥陀ノ名号ヲ唱ヘテ、臨終正念ヲソ祈レケル。有王島へ渡テ後、僅ニ廿余日ソ御坐シケル。端座合掌シテ、最後ノ十念唱ツヽ、遂ニソノ庵ノ内ニテ失給フ。（「僧都死去」）

と描いている。こうした描写はいずれも、清盛の悪行性を強調したり、俊寛の恨みを強調しようとする意識からは、生まれ得ないものではないだろうか。

志立氏は、覚一本における俊寛の悲惨な運命の描写は、その鹿谷事件に対する構成意識を反映したものであり、その死去を「か様に人の思歎きのつもりぬる平家の末こそおそろしけれ」という言葉をもって結ばれる彼の悲劇が、「御産」や「頼豪」の章段において繰り返し「今度も重科の輩おほくゆるされける中に、俊寛僧都一人、赦免なかりけるこそうたてけれ」「今度さしも目出たき御産に、大赦はをこなはれたりといへ共、俊寛僧都一人、赦免なかりけるこそうたてけれ」と想起されるところに、「悲劇的運命をより積極的に平氏の運命と結びつけ対比させていこうとする意識の深化」が見えるとされているが、これも覚一本についての評としては首肯できても、そのまま屋代本に対する評価軸にはなり得まい。屋代本では「御産」にも「頼豪」にも該当する句はなく、従って氏が指摘されるように、その俊寛の死における「加様ニ人ノ思ノツモリヌル平家ノ末ソ怖シキ」も十分機能しているとはいいがたい。しかし、そもそも叙述の主眼がこうした敗者の悲劇に向けられていないとすれば、それもまた、覚一本とは別の、屋代本の叙述意識の反映との見方も可能なはずである。敗者達の悲劇的な運命を語ることや、彼らにそうした運命をもたらした清盛の暴虐さを刻みつけること、そしてそれを平家の滅びの運命と関わらせること、屋代本は、こうした要素をできるだけ削いで鹿谷事件を語ることを選んだのであって、それは、屋代本がこの事件に付与した物語内での意味を示すものなのではないだろうか。そのように捉えることで、以降の展開についてさらに新たな視界が開けてくるように思わ

れる。

四　屋代本の構想

鹿谷事件をめぐる覚一本の構成について、美濃部重克氏に、それが「はっきりとプロットをなす」ものであるとされる、極めて示唆に富む論考がある。(18) その中で氏は、「山門滅亡」と「善光寺炎上」を成親死去の後におく構成について、「彼の所行が王法を破滅させる結果を招来する非難すべきものであったことを明らかにし、同時に事件の展開に関わって、王法の破滅を予告するという、二重の役割を担っている」とされ、同様の働きを「鹿谷のプロット」の「閉じ目」である俊寛の死に続く「辻風」にも見いだされている。美濃部氏は、俊寛の死の直後に、吹き荒れた旋風が平重盛の死を予告するという「辻風」の章段が配されていることによって、王法紊乱に対する神々の怒りと平家によって断罪された人々の怨霊の恨みを残して終わる「鹿谷のプロット」の閉じ目を示し、それが重盛の死を起点とする治承三年政変以降の平家凋落という新たなプロットを顕現させるという機能を担っている、とされるのである。これが、前述のように成親についても俊寛についてもその悲劇を語る文脈が分断されてしまっている屋代本になると、こうした「プロット」間の連結も全くスムーズとはいえまい。成親の死より先に康頼・成経の帰洛の運命を示し、また巻三では一人残された俊寛の悲劇とその恨みを「平家の運命と関わらせて」いく文脈をも欠いている屋代本では、「鹿谷のプロット」は、成親の死を最後に埋没していき、「辻風」以降に緊密に結び付いてはいかない。では、屋代本においては、以後の展開はどのように語り出されるのか。次にこの点について、「辻風」によってその死が暗示された重盛の、死去の後におかれる一連の記事を対象に考えてみたい。両本の構成は、表２-２のようになっている。このうち、問題としたいのは重盛が夢によって平家の滅亡を知り、嫡子維盛に無文の太刀を与える「無文」の有無と、

「小督」説話の存在である。「無文」は八坂系の諸本にも見られる章段であり、「小督」をこの位置に配するのは屋代本のみの特徴である。「小督」の配置をめぐっては千明守氏が注(1)論文で屋代本の後出性を明らかにされたところであり、これら一連の重盛死去後の説話群についても、単なる古態論を離れた考察が必要であろう。

　そうした意味で、覚一本の「無文」においては、春日明神が清盛の首を討ち取るという重盛の夢見を通して、「悪行の超過」とそれ故の平家滅亡が宣告されていることに注目したい。あくまで予知夢であり、なぜ春日なのかという問題もあるが、第一項の用例19で示したように、覚一本においてこの時点で早くも記される

　入道の悪行超過せるによッて、一門の運命すでにつきんずるにこそ

という重盛の発言は、「鹿谷のプロット」を最大限に機能させている覚一本であってこそ自然に納得しうるのではないだろうか。この夢見自体は、水原一氏が指摘されているように、舞台を三島社とし、巻五の頼朝挙兵譚中に記される、頼朝による三島社への平家打倒祈願と対応する、延慶本に見えるような形が本来のもので、(19)覚一本は挙兵譚を持たないために三島とする必然性を失い、春日に変えられたものと考えられよう。覚一本に「浜路を遥々とあゆみ行」とあるのは、まさに三島が舞台であったことの痕跡と認められるが、「平家大しやうの入とうとの、くひを、三しまの大明神のめしとらせ給て、いつの国のる人よりともに給はる也」と、明らかに覚一本より前と推測される形をとる八坂系の中院本では、「悪行の超過」には言及されない。覚一本は、挙兵譚をもたないことで、頼朝について触れる意味をも失ったこの夢見を、「すでに悪行が超過した」と関わらせることで新たな意味付けをしていると思われる。(20)それは、美濃部氏のいわれるように「辻風」以降の展開が鹿谷以来の文脈をうけて顕現したものであってこそ、十分に機能するものであろう。

表 2-2　重盛関連記事の構成

屋代本	覚一本
重盛死去	重盛死去
「金渡」	「無文」
「小督」	「燈爐之沙汰」
	「金渡」

　この章段を欠く屋代本が、この位置に「小督」を配していることは、全く異なる観点からこ

の重盛死後の説話群を構成していることを示していよう。「小督」の位置について、語り本系の本文は、未整理な延慶本のような形を基として整理したものであり、屋代本の形は、延慶本のように本来巻六にあった「小督」を移動したものであるということは、千明守氏が注(1)論文で明らかにされている。こうした改編を経た屋代本の「小督」において、注目すべきは

小松殿薨セラレテ後ハ、様々人ノ心モ替リ、不思議ノ事共多カリケリ。

というその語り出しである。千明氏が、

屋代本は、延慶本が、失踪した小督を恋い慕う高倉院に対して清盛が辛く当たったことを述べたあとに、

小松内府御坐《こまつのだいふおはしまさ》バ、カカル御事ハアラマシヤナムド、天下《てんが》ノ人々今更嘆《いまさらになげき》アワレケリ。

と記すことに注目し、それを「小督」譚の冒頭に置き、「小督」譚を〈重盛不在ゆえの清盛横暴譚〉として巻三の「重盛死去」の後に移動したのではなかろうか。

と述べられているのは、非常に重要な視点であると思われる。それは同時に、ではなぜ屋代本は「〈重盛不在ゆえの清盛横暴譚〉として巻三の「重盛死去」の後に移動」するという改編を行ったのかということをも、問われるべき課題として浮上させるだろう。そうしたとき、構成の上からいえば、「小督」は〈治承三年の政変〉の前に配置された章段であり、〈重盛不在ゆえの清盛横暴譚〉はまさに〈治承三年の政変〉への助走となっていることに気付く。〈重盛不在ゆえの清盛横暴譚〉は、生前の重盛を偲ぶ単なる一挿話ではなく、彼の不在が来たるべき「悪行」の引き金になったことまで射程に入れているものとみることができるのである。クーデターに及んだ清盛について、物語は

抑大政入道、如何ナル心ニテ加様ノ悪行ヲハシ給フトソ云ニ、(中略)去年讃岐院御追号、宇治悪左府ノ贈官贈位有シカトモ、冤霊ハ猶鎮リヤラヌニヤ、「入道ノ心ニ天魔入替テ、猶腹ヲスヱカネ給ヘリ」ト聞シカハ、「此後又如何計ノ事カアランスラン」トテ、天下ノ上下怖惶ケリ。(「行隆之沙汰」)

として、保元の敗者達の怨霊と関連させる理解を示すが、それを清盛の「心」の問題と見ることは、確かに「小督」冒頭の一文と響きあっていよう。重盛死後の清盛の横暴を「不思議の事」ということも、「殿下乗合」において、諸本がどれも重盛の口を通して

「たとひ入道いかなるふし議を下地し給ふとも、など重盛に夢をばみせざりけるぞ」　（覚一本）

というのに対して、この事件を「悪行のはじめ」としない屋代本のみが、

「縦入道如何ナル事ヲ下知シ給フト云トモ、重盛ニ夢ヲ可ㇾ見ニテコソアレ」

と「不思議」の語を欠いていることと、対応しているように思われる。[21]「悪行」を「不思議の事」とする認識は、清盛に対する「心も詞も及ば」ぬ人という把握とも関わるであろうが、屋代本における治承三年の「悪行」とも無縁ではあるまい。[22]

そして、注意しなければならないのは、屋代本が描く〈治承三年の政変〉が、「殿下乗合」から歩み続けてきた「悪行の道程」の一歩ではなく、故に覚一本のようにそれまでの「悪行」の積み重ねの上に顕現するものではないということである。平家に対して「悪行」の語が初めて、そして最も多く用いられる事件だったのであり、清盛は、いわばここを境に一気に真の「悪行者」へと変貌するのである。事件の「悪行」としての重さに比例して、それを押さえていた重盛の存在と、彼の死の意味の重さも増す。〈治承三年の政変〉が最初にして最大の「悪行」であればこそ、重盛の死は、「辻風」以前の文脈を受けて顕現した事件である以上に、以後の「悪行」へと向かう起点としての意味が大きいのであって、だからこそその死後に配される「小督」は、来るべき「悪行」への橋渡したり得ているのである。それが、〈治承三年の政変〉を「悪行」すなわち滅亡の重大な因と認定する屋代本の構成なのであり、重盛生存中に起きた鹿谷事件は、いわば彼によって法皇への凶行が食い止められた事件であればよく、後の展開に大きな影を落とす必要はない。そこに重大な悪行性もなく、敗者達をめぐる叙述に覚一本のような文芸的達成もないのは、屋代

本の一面でしかないのであって、ひいては先に見た仏法破滅の扱いも、治承三年の「悪行」に至る構成に関わる問題として収斂していくのではないだろうか。

　巻三において、物語がすでに鹿谷を離れ、治承三年の「悪行」へ向けて新たな脈絡を形成しつつあることは、微弱ながら屋代本中に読み取ることができる。屋代本の「頼豪」には「俊寛一人赦免なかりけるこそうたてけれ」の一文はなく、彼の運命を平家の運命に結びつけようとする姿勢が希薄であることは先述の通りだが、代わりに、治承三年への伏線ともいうべき興味深い表現が、この章段に見いだされるのである。〈治承三年の政変〉を崇徳院をはじめとする保元の敗者達の怨霊との関わりで解釈しようとするのは『平家物語』諸本に共通であるが、「頼豪」において、悪心を起こした頼豪に、匡房が説得に向かう場面における、

　匡房朝臣、頼豪カ宿坊ニ行向テ、綸言ノ趣ヲ申サムトスルニ、頼豪終ニ対面モセサリケリ。以外ニフスホリタル持仏堂ニタテ籠テ、髪ヲモ不レ剃、爪ヲモ不レ切アリケルカ、ヨニ怖シケナル声ニテ申ケルハ……

という表現が、まさに「御グシモ剃ズ、御爪モ切セ給ハデ」(23)という『保元物語』の崇徳院を彷彿とさせるのである。『保元物語』では崇徳院は天狗化したとされるものの、天狗の姿の描写として、「爪も切らず、髪も剃らず」というのは、決して一般的ではない(24)。保元の敗者たちはこれより早く中宮徳子懐妊に際して登場しており、その怨霊への恐れから崇徳院の追号、頼長への贈位が行われるのであるが、本来治承元年であったはずの史実を曲げて巻三に置かれているこの追号記事において、その結果は

　今勅使尋来テ読《ム》二宣命《ヲ》一。亡魂如何《カ》思食《シ》ケム、無《シ》二覚束一。（「赦文」）

と、不安を残すものであったと語られていることを考えると、皇子の不吉な未来を暗示する「頼豪」における「髪ヲモ不レ剃、爪ヲモ不レ切」という表現は、崇徳院のイメージを喚起するに十分ではないだろうか。俊寛を想起する文を欠いているのは、単に古くて未熟なのではなく、すでに物語が鹿谷を離れ、やがては治承三年の「悪行」へ至る新た

な胎動を始めているのだと見ることもできよう。俊寛と、鹿谷の脈絡とを強調する覚一本では、保元の怨霊は、
　今勅使尋来て宣命を読けるに、亡魂いかにうれしとおぼしけむ。
と、追号によって鎮まったかのように記すために、治承三年時点での登場が唐突で、その文脈が全く断ち切られていることも、注意してよいと思う。

むすび

　重盛と清盛を対置し、父を押さえる孝子が世を去ったために、歯止めがきかなくなった清盛が暴挙に走る、という構図は、広く『平家物語』諸本に見える。こうした人物対置の構想については、すでに巻一から「悪行の道程」を歩みだし、鹿谷事件を経て、重盛生存中に彼をして「悪行の超過」を嘆かせる覚一本とは違って、いわば清盛が重盛亡き後一気に悪行者へと変貌を遂げる屋代本の方が、遥かに活かしえていよう。『玉葉』一つにも明らかなように、〈治承三年の政変〉が当時の人々に極めて大きな衝撃を与えた事件であり、その後の清盛の暴走の発端と解釈される出来事でもあったということ、そしてそれが『平家物語』という作品にとって、物語を構成する要素としていかに重要な意味を占めているかということも、先学の指摘されているところである。(25) 美濃部氏は、『平家物語』が「年代記形式を基本としてテキストが形成される過程において、史書ではなくて、今のような物語的なかたちを獲得してゆく際に、鹿谷のプロットは大事な核となった」ものと見られ、覚一本は「鹿谷のプロットの本来の意味とそれが「平家物語」のテキスト形成に際して担った役割とを、際立ったかたちで表現する方向で整理されたテキスト」であるとされたが、同様に〈治承三年の政変〉もまた、そうした「核」となるべき資格を有していたはずである。屋代本はこの事件がもつ意味の重さと、それをめぐる清盛重盛対置という『平家物語』が本来もっていたと思われる構想を、際立たせるこ

とを目指したといえるのではないか。『平家物語』という大枠は変わらなくとも、平家一門の滅亡という歴史を、何に比重をおいて語るかという違いは、確かに読み取りうると思う。

そして、屋代本を以上のように読み解くならば、そこには、悪行ゆえの平家の滅びという独自に獲得した「因果観的構想」に沿って、語り本が自らの姿を律していった軌跡を読み取ることができるだろう。それは、多くの素材を取り込んでそれらの連関の中から文脈を豊かにしてゆく延慶本とは、自ずから違った『平家物語』のありようである。では、両者がそれぞれ異なる方法によって組み上げられた物語であるとするならば、相互の関係はいかに把握すべきなのか。両系統を分ける根本的な差異はどこにあるのだろうか。次節で一つの見取り図を提示してみたい。

(1)「屋代本平家物語の成立―屋代本の古態性の検証・巻三「小督局事」を中心として―」(『あなたが読む平家物語1 平家物語の成立』一九九三年、有精堂)。
(2)『軍記物語論究』第三章―三(一九九六年、若草書房。初出一九九五年)。
(3)渥美かをる氏『平家物語の基礎的研究』下篇第一章(一九六二年、三省堂)。
(4)佐伯真一氏「平家物語の因果観的構想―覚一本の評価をめぐって―」(『同志社国文学』第十二号、一九七七年三月)。
(5)「悪行の道程―清盛―」(『軍記と室町物語』二〇〇一年、清文堂。初出一九九二年)。
(6)特に断らないかぎり、語り本系諸本の章段名は便宜上覚一本のもので代表させる。
(7)『百二十句本平家物語』(一九七〇年、汲古書院)により、私に句読点を付した。
(8)中院本には「平家こそ、ふつほうをもしらす、君をもなやましたてまつれ」とある。
(9)屋代本の目録は、章段名が本文と合致しない場合もあって、必ずしもその素性は明らかではないが、一つの参考にはなろう。
(10)三井寺炎上には覚一本にも「悪行」の語の使用はないが、「かゝる天下のみだれ、国土のさはぎ、たゞ事ともおぼえず。平家の世の末になりぬる先表やらん」という文をもって「極まれる悪行・福原遷都をもって始まる巻五への橋わたしをしている」とされる。

(11) 三井寺炎上を含む巻四は、屋代本では欠巻であるが、周辺本文を見るかぎり、特に注意すべき叙述は見いだされない。
(12) 『中世文学序考』第二章第一節—三（一九九二年、武蔵野書院。初出一九七〇年）。
(13) 南都本も、屋代本に近く、南都炎上には言及しない。
(14) 「屋代本『平家物語』と覚一本『平家物語』の性格—「鹿の谷事件」の叙述を中心に—」（『文芸研究』第百十五号、一九八七年五月）。
(15) 『『平家物語』語り本の方法と位相』第六章（二〇〇四年、汲古書院。初出二〇〇〇年）。
(16) 覚一本は鹿谷事件を指して明確に「悪行」ということはないが、後述するようにその構成の上からも、妥当な把握であると思われる。
(17) 記事順は覚一本も同様。
(18) 「平家物語の構成—鹿谷のプロット—」（『文学』第五十六—三、一九八八年三月）。
(19) 新潮日本古典集成『平家物語　上』（一九七九年、新潮社）頭注。
(20) このような変遷が想定できるとすれば、読み本系統と語り本系を区別する最大の指標たる頼朝挙兵譚（山木夜討ちから石橋山合戦、安房落ちを経て関東平定まで）は、これを有する読み本系の方が、同記事を持たない語り本系に先立つと考えることになろう。
(21) 佐伯氏注(4)論文。
(22) 屋代本における「不思議」の語の用例は、抽書の二例を除くと全二十三例、そのうちの実に二十一例が巻六までに登場する。これが、「二部構成」の前半である清盛の生涯と対応していることは注意してよいだろう。
(23) 引用は新日本古典文学大系『保元物語　平治物語　承久記』（一九九二年、岩波書店）による。
(24) 延慶本巻三や、『比良山古人霊託』などに天狗の姿について詳しい記述があるが、『保元物語』の崇徳院とは一致しない。管見では『玉葉』文治二年七月十四日条に「因レ茲法皇不レ剃レ頭、不レ切二手足爪一、寝食不レ通、閉二籠御持仏堂中一、以下所二修行一業上、可レ廻二向悪道一之由、摧二肝胆一、住《任イ》二悪心一、偏忘二他事一、有二御念願一」とあるのが最も近いかと思われるが、『保元物語』との関係は明らかではない。なお、『玉葉』の引用は『玉葉　三』（一九〇七年、国書刊行会）による。
(25) 栃木孝惟氏「『平家物語』の主題と構想」（『講座日本文学平家物語　下』一九七八年三月）、原水民樹氏「清盛の悪行にかかわる夢想譚」（『徳島大学学芸紀要人文科学』第三十号、一九八〇年十一月）。

第三節　語り本の形成——巻六の叙述を中心に——

一　問題の所在

治承五年閏二月の清盛の死後、源平が初めて衝突したのが墨俣合戦である。墨俣川を挟んだ攻防において、平家軍は、頼朝の叔父の行家と、頼朝の弟義円（諸本により「円全」とも）らが率いる源氏勢を破る戦果を挙げたのだが、語り本系では、この合戦譚は、

平家やがてつゞいてせめ給はば、三河・遠江の勢は随つくべかりしに、大将軍左兵衛督知盛いたはりあッて、三河国より帰りのぼらる。今度もわづかに一陣を破るといへ共、残党をせめねば、しいだしたる事なきが如し。A平家は、去々年小松のおとゞ薨ぜられぬ。今年又入道相国うせ給ひぬ。運命の末になる事あらはなりしかば、年来恩顧の輩の外は、随ひつく物なかりけり。東国には草も木もみな源氏にぞなびきける。（覚一本）

と締め括られる。一陣のみの勝利など、重盛・清盛を立て続けに失い、「運命の末」にある平家にとっては、焼け石に水のようなものでしかなかったとの意味づけが与えられているのであるが、その合戦の具体的な進行を覚一本で見ると、次のように奇妙な箇所がある。

同十六日の夜半ばかり、源氏の勢六千余騎川をわたいて、平家三万余騎が中へおめひてかけ入、明れば十七日、寅の剋より矢合して、夜の明までたゝかうに、平家のかたにはちッともさはがず。「敵は川をわたひたれば、馬もののぐもみなぬれたるぞ。それをしるしでうてや」とて、大勢のなかにとりこめて……

とあるのだが、一旦敵陣に「かけ入」ったのちに矢合をするというのはどう考えても不自然である。右の傍線部は屋

代本には見えないが、覚一本が補った表現だとすれば、理解しがたい改編といわなければならない。その点読み本系の、例えば延慶本では、当初寅の刻の矢合と定まっていたところ、円全が行家への対抗意識から夜のうちに抜け駆けし、討ち取られたのを見て、先を越されて焦る行家が手勢二百騎を率いて渡河し、平家の陣に駆け入り戦ううちに夜が明けたとして、語り本系には見えない詳細な記述があるのだが、合戦の展開に特に不自然な点はない。長門本や『源平盛衰記』も同様の展開をとる。覚一本の奇妙な「寅の刻の矢合」は、これら読み本系に見られるような記述を刈り込む過程で、不自然な形で残ってしまったものであることが考えられよう。八坂系第一類が、

同しき十六日の卯のこくに、やあはせとさためたりける、其やはんはかりに、きやうのきみきゐん、いかゝおもひけん、十郎蔵人にも此よしかくともいはす、しうしう八き、すのまた川をうちわたりて、平家のちんへそ入たりける　（中院本）

と、読み本系的な内容の痕跡を残していることも、その想定を補強してくれる。このような記述とともに、矢合に関する情報を全て削除したのが、屋代本の形なのだろう。語り本系の墨俣合戦譚の諸相は、その源に読み本系的な本文があったことを推測させるのである(1)。

そのように考えると、さらに注意されるのは、平家方の大将軍を、覚一本は知盛・清経・有盛、屋代本は知盛・通盛、中院本は知盛・通盛・忠度としていることである。小差はあるが、知盛の名を挙げることは一致しており、また一旦の勝利の後、彼の所労によって軍勢が引き返してしまったことを平家の運命と関連づけて語る点も、語り本系に共通している。しかし、史実としては墨俣合戦の平家方の大将は重衡であり、知盛が出征したのは治承四年十二月、近江・美濃・尾張鎮圧のためである。その後、近江源氏の追討、美濃の逆賊の鎮圧などの戦果を挙げながら転戦していた知盛が、病気のため帰洛するのは翌五年二月のことだった（いずれも『玉葉』による）。読み本系には、これらの情報はほぼ史実どおりに記されており、水原一氏はその点について、

表 2-3　延慶本の記事

記　事	記　事
〈巻五〉	26 墨俣合戦
1 頼朝追討宣旨	27 行家，伊勢へ願書
2 厳島奉幣使・近江源氏蜂起	28 佐竹隆義，院庁下文により頼朝と合戦
3 福田希義・河野通清征伐	29 大飢饉
4 知盛ら近江に発向．美濃・尾張まで鎮圧	30 横田河原合戦
5 南都炎上	31 貞能，鎮西平定に下向
〈巻六〉	32 大仁王会
6 治承五年朝拝なし，南都僧綱公請停止	33 城助茂・藤原秀衡国司任官
7 高倉院崩御，追悼話群	34 兵革の祈り一品ならず
8 清盛の娘，院参	35 日吉社で謀叛の輩調伏を祈る僧，寝死
9 義仲成長，信濃押領	36 太元法宣下，興福寺・園城寺僧恩赦諮問
10 源氏尾張に攻め上るの報	37 源氏追討の宣下状・熊野の悪徒鎮圧の命
11 宗盛近国惣官	38 太元法を行う僧，平家追討を祈る
12 平家，美濃国で行家に勝利	39 神祇官にて神饗，二十二社例幣
13 尊勝陀羅尼，不動明王の法	40 伊勢へ鉄の甲冑を奉納．使者急死
14 大威徳の法，その他祈禱	臨時の官幣で宣命に誤記
15 義基の首獄門	41 大嘗会延引
16 宗盛出陣を決意	42 皇嘉門院崩御・覚快法親王崩御
17 九州勢の蜂起・河野通清の乱の報	43 院の御所に移徙
18 宗盛，法皇に院政復活を打診	〈巻七〉
19 東国源氏追討の宣旨二通（城助長，藤原	44 養和二年正月，節会，踏歌節会なし
秀衡）・宗盛惣官の宣旨状	45 太白昴星を犯す
20 清盛死去，追悼説話群	46 楊貴妃・役行者のこと
21 重衡ら東国へ発向	47 法皇，日吉社に御幸．平家追討の噂
22 城資長任国司．門出の日に頓死	48 菊地高直追討
23 国綱死去	49 法皇日吉より還御．噂は天狗の仕業
24 法皇，法住寺へ御幸・南都の僧綱本位に	50 二十二社に臨時奉幣使
復す	51 宗盛大納言還任
25 鎮西の逆賊追討の院庁下文二通	52 全国の蜂起やまず

> 語り物系は衰亡へ向かう平家を強調してか、大将を知盛としつつ簡略に済ませ、二度の勝利を一度にまとめたのである[2]。

との見解を示されているのだが、その指摘は、語り本系の墨俣合戦を締めくくる評（前掲の傍線部A）が、読み本系では墨俣合戦から離れた別の位置にあることを踏まえると、より首肯されるものとなるだろう。煩瑣になるが、対照のために、本節で扱う範囲の延慶本の記事表を示す（表2－3）。下線は、語り本系にはない記事である。

表2-3の通り、「左兵衛督知盛、小松少将資盛、越前三位通盛、左馬頭行盛、薩摩守忠度、左少将清経、筑前守貞能已下ノ軍兵」が近江の「アブレ源氏」追討に出発するのは4である。語り本系がこれを墨俣合戦譚（26）に合成していることは、おそらく間違いないだろう。一方、「去々年小松内府被レ薨ヌ。今年又入道相国被レ失ヌルニハ、平家ノ運尽ヌル事顕レタリ。然バ年来恩顧ノ輩ノ外、走付者更ナシ」との言葉が記されるのは28末尾である。知盛の帰洛は延慶本や長門本には見えないが、盛衰記や四部合戦状本は16の位置に記している。語り本系が、読み本系の記事を換骨奪胎し、本来バラバラな位置にあったものを寄せ集めて墨俣合戦譚を再構成していることは明らかである。その一方で、1~4、10~12、21といった、東国を中心とする内乱に関わる記事の多くが切り捨てられている。このような大胆な作業を経て、平家の「運命の末」を象徴するという、墨俣合戦の新たな意味を創出したのだとすれば、ではその傍らで、語り本が捨て去った要素についてはいかに理解すべきなのだろうか。

確かに、巻五後半以降に登場する「アブレ源氏」らの反乱も、12でそこに絡んでくる行家も、その存在は、平家を都から追い出した義仲や、滅ぼした頼朝に比べれば、「衰亡に向かう平家」の運命を語る上で、大きな意味は持ち得ない。しかし、語り本がこれらの記事とともに切り捨てたものの中には、巻五から巻六にまたがる長い射程における、読み本系と語り本系の根本的な差異に関わる、さらに大きな問題が横たわっていると思われる。本節はこの墨俣合戦譚を足がかりに、『平家物語』諸本の二大系統を分かつ、本質的な違いについて考えてみようとするものであるが、読み本系の中でも特に延慶本を考察の中心とする。知盛帰洛記事の有無のみをとってみても、現存延慶本がそのまま語り本の母体になったとは考えにくく、両系統の分岐点はそれ以前に求めるべきなのであろうが、語り本が捨象したものは、延慶本にこそ最も色濃くあらわれていると思うからである。

二　延慶本の構造（一）

語り本系には見られない巻五後半以降の内乱記事は、延慶本においてはいかなる枠組みによってとらえられるものであったか。それはすでに1において明瞭である。「兵衛佐謀反ノ事ニ依テ、重被レ下二宣旨一云、」とした上でその文書を引用し、

カ、リケレドモ、一切宣下ノ旨ニカ、ワラズ、弥ヨ日ニ随テ、兵衛佐ノ威ニ恐レテ、東海、東山等ノ諸道ノ輩ラ、皆ナ源氏ニ随ニケリ。

と述べ、頼朝の謀叛に後続するものとして、そして宣旨の効力を裏切って広まった事態として、以下の内乱を捉えているのである。これは延慶本のみの独自記事だが、

2　討手ノ使空ク帰リ上テ後、東国、北国ノ源氏共、イトヾ勝ニ乗テ、国々ノ兵多ク靡ツヽ、勢ハ日々ニ随テ付ニケリ。目近キ近江国ニモ、山本、柏木ナムド云アブレ源氏共サヘ、東国ニ心ヲ通シテ、関ヲ閉テ道ヲカタメテ人モ不レ通。

と、事態を富士川合戦から一連のものとする認識は、他の読み本系にも共通している。語り本系とは異なり、読み本系諸本がいずれも富士川合戦に際して、

十一日、頼朝追討スベキヨシ宣下セラル。其官府宣云……

と、宣旨の存在を明示し、文書の全文を載せていることを踏まえれば、延慶本1の意味はさらに明らかになるだろう。富士川合戦もまた、

平家ノ討手ノ使、三万余騎ノ官軍ヲ卒シテ、国々宿々ニ、日ヲ経テ宣旨ヲ読懸ケレドモ、兵衛佐ノ威勢ニ怖テ従付者ナカリケリ。

と、宣旨が何の効力を発揮することもなく、官軍が惨めに敗北した合戦だった。読み本系諸本では、至高の命令を帯していたはずの軍勢が敗れ、朝廷の権威は現実の前に無力だったという意味において、富士川合戦とその後の内乱とが同一の視点でとらえられているのである。1の記事は、如上の文脈をより強固にするものであったことが理解されようが、このような認識こそが延慶本の叙述の大枠であったことは、夥しい数の「宣旨」「宣下」の存在とともに語られる巻六以降の展開に明瞭である。

知盛らの働きにより、一旦は鎮まったかに見えた東国情勢だったが、巻六に入り、10で再び尾張まで源氏が攻め上ったとの報が届く。これに対して、11で宗盛を「近国惣官」にするという処置がとられ、やや離れた19にはその「宣下状」の文面が載せられている。12では知盛らが行家を破り、再び美濃から尾張までを従えるものの、続発する謀叛に対し、16で宗盛が出陣を決意、その宗盛に対して「東夷、北狄追討スベキヨシノ宣旨」が下る。その後、清盛の死によって作戦が一時中断したのち、追討使は宗盛から重衡へと切り替わるが、延慶本はその重衡についても

21　二月八日、「東国ヘハ本三位中将重衡ヲ大将軍トシテ可レ被レ遣、鎮西ヘハ貞能下向スベシ、伊与国ヘハ可レ被レ下二召次ヲ一」ト定ヌ。其上、兵衛佐頼朝以下、東国、北国ノ賊徒ヲ追討スベキヨシ、東海、東山ヘ院庁ノ御下文ヲ被レ下。其状云……

と、院庁下文を帯していたことを記し、その全文を載せている。天平以来となる「惣官」設置と追討宣旨の発給、そして院庁下文。長大な清盛死去関連記事によって文脈は阻害されているかに見えるが、平家の軍隊は、東国の乱に対して常にこれら至高の権威を背負って臨んでいたのである。重衡出征時には、追討の対象は行家や「アブレ源氏」だけでなく、「東国ノ大勢、相模国鎌倉ヲ立ト聞ユ(26)」というところまで事態は進行していた。実際には、「東国ノ大勢」に接する前に行家らの二千騎と墨俣川でぶつかり、一旦はこれを討ち落とす。しかし、行家は敗走しながらも、頼朝率いる「関東ノ大勢」が進軍しているとの噂を流し、平家はこれに怯えて都へ引き返した。官軍が、「関東ノ大

勢」に対して一矢も射ることなく逃げ帰ったという点においては、今回もまた富士川合戦と変わるところがなく、朝廷の権威は、再び頼朝の勢力の前に跳ね返されたのである。頼朝への対処としては他にも、城助長（資長）と藤原秀衡に追討を命ずる宣旨が下されたことが19と22に繰り返し見え、19では二通の文面が引用されている。秀衡は陸奥の国司にも任じられている（33）が、これらの対策が成果を挙げることもなかった。院庁下文を得て頼朝と合戦をした常陸の佐竹隆義も、もろくも討ち落とされている（28）。朝廷の名による諸々の処置は成果を挙げることなく、宣旨も院庁下文も何らの効力も発揮しなかったのである。

同様の描写は、他の地方の乱の叙述にも見出すことができる。9で蜂起した義仲に対処すべく、城資長を信濃国司に任じる宣旨が下される（22）が、資長は門出の日に頓死した。跡を引き継いだ弟の資茂は横田河原で義仲に敗れ（30）、その後越後の国司に補せられるが、すでに越後は義仲に横領されていた（33）。17で報をうけた九州の乱に対しても、やはり25で追討の「庁下文」と「宣旨」が下され、二通の文面が引用されているが、

雖レ然ト一切宣旨ヲモ用ズ、弥ヨ軍勢ヲ催シ、自国他国ヲ語テ、平家ヲ亡シテ源氏ニ加ラムト結構スルヨシ、大宰府ヨリ告申ケリ。

という結果に終わる。乱発された「宣旨」「宣下」「院庁下文」はもはや、乱世を鎮める何ほどの力も有していなかったのである。

さらに、右が内乱に対していわば「顕」の世界での対応を目論んだものであるならば、一方の「冥」に対しても、同様に働きかけていたことにも注意しなくてはならない。

13　尊勝陀羅尼、不動明王の法の宣下（文書あり）
32　官庁にて大仁王会
34　「院ヨリ」の命により、諸寺諸社で兵革の祈り。「勅宣」により数々の秘法

36 太元法を修すべき宣下（文書あり）

など、実に多くの祈禱が、朝廷の下命によって行われている。しかし、「違勅ノ者」の調伏を祈って造立された大威徳の像は割れ（14）、日吉社で謀叛の輩調伏を祈った僧は寝死（35）、大神宮への使者は急死し、臨時の官幣では宣命に誤記載があった（40）。宣下を受けて「朝敵追討」のために太元法を修した僧は平家の追討を祈り（38）、国司に任じられ、「朝恩忝キ事ヲ悦テ」義仲追討に出陣した城資長は、「東大寺ノ盧舎那焼タル大政入道ノ方人スル者、只今召取ムヤ」との天の声を聞いて中風に倒れた。「神明三宝御納受ナシト云事、既ニ掲焉（35）」という状況下で出された、頼朝・信義に対する

猿程ニ大法秘法被レ行ケレドモ猶世中不レ閑。仍同十三日被二宣下一、

という追討宣下（37）も、現状を改善する力を持ち得ていない。延慶本は執拗なまでに、冥顕二つの世界で数々の「宣下」が裏切られていく様を描くのである。

三　延慶本の構造（二）

右に見たような展開は、他の読み本系にもほぼ共通している。しかし、延慶本の際立った特徴は、実際に文書の文面まで載せていることである。13・19（三通）・21・25（二通）・36・37と、実に巻六だけで九通にのぼる「宣旨」「宣下」「院庁下文」といった文書の引用のうち、他の読み本系に共有されるのは21のみであり[3]、他本は地の文でその存在に触れるだけであることが多く、19・25・37など、該当する記事自体が他本に見いだせないものもある。これらの多くは、『玉葉』や『吉記』などによって実在を確認できる文書であり、他文献に見いだせない19なども信頼に足る史料とされているが[4]、一方で、36・37など、史実として疑わしいものもある[5]。日付に混乱のあるものも多い[6]。これら

全てを『平家物語』本来のものと見ることには、慎重であるべきであろう。多くの文書を取りこんだのは、「記録的迫真性」を意図した延慶本の個性なのだとする松尾葦江氏の見解は[7]、その点で重要と思われるが、本節の関心は、そうした方法で延慶本が描き出そうとしたのが、どのような世界だったのかということだ。読み本系諸本が共通して載せる

17「東国、北国、已ニ背ヌ。南海、西海、静ナラズ。逆乱ノ瑞相頻ニシメシ、兵革忽ニ起リ、仏法亡ビ、又王法無ガ如シ。吾朝只今ウセナムトス。コハ心ウキ態哉」トテ、平家ノ一門ナラヌ人モ、物ノ意弁タル人ハ歎アヘリ。

との言葉に集約されるように、冥顕の双方で朝廷の権威が裏切られてゆく世界とは、まぎれもない仏法王法衰滅の世ではなかったか。そして、延慶本が、齟齬や虚構を含みつつ投入した大量の文書類は、如上の世相を、「記録的迫真性」とともに描き出すためのものだったのではなかったろうか。

延慶本は、あるいは読み本系は、「仏法王法共ニ尽キケルカトゾ云ベシ（6）」との言葉のとおり、南都炎上という仏法破滅の後、今また王法の権威も地に墜ちようとしている世を見つめている。注意しておきたいのは、その視線が

14 諸寺ノ御読経、諸社ノ奉幣使、大法秘法無二残所一被レ行ケレドモ、其験モナシ。「源氏只責ニ責上ル。ナニトシタラバ、ハカ〳〵シキ事ノ有ムズルカ。只人クルシメナリ。神ハ非例ヲ受給ワズト云事アリ。誤ハ心ノ外ナレバ、懺悔スレバ転ズ、平家ノ振舞ハ余リナリツル事ナリ」ト云テ、僧侶モ神主モイサ〳〵トテ、各ノ頭ヲゾ振アヒケル。

と「人々の苦しみ」をもとらえていること、そして、世の乱れの根本に「平家の過分」を見ていることである。その視線は、大飢饉による人々の苦しみをも掬い取り、それを

29 誠ニ濁世乱漫ノ世ト云ナガラ、口惜カリシ事共也。

と嘆きつつ、同時に「濁世乱漫ノ世」の根源が奈辺にあったのかということも見据えている。それは、換言すれば、

この世界の回復のためには、何を排除しなければならなかったのかを明らかにしているということでもある。これらの記述は、他の読み本系にも共通する、基本的な認識といえようが、延慶本（長門本）に見える以下の記事は、具体的な事件を通じて、それをより強く刻印するものである。18において、宗盛は後白河法皇に、

世ニ有ラムト仕ハ、君ノ御宮仕ノ為也。又二ナキ命奪ムト仕ル敵ヲバ今モ尋沙汰仕ルベク候。其ニ君モ御方人シ、思召マジク候。其外事ハ何事モ、天下ノ政、元ノ如ク御計可レ有候。

という清盛の言葉を伝える。謀叛の徒に荷担しないことを条件に、院政の復活を打診したものと読めるが、法皇はにべもなく却下した。宗盛はさらに、

イカニカクハ仰給。ハルカニ入道ハ、親ナガラモヲソロシキ者ニテ候。此事申カナヘズ候ハヾ、「君ノ御気色ノ悪キカ、入道ヲニクマセ給カ」トテ、腹立シ候ナムズ。只、「サ聞召ツ」ト仰候ヘカシ

と迫るが、法皇は頑として受け入れず、宗盛は引き下がる。このやりとりの意味するところは、事件を耳にした人々の「穴、事モ愚ヤ、天下ノ事ハ法皇ノ御計ゾカシ。ナニト御計トハ申ゾ」という言葉に明らかであろう。法皇に「天下ノ政」をはからうよう打診したということは、裏を返せばそれまでの政治が、治天の君たる法皇でも、まして幼い安徳帝によるでもなく、平家の意のままであったということであり、法皇の拒否は、以後もその状態が継続するということに他ならない。その後、清盛の死に伴い、

21　同六日、宗盛院ニ奏セラレケルハ、「入道已ニ薨候ヌ。天下ノ御政務、今ハ御計タルベキ」ヨシ被レ申ケルニ、院ノ殿上ニテ、兵乱事、被二定申一。（〈長〉〈盛〉同じ）

と、再び法皇に政権を委ねる発言があったことが記されるが、その評定の結果は、

「大政入道失給テ、今日十二日ニコソナルニ、サコソ遺言ナラメ、仏経供養ノ沙汰ニモ不レ及、合戦ニ趣給事、ケシカラズ」トゾ申アヒケル。（〈長〉〈盛〉〈四〉同じ）

との世評に明らかなとおり、批判をよそに、清盛の遺言を実行に移したにすぎなかった。(8)

衰滅する王法の中枢には、それを壟断する平家の存在があったのである。墨俣で敗れた行家が伊勢に送った願書(27)も、そのことを暴き立てている。この長大な書状の中で行家は、平家が「或《ハ》今上聖主《ノ》奪《テ》㆑位《ヲ》、譲《リ》㆓謀臣之孫《ニ》㆒、或《ハ》本新天皇《ヲ》込《テ》㆑楼《ニ》、已《ニ》留㆓於理政《ヲ》㆒」たこと、「而《ヲ》平治元年《ヨリ》、此氏《ノ》出仕《ヲ》被《テ》㆑止《メ》後、入道偏以《ニ》㆓武威《ヲ》㆒、都城《ノ》内《ニハ》蔑《リ》㆓官事《ヲ》㆒、洛陽《ノ》外《ニハ》放《ツ》㆓謀宣《ヲ》。㆒」(9)という悪事を重ねていることを述べている。長門本や盛衰記にも見られる書状だが、平家が朝政を壟断して「謀宣」を発していると断じ、それゆえに「如㆑元《ノ》奉《リ》㆑任《セ》㆓国政於一院《ニ》㆒」ということの必要を説くその内容は、巻六の世界と符合する。これこそが、度重なる「宣下」が効力を持ち得なかった理由なのだ。平家の道具でしかなかった数多の「宣下」類に、世を鎮める力はないのである。そして、延慶本はここでも、37に続く、

東夷之雲上、南蛮之霞中、西戎之波底、北狄之雪山マデモ平氏ヲ背キ源氏ニ従フ。昔《シ》王莽僣政棄民アリシカバ、四夷競起、斬㆓莽於漸台㆒、身肉分㆑臠、百性切㆓食《キ》其舌《ヲ》㆒。世挙平家ヲ悪スルコト王莽ニコトナラズ。「人所㆑帰者天之所㆑与也。人所㆑叛者天之所㆑去也」ト云リ。

という独自記事によって、以上のような認識を明確にしている。王法を壟断する「僣政」と、その治世下で「棄民」という目にあった「百性《(ママ)》」の苦しみ、そのいずれもが「四夷」の反乱を引き起こす。(10)平家は、王莽と同じ運命を辿るに違いないのである。28で、院庁下文によって頼朝と戦った佐竹の敗北に続けて記される「去々年小松内府被㆑薨ヌ…走付者更ナシ」との言葉も、こうした文脈の中にあることを見落としてはならないだろう。

四　語り本の構造

以上のような叙述の枠組みは、そのまま巻七にも通じている。44では、踏歌節会の中止を受けて、「平家ノ一門ノ

過分」を糾弾する。太白昴星を犯すという天変に続く46では、玄宗と楊貴妃の説話を引き、「此事ヲ思ニモ、平家ノ一門ハ皆建礼門院ノ御故ニ、丞相ノ位ヲケガシ、国柄ノ政ヲ掌ドル。悪事既ニ超過セリ」と、やはり平家への批判に繋げる。(11)

52 四方ニ宣旨ヲ下シ、諸国へ院宣ヲ下サルトイヘドモ、宣旨モ院宣モ皆平家ノ下知トノミ心得テケレバ、従ヒ付者一人モナカリケリ。

という状況に、変化はなかった。これらを前提にしてこそ、平家の都落と、その際の法皇の脱出によって両者が分離されたことが、王法回復への一歩としていかに大きな意味を持っていたかがわかるし、「宣下」の仮面を脱ぎ捨てて、初めて平家一門が自らの名によって出した「山門奏状」の切実さも感じ取ることができるのである。

衰退してゆく王法の中枢に平家の過分を見るのが読み本系の基本的な認識だとするならば、延慶本は多くの文書類や独自記事によって、その文脈に迫真性を与え、補強したのだということができるだろう。読み本系が内在させている本質の一端を、極度に発現させたのが、延慶本なのである。これを踏まえて語り本の問題に戻るならば、ここまで述べてきたような読み本系の叙述の枠組みを捨て去ったのが、語り本なのだという理解が可能になる。1〜4、10〜12、21、28といった東国の反乱に関する記事を解体し、再構成して墨俣合戦譚を作り上げていることは前述の通りだが、その過程で宗盛の惣官も重衡の院庁下文のことも、叙述から抜け落ちた。全国の反乱に対する朝廷の処置についても、ほとんど語っていない。振り返れば、富士川合戦に際しても、読み本系がその存在を明示する「宣旨」について一言も触れていない。無論、語り本においても追討使が官軍でなかったはずはないのだが、多量の文書の投入によって迫真性を得ている延慶本に比べれば、朝廷の権威の敗北という色彩は、ないに等しいくらいにまで薄まっている。「宣下」の類は、16・24の地の文にわずかに痕跡を残すのみであり、文面を収載された文書は一通もない。32以下に記される数々の祈禱においても、それは同様である。その他、乱に対応すべくなされた処置についても、城資長が

「朝恩のかたじけなさ」から出陣したにも拘わらず頓死したとする22の記事が見いだせるにすぎず、[12] 52の「四方に宣旨をなしくだし、諸国に院宣をつかはせども、院宣宣旨もみな平家の下知とのみ心得て、したがひつくものなかりけり」は、空虚に響く。

南都炎上を受けて「仏法王法ともにつきぬる事ぞあさましき」と嘆く巻頭の言葉は、具体相を伴わないまま、巻六の世界の背景としてあるにすぎない。こうして王法の衰滅（とその回復）の歴史という枠組みがはずされた時に、物語はいかなる変質を遂げ、叙述の中心として何が現前するのか。それを集約したのが、語り本の墨俣合戦譚ではなかったろうか。知盛帰洛による遠征の中断という記事をはめ込み、「今度もわづかに一陣を破るといへ共、残党をせめねば、しいだしたる事なきが如し」という新たな意味を創出した上で、清盛没後の最初の合戦に平家の「運命の末」を見る。それは、清盛の死を境に一気に下り坂へ向かおうとする平家の運命こそ、語り本が叙述の新たな焦点として浮上させたものであることを、明確に示している。そのために、「去々年小松内府被」薨ヌ。今年又入道相国被」失ヌルニハ、平家ノ運尽ヌル事顕レタリ。然バ年来恩顧ノ輩ノ外、走付者更ナシ」という記述を墨俣合戦譚に転用した語り本の作者は、実に巧みな腕をふるったといわなければならないだろう。

墨俣合戦は平家の敗北であって、朝威の敗北ではない。この語り本の世界にあっては、32・41・35・38の順で続けられた度重なる祈りによっても止められなかったのは、王法の衰滅でも「濁世乱漫ノ世」の人々の苦しみでもなく、平家滅亡の運命なのである。武久堅氏は、[13]「王の正史の額縁」を有する延慶本に対して、その額縁を持たない語り本には、「焦点の平家集中化の構図」があることを論じられているが、本節で見た範囲でいうならば、それは、大胆な改編の中で周到に仕組まれたものであったのだ。

五　頼朝挙兵譚への視点

以上からは、王法の衰滅と回復を語る歴史から、平家滅亡の歴史へという転換こそが、読み本系から分岐して、語り本という存在を立ち上がらせたものであったと考えることができようが、本節がそれを、両系統の本質的な相違に関わる問題と見るのは、右のような意味のみにおいてではない。ここまで見てきたような読み本系の叙述の枠組みが、頼朝挙兵を語る文脈の中に、ほぼ同一の形をとってあらわれているということを重視したいのである。『平家物語』諸本はいずれも、大庭景親からの早馬によって頼朝蜂起の報を記したあとにいわゆる「朝敵揃」を置き、今日に至るまで

　東夷、南蛮、西戎、北狄、新羅、高麗、百済、鶏旦ニ至マデ、我朝ヲ背ク者ナシ。

というこの国の歴史を述べ、「宣旨ゾ。鵲罷リ立ツナ」の一言によって鷺を捕らえた醍醐朝時代の話を続け、「枯タル草木モ蘖花サキ、天ヲカケル鳥、地ヲ走ル獣モ、皆随奉リキ」という宣旨の絶対性を説く（延慶本巻四。語り本系では巻五）。朝敵必滅の論理のもと、「宣旨」を御旗に掲げていたはずの平家が頼朝に敗れる。これを、頼朝が「青侍の夢」によって神々から節刀を授かり、また文覚の働きによって後白河院の院宣を得ていたからとするだけでは、一面的な説明にしかならない。その点で、延慶本が鷺説話、燕丹説話に続けて

　四日戊時バカリ、大政入道、輿ニ乗テ院御所へ参テ被レ申ケルハ、「……彼頼朝ガ伊豆国ニテ、ハカリナキ悪事共ヲ此八月ニ仕テ候之由承候。追討ノ院宣ヲ可レ被レ下」之由ヲ被レ申ケレバ、「何事カハ有べキ。法皇ニコソ申サメ」ト仰アリケレバ、入道又被レ申ケルハ、「主上ハ未ダ少ク渡セ御ス。正キ御親ニ渡セ給ニ、指越奉テ、法皇ニハナニトカ事候べキ。惣テ源氏ヲ被二引思食一テ、入道ヲ悪マセ給ト覚候」ト、クネリ申サレケレバ、新院少シ咲ハセ御坐テ、「事新ク、誰ヲ憑テ有ニカ。宣下之条安シ。速ニ大将軍ヲ注申セ。誰ニ可二仰付一ゾ」ト御定アリケ

レバ、「惟盛、忠度、知盛等ニ可レ被二仰付一」トゾ申ケル。

という記事を置いていることの意味は大きい（盛衰記にもあるが、位置が異なる）。脅迫に等しいやり方で高倉院に宣下を要求し、法皇を蚊帳の外に置く。こうして出されたのが、富士川合戦で維盛が携えていた宣旨なのであるが、王者を脅し、「入道ヲ悪マセ給ト覚候」と迫る口調は、前掲の18で、法皇に院政再開を要請した清盛・宗盛の言葉に通じる。類似の場面はまた、富士川合戦の時期に平行して行われた高倉院の厳島御幸に際して、

「東国ニ兵乱起テ候。源氏ニ御同心アラジト御起請文アソバシテ、入道ニ給候ヘ。心安ク存ジテ、弥宮仕申候べシ。若被二聞召一候ワズハ、此離島ニ棄置進ラセテ、罷帰候べシ」ト被レ申ケレバ……

として、院に起請文を強要する場面（長門本・盛衰記に共通）にも見ることができる。

帝王への脅迫は、平家の専横の象徴である。そうして得た宣下が力を持つこともない。それが露呈するのが、富士川の敗走なのである。名ばかりの宣旨を帯した軍隊が、謀叛の徒の前に敗北するという構造が、巻五後半以降の内乱叙述と同型であることは、もはやいうまでもないだろう。王法を恣にする平家の専横は、「朝敵揃」における「東夷、南蛮、西戎、北狄、新羅、高麗、百済、鶏旦ニ至マデ、我朝ヲ背ク者ナシ」という当初の期待とは裏腹に、「東夷之雲上、南蛮之霞中、西戎之波底、北狄之雪山マデモ平氏ヲ背キ源氏ニ従フ（37）」という事態を招いたのである。一方の頼朝はしかし、単なる逆徒ではない。前述のように、神々から授けられた節刀と、後白河院の院宣とを得ていたからである。このことに気付く時、読み本系が多くの筆を費やして語る、いわゆる頼朝挙兵譚の存在が物語の構造の中で持つ意味が明らかになるだろう。巻五で「福原院宣」記事に続けて、頼朝の挙兵、石橋山の敗戦、安房落ちから関東平定までを描く長大な記事は、語り本系には全く見られないものであり、読み本系と語り本系を識別する最も大きな指標とされている。その中で、頼朝は「平家ヲ可二追討一之由院宣ヲ給タルガ、当時勢ノナキヲバイカヾハスベキ」という状況から、短期間で「其勢既ニ十万騎ニ及ベリ」という転身をとげる。頼朝挙兵譚は、かつて草木や鳥獣

をも従わせたという宣旨の力が、頼朝が得ていた院宣の方に宿っていたことを証している。君主を脅迫して得たのとは異なる真の宣下と、神々の意志とを背負って勢力を拡大してゆく頼朝の姿は、偽りの宣下を掲げながら敗北を重ね、神仏から見放される平家と、はっきりとした対照を形作るだろう。(14) そして、それはすでに、頼朝に院宣をもたらした文覚によって予言されていた。

「花一時、人一時ト申譬アリ。平家ハ世末ニナリタリトミユ。大政入道嫡子小松内大臣コソ謀モ賢ク心モ強ニテ、父ノ跡ヲモ可レ継人ニテオワセシガ、小国ニ相応セヌ人ニテ、父ニ先立テ被レ失ヌ。其弟共アマタアレドモ、右大将宗盛ヲ始トシテ有若亡ノ人共ニテ、一人トシテ日本国ノ大将軍ニ可レ成ヌ人ノミヘヌゾヤ。殿ハサスガ末タノモシキ人ニテオワスル上、高運ノ相モオワス。大将ニ可ニ成給一相モアリ……」

頼朝の「高運」と、重盛を失った平家の「末」とを見抜くその言葉通りに、神意と院宣とを得た頼朝は関東を席巻した後に富士川で平家を破り、専横によって偽りの宣下を乱発する平家は神仏からも見放され、さらに清盛までもが世を去る。巻六28の位置にあって、

去々年小松内府被レ薨ヌ。今年又入道相国被レ失ヌルニハ、平家ノ運尽ヌル事顕レタリ。然バ年来恩顧ノ輩ノ外、走付者更ナシ。

と重盛の死とともに平家の運命を語る記述は本来、このような歴史認識のもとに発せられた言葉だったのではないだろうか。

六　語り本の形成

読み本系は、王法の歴史を語る枠組みの中で、頼朝の興隆と平家の凋落とを対照的に語る構造を持つ。それが最も明瞭に読み取れるのは、やはり延慶本であると思われるが、読み本系に共通のこうした枠組みこそが、『平家物語』諸本の二大系統を分ける最大の指標たる頼朝挙兵譚を、物語の中に呼び込んだのではなかったか。この対照の構造を持たず、なぜ官軍たる追討使が敗北したのか、合理的な説明もない語り本では、宣旨の威力を語る鷺説話は、その意味を失って宙づりになる。頼朝挙兵譚が、『平家物語』成立の当初からあったものなのかどうか、本文のレベルで実証することは難しいが、本節において行ってきた物語の読解からするならば、語り本系が読み本系に先立つものであるという考えは、やはり成り立ちにくい(15)。その意味でもう一つ注目しておきたいのは、語り本系巻六末尾の記事構成である。墨俣合戦以後の記事構成を前掲の延慶本の表に基づいて整理すると、

22′　城資長、門出の日に頓死
31　貞能、鎮西平定に下向
32　大仁王会
41　伊勢へ鉄の甲冑を奉納。使者急死
35　日吉社で謀叛の輩調伏を祈る僧、寝死
38　太元法を行う僧、平家追討を祈る
＊　中宮に院号
45　太白昴星を犯す
47　法皇、日吉社に御幸。平家追討の噂

49 法皇日吉より還御。噂は天狗の仕業
33 城助茂国司任官
30 横田河原合戦
51 宗盛大納言還任
52 全国の蜂起やまず
（′は記事内容に差異があることを示す）

となる。延慶本では巻七にまたがるこれらの内容を、全て巻六で語り終えてしまうことも大きな特徴だが、最大の問題は横田河原合戦をめぐる編年性である。右のうち、中宮に院号が下った記事までが治承五年（七月に改元して養和元年）のこと、以降が養和二年（五月に改元して寿永元年）で、語り本系では横田河原合戦があったのは寿永元年八月のこととなるのだが、周知のように、城助茂が義仲に敗れた報が『玉葉』などに見えるのは治承五年六月のこと、助茂が越後の国司になるのは、その後八月になってからである。読み本系の記述がこれに近いものになっているのに対し、語り本系の内容は、そこからは一年ずれている。この相違もまた、読み本系と語り本系を峻別する大きな指標の一つであり、語り本は特に大きな事件のなかった寿永元年の空白を埋めようとしたものかとの説[16]もあるが、本節の観点から問題にしなければならないのは、語り本系がこの合戦を記した後に、宗盛が大納言に還着したことを記し、

　東国北国の源氏共蜂のごとくに起あひ、たゞいま都へせめのぼらんとするに、か様に浪のたつやらん、風の吹やらんもしらぬ体にて、花やかなりし事共、中々いふかひなうぞ見えたりける。　（覚一本）

と、両者を関連づけた上で、運命を悟らぬ平家の「いふかひなさ」を写し取っていることである。読み本系では、この合戦の後も、31〜40と、続発する反乱の前に無力な祈禱、宣旨の記事が続く。読み本系の横田河原合戦は、平家の専横による王法衰滅を語る文脈の中にその位置を占めているのであるが、語り本では史実から自由に、平家の運命と関連づけて記される。それは、墨俣合戦譚の形成と軌を一にして、両系統を分ける本質的な相違に関わる問題ではな

かったろうか。語り本がこうした構成をとりえたのが、「王の正史の額縁」をはずしたことによるのだとしたら、前述の頼朝挙兵譚と全く同様に、横田河原合戦をめぐる構造についても、『平家物語』本来の姿は、読み本系諸本の中に見出さなければならないことになるのである。

しかし、繰り返しになるが、延慶本のみをとりあげてそれをそのまま語り本系の母体と考えるのは早計である。現存の読み本系のどれをとっても同じことだが、両系統の分岐は現存本以前に想定されるものであり、そこから、延慶本はより強固な「王の正史」としての姿へと、語り本はその枠組みを脱ぎ捨てて新たな物語へと、方向性を異にしながらそれぞれの個性を獲得していったのだと見るべきであろう。

（1）　ただし、濡れた馬や鎧を目印に敵を見分けるという要素は読み本系にはなく、語り本が独自に獲得したものと思われる。

（2）　新潮日本古典集成『平家物語　中』（一九八〇年、新潮社）頭注。

（3）　この書状を、三月の墨俣合戦に際して重衡が帯した院庁下文とするのは他に長門本のみで、盛衰記・四部本はそれぞれ秀衡・佐竹あての四月付のものとし、文面もやや異なる（これらの諸本でも、重衡の出陣に際して院庁下文があったことは地の文に見える）。松島周一氏は、実際には四月段階になってから下された宣旨の口宣であったかと推測し、それぞれの諸本が一部に手を加えつつ引用したものかとしている（「治承五年の頼朝追討「院庁下文」について」『日本文化論叢』第二号、一九九四年三月）。

（4）　松島周一氏「治承五年前半期の内乱の状況と平家物語」（『日本文化論叢』第十二号、二〇〇四年三月）。なお同氏は、高倉院崩御後のこの時期に「後白河院政が復活し、平家側に立っていることを強くアピールする」必要から、宣旨や院庁下文が繰り返し出されたことを事実と見る。

（5）　36の太元法は史実では七月であり、修法にあたった僧が平家調伏を祈ったとする38の内容も虚構とされる（岡田三津子氏「『平家物語』の虚構―安祥寺実厳平氏調伏をめぐって―」『文学史研究』第二十五号、一九八四年十二月）。37は、北陸鎮定のために通盛・経正らに頼朝・信義追討を命じる十月付の文面となっているが、通盛・経正らが北陸に進発したのは八月であり、追討の対象は義仲であった（松尾葦江氏『軍記物語論究』第四章―二、一九九六年、若草書房）。

(6) 19は、二月十七日の出来事に続けて、正月十六・十七・十九日付の文書を並べる（松島氏注(4)前掲論文など）。21の文書および26の墨俣合戦譚も、閏二月を二月と誤っている。

(7) 松尾氏注(5)前掲論文。

(8) 38では、平家調伏を祈った僧が、法皇の御感によってのちに権律師になされたことが記される。この時期の宣下に、法皇の意志が反映されていないことは明らかである。

(9) 「謀宣」の語義は必ずしも明らかではないが、「文書を偽造すること。またその文書」を意味する「謀書」の語は、『日本国語大辞典』に立項があり、用例は『玉葉』などにも数例見いだせる。「偽って作った宣旨・院宣の意か」とする松尾葦江氏の注解（中世の文学『源平盛衰記（五）』二〇〇七年、三弥井書店）に従いたい。

(10) 武久堅氏は当該記事に、巻一の「禿」譚における王莽説話（語り本系になし）において、清盛を王莽に喩えて帝位簒奪者としての影を見ていたこととの対応を見る（『平家物語の全体像』第Ⅰ章、一九九六年、和泉書院。初出一九八八年）。

(11) 他諸本では盛衰記のみが、わずか一文ではあるが、楊貴妃と玄宗の例に触れている。それに続く、宣化天皇の世の「六和、金村、蘇我稲目ナムド云シ臣下等、面々ニ巧ヲタテ、天下ヲ乱リ、帝位ヲウバイシ事、廿余年也」という記事と、「客星入ル二月中一ト云天変アリキ。逆臣五位（「王位」歟）ニ至ルト云事ナルベシ」という事態を、役行者の祈禱によって「王位ハ恙マシマサヾリケレドモ、五穀皆損テ、上下飢ニノゾミケルトカヤ」と回避した皇極朝の故事も、両本のみに見える。これらの記事に濃厚な王位簒奪への意識は、延慶本では巻六37の王莽記事と通底する。なお、櫻井陽子氏は、これらを含む延慶本巻七冒頭の三章段に、盛衰記的な本文が取り込まれていることを指摘する（「延慶本平家物語と源平盛衰記の間、その二―延慶本巻七の同文記事から―」『駒沢国文』第四十六号、二〇〇九年二月）。

(12) なお、語り本系は、22の記事を二つに分けており、城資長の国司任官のみを13の前に出し、出陣の日に頓死したことを墨俣合戦に続けて記す。

(13) 武久氏注(10)前掲論文。

(14) 山添昌子氏「『延慶本平家物語』における「人」について」（『桐朋学園大学短期大学部紀要』第九号、一九九一年一月）は、「人々の寄せ」の有無という視点から、頼朝挙兵時の後白河院宣と安徳帝治下の宣旨を対照的にとらえるが、「宣旨の類は絶対的なものでなく、その効力はなによりも人、人々によって決まる」と見る点で、本節の立場とは一致しない。

（15）　兵藤裕己氏「平家物語の〈語り〉の構造―発生論的に―」が、平家が高倉院に起請文を強要する前掲の場面から、読み本系においては、「平家が入手する頼朝追討の宣旨が、実は清盛の強権によるのにたいして、文覚を通じて、幽閉中の後白河院から頼朝に下された院宣こそが正統であった」と述べ、富士川合戦を例として、平家方の宣旨が効力をもっていないことを指摘する。その上で、読み本系が「源平二氏を対比的に描きながら、一方では、清盛による国家秩序（仏法・王法）の侵犯、のちの平家滅亡の因となる悪行を批判的に描きながら、他方では、院宣の正当性（王法の権威）に裏付けられた頼朝の成功を説いていると論じられている（『語り物序説―「平家」語りの発生と表現―』、一九八五年、有精堂。初出一九八一年）ことは、本節の観点に近い。しかし、同氏は、共同体から疎外された「モノ」の語りとして発生した物語が、寺院における「モノの鎮め」の説教台本へと表現的・質的に転位したものとして読み本系をとらえるのだが、頼朝の挙兵から巻七冒頭までの構造と表現について本節で行ってきた検討からは、現存諸本に即する限り、読み本系の中に語り本系の母体を見るべきであると考える。

（16）　水原氏注（2）前掲書、松尾葦江氏『軍記物語原論』第一章第五節（二〇〇八年、笠間書院）など。

第二部　『平家物語』終結様式の文学史的展開

第一章　終局部への視点――巻八前半部の検討から――

第一節　諸本本文の関係

はじめに

第一部に見たような延慶本などの読み本系諸本と語り本系との関係を、史的な展開として捉えようとする時に、いかなる観点が有効だろうか。様々な方面からの考察が可能な問題ではあろうが、本書では、物語の終結様式の変遷の中に一つのモデルを求めてみたい。周知のように、『平家物語』の終結様式は、平家嫡流の子孫六代の死をもって終える断絶平家型（屋代本・八坂系などの語り本系諸本）、建礼門院徳子に関する記事を別巻立てにし、その往生をもって幕を閉じる灌頂巻型（覚一本および一方系諸本、延慶本以外の読み本系諸本）、頼朝の果報を言祝いで終わる頼朝賛嘆型（延慶本）の三つに大別される。これらの異なる終結様式がいかなる構図のもとに展開していったかを理解することは、『平家物語』の流動史に筋道を見出すことに通じると考えるのだが、第二部で扱うこの極めて大きな問題に向かうための糸口として、第一章では巻八に描かれる〈宇佐行幸〉記事に注目したい。

寿永二年の都落の後、九州に至った平家一門が、帯同した安徳帝と共に宇佐八幡に参拝した様を描く、『平家物語』

巻八〈宇佐行幸〉の記事は、諸本間で配列に異同が多いものの一つであるが、諸本ごとの物語の構造と、その中で〈宇佐行幸〉が持つ意味の相違は、『平家物語』終結様式の展開を論じるための有効な視座を与えてくれると思われる。本章では、語り本系諸本（屋代本・覚一本）と読み本系、中でも特に延慶本との対比から、この〈宇佐行幸〉記事について、その配置や意味を、諸本それぞれの叙述意識と不可分の問題として考察する。それに先だって、本節ではまず、〈宇佐行幸〉の位置づけを中心に、諸本本文の関係について述べておきたい。

一　読み本系と語り本系の関係

本章で対象とするのは巻八の前半部、都落の後、太宰府にたどり着いた平家が、豊後の国司藤原頼輔の命をきっかけとして緒方三郎らの九州勢に追われ、四国へと逃れるまでの叙述である。その中のどこに〈宇佐行幸〉を置くかということに関しては、行幸自体の史実としての裏付けが取れないこともあって、諸本の関係が問題とされてきた。その整理のために、細かい問題は多いが、ここでは九州在地勢力の描写をとりあげる。この点に関して語り本系が持ついくつかの齟齬が、読み本系的な本文からの改編によって語り本が成立したことを証していると思われるからである。

語り本系における最大の問題は、平家の太宰府着の段階で

同十七日、平家ハ筑前国三笠郡太宰府ニコソ着給ケレ。菊池次郎高直ハ、都ヨリ付奉テ下タリケルカ、大水山ノ関アケテ参ラントテ、暇申テ肥後国ヘ馳下リ、我城ニ引籠テ、メセトモ〱不レ参。九国二島ノ武者トモ被レ召ケレハ、領状ヲハ申ナカラ未タスレ参。当時ハ岩戸小卿大蔵種直計ソ候ケル。

とあるように、九州入りの当初から、原田以外の豪族は平家から離脱していたと述べていることである。平家は何の展望もなしに九州を目指して来たのだろうか。『玉葉』寿永二年九月五日条に、

或人云、平氏党類、余勢全不レ滅、四国、並淡路、安芸、周防、長門、幷鎮西諸国、一同与力了（1）

と見えるように、あてにできる勢力があるからこそ、平家は西国へ落ちたのではなかったのだろうか。この点だけでもやや不自然な記述であるが、さらにこの後、豊後の国司頼輔を通して中央から九州へと命令が下る場面においては、より大きな矛盾が表面化する。

豊後国ハ刑部卿三位頼輔ノ国成ケレハ、子息頼経ヲ豊後ノ代官ニ被レ下タリ。三位頼経ノ許ヘ脚力ヲ下シ給テ、「平家ハ宿報尽テ神明ニモ奉レ被レ放、君ニモ被レ捨進テ、浪上ニ漂フ落人トナレリ。A而ヲ鎮西ノ者共カ請取テ、モテナス成コソ奇怪ナレ。B於《ニ》二于当国一ハ不レ可レ随《フ》。一味同心シテ可三追二出《ス》平家《ヲ》一。是頼輔カ非《ス》二下知《ニ》一、一院ノ勅定ナリ」トソ宣《ヒ》ケル。

とあるのだが、平家に従う在地勢力の存在など最初からなかったのだとする語り本においては、これらの記述が意味をなさないのである。引用したのは屋代本であるが、読み本系には見られない以上の問題は、基本的に語り本系に共通している。この命を受けた緒方三郎惟義（伊栄・伊能とも）の号令によって、

緒方三郎ハ国司ノ仰ヲ院宣ト号シテ、「院宣ニ随ハン者ハ、惟能ヲ先トシテ平家ヲ奉二追出一」ト、九国二島ヲ相催《シ》ケレハ、サモ可レ然者共、皆惟義ニ随付ク。

と、九州の兵は皆緒方に付き、

源大夫判官季貞、摂津判官盛澄、三千余騎ニテ、筑後国竹野本庄ニ行向テ三日戦フ。サレ共緒方ハ多勢也、御方ハ無勢也ケレハ、散々ニ打散サレテ引退ク。

と、無勢ゆえに緒方に対して歯が立たず、平家は太宰府を追い出されることになるという展開も、釈然としない。多くの在地勢力は、この非常事態を緒方の号令を聞くまでただ静観していたのだろうか。屋代本ではこの後、太宰府から逃れた平家が九州を流浪する中で〈宇佐行幸〉が行われることになるのだが、そこに至って、

宇佐へ行幸成テ、社頭ハ皇居トナル。廻廊ハ月卿雲客ノ居所トナル。庭上ニハ五位六位之官人、四国鎮西ノ兵共、甲冑弓箭ヲ帯シテ並居タリ。

として、四国九州の勢力が平家に従っていたと描くのもまた、一貫性を欠いている。次項で述べるように、〈宇佐行幸〉の配置には語り本系諸本の中でも揺れがあるのだが、すでに太宰府入りの段階で平家に従う在地勢力はなかったと記している以上、以後の文脈のどこに〈宇佐行幸〉を位置づけても、語り本において右の記述は整合性を持ち得ないのである。

これらの例が示すように、語り本系は、九州在地勢力の動向の描写に関して注意を払っているようには見えないのだが、延慶本や長門本にはこのような矛盾は見られない。本節で言及する範囲では、延慶本と長門本はほぼ同内容なのでひとまず延慶本で代表させるが、初めに九州に入った段階で、

心尽ノ筑前国御笠郡大宰府ニ着給ヘリ。随奉処ノ兵、菊地ノ二郎高直、石戸少卿種直、臼木、戸次、松浦党ヲ始トシテ、各里内裏造進ス。

と、多くの豪族達が平家に従っていたことを明記する点で、語り本系と決定的に異なっているのである。〈宇佐行幸〉はその直後、彼らを連れて行われたものであって、

庭上ニハ四国、九国ノ兵ノ、甲冑ヲヨロヒ弓箭ヲ帯シテ並居タリ。

と見える「九国ノ兵」の登場に、不自然な点はない。頼輔による

豊後国ハ刑部卿三位頼輔ノ知行ニテ有ケレバ、子息頼経、国司代官ニテ下リケルニ、刑部卿三位被レ遣レ云タリケルハ、「（中略）A而九国輩悉帰伏之条、既ニ招ク二罪科一所行也。B須ク於二当国輩一ニ者、殊更其旨ヲ存ジ、敢不レ可レ随二成敗一ニ。是ハ全非二私下知一、併一院々宣也。凡不レ可レ限二当国一ニモ、九国二島輩、顧二後勘一ヲ身ヲマタクセント思ワム者ハ、一味同心而可レ追二出九国中一ヲ」

という中央からの命も、豊後国内の「臼木、戸次」を含め、九州勢が平家に付いたという記述を受けたものであって、屋代本などと比較して、その整合性は明らかである。前掲の『玉葉』九月五日条は、

貞能已下、鎮西武士菊池原田等、皆以同心、鎮西已立二内裏一、随二出来一、可レ入二関中一云々、明年八月可二京上一之由結構云々、是等皆非二浮説一也

とも記しており、豪族達が当初平家に従っていたという点において、語り本よりも延慶本のほうに近い情報が当時の都に届いていたことも、指摘しておくべきだろう。頼輔の命をきっかけとして、

伊栄、豊後国ヨリ始テ九国二島ノ弓矢取輩ニ申送ケレバ、臼木、経続、松浦党、平家ヲ背テケリ。其中、原田四郎大夫種直、菊地二郎高直ガ一類計ゾ、伊栄ガ下知ニモ不レ随、平家ニ付タリケル。其外ハ皆伊栄ガ命ニ随ケリ。

と緒方の下に集結した九州勢によって、平家が太宰府、さらには九州から追い出されていく。その展開に語り本系のような不自然さはなく、中央からの命を契機に九州の情勢が一気に転換してゆく様が鮮やかに描かれている。また、〈宇佐行幸〉に登場する「四国の兵」についても、延慶本の場合、九州放逐後、屋島の阿波民部成良のもとに身を寄せた平家に対して、成良が

「サ候ヘバコソ、『是ニワタラセオワシマシ候ヘ』ト申候シカ。……」

と述べていることからすれば、平家が都落以降、九州入りの前の時点で、四国勢と接触していたことがわかるのであって、九州に入った平家に四国の兵が従っていることについても、一応の理解ができるのである。

二　語り本の形成

以上からは、〈宇佐行幸〉前後における九州在地勢力の動向に関しては、語り本系に比して、延慶本のほうがはるかに合理的な叙述となっていることが理解されよう。しかし、延慶本や長門本の形を崩せばただちに語り本系が出来上がると考えるわけにはいかない。それを明らかにするために、まず〈宇佐行幸〉の全文を覚一本で引用する。

まづ宇佐宮へ行幸なる。大郡司公道が宿所皇居になる。社頭は月卿雲客の居所になる。庭上には四国鎮西の兵ども、甲冑弓箭を帯して雲霞のごとくになみゐたり。ふりにしあけの玉垣、ふたゝびかざるとぞ見えし。七日参籠のあけがたに、大臣殿の御ために夢想の告ぞありける。御宝殿の御戸をしひらきゆゝしくけだかげなる御こゑにて、

　世のなかのうさには神もなきものをなにいのるらん心づくしに

大臣殿うちおどろき、むねうちさはぎ、

　さりともとおもふ心もむしのねもよはりはてぬる秋の暮かな

といふふる歌をぞ心ぼそげに口ずさみ給ける。

宗盛は参籠によって夢想を得、その絶望的な神託に苦しむ胸の内を藤原俊成の和歌の引用によって表明することになるのだが、語り本系では、屋代本は傍線部を持たない他はほぼ同文であり、八坂系第一類などは、傍線部の俊成歌の引用まで含めて覚一本と同内容である。次に、延慶本を引く。

同廿日、主上ヲ奉レ始テ、女院、北政所、内府以下ノ一門ノ人々、宇佐社ヘゾ被レ詣ケル。拝殿ハ主上、女院ノ皇居也。廻廊ハ月卿雲客ノ居所トナル。大鳥居ハ五位、六位ノ官人等固タリ。庭上ニハ四国九国ノ兵ノ、甲冑ヲヨロヒ弓箭ヲ帯シテ並居タリ。（中略）御神馬七疋引セ給テ、七个日御参籠アテ、A旧都還幸ノ事被二祈申一ケルニ、

第三日ニ当ル夜ノ夜半ニ、神殿ヲビタ、シク鳴動シテ、良久有テ御殿ノ中ヨリ気高御声ニテ歌アリ。
世ノ中ノ宇佐ニハ神モナキ物ヲ心ヅクシニナニ祈ルラン
此後ゾ、B大臣殿ナニノ憑モヨワリハテラレケル。此ヲ聞給ケム一門ノ人々モ、サコソ心細ク覚サレケメ。
（長門本もほぼ同様）

覚一本に見られた俊成歌がなく、代わって傍線部Bのように、地の文にこれに類する表現が見えるのだが、延慶本や長門本の場合、「さりともと……」の俊成歌は別の箇所、太宰府から追われた平家が九州を流浪する場面にある。延慶本を古態と見るならば、右の傍線部に俊成歌に通じる表現があることに着目して、別の場面にあった和歌を移動したのが語り本だと説明することになるだろうか。

しかし、そのように考えるには、延慶本の本文には問題がある。「七个日御参籠アテ……歌アリ」の文脈において、神託を聞いたのが誰なのか、主体が明確にされておらず、そのためなぜ傍線部Bのように、神託の歌に対して、宗盛の感想を一門と区別してクローズアップしなければならないのかがわかりにくいということである。皆に神託が聞こえていたのなら、「けり」と「けむ」を使い分けてまで、宗盛一人の感想を一門の他の人々の反応と区別して記す必然性はない。大勢の人間に聞こえる形で神託が下るという場面は想像しにくく、あるいは「此ヲ聞給ケム一門ノ人々」とは、宗盛の口から神託のことを聞かされたのだと考えられなくもないが、だとすればなぜ神託があったのは一門全員ではなく宗盛個人だったことを記さないのか、いずれにしても文脈は曖昧である。語り本は、このようなわかりにくさを解消するために、「大臣殿の御ために夢想の告ぞありける」を加えたのだろうか。しかし、そうした作業を経た上で、傍線部Bに注目して俊成歌を移動したのが覚一本の形だとするとするならば、傍線部Bに類する表現が、俊成歌を持たない屋代本に欠けていることが気にかかる。

延慶本の本文には以上のような問題があるのだが、同じ読み本系でも、以下に引用する南都本[2]のような本文は、語り本の生成について全く別の可能性を示唆する。

主上、女院、二位殿ヲ初奉テ、大臣殿已下ノ人々、兵乱ノ祈ノ為ニ、神馬引セテ宇佐ノ宮へ行幸ナル。社頭ハ主上皇居トナリ、廻廊ハ月卿雲客ノ居所トナル。庭上ニハ、五位六位ノ官人、四国鎮西ノ兵共、甲冑ヲヨロイ、弓箭ヲ帯シテ所モナクナミ居タリ。フリニシアケノ玉垣ヲ、再タヒカサルカトソ見ヘシ。A各御宝前ニシテ、「南無帰命頂礼宇佐八幡大菩薩、願クハ天下ヲ再ヒ君ノ御代ニ改メ、今一度我等ヲ都へ返シ入レ給」ヘト、肝膽ヲクタキ祈請シテ、各々袖ヲシホリ給フ。カクテ七日参籠ノ明方ニ、大臣殿御夢想ノ告アリケリ。御宝殿ノ御戸オシヒラキ、ユ、シクケタカキ御声ニテ、

世ノ中ノウサニハ神モナキ物ヲ心ツクシニナニ祈ル覧

大臣殿、此御声ニ打驚キ、胸ウチサハキテ、イカナルヘシ共覚ヘ給ハス。涙ニ咽ヒツヽ、折節古キ哥ヲ思出テ、

サリトモト思フ心モ虫ノ音モ弱リハテヌル秋ノクレ哉

加様ニ詠シ給テ、サテ有ヘキニモアラネハ、各袂ヲシホリツヽ、又何クヲ指ト云事モナク、宇佐ノ宮ヲモ出給フ。各ノ心ノ中、押量ラレテ哀ナリ矣。（3）

宗盛夢想と俊成歌とを備えたこの南都本から、安徳帝の旧都還御を祈る傍線部Aを取り除けば覚一本の本文が、さらに末尾の俊成歌以下を除けば、屋代本の本文がほとんど出来上がってしまうのである。この南都本の本文を源とすれば、語り本の生成は、遥かに説明しやすい。『源平闘諍録』の

十月十日、主上ヲ始メ奉リ、女院・先カ（ママ）内府以下ノ一門、皆守（ママ）佐宮ニ参ラル。社頭ヲ主上ノ皇居ト成シ、廊ヲ月卿・雲客ノ居トトム。大鳥居ハ五位・六位ノ官人等ガ堅ム。庭上ニハ四国・九国ノ兵並ミ居ル。祈請ノ趣、A只ダ主上旧都ノ還幸ヲ申サル。七日ノ参籠ノ明方ニ、先ノ内府夢想ノ告ヲ承ル。大菩薩一首ノ御詠ニ云ク、

世中濃宇佐ニハ神モ無キ物ヲ　何祈ル覧心尽クシ尓（4）

という本文も、その推定を支えてくれるだろう。「主上旧都還幸を祈る」という傍線部Aは前掲の延慶本にも該当する記述があり、読み本系に共通する特徴であることがわかる。その特徴を共有しつつ、宗盛一人に夢想があったことを明示し、しかし神託を受けた宗盛の反応は一切記さないこの闘諍録の本文もまた、延慶本からの再編で成ったものでも、語り本系の記事を取り込んだものでもなく、南都本的本文からの略述と考える方が合理的なのである。

以上のような推測が成り立つとすれば、〈宇佐行幸〉自体の記述に関しては、「主上旧都還御」「宗盛夢想」「俊成歌」という要素を兼ね備えた南都本のような本文から、語り本系諸本と闘諍録とがそれぞれ派生してきたと考えるのが、最も妥当だということになる。こうした観点から延慶本の本文を見るならば、宗盛一人が夢想を得、絶望して俊成歌を詠むという形を崩し、にもかかわらず宗盛の絶望のみを地の文で残したために、結果としてあやふやな文脈となってしまったのだと考えることになるだろう。(5) 延慶本で俊成の歌が置かれている箇所に目を移すと、その蓋然性はさらに高くなる。

三　延慶本の形成

前述のように、延慶本（長門本）で宗盛が俊成の古歌を口ずさむのは、太宰府落の後、九州を流浪する途中においてである。少し長くなるが、太宰府落以降の本文を引用する。

A 彼憑シカリシ天満天神ノ、シメノアタリヲ心細ク立離レ、ミヅキノ戸ヲ出テ、住吉、箱崎、香椎、宗像ナムドヲ伏拝テ、道ノ便リノ法施立願之旨趣ニモ、只、「主上旧都ノ還幸」トノミコソ被レ申ケメドモ、前尊ノ果ス（ママ）都ナレバ、似二今生之感応空一。折節秋時雨コソ所セケレ。吹風ハ砂ヲアゲ、降雨ハ車軸ノ如シ。落ル涙ノソヽク時、田ワキテ何レト不レ見ヘケリ。彼玄弉三蔵ノ流砂葱嶺ヲ凌ガレケム苦モ、是ニハイカデカマサルベキ。彼者為二求法一ナレバ来世ノ憑モアリケン、是ハ為二怨讎一ノナレバ後世苦ヲ思遣コソ悲シケレ。葱花鳳輦ハ名ヲノミ聞ク。アカシ《（ママ）》ノ女房輿ニ奉リテ、女院計ゾ御同輿ニ被レ召ケル。国母、采女ハ流レ涙而凌二巌石一給。三公九卿ハ群寮百司ノ数々ニ奉レ従事モ無。列ヲ乱シ山ワラウヅニ深泥ヲ沓テゾオワシケル。（太宰府落）

B　サテ其日ハ葦屋津ト云所ニ留リ給。都ヨリ福原へ通給之時、聞給シ里ノ名ナレバ、何ノ里ヨリモナツカシク、更ニ哀ヲ催シケリ。（芦屋泊）

C　「鬼海、高麗へモ渡ナバヤ」ト覚セドモ、浪風向テ叶ネバ、山鹿ノ兵藤次秀遠ニ伴テ、山鹿城ニゾ籠給フ。（山鹿入り）

D　サルホドニ九月中旬ニモ成リニケリ。深行秋ノ哀ハ何ニモト乍レ云、旅空ハ難ニレ忍、海辺旅泊珍シクゾ覚ケル。海人ノ苫屋ニ立煙、雲居ニ升ル面影、朝マノ風モ身ニシムニ、葦間ヲ別テ伝船、弱リ行虫ノ声、吹シホル嵐ノ音、触レ物随レ折、藻ニスム虫ノ心地シテ、我カラネヲゾナカレケル。十三夜ハ名ヲ得ル月ナレドモ、殊ニ今宵ハサヤケクテ、都ノ恋サモ強ナリケレバ、各一所ニ指ツドヒテ詠ジ給ケル中ニ、薩摩守カクゾ詠ジケル。

月ヲミシ去年ノ今宵ノ伴ノミヤ都ニ我ヲ思出ラム

修理大夫経盛、是ヲ聞給テ、

恋シトヨ去年ノ今宵ノヨモスガラ月見トモノ思出ラレテ

平大納言時忠卿、

君スメバ是モ雲居ノ月ナレド猶恋キハミヤコナリケリ

左馬頭行盛、

名ニシヲフ秋ノ半バモ過ヌベシイツヨリ露ノ霜ニ替ラム

大臣殿、

ウチトケテネラレザリケリ梶枕今宵ゾ月ノ行ヘミムトテ

思キヤ、彼蓬壺ノ月ヲ此海上ニ移テ可レ見トハ。九重ノ雲上、ヒサカタノ花月ニ交リシ輩、今更ニ切ニ被二思出一テ、声々口ズサミ給ケリ。サコソハ悲ク思食ケメ。（月の詠）

Ｅ　カクテ聊ナグサム心地セラレケル程ニ、又緒方三郎十万余騎ニテ寄スルト聞ヘケレバ、山賀城ヲモ、取ル物モ取アヘズ高瀬船ニ棹シテ、終夜豊前国柳ト云所ヘゾ落給ヒケル。[e]河辺ノ叢ニ虫ノ声々弱リケルヲ聞給テ、大臣殿カクゾ思ツヾケ給ケル。

[e]サリトモト思フ心モ虫ノ音モヨワリハテヌル秋ノユフグレ

彼所者地形眺望少故アル所也。楊梅桃李引殖テ、九重景気被二思出一ケレバ、「是ニハサテモ」ナムドゾ思アヒ給ケル。サテ薩摩守忠度、ナニトナク口ズサミニ、

都ナルコ、ノヘノ内恋クハ柳ノ御所ヲ春ヨリテミヨ

緒方三郎ヤガテ襲来ト聞ケレバ、彼御所ニモ纔ニ七ケ日ゾ御マシケル。（柳落ち）

俊成歌は傍線部ｅに位置している。これを南都本と比較してみよう。南都本では以下のようになっている。

Ａ　駕輿丁モナカリケハ、鳳輦ニ奉ルニモ及ハス、腰輿ニ召テソ出サセ給ケル。マシテ女房、公卿殿上人ハ、物ニ乗ルニモ及ハス、或ハ指貫ノソハヲハサミ、或ハ衣ノツマヲトリ、泣々歩ハタシニテ箱崎ト云所ニ迷出シ有様ハ、中々申スモヲロカナリ。[a]箱崎ト太宰府ノソノ間ノ道ハ、西国三里ヲヘタテタレハ、下臈ハ輙ク一日ニタヒ〳〵モ行帰ル所ナレ共、イツナラハシノ歩路ナレハ、ソノ日一日歩ミ暮シ、深行マテモ猶カナハス。比ハ八月末ノ事ナルニ、折節天ノ責ヲヤ蒙リケン、降雨ハ車軸ノ如シ。吹風ハ沙ヲアク《ト》カヤ。涙モ雨モ諍テ、貴賤男女声〳〵ニ泣悲ミ、[a]近キハ手ヲ取組、遠キハ声ヲ通。音ヲハ聞トモ色ヲハ見ス、コシ方行末モカキクレテ、[a]地獄ノ罪人、中有ノ旅ノ空モカクヤアル覧ト、今更思知レケリ。暁カケテ箱崎ニ付タレ共、イツクニ落着、誰ウケトルヘシトモ覚

へネハ、高瀬舩ニコミ乗テ、海上ニ漂フ所ニ、

C 山賀ノ兵藤次秀遠、此御有様ヲ見奉リ、糸惜シサノ余ニ、山賀ノ城へ入セ給フヘキ由申セハ、各ウレシキ事ヲキ、タル様ニ思食、軈テ彼城へ入セ給フ。c菊地ノ次郎高直ハ、「大内山ノ関アケテ進セン」トテ、先立テ落ニケリ。原田ノ大郎種直モ、山賀ノ兵藤次秀遠ヲ憑テ山賀ノ城へ入セ給フヘキ由聞ヘケレハ、「年来ノ同僚ノ下手ニ成テ見アケン事モ心ウシ」トテ、種直モコ、ヨリ心替リシテケリ。其後ハイト、人モナクテ、平家ハ山賀ノ城ニソ御座シケル。

＊、〈頼朝征夷大将軍〉（省略）

E 平家ハ山賀ノ城ニ御座シケルヲ、緒方ノ三郎又十万余騎ノ勢ニテ寄来ルト聞ヘシカハ、山賀ノ城ヲモ落サセ給テ、高瀬舩共ニ取乗テ、夜モスカラ豊前国柳ト云所ニ付給フ。是モ本柳ノ御所トテ、楊梅桃李ヲ引殖テ、眺望面白カリケレハ、カクテモアラマホシク思ハレケレ共、伊能又追テ寄ルト聞ヘケレハ、ソレニモ七日コソ御座ケレ。トル物ヲ取敢ス、サセ給ケリ（ママ）。爰ニ薩摩守忠度、名残ヲ深ク惜ツ、、カクソ詠シ給ケル。

　都ナル九重ノ内恋シクハ柳ノ薗ヲハルヨリテ見ヨ

カクテ又、各小舩ニ取乗テ、何クヲ指テ行トモナク、海ニソ浮給ケル。

頼朝の征夷大将軍任官記事がこの位置にあることは南都本の特徴だが、これについては後述する。その他の両本の相違点としては、延慶本B・Dが南都本には見えない（Dは配置が異なる）こと、一方南都本C中の傍線部cを付した部分が、延慶本には欠けていることが挙げられる。これらのうち、語り本系との関連を考える上で注意したいのは、Cの傍線部c部分の記述である。これは、南都本のほか、闘諍録・盛衰記などにも共通する記事である。これらの諸本においても、九州入りの当初、在地勢力は平家に従っていたこと、それが頼輔の命をうけた緒方三郎の蜂起によって九州勢が皆平家を背くという大筋は延慶本と同じであり、これらの諸本との関係においても、語り本系が読み本系の

下流にあるという本節の見通しは、やはり動かない。その豪族たちの離反の後も平家に従っていた「菊地原田カ一類ハカリ」が離脱したことを告げるのが右の傍線部cの記述なのであるが、これに該当する記事が、前掲のように、語り本系に

> 同十七日、平家ハ筑前国三笠郡太宰府ニコソ着給ケレ。菊池次郎高直ハ、都ヨリ付奉テ下タリケルカ、大水山ノ関アケテ参ラントテ、暇申テ肥後国へ馳下リ、我城ニ引籠テ、メセトモ〳〵不レ参。九国二島ノ武者トモ被レ召ケレハ、領状ヲハ申ナカラ未《タ》スレ参。当時ハ岩戸小卿大蔵種直計ソ候ケル。

と、平家の太宰府到着に続く形で見える。原田の動向については違いがあるが、菊地に関しては、「大内山」云々を含めて、共通の情報を記したものと見て間違いあるまい。しかし、この傍線部c部分は、延慶本には見出すことができない。語り本系諸本が読み本系からの再構成によって成立したものだとするならば、右の菊地離脱に関しては、当該記事を持たない延慶本の中に、語り本系の祖型を求めることはできないのである。

その逆に、菊地・原田離脱の情報を、南都本などが新たに加えたものと判断することは難しい。これらの記事は、九州放逐の後、四国に渡った平家が除目を行い、「原田ノ四郎種直ハ筑前守ニナリ、菊地ノ次郎高直ハ肥後守ニ成」ったとする記事（読み本系に共通。引用は南都本）と、あからさまに矛盾するのである。南都本・闘諍録・盛衰記のいずれもが、このような矛盾に気付かないまま傍線部c部分を後次的に加えたとは考えにくい。語り本系は、南都本のような本文をもとに、最初は平家に従っていた在地勢力が、緒方の蜂起を境に離反し、わずかに従っていた菊地・原田までが離れてゆくという展開であったものを崩し、在地勢力の平家離反を九州到着の段階で先取りして語ってしまうという形に改めたものであり、一方の延慶本も、A～Eの文脈を形成する過程で菊地・原田離脱記事を欠落させたと見るのが、穏当であるように思われる。

そして、その延慶本がA～Eの中で何を描こうとしたのかは明瞭である。それはそのまま、「さりともと……」の

俊成歌をこの位置に置いていることとの意味とイコールの問題でもあろう。太宰府落に続くBにおいて、一門はかつて福原を築いた時の栄花をしのぶ。このBは、他諸本には見られない記事である。続いて九月十三夜に、かつての都での月見を思い出して和歌を詠み、「九重ノ雲上」へ思いを馳せる一門の姿を描く。このDは他本にも見られるが、諸本によって配列が大きく異なっており、この位置に置くのは延慶本と長門本だけである。Eでは、柳に渡った心細い心情を、宗盛が俊成歌に託して口ずさみ、「九重景気」を思い出させる柳の地で、忠度は都恋しさを和歌に詠む。延慶本が、都から離れて流浪する平家の悲しみを和歌的情緒に彩られた文脈の中に描き出していることは、一見して読み取れるだろう。そのような文脈に組み込まれているのが、延慶本の俊成歌なのである。独自記事であるBを置き、諸本の中で配列が流動的なDをここにはめこみ、(6) Eへと接続させる。このような文脈を補強するために〈宇佐行幸〉から切り離して移動されたのが「さりともと……」の歌であり、これらの情景に不似合いなものとして切り捨てられたのが菊地・原田離脱の記事であったと考えて、おそらく間違いあるまい。

四　問題点の整理

俊成歌および菊地の離脱記事に関しては、読み本系の中でも延慶本ではなく南都本などが、語り本系の母体としての姿を留めていると考えるべきである。しかし、これらの諸本もまた、そのままで語り本系の母体とは見なし得ないことは、延慶本の場合と同様である。例として、前掲Aの太宰府落の表現を見よう。語り本系では

荷輿丁モナケレハ、玉《ノ》御輿ヲ打捨テ、主上《ツ》腰腰ニ被レ召ケリ。国母ヲ始進セ、ヤコトナキ女房達袴ノソハヲ取、大臣殿以下ノ公卿殿上人、指貫ノ喬ヲ挟ミ水築戸ヲ立出テ、住吉社ヲ伏拝ミ、歩ハタシニテ我前ニ〳〵ト、筥崎ノ津ヘソ落給ケル。折節降雨如二車軸一、吹風挙レ砂トカヤ。落涙降雨、何レ分テモ見サリケリ。彼玄奘三蔵ノ被

レ凌ケル流砂葱嶺ノ苦ミモ、是ニハ過シトソ見シ。サレトモ其ハ為レ求レ法ナレハ、来世ノ憑ミモ有ケン。是ハ冤敵ノ故ナレハ、後世ノ苦ミ、且思フコソ悲ケレ。（屋代本）

とあって、明らかに延慶本に近い。延慶本や語り本系に見えない南都本Aの傍線部aは、闘諍録にも見出すことができ、南都本固有の表現の問題などではないことがわかる。また、先にも触れた頼朝征夷大将軍記事の位置の問題がある。覚一本の章段名でいうと、巻八前半は「山門御幸」「名虎」「宇佐行幸」「太宰府落」「征夷将軍院宣」となっているとおり、太宰府に到着した平家が九州を追われて四国に渡るまで、一連の九州情勢を語り終えてから頼朝を征夷大将軍に任ずる記事へと移るのが語り本の構成であり、延慶本とも共通する。九州情勢の合間に征夷大将軍記事を挟んでしまう南都本の形は、語り本に慣れた目には特異に映るのだが、この点でも闘諍録は南都本と類似する。闘諍録においては、頼朝征夷大将軍はさらに前、頼輔が緒方に平家追討を命ずるより先に位置している。また、読み本系『平家物語』を参照しているとされる『保暦間記』(7)でも、Cの後、平家の九州離脱より先となっている。これらからは、延慶本などとは異なる構成や表現を持つ、別系統の読み本系諸本があったことを想定せざるを得ない(8)。

結局のところ、語り本系諸本が、南都本・闘諍録的な要素と延慶本的な要素を併せ持っているのだとすれば、語り本系への分岐点は、現存の読み本系諸本以前に求めるしかない。現存のいずれか一本に、全面的な古態を見出すことはできないのである。以上を踏まえて延慶本以外の読み本系における〈宇佐行幸〉の配列を確認しておくと、南都本は福原落の直後、平家がまだ九州に到着していないはずの段階に置き、地理的に全く整合性がない。闘諍録では緒方蜂起の直後、盛衰記では九州離脱の直前に置かれており、いずれも頼輔の命によって九州勢が皆緒方に靡いた後という点で、行幸に四国九州の者どもが従ったとの記述と齟齬を来している。これら諸本の様態を視野に入れれば、〈宇佐行幸〉の配列が諸本ごとに極めて流動的な中で、最も合理的な位置に置いているのが延慶本と長門本だということになろう。しかし、本節の立場からすれば、それは延慶本の古態性に帰すべき問題ではないことは、いうまでもない。

考えなければならないのは、〈宇佐行幸〉をそのような位置に置くことで、いかなる文脈を形成しようとしたのか、各異本に即して読み解くことであろう。次節では、以上のような観点からまず延慶本を対象として考察を試みる。特に延慶本を用いるのは、〈宇佐行幸〉の機能・意義に対して最も自覚的な構成となっているのが、延慶本であると思われるからである。それは、単に九州勢力の描写に関して合理的であるというのみにとどまらない意味を持つと考えるのであるが、諸本流動の中で延慶本が獲得した構想がいかなるものであったのかを読み取ることは、その対極にあるものとして、語り本の位相をも対照的に浮かび上がらせることになるだろう。

(1)　引用は『玉葉　第二』（一九〇六年、国書刊行会）による。

(2)　南都本は、巻ごとに異なる系統の本文をとりあわせており、読み本系に近似する巻に関しては、四部合戦状本に近い本を祖本としていることが指摘されている。弓削繁氏「平家物語南都本の本文批判的研究―読み本系近似の巻を中心に―」（『名古屋大学国語国文学』第二十九号、一九七一年十二月）、「平家物語南都本の位置」（『国語国文学論集　松村博司教授定年退官記念』一九七三年、名古屋大学国語国文学会）。なお、四部本の巻八は欠巻である。

(3)　引用は『南都本南都異本平家物語』（一九七一―七二年、汲古書院）により、私に句読点を付した。

(4)　闘諍録の引用は『内閣文庫蔵　源平闘諍録』（一九八〇年、和泉書院）により、私に読み下した。

(5)　盛衰記には

七箇日ノ御参籠トテ、大臣殿、財施法施ヲ手向、奉㆓神宝神馬㆒。角テ七箇日ヲ送給ヘドモ、是非夢想ナンドモナカリケレバ、第七日ノ夜半計ニ思ツヾケ給ヒケリ。

　思カネ心ツクシニ祈レドモウサニハ物モイハレザリケリ

神殿大ニ鳴動シテ良久、ユヽシキ御声ニテ、

　世中ノウサニハ神モナキ物ヲ心ツクシニナニ祈ラン

大臣殿、是ヲ聞召テ、都ヲ出シ上、栄花身ニ極リ、運命憑ナシトハ思シカ共、主上角テ渡ラセ給フ上、三種ノ神器随㆓御身㆒御座セバ、サリ共今一度、旧都ノ還御ナカランヤ、ト思召ケルニ、此御託宣聞召テハ、御心細ク思給、涙グミ給テカク、

サリ共ト思フ心モ虫ノ音モヨワリハテヌル秋ノ暮カナ
是ヲ聞ケル人々、誠ニト覚テ皆袖ヲゾ絞ケル。

とあり、延慶本と類似の表現が見られる。延慶本は、盛衰記のような本文から改編されたものとも考えられようか。

(6) Dの中でも、歌語を連ねた「海人ノ苫屋ニ立煙〜我カラネヲゾナカレケル」は盛衰記のみに共通し、「思キヤ」以下の部分については、闘諍録のみが前掲〈宇佐行幸〉に接続させる形で有している。これらの表現の存在は、延慶本の和歌的情緒を一層濃厚なものにしている。

(7) 佐伯真一氏は、『保暦間記』の本文から、四部本・盛衰記共通祖本たる『平家物語』の姿を想定する（『平家物語遡源』第二部第九章、一九九六年、若草書房。初出一九九五年）。なお、南都本Aの傍線部aは、『保暦間記』も一部を共有する。

(8) 早川厚一氏は、闘諍録が南都本的本文を取り込んでいる例として太宰府落の箇所を指摘されている（「源平闘諍録に見える南都本的本文について」『日本文学史論』一九九七年、世界思想社）が、構成面でのこのような共通性からは、部分的な取り込みではなく南都本のような本文を基底として、闘諍録が作られていると考えることも可能だろう。

第二節　延慶本・屋代本・覚一本の構造

はじめに

前節での検討を踏まえて、延慶本・屋代本・覚一本それぞれについて、〈宇佐行幸〉を含む前後の文脈の読解に踏み込んでゆくこととする。論述の都合上、まず注目することになる延慶本について、対象とする範囲の記事を、表1－1にして示しておく。

一　延慶本の構造（一）

表1－1に①～④の番号で示したとおり、平家都落の難を避けて鞍馬および山門に身を潜めていた法皇が都に還御して以降、九州に渡った平家がその地を追われるまでの延慶本の記述には、その舞台の移動に伴って、大まかな区切れを見出すことができる。①で都を舞台としていたものが、②で九州へ移り、③で再び都、④でもう一度九州、と移動するのである。前もって言ってしまえば、本節は、〈宇佐行幸〉を含めたこの一連の叙述における延慶本の主な関心は、平家都落によって安徳天皇が三種神器と共に連れ去られるという事態が出来したことに対して、後白河法皇を中心とする中央の政権が、新帝後鳥羽を立てることによって超克するまでの過程に向けられており、それは都を舞台とした①③のみならず、②④で描かれる九州の動向の叙述までも貫くものであって、②内の〈宇佐行幸〉もまたその一環として位置づけられると考えるものである。以上の点を明らかにするため、まずは②を挟む前後の①と③につい

表 1-1　延慶本記事表

記　　事	日　　付
1 法皇鞍馬より山門へ御幸	七月二十四日
2 法皇御下山	七月二十八日
3 義仲・行家を院の御所へ召し，平家追討の由下命	七月二十九日
4 主上を帰入奉べき由，時忠へ院宣．平家用いず	
5 新主を立てるべき由公卿僉議	
6 京中守護の事，義仲に注申　（ここまで巻七）	八月一日
7 法皇，三宮四宮に会い，四宮を選ぶ	八月五日
8 法皇，義仲を召して勧賞の事を尋ねる	
9 法皇の下での除目について，大外記勘例を奉る	
10 平家一門解官	八月六日
11 忠清・忠綱，法皇より義仲の許へ遣わされる	八月七日
12 西海道の返報到来．主上還御は叶い難し	八月九日
13 義仲，高倉宮遺児の即位を主張	八月十四日
14 惟喬惟仁の位争い	
15 法皇の下で源氏勧賞の除目．義仲・行家国を嫌う　[以上①]	八月十日，十六日
16 流浪の平家一門に業平の歌を重ねる	八月十七日
17 平家一門太宰府着，諸豪族里内裏を造進	
18 平家一門安楽寺詣	
19 安楽寺の縁起	
20 宇佐行幸	八月二十日
21「宇佐神官ガ娘後鳥羽殿へ被召事」　[②]	
22「即位事幷ニ剣，鏡，璽宣命ノ尊号事等議定」	八月十八日
23 平家の没官領を源氏に与える	同日
24 法住寺の新御所にて四宮践祚．摂政は代わらず	八月二十日
25 平家一門これを聞き，出家の人の即位について語る	
26 院より伊勢に公卿勅使	九月二日
27 八幡放生会．法皇日吉社御幸　[③]	九月十五日
28 頼輔，子息頼経に平家を追い出すべき旨の院宣を伝える．頼経これを緒方三郎に下知．菊池・原田以外の豪族は緒方につく	
29 惟義の先祖は大蛇．九国の勢は皆惟義に従う	
30 緒方，平家の説得に応じず．菊池・原田を差し向けて防ぐも敵わず，平家一門太宰府落	
31 ミヅキノ戸→住吉→箱崎→香椎→宗像と移動	
32 山鹿秀遠を頼り山鹿城入り	
33 月の詠五首（忠度・経盛・時忠・行盛・宗盛）	九月十三夜
34 緒方襲来，平家は豊前国柳へ．宗盛，俊成の古歌を口ずさむ	
35 柳へも緒方襲来し四国へ	
36 清経入水	
37 長門は知盛の国ゆえ，安芸・周防・讃岐から援助	
38 屋島入り．成良と対面	
39 法皇，三種神器が戻らぬことを嘆く　[④]	

て、その内容を確認していきたい。

①において、安徳帝を連れ去られた政界が直面したのは、当然ながら天皇不在という事態にどう対処するかという問題であった。まずは院宣によって安徳帝の還御が要請されるが、

　速ニ帰入奉ルベキヨシ、平大納言時忠卿ノ許ヘ院宣ヲ下サルト云ドモ、平家是ヲ用ネバ、不レ及レ力シテ、新主ヲ奉レ立ベキヨシ、院殿上ニテ公卿僉議有。（4）

と、平家の拒否によって新帝擁立へと話は進む。その議定の場で最初に考えられたのは、

　「主上還御有ベキヨシ、御心ノ及ホドハ被レ仰テキ。今ハトカク御沙汰ニ及ブベカラズ。但シ便宜之君不二渡御一。法皇コソ返殿上セサセオワシマサメ」（5）

という法皇の「返殿上」であった。その他、「鳥羽院ノ乙姫宮、八条院御即位有ベキ歟」という女帝案も出される中で、

　丹後局内々申ケルハ、「故高倉院ノ宮、一宮ハ平家ニ被レ具給畢。其外三四ノ宮ノタシカニ渡ラセ給候。平家ノ世ニハ世ヲ慎マセ給テコソハ渡ラセ給シカドモ、今ハ何カハ御憚アルベキ」ト被レ申ケレバ、法皇ウレシゲニオボシメシテ、「尤其義サモアリヌベシ。同ハ吉日ニ見参スベキ」由シ仰アテ、泰親ニ日次ヲ御尋アリケレバ、「来八月五日」ト勘申ス。「其議ナルベシ」トテ、事定ラセ給ニケリ。（5）

と、丹後局の暗躍によって、高倉院の遺児の三宮・四宮が候補として浮上することになる。また、高倉宮遺児の即位を主張する、木曾義仲の介入があったことについても記されており（13）、このあたりの叙述内容が、『玉葉』などからうかがえる当時の事態をよく反映したものであることは、武久堅氏（1）や水原一氏（2）の論じられているとおりであると思われるので深入りは避けるが、これらの候補者の中から、新帝を決める権限を持つ者は、他ならぬ法皇であった。すなわち、三宮・四宮と法皇の対面によって、法皇を面嫌いした三宮を退け、なついた四宮が新帝として定められた

[7]のであり、武久氏のいわれるように、四宮は「後白河院によって偶発的ではあるが紛れも無い支持を得てスタートした新帝」[3]として立ち現れてくるのである。[4]

新主選定と平行して描かれる今ひとつの問題が、平家を追い落とした義仲らの勧賞に関わる、天皇不在という状況下での除目についてである。延慶本では、[9]において

> 除目事、依二法皇仰一可レ被レ行事、大外記頼慶勘レ例ヲ奉リケリ。「平城、嵯峨、并嘉承詔例等也。又周公殊二管蔡一七年、非二成王之心一。可レ被レ准」トゾ申タリケル。

と触れられているが、除目の扱いが当初から問題となっていたこと、そして、この延慶本の記事が、当時の状況をよく反映していることは、すでに兼実が『玉葉』の七月三十日条に記し留めている、

> 余問二左府一曰、若被レ行二勧賞一者、除目儀如何、左府曰、此事難題也、一昨日、議定之時雖レ被レ問、可レ有二除目一否、於二其間儀一者、未レ及二其沙汰一、但所存者、於二院殿上一、可レ被レ行二於下名一者、如二春秋除目一、於二官外記庁一可レ被レ下……

以下の議論から明らかである。[5]先例について外記に問うたことと、その結果についても、『玉葉』同日条に

> 嘉承摂政詔、先帝崩御、新主未レ御、以二法皇詔一、於二仗下一被レ下了、然者、以二新儀一於二殿上一被レ行、又可レ在二御定一

と、延慶本と通じる記述が見えている。[6]如上の議論を経て、

> 十日、法皇、蓮花王院ノ御所ヨリ南都へ移ラセ給テ後、三条大納言実房、左大弁宰相経房参給テ小除目被レ行。木曾冠者義仲、左馬頭ニナサレテ越後国ヲ給ワリ、十郎蔵人行家ハ備後守ニゾ成ニケル。（中略）院殿上ニテ除目被レ行事、未昔ヨリ無二先例一。今度始トゾ聞ヘシ。珍シカリケル事也。[15]

と、史上初となる法皇の下での実施が選択されていった、とされるのであるが、その背後で、平家一門の解官も

八月六日、平家一類解官事、頭弁経房朝臣奉テ㆓法皇仰㆒ヲ、外記ニ仰ス。(10)

とあるように、法皇の名の下で行われたのであり、こうした事情もまた、

頭弁兼光、為㆓御使㆒来云、解官事、法皇勅歟、又内々可㆑被㆑仰歟、問㆓大外記両人㆒之処、……

以下に伝える『玉葉』八月三日条の内容と、よく対応している。

以上の①については、延慶本が、当時の情勢を反映しつつ、多くの筆を費やして、中央政権による異常事態への対処の過程を描出しようとしている、とまとめることができよう。その中心に常に法皇の存在があることも、読み取ってよいだろう。その中で選ばれた四宮の践祚を描くのが、③のブロックである。延慶本はまず、八月十八日に、践祚を前にして、左大臣経宗以下八人によって「即位事幷ニ剣、鏡、璽、宣命ノ尊号事等、議定」が行われたことを記している(22)。すでに松尾葦江氏(7)が指摘されているように、これは『玉葉』同月十九日条が伝える内容と、集まった人名や議題ともに近似している。その上で、

同廿日、[a]法住寺ノ新御所ニテ、高倉院第四王子践祚アリ。春秋四歳、左大臣、内記光輔ヲ召テ、[A]「践祚事、太上法皇ノ詔ノ旨ヲ可㆑載也。先帝不慮ニ脱屣事、又摂政事、同可㆑載」ト仰ス。次第事ハ先例ニ不㆑違ドモ、[B]剣璽ナクシテ践祚事、漢家ニハ雖㆑有㆓光武跡㆒、本朝ニハ更無㆓其例㆒。此時ニゾ始レリケル。内侍所ハ如在ノ礼ヲゾ被㆑用ケル。旧主已被㆑奉テ㆓尊号㆒、新帝践祚アレドモ、西国ニハ又被㆑奉テ㆑帯㆓三種神器㆒、受㆓宝祚㆒給テ、于㆑今在㆑位。国ニ似㆑有㆓二主㆒歟。「天ニ二ノ日ナシ、地ニ二ノ主ナシ」トハ申セドモ、異国ニハ加様ノ例モ有ニヤ。吾朝ニハ帝王マシマサデハ、或ハ二年、或ハ三年ナムド有ケレドモ、京、田舎ニ二人ノ帝王マシマス事ハ未㆑聞。世末ニ成レバ、カヽル事モ有ケリ。[b]叙位除目已下事、法皇御計ニテ被㆑行シ上ハ、強ニ忩践祚ナクトモ、何ノ苦ミカハ有ベキ。

帝位空例、本朝ニハ、神武七十六年丙子崩、綏靖天皇元年庚辰即位、一年空。懿徳天皇廿四年甲子崩。孝昭天

皇元年丙寅即位、一年空。応神天皇廿一年庚午崩。仁徳天皇元年癸酉即位、二年空。継体廿五年辛亥崩、安閑天皇元年甲寅即位。二年空。C「而今度ノ詔ニ、『皇位一日不レ可レ曠』ト被レ載事、旁不得二其意一」トゾ、有職ノ人々難申ケル。(24)

と、践祚に至るわけであるが、ここでも、傍線部Aについては、『玉葉』八月二十日条に「仰二宣命事一、可レ載二太上法皇詔旨一之旨、可レ仰二下之一、又摂政事可レ載レ之、先帝不慮脱履事、同可レ載歟」とあり、Bについても、「不レ得二剣璽一践祚之例、希代之珍事也」と見える。Cについても、松尾氏に指摘があるように、(8)「於二践祚一者、忩可レ被二遂行一、一日曠レ之、庶務悉乱云々」という八月十九日条と重なっている。氏は、これら延慶本の「記録的記事」について、「現存の『玉葉』や『吉記』それ自体ではなくとも、それに類する宮廷人の日記か、資料類」に基づくものとされているが、兼実が九月十九日条においてもう一度、「依下一日不上レ可レ空二宝位一、於二践祚一者被二忽行一、雖二理可一レ然、至二于即位之時一、猶試可レ有二此沙汰一歟、非三啻遺二無レ例之恨一、殆可レ為二招レ乱之源一歟」と記し、「試被レ待二彼三神一如何」として、神器なき性急な践祚に慎重論を唱えているのに対し、法皇の下で除目を行った事実を踏まえ、法皇がいるのだから多少の空位は構わないとして空位の例を並べ立てる傍線部b以下の延慶本の記述からは、その叙述姿勢を示す鮮明な主張がうかがえる。本来閑院殿であったはずの践祚を法皇の御所とする傍線部aとともに、延慶本は強固な法皇中心主義ともいうべき立場から、後鳥羽帝擁立に至るまでの過程を叙しているのである。

二　延慶本の構造（二）

前述のように、如上の①③のブロックに挟まれる形で置かれている②、および後続する④のブロックも、ともに同様の観点から読むべきであるというのが、本節の立場である。②は、平家が九州の太宰府にたどり着き、次いで安楽寺に詣で、その後に宇佐八幡に詣でる、という展開になっているが、これも前もって言ってしまえば、この〈宇佐行幸〉の果たす機能とは、その前の〈安楽寺詣〉と一組で、都での四宮践祚と関わって、それと不可分であり、表裏であるはずの問題、つまり、安徳帝が王としての資格を失っていく過程を、神々の意志という形で示すことではなかったか、ということである。

具体的に②の叙述をたどると、前節で述べたように、太宰府に到着した平家に対して地元の豪族達が味方をし、安徳帝のために里内裏を作ったことが、⑰で語られる。その次に行われたのが、一門の安楽寺への参詣であった。その内容を見ると、

一門人々安楽寺へ参リ、通夜而詩ヲ作リ、連歌ヲシ給テ、泣悲給ケル中ニ、旧都ヲ思出テ修理大夫経盛カクゾ詠給ケル。

スミナレシ古キ都ノ恋シサハ神モ昔ヲワスレ給ワジ ⑱

という、一門の参詣の様子が描かれた後に、一種の安楽寺縁起、とでもいうべき長大な記事⑲が続く。全文の引用はしないが、注意されるのは、以下に挙げるように「無実」という言葉がかなりの頻度で登場していることである。

ア 時平ノ左大臣ト申ハ、此事ヲ不レ安被二思食一テ、折節ニ付テ無実讒奏アリ。遂ニ依二讒奏一ニ、昌泰四年辛酉正月廿五日、被レ遷テ二大宰権帥一ニ、被レ流二当国一ニ給ヘリ。

イ サレバ経盛、昔ノ御事ヲ思出シ奉テ、「フルキ都ノ恋サハ」ト詠メ給ケルナルベシ。昔ハ沈テ二無実之恨一ニ、天下ノ為リキ二霊魂一。今ハ浮テ二都鄙之崇敬一ニ、護ル二国家一ヲ成リ二神明一ト給ヘリ。「十善ノ帝王、三種之神祇ヲ帯シテ御ス。争カ還幸ノ御納受モナカルベキ」ト、各心強クゾ被レ祈ケル。惣テ霊験無双之御事也。誰カハ是ヲ可奉忽緒シ一。

ウ 待賢門院ニ侍ケル女房、無実ヲ負テ北野ニ読テ献リケレバ、或女狂出テ、其事顕レニケリ。思出ヨナキ名ノタツハウキ事トアラ人神トナリシムカシヲ

エ 大納言禅師ト云シ人、白金ノ提ヲ盗タリト云無実ヲ継母ニ云付ラレテ、北野ニ籠テ祈ニ、二七日ニ満ジケル
ニシルシ無リケレバ、歌ヲヨミテ献ル。

チハヤブル神ニマカセテ心ミムナキ名ノタネハヲヒヤイヅルト

其時、下女提ヲ持出来テ後、継母ノ所為顕レニケリ。

オ「……世間ニ侘悲衆生ヲ何為テ助ムト思程ニ、我鎮西ニ被レ流之後、偏ニ仰二仏天一二願ゼシ様ハ、『我命終之後、
如レ我遇二無実之難一二、又惣侘悲者ヲ救ケ、又無実ニ沈ミ損ゼン者ヲ糺明スル身ト成ン』ト願ゼリ。今如レ思生タリ。
如レ然者ヲ我救ハムズル也。

武久堅氏の考証(9)では、この部分は必ずしも出典が全て明らかであるわけではないようだが、アとオは、道真配流の経緯と、天神となった後の、無実の者を救わんとする誓いであり、ウとエは、その天神に無実の者が救われた実例である。延慶本は、これらの記述によって、安楽寺・天神が無実の罪を着せられた者を救う神である、ということを強調していると見てよいであろう。また、その際に、救われた人々と神とを結ぶのが、ウとエに見えるように和歌であるということも注意しておきたい。

物語の展開上、平家の安楽寺参詣から、いきなりこうした安楽寺縁起に話が飛ぶ、ということは、一見極めて不自然ではある(10)。しかし、イに目を向けるとき、この一連の記事が、前後物語の内容と明確に脈絡づけられていることに気付く。延慶本が、傍線部において、安楽寺に対して、単に無実の者を救う、というだけでなく、「国家を護る神明」という資格を与えていることに、注意すべきである。「フルキ都ノ恋サハ」とは、経盛が詠んだ「スミナレシ」の歌のことであるが、経盛は、「無実の者を救う神」であり、「国家を護る神明」であるのだから、三種神器を帯した十善帝王、すなわち安徳帝の還御の願いを聞き入れてくれるはずだ、と詠んでいるのである。和歌を奉納していることも、ウやエの例に通じている。しかし、その後の平家の運命はいうまでもないことで、結局安楽寺は、平家に対して何の

加護も与えてくれなかったのである。安楽寺は無実の者を救ってくれる神のはずでありながら、平家は救われなかったのであって、無実の者を救う安楽寺の霊験が繰り返し強調されていたこと、つまり本当に無実ならば平家もまた救われたはずだ、という文脈に鑑みれば、平家が決して無実ではなかったということが、ここに浮かび上がるのである。[イ]の傍線部にあるように、平家一門が、自らを「無実」であると信じたのは、三種神器を帯した安徳帝の存在があったからである。その平家の願いが拒否されることを通して、延慶本は、安徳帝の存在が、国家を護る神の加護を受けるための資格とはならないこと、その帝を帯した平家一門も無実ではあり得ないことを、表明しているのではないだろうか。

続く〈宇佐行幸〉もまた、類似した構造をもっていると考えられる。本文には

> 同廿日、主上ヲ奉レ始テ、女院、北政所、内府以下ノ一門ノ人々、宇佐社ヘゾ被レ詣ケル。拝殿ハ主上、女院ノ皇居也。廻廊ハ月卿雲客ノ居所トナル。大鳥居ハ五位、六位ノ官人等固タリ。庭上ニハ四国九国ノ兵《ノ》、甲冑ヲヨロヒ弓箭ヲ帯シテ並居タリ。（中略）御神馬七疋引セ給テ、七ケ日御参籠アテ、旧都還幸ノ事被二祈申一ケルニ、第三日ニ当ル夜ノ夜半ニ、神殿ヲビタ、シク鳴動シテ、良久有テ御殿ノ中ヨリ気高御声ニテ歌アリ。
>
> 　世ノ中ノ宇佐ニハ神モナキ物ヲ心ヅクシニナニ祈ルラン
>
> 此後ゾ、大臣殿ナニノ憑モヨワリハテラレケル。此ヲ聞給ケム一門ノ人々モ、サコソ心細ク覚サレケメ。各袖ヲ絞リツ、、泣々還御成ニケリ。[a]権現者宗廟社稷神明也。感《ジ》二於「無名負人ノ命ヲ」之詠《ヲ》一、平家者積悪止善之凶徒也、預《ル》二「心尽シニ何《ニ》祈覧」之御歌《ニ》一。哀ナリシ事共也。（[20]）

とあるが、ここでも平家の祈りの内容は安徳帝の還御であり、それに対して、「世ノ中ノ」歌を以て、はっきりとした拒絶が示されている。傍線部aでは、八幡が皇統の「宗廟神」であると明言しており、その神から平家が、積悪故に「安徳帝還御」の願いを拒否されることなどは、先の〈安楽寺詣〉の[イ]の叙述と重なりあう。「感《ジ》二於「無名負人ノ

命ヲ」之詠《ヲ》」については、これだけでは何のことか不明だが、これは続く章段「宇佐神官ガ娘後鳥羽殿へ被召事」（21）において、神官の娘が八幡に対して詠んだ、「千巌破ル鉾ノミサキニカケ給ヘナキ名ヲ、スル人ノ命ヲ」の歌を指している。この章段も長大なので、全文の引用は避けるが、事実無根の浮き名を流された女が八幡に祈って救われたという内容である。ここでも、冒頭に「抑、此権現者、和歌ヲ殊ニコノミマシ〳〵ケル事顕レタリ」とあるように、「千巌破ル」の和歌が神と人との仲立ちとなっており、八幡が「感《ジ》於「無名負人ノ命ヲ」之詠《ヲ》」て「ナキ名」を立てられた者に加護を与えてくれた実例として置かれている話であると判断される。安徳帝の存在を恃んで宗廟神に参詣し、拒絶された平家と、無実の者が救われた例が対照されているという点において、〈安楽寺詣〉に相似するといってよいであろう。

以上の〈安楽寺詣〉と〈宇佐行幸〉を並べてみれば、その担う機能は明らかである。平家は安徳帝あるが故に自らを無実と信じ、国家を護る神である安楽寺と、宗廟神である八幡に詣で、どちらの神からも拒絶されるのであって、その意味するところはすなわち、安徳帝の正統性が、すでに剝奪されている、ということに他なるまい。加えて言えば、〈宇佐行幸〉が行われた八月二十日は、都で後鳥羽帝が践祚された日でもある。こうして、延慶本は、後鳥羽天皇即位と表裏であるはずの、安徳帝が王としての資格を失っていく過程を、神々の意志として示し、三種神器がない状態での後鳥羽践祚を論理化しようとしているのではないか、と読むことができよう(11)。

三　延慶本の構造（二）

以上は、松尾氏が21について、「物語内においては、もはや筑紫の地にあっても、帝王は後鳥羽帝であり、宇佐八幡の加護は平氏とその擁する幼帝にはなく、やがて後鳥羽帝の時代になることが、未来完了で語られることになる(12)」

と述べられたことを、迂遠に追認したに過ぎないかも知れないが、本節の立場からは、もう一つ注意すべき点がある。それは、前節でも注目した、〈宇佐行幸〉に登場する「四国九州の兵」たちの存在であり、彼らの動きの描写からは、④のブロックにも①〜③と同様の主題が貫かれていることが看取できるということである。彼らはそもそも、

随奉処ノ兵、菊地ノ二郎高直、石戸少卿種直、臼木、戸次、松浦党ヲ始トシテ、各里内裏造進ス(16)

と、九州入りした平家に対して服従し、安徳帝のために里内裏を建設していた面々であった。「里内裏」の語が示すように、彼らは安徳帝を擁しているが故に平家を受け入れ、その威に服したのである。そうした豪族達を引き連れて〈宇佐行幸〉は行われたわけであるが、その結果露呈したのは三種神器を帯した安徳帝の正統性の揺らぎであり、豪族達にとっては平家に従うべき理由の消失であった。そうしたところに投げ込まれたのが、これも前節で触れた、平家に従ってはならないという旨の都からの命令(27)であり、ここを境に九州の情勢が一変する。27の命は豊後の国司頼輔から出されたものであるが、それには、

「……而九国輩悉帰伏之条、既ニ招ク二罪科一所行也。須ク於二当国輩ニ一者、殊更其旨ヲ存ジ、敢不レ可レ随二成敗ニ一。是ハ全非二私下知一、一院々宣也。凡不レ可レ限二当国ニモ一、九国二島輩、顧二後勘ヲ一身ヲマタクセント思ワムハ、一味同心而可レ追二出九国中ヲ一」

と、「一院々宣」であることを告げる文言が添えられていた。そして、これを期に、以後の豪族達の行動の大本には、常にこの「一院」の存在が描き込まれていることになるのである。頼輔からの命を受けた緒方三郎の号令によって

伊栄、豊後国ヨリ始テ九国二島ノ弓矢取輩ニ申送ケレバ、臼木、経続、松浦党、平家ヲ背テケリ。其中、原田四郎大夫種直、菊地二郎高直ガ一類計ゾ、伊栄ガ下知ニモ不レ随、平家ニ付タリケル。其外ハ皆伊栄ガ命ニ随ケリ。(27)

となったことに対して、平家側はまず平貞能が説得を試みる。しかし、

新三位中将資盛、清経、小松新少将有盛、三人大将ニテ、六十騎計ニテ豊後へ打越テ、伊栄ヲコシラへ宥ケレバ、「此事、一院ノ御宣旨ニテ候へバ、今ハ不レ及レ力候。ヤガテ公達ヲモヲシコメマヒラセタク候へドモ、大事ノ中ニ小事ナシト存候へバ、取籠マヒラセズトテモ、イカ計ノ御事カ候ベキ」ト申ケレバ、貞能面目ヲ失テ帰ニケリ。(30)

と、緒方の拒否の理由は「一院」の存在であった。続いて時忠が交渉にあたるが、ここでも緒方側の対応は

次男伊村ヲ使ニテ、平家ノ方へ申タリケルハ、「御恩ヲモ蒙テ候キ。相伝ノ君ニテ渡セ給上、十善帝王渡セ給へバ、奉公仕ルベキ由ニテ候ヘドモ、九国中ヲ可レ奉二追出一之由、院宣ヲ被レ下候之間、今ハ力及候ワズ。トク〱出サセ給候へ」ト申タリケレバ、平大納言時忠卿ハ、ヒヲク、リノヒタ、レニ蘭袴ニテ、野尻二郎ニ出向テ宣ケルハ、「我君ハ天孫四十九代ノ正統、人皇八十一代ノ帝ニテオワシマス。太上天皇ノ后腹ノ第一ノ皇子、伊勢大神宮入替ラセ給へリ。御裳濯河ノ御流忝キ上ニ、神代ヨリ伝レル神璽、宝剣、内侍所オワシマス。正八幡宮モ守リ奉リ給ラン。(29)

というものであって、緒方の次男の言い分は、やはり「院宣」に立脚している。これに対して時忠が安徳帝の正統性を説くのだが、その理も惟義によって

「帝王ト申ハ、京ニ居給テ宣旨ヲモ四角八方へ被レ下レバ草木モ靡ベシ。此帝王ハ源氏ニ責落サレテ、是マデユラレオワシタル。且ハ見苦事ゾカシ。此ハ院ニハ御孫ゾカシ。法皇ハ正キ御祖父ニテ、京都ニハタラカデオワシマセバ、其ゾ帝王ヨ。今ハ今、昔ハ昔ニテコソアレ。院宣ヲ被レ下之上ハ可レ及二子細《ニヤ》一」(29)

と、「院こそ帝王」として一蹴されている。以後、この緒方のもとに結集した勢力によって、平家が九州を追われることになるのは、表1-1に見るとおりである。

以上を通観すれば、後鳥羽帝践祚に至る都の動きが、常に法皇を中心としていたこと、その裏で、九州において安

徳帝は宗廟神から見放され、その正統性の剥奪が暗示されていたということ、そして、八月二十日の〈宇佐行幸〉と後鳥羽践祚という、日付を同じくする二つの出来事を境に、安徳帝と平家とに従っていた豪族達が離反して法皇の命に服す、という展開になっているのであって、これらの叙述からは、延慶本が、安徳から後鳥羽への交代の正統化、という筋道において、冥顕二つの世界から、互いに関連づけられた叙述を構成していることを読み取るべきであろう。表1－1に明らかなことであるが、延慶本では②と③の間、および③と④の間で、日付の前後が生じている。舞台が都と九州の間で入れ替わるのに伴って、時間も前後しているのであるが、安徳から後鳥羽への交代の論理化という主題においてこそ、こうした複雑な構成が、有機的に関連し合うことになるのではないだろうか。

四　屋代本の叙述

この延慶本を軸として見た時、語り本系の諸本は、いかなる変質を遂げているのか、本項ではまず屋代本をとりあげて考えることとしたい。但し、注意しなければならないのは、前節でも検討したとおり、延慶本が必ずしも他本に対して全面的に古態を主張できるわけではないということである。本節に関わる範囲でも、櫻井陽子氏は延慶本と盛衰記にしか見えない⑬・㉓などが増補された記事であることを論じつつ、現存盛衰記のほうが延慶本よりも比較的古い姿をとどめていることを指摘され、(13)小番達氏は⑲の増補について論じられている。(14)㉑にも後補の可能性が指摘されている。(15)しかし、前節で見たように、安徳還御の願いを八幡が拒否する、という〈宇佐行幸〉の内容は、読み本系諸本に共通する。第一・二項で示したような〈宇佐行幸〉の意味が、読み本系が本来内在させていたものであるとすれば、増補であることが指摘されている延慶本の諸記事は、〈宇佐行幸〉前後にあって、その文脈をより強固にしていることになるだろう。また、九州勢の動向の描写という観点から、〈宇佐行幸〉の配列に関しては延慶本と長門本とが最も整合性を持っていることも前節で指摘しておいたが、そこに本節前項までの考察の結果を加えるならば、皇位交代に関わる文脈を極度に肥大化させつつ、その中に〈宇佐行幸〉記事を、九州勢の動きとも矛盾なく関連づける形で構成しているのが、延慶本だといいうることになる。延慶本は、〈宇佐行幸〉の機能に極めて自覚的に、その意味を物語の上に最も強く顕在化させる方向で、成長をとげたものと理解すべきであろう。先行の『平家物語』に内在していた王法の物語としての性格の一面を「拡大延長」したという意味において、それは第一部第二章第三節に見た延慶本のあり方と重なるものである。

右のように、読み本系の（極端な）典型といえるものとして延慶本をとらえるならば、それは、語り本系の位相をあぶり出す基軸ともなりうる。語り本が、読み本系的な本文の下流にあることはすでに述べたが、延慶本と対照させることによって、その質的な相違までもが明瞭になるのである。まずは屋代本を対象とし、記事表を表1－2(1)に示す。

この表1－2に明らかなように、延慶本と屋代本とでは、巻七と八の区切り方が異なっている。延慶本が巻七の終わり以降、天皇不在という異例の事態への対処を主要な課題としていたのに対し、屋代本は「平家都ヲ落《チ》ハテヌ」という、平家の都落を総括する文で巻七を締め括ってしまう。以後、巻八の展開は表1－2の通りで、延慶本があれほど筆を費やしていた新主選定までの動きは、

主上外戚ノ平家ニ取レ給テ、西海ノ浪《ノ》上ニ漂ハセ給御事ヲ、法皇御歎《キ》アテ、「主上共ニ三種神器、無二事故一都へ奉《レ》二返《シ》入《レ》一」ト被二仰下一タリケレ共、平家用《ヒ》奉ネハ、大臣以下参入シテ、「抑何レノ宮カ可《キ》レ付二奉位《ニ》一」ト議定有ケルトカヤ。(4)

とあるのみで、いかなる議論を経てそうした決断に至ったのか記されないまま、

高倉院ノ皇子、先帝ノ外、三所渡ラセ給ケリ。(5)

表 1-2(1)　屋代本記事表（巻八巻頭〜）

	記　事	日　付
1	法皇鞍馬より山門へ御幸	
2	法皇都へ還御	七月二十八日
3	法皇，行家・義仲に平家追討を下命	
4	平家に対し主上ならびに三種神器の返還要請．平家これを用いず，新主をたてるべき議定	
5	法皇三宮四宮と対面，四宮を選ぶ	八月五日
6	源氏勧賞，義仲・行家国を嫌う	八月十日
7	平家一門時忠を除いて解官	八月十四日
8	平家一門太宰府着	八月十七日
9	菊池隆直離脱	
10	平家一門安楽寺詣	
11	閑院殿にて四宮践祚．摂政は代わらず	八月二十日
12	惟喬惟仁位争い説話	
13	豊後国司頼輔，子息頼経へ脚力．平家を追い出すべきという「一院ノ勅定」．頼経これを緒方三郎惟義に下知	
14	惟義の先祖は大蛇．九国の勢は皆惟義に従う	
15	小松三位中将による惟義説得．惟義聞き入れず．緒方の使者次男惟村を介して時忠が惟義説得．惟義聞き入れず	
16	季貞・盛澄，竹野庄にて緒方勢の大軍と戦闘，敗戦	
17	平家一門太宰府落	
18	水築戸→住吉社→筥崎と移動	
19	山鹿秀遠を頼り山鹿城入り→敵来襲し山鹿落，柳ヶ浦入り	九月十日余
20	十三夜月の詠二首（忠度・行盛）	十三夜
21	清経入水	月の夜
22	柳ヶ浦に内裏造ろうとして造れず	
23	宇佐行幸	
24	長門より敵来襲の風聞．一門九州離脱	
25	安芸・長門・周防三ヶ国から援助を受け，屋島へ渡る	

と、法皇と三宮・四宮の対面へと進む。そうして選ばれた四宮の践祚の記事もまた、

> 八月廿日都ニハ、四宮、法皇ノ宣命ニテ、閑院殿ニテ、御位ニ付セ給フ。無二神璽、宝剣、内侍所一践祚ノ例、是始トソ承ル。摂政ハ本ノ摂政近衛殿、平家ノ聟ニテ坐々ケレトモ、西国へモ御同心ニテ下ラセ給ハヌニヨテナリ。天ニ二ノ日ナシ、地ニ二ノ王ナシト申セトモ、平家ノ依二悪行一コソ、都鄙ニ二人ノ御門ハ坐々ケレ。（11）

という簡略なものである。皇位継承問題に木曾が介入して

きたことも語られず、平家都落において、天皇が連れ去られてしまった、という事の重大さにほとんど目を向けず、叙述の中心は「平家ノ悪行」へとスライドされているようである。

　こうした記事の間に挟まれる形で置かれているのが10〈安楽寺詣〉であるが、そこには

平家安楽寺へ参《リ》テ、歌読、連歌シテ、奉《リ》二手向一給ケリ。其中ニ、本三位中将重衡、

　　スミナレシ旧キ都ノ恋シサハ神モ昔ヲワスレ給ハシ

ト泣々被レ申ケレハ、皆人袖ヲソヌラサレケル。

とあるのみで、安徳帝の存在を示し、安徳帝と神との関わりを暗示するような記述は見られない。配列上の位置が延慶本とは大きく異なる23〈宇佐行幸〉の、

　宇佐へ行幸成テ、社頭ハ皇居トナル。廻廊ハ月卿雲客ノ居所トナル。庭上ニハ五位六位之官人、四国鎮西ノ兵共、甲冑弓箭ヲ帯シテ並居タリ。古ニシ緋《ノ》玉垣、二度カサルトソ見シ。七日参籠ノ明方ニ、大臣殿御為ニ、御夢想ノ告アリ、御宝殿ノ御戸ヲ押開キ、ユヽシクケタカキ御声ニテソ聞ヘシ。

　　世ノ中ノウサニハ神モナキ物ヲ心ツクシニ何祈ル覧

大臣殿打驚キ、胸打騒キ、何ニスヘキトモ不二覚《ヘ》給一。

という描写もまた同様である。どちらも、皇位継承の問題とは全く没交渉であって、屋代本は結局、安徳が王の座から追放されていく過程については全く語らないままなのである。それは、なぜ安徳に代わって後鳥羽が王として認められるのか、平家が安徳帝を擁していながらなぜ九州を追い出され、さらには滅亡という道をたどらなければならなかったのか、といったことに対する問題意識の希薄さのあらわれでもあるだろう。その傍らで、屋代本の目は「平家ノ悪行」へと注がれているのである。

　記事構成も、表1－2に明らかなように、場面が切り替わるのに伴って、時間も前後するような複雑なものではな

く、中央の動静と九州の平家及び安徳帝とを連動して描こうとする姿勢も見られない。それは、中央の法皇と、九州の豪族達の動きの描出に明らかである。すでに鈴木彰氏が指摘されているが、[16] 都にいる国司頼輔から九州の緒方に命令が下る場面（13）と、その緒方が九州に号令し、豪族達を集結させる場面（14）とで、院宣の扱いに矛盾が生じているのである。13では、

「……一味同心シテ可三追二出《ス》平家《ヲ》一。是頼輔カ非《ス》二下知《ニ》一、一院ノ勅定ナリ」

と、院の命令となっているのに対し、

緒方三郎ハ国司ノ仰ヲ院宣ト号シテ、「院宣ニ随ハン者ハ、惟能ヲ先トシテ平家ヲ奉二追出一」ト、九国二島ヲ相催《シ》ケレハ、サモ可レ然者共、皆惟義ニ随付ク。

とあって、齟齬を来しているのである。鈴木氏はこうした屋代本を、表現への執着度が低い、と評されているが、その低さの源に、屋代本の叙述意識が延慶本などとは全く異なる方向性を目指したものであったことが見て取れるように思う。説得にあたった平家に対して、緒方がはねつける場面においても、

緒方ノ三郎「コハ何ニ。昔ハ昔、今ハ今ニテコソアレ。其儀ナラハ、速カニ奉二追出一レ」トテ…（15）

とあるのみで、延慶本に見られたような「院こそ帝王」の論理はない。延慶本では、安徳から後鳥羽への交代、という筋道のもと、法皇を中心として後鳥羽を立てる中央の政権の動きと、平家と安徳帝が九州で敗走していく過程を連動させる、という描写において、法皇の命はその要ともいえるものであった。一方の屋代本が、その院宣の扱いに矛盾をきたしていることからは、二帝並立や皇位継承といった問題に、最も強く意識して向き合おうとした延慶本に対して、むしろそれを解体してしまう方向に進んだのが屋代本なのだということが、端的に読み取れよう。前節で指摘したような、九州勢の動向を整合的に描こうとする視点も、その過程で欠落させたということもできるだろう。さらに目を広げれば、これらの点を含め、本節で屋代本について指摘したことの殆どは、八坂系第一類本など、他の語り

本にもあてはまることであり、屋代本独自の問題というよりは、語り本系に内在する一つの性格を示していると考えることも可能である。そうした叙述の中で、〈安楽寺詣〉も〈宇佐行幸〉も、いわば流浪の平家の心情のみを表すことに主眼が置かれているのであり、特に〈宇佐行幸〉は、平家が九州を追い出される直前に位置していることからも、苦難の九州流浪を象徴するものとしての意味が大きいのではないだろうかと思われる。こうした質的な相違が生じた背後には、王法のありようを見つめる政治批判的な観点から離れ、物語の焦点に他ならぬ平家を据えようとする、一定の方向性があったことを読み取りたい。

表 1-2(2)　覚一本の屋代本との違い

記　　事	日　　付
○四宮践祚，位争い説話	
○法皇，伊勢へ公卿勅使	九月二日
○〈宇佐行幸〉	
○月の詠三首（忠度・経盛・経正）	十三夜
○豊後国司頼輔，子息頼経へ脚力．平家を追い出すべき由を下命．頼経これを緒方三郎惟義に下知	

五　覚一本について

最後に覚一本をとりあげる。屋代本と区別するのは、その記事配列に相違があるからというだけでなく、その描く物語世界も、屋代本や他の語り本のようなものから、さらに一歩踏み出している、と考えるからである。記事配列について、屋代本と大きく異なるところだけを抜き出すと、表1－2の12から13までの間で、表1－2(2)となる。ここに〈宇佐行幸〉と、それに続けて

> 九月十三夜は名をえたる月なれども、其夜は宮こを思ひいづる涙に、我からくもりてさやかならず。九重の雲のうへ、久方の月におもひをのべしたぐひも、今の様におぼえて、

として、忠度・経盛・経正の三人の詠歌を並べる、九月十三夜〈月の詠〉の記事が入り込んでいることが大きな違いであり、他は、細かな異同をのぞけば、基本的には屋代本と大

差なく、この後の記事配列も、〈宇佐行幸〉と〈月の詠〉以外の大きな相違はないものとしておく。前節でも述べたように、この〈月の詠〉の記事は諸本によって配列が極めて流動的なものであるが、屋代本では20、緒方によって太宰府を追われた後のこととなっている。覚一本では、これを繰り上げて、都から命令が伝えられて緒方が蜂起するよりも前に置き、〈宇佐行幸〉と〈月の詠〉とを続けて語る。宇佐行幸→月の詠→太宰府落→柳ヶ浦への敗走→清経入水→九州離脱、という順序になるわけであるが、この覚一本の配列はおそらく、屋代本的なものに手を加えて作られている。その痕跡は、灌頂巻の建礼門院の六道語りの中に見出すことができる。この部分に該当する女院の述懐では、〈月の詠〉→太宰府落→清経入水となる巻八とは矛盾して、太宰府落→〈月の詠〉→清経入水という、屋代本と一致する順序となっているのである。佐々木八郎氏が指摘されたように[17]、覚一本の巻八の基となった本文が屋代本的なものであった、と推測される徴証といえるであろう。

太宰府落より前に〈宇佐行幸〉が行われるという点のみをとってみれば、一見延慶本と類似するが、覚一本においても、安徳帝が王の座を失っていく過程が示されていないことは、屋代本と同様である。それどころか、覚一本の描く世界は、むしろ、屋代本的なところからさらに一歩踏みだし、かつ延慶本とは正反対の方向に進んだもの、ということができる。まず注意したいのは、先程屋代本でも見た「院宣」の扱いである。これは、屋代本では、「院宣」か「国司ノ仰」かで齟齬を来していたものであり、延慶本ではそうした矛盾はなく、院の命令ということで一貫されていたものである。覚一本の場合は、頼輔の命の段階では「院宣」とも「国司の仰」ともいわず、緒方が号令をかける場面で

かゝるおそろしきものの末なりければ、国司の仰を院宣と号して、九州二島にめぐらしぶみをしければ、しかるべき兵ども維義に随ひつく。

というのみであるため、屋代本のような矛盾は生じず、延慶本とは正反対に、緒方が「国司の仰を院宣と号して」い

たということで一貫されることになる。鈴木彰氏(18)はこの点について、緒方が「国司の仰せを院宣と号していた」とすることによって、緒方のおそろしき性格が強調されることになる、と論じられているが、勝手に法皇の名を騙るという行為からは、確かに他の諸本に増して強大な緒方像を読むことができるであろう。しかし、加えて、ここまで見てきたような、特に延慶本の世界に照らしてみるならば、平家と敵対する九州の勢力を動かしているのが、法皇ではなく緒方自身である、ということは、すなわち、延慶本があれほど筆を費やし、屋代本が矛盾をはらみながらも残存させていた、中央政権と、鄙に追いやられた安徳帝との対立の構図を、覚一本が全く描いていない、ということでもあるのである。このことが持つ問題に対して、ただ無頓着にみえる屋代本とは違い、自覚的に物語を構成しているといえる。

以上を踏まえて、太宰府落より前、緒方が登場するより前に、〈宇佐行幸〉と〈月の詠〉とを並べて語ってしまう、という覚一本の配列に立ち返ってみる。こうした配列では、当然ながら、緒方が蜂起し、太宰府を追い出された後の展開に、これらの記事は入ってこない。つまり、屋代本では、緒方に追われながらも、行く先々で月を眺めて和歌を詠んだり、宇佐へ参詣したりしている、ということになるわけだが、覚一本の場合、一旦緒方が蜂起すると、息つく間もなく追いかけ回される、ということになって、それだけ平家の道行きが苦しかったことが強調されるのである。そして、平家の苦しさが強調されることは、そのまま、平家を苦しめた緒方の力の大きさにつながるであろう。先程、「国司の仰せを院宣と号し」た、というところに、緒方の強大さを見たが、覚一本は〈宇佐行幸〉前後の記事配列においても、同様の効果をあげているのである。いわば平家対緒方、という構図が非常に強固なわけだが、それは、その分だけ都の法皇・後鳥羽対平家・安徳という対立構図を薄めることでもある。覚一本は、いわば、強大な緒方像によって、その影に安徳帝の問題を覆い隠しているのである。加えていえば、覚一本においては、平家都落以後も、安徳帝に対する呼称は、その入水に至るまで生存中は常に「主上」であり、決して「先帝」とはならない。詳しくは次章第四節で述べるが、こうした事実もまた、当該箇所における覚一本の叙述姿勢と通じているといえる。覚一本の、安徳帝の扱いからは、はっきりとした構想のもとで、語り本としての新たなあり方を志向していることが読み取れるといってよいのではないだろうか。

むすび

本節で検討した三本からは、政治批判的な視点から、皇位継承の問題を論理的に固めようとする延慶本と、そうした枠組みを離れ、平家の流浪とその悪行とに焦点を合わせようとする屋代本、そこからさらに、安徳帝の問題を見据えつつ、延慶本とは異なる方向を目指して踏み出しつつ、より効果的に平家の悲劇を強調することにも成功している覚一本という、それぞれの位相が看取できるだろう。これらのうち、延慶本と屋代本を対照した結果に関しては、第一部第二章第三節における考察の結果と軌を一にするものだといってよく、本文レベルの関係のみならずその読解からも、延慶本が直接語り本系の母体となったのではなく、両者がそれぞれ異なる方向に発展をとげたものとしてとらえるべきものであることが明らかとなる。加えて本節では、屋代本的なところからさらなる変質を経たものとして覚一本をとらえうるという新たな可能性と、安徳帝の問題を通してその変質を見極めるという視点とを得たことになる。以上を、次章における検討の一つの基盤としたい。

（1）『平家物語は何を語るか　平家物語の全体像ＰＡＲＴⅡ』第Ⅱ章―二の一、二（二〇一〇年、和泉書院。初出二〇〇一年）。
（2）水原一氏「歴史の中の木曽義仲―延慶本平家物語の史実度に触れて―」（『延慶本平家物語考証　二』、一九九三年、新典社）。
（3）武久氏注（1）論文。
（4）武久氏注（1）論文や水原氏注（2）論文も指摘されるように、『玉葉』八月十八日条では、三人の候補者を対象とした占卜で一旦は三宮と出たにも関わらず、占卜を何度もやり直した上で「御愛物遊君」丹波局に夢想のあった四宮に定まったことを伝えている。こうした選定方法には、兼実が続けて「甚㆓有私事㆒歟」「小人之政、万事不㆓一決㆒、可㆑悲之世也」と記すように批判的な見方もあり得たわけだが、延慶本では触れられていない。木曾が擁立する北陸宮についても、延慶本自身「義仲ガ条、非㆑無㆓其謂㆒」⑬と記すにも関わらず、惟喬・惟仁の位争い⑭を先例として、

「帝王ノ御位ト申事ハ、トカク凡夫ノ申サムニ不㆑可㆑依。神明三宝御計ナレバ、四宮ノ御事モカ、ルニコソ」トゾ人申ケル。

と、四宮の立場を固めている。こうしたところに延慶本の叙述姿勢を読み取ることもできよう。なお、『玉葉』の引用は『玉葉第二』（一九〇六年、国書刊行会）による。

(5) 全文の引用は避けるが、都落した平家諸国司の後任人事を含めて「院殿上」での除目をいう左大臣経宗に対し、この時兼実は、「只内々仰㆓其人㆒、新主践祚之時、可㆑被㆑載㆓除目㆒歟」と、新帝を立てた上での除目を主張している。除目をめぐるこうした意見の対立とその背景については、松島周一氏「清盛没後の平家と後白河院」（『年報中世史研究』第十七号、一九九二年五月）に詳しく、同様に兼実に批判される四宮選定とともに、この時の院の処置を「治承三年のクーデタ以来、平家に奪われていた天皇選定権や人事権を院が再度掌握」しようとしたものであるとされている。

(6) 但し、外記からは他にも、「如㆓諸社行幸、御幸等賞㆒、先被㆑仰㆓其人㆒、後日被㆑載㆓除目㆒宜歟」という回答も寄せられていた。むしろこちらのほうが「穏便歟」とされるもので、前掲の松島氏が指摘されるように兼実の意見とも近く、この時は「人々皆以㆓此儀㆒為㆑是、左府又破㆑執同㆑之」となったものであるが、延慶本はこうした点には触れていない。

(7)『軍記物語論究』第四章―一（一九九六年、若草書房。初出一九九六年）。

(8) 松尾氏注(7)前掲論文。

(9)『平家物語成立過程考』第一編第二章（一九八六年、桜楓社）。

(10) 武久氏注(1)論文の三〜五（初出二〇〇二年）は、「安楽寺の霊験が称揚されるが、平家の滅亡を踏まえて記すこの物語の現在から推して、「神徳ノ新ナル事」もむしろ場面的には不自然である」とする。

(11) 延慶本はその終局部に、八幡大菩薩の百王鎮護思想による皇統の正統化という構想を持つことを、名波弘彰氏が論じられている（「平家物語の成立圏（畿内）」（『軍記文学研究叢書5 平家物語の生成』一九九七年、汲古書院）以下一連の論考）。次章第四節でもとりあげる問題であるが、こうした構想と、本節の対象とした部分との関連も注意される。

(12) 松尾氏注(7)前掲論文。

（13）「延慶本平家物語と源平盛衰記の間―延慶本巻八の同文記事から―」（『駒沢国文』第四十四号、二〇〇七年二月）。
（14）「延慶本平家物語における天神信仰関連記事をめぐって―第四・六「安楽寺由来事付霊験無双事」形成過程の一端―」（『中世文学』第五十三号、二〇〇八年六月）。
（15）武久氏注（10）論文は、㉑について、「十三世紀末近くから十四世紀にかけての説話として受け止めることが出来る表現、内容、構成と見なすのが適当ではないかと推察している」とする。第二項に見たような記録的記事についても、松尾氏（7）論文は、「旧延慶本の中にあった記録的・政治史料的志向を、拡大延長した」との見解を示されている。
（16）『平家物語の展開と中世社会』第二部第一編第四章（二〇〇六年、汲古書院。初出一九九五年）。
（17）「平家物語灌頂巻私考―成立に関する試論―」（『学苑』第八―四号、一九四一年四月）。
（18）鈴木氏注（16）前掲論文。

第二章　終局部の構造と展開

第一節　延慶本の位相（一）

はじめに

すでに述べたように、膨大な数にのぼる『平家物語』諸本はその終結様式もいくつかの型にわかれており、語り本系の屋代本や八坂系諸本の多くは、平家嫡流の子孫六代の死をもって幕を閉じる形式をとっている。この「断絶平家型(1)」と呼ばれる終結の形式について、屋代本を中心に、それが「延慶本を刈り込んで構成されている」ものであることを論じられたのは、櫻井陽子氏(2)であった。「屋代本が生まれた母体については、漠然と現存の「延慶本に近い形態をもった本文(3)」と言われ始めている」ということを踏まえての論であったが、同時にそれは「そうした本文が現存の延慶本とどれほどの相違があるのかまでは明らかになっていない」という限界を認識した上での作業でもあった。屋代本ほかの語り本系諸本の母体として、より詳しい記事内容を有する本文の存在を想定することは、広く認められつつあるといってよいであろうが、現存の延慶本を通してその姿を透かし見ようとする限り、このような限界は常につきまとうものであろう。しかし、より広く諸本に目を配ることで、こうした「延慶本的本文」と現存延慶本との間の溝を、少しでも埋めることはできないだろうか。古態を多く残すとされる延慶本であるが、その延慶本に後次的な改編が見られることは、櫻井氏自身が明らかにしたことでもある。(4) 本節は、こうした立場から、延慶本と「断絶平家型」諸本との関係について、いくつかの考察を加えてみようとするものである。はじめに、対象となる部分の諸本の記事を、表にして掲げておく（表2―1）。

一　〈知忠最期〉をめぐって

（一）

一口に「断絶平家」といっても、平家の子孫が次々に斬られ、やがて六代も最期を迎えるに至る叙述の中には多様な記事が含まれているが、諸本の関係を考えるための問題をよく提供してくれると思われる、〈知忠最期〉をまずはとりあげる。法性寺近くの城郭に立て籠もった知忠一味が、鎌倉方の一条能保の攻撃を受けて自害に至るまで(5)の屋代本の本文を、適宜内容に応じて分割して以下に掲出する。

B 「平家ノ子孫ト云事ハ、去元暦二年ノ冬比、一二ノ子不レ嫌、腹中ヲ開テ見スト云計ニ尋出テ失テンケリ。今ハ一人モ有シトコソ思シニ、」

Ⅰ「新中納言知盛ノ末子、伊《ノ》賀大夫知忠ト云人御坐ケリ。三歳ト申ケル時、都ニ捨置テ被二落下《レ》一タリケルヲ、乳人紀伊ノ次郎兵衛入道為成ト云者カ養奉テ、伊賀国ニ或山寺ニ奉《リ》レ置《ヲキ》タリケル程ニ、十四五ニモ成給ヘハ、地頭守護危シメケル程ニ、カウテハ叶ハシトテ、十六ト申建久七年三月ニ、奉《リ》レ具シ都ヘ上リ、法性寺ノ一ノ橋ナル所ニ奉レ置《キ》ル。①其比都ノ守護ハ鎌倉ノ右大将頼朝卿ノ妹婿、一条ノ二《ノ》位入道能保ノマヽ也。古ヘハ大宮ノ二位トテ、世ニモ御坐セサリシカ、今ハ関東ノユカリトテ、人ノ怖恐ル、事無《シ》レ限《リ》。其《ノ》侍ニ後藤左衛門基清ト云者、何カシ

表 2-1　終局部の記事

屋代本	八坂系第一類（A・B・C 種）	覚一本
行家・義憲最期	行家・義憲最期	
六代捕縛～助命	六代捕縛～助命	六代捕縛～助命
頼朝，六代を警戒		行家・義憲最期
兼実内覧		
［大原御幸・女院往生］	［大原御幸・女院往生］	
	頼朝，六代を警戒	頼朝，六代を警戒
六代出家	六代出家	六代出家
		忠房最期
		宗実最期
	頼朝上洛（B 種）	頼朝上洛・法皇崩御・
	大仏供養（A・B 種）	大仏供養・頼朝暗殺未遂
	頼朝暗殺未遂（A 種）	
[B]→知忠最期	[B]→知忠最期	[B]→知忠最期
忠房最期	忠房最期	盛嗣最期
宗実最期	宗実最期	
盛次・景清の末路	盛次・景清の末路	
文覚被流・後鳥羽院配流	文覚流罪・後鳥羽院配流	文覚流罪・後鳥羽院配流
六代被斬	六代被斬	六代被斬

長門本	延慶本	四部本
六代捕縛～助命	六代捕縛～助命	六代捕縛～助命
行家・義憲最期	行家・義憲最期	
頼朝，六代を警戒	兼実摂録	頼朝，六代を警戒
兼実摂録	頼朝，六代を警戒	兼実摂録
六代出家	六代出家	六代出家
	［大原御幸・女院往生］	
頼朝上洛・大仏供養	頼朝上洛・大仏供養	
景清預	頼朝暗殺未遂	
頼朝暗殺未遂	盛次最後・景清預～干死	
[A]→大宮二位のこと		[A]→大宮二位のこと
盛久観音利生譚		
[B]→知忠最期	[P]→知忠最期	[B]→忠房最期
忠房最期	忠房最期	知忠最期
宗実最期	宗実最期	盛次最期
景清干死・盛次最期		宗実最期
	宗親不留跡事	頼朝上洛・大仏供養
	貞能観音利生譚	頼朝暗殺未遂
文覚被流	文覚流罪・後鳥羽院配流	文覚流罪
六代被斬	六代被斬	六代被斬
	法皇崩御，礼賛・頼朝賛嘆	

タリケン、此事聞テ其勢三百騎ニテ、建久七年十月七日ノ午ノ刻ニ、法性寺ノ一ノ橋ヘソ推《シ》寄タル。」

Ⅱ［件ノ処ハ、四方ニ大竹植廻シ、堀ヲ二重ニ堀テ、逆木塞キ、橋ヲ引タリ。」

Ⅲ［平家ノ侍ニ、聞ル兵越中次郎兵衛盛次、上総五郎兵衛忠光、悪七兵衛景清、此《レ》三人ハ、檀ノ浦ノ合戦ヨリ被《レ》二討漏一テ、交《マシハリ》二山林ニ一、源氏ヲ伺《ウカヽヒ》行《キ》ケルカ、古《ヘ》ノ好ミヲ尋テ此人ニソ付タリケル。此等ヲ始テ城ノ中ニ、究竟ノ者共廿余人、楯籠テ命ヲ不レ惜戦フニ、面ヲ向ル者ナシ。サレ共寄手ハ大勢也。堀ヲ埋テ責入リケリ。」

Ⅳ［城内ニモ箭種皆射尽シ、館ニ火懸テ自害シテンケリ。上総五郎兵衛忠光ハソコニテ討死シテンケリ。越中次郎兵衛ト悪七兵衛ハ、何カハシタリケム、此時モ又落ニケリ。伊賀大夫知忠ハ、生年十六ニ成ラレケルカ、腹掻切テ、西ニ向《ヒ》テ十念唱テ終リヌ。乳人ノ紀伊次郎兵衛入道ハ、養君ノ自害シタルヲ膝ニ引懸《キカケ》、我身モ腹カキ切テ、打重テソ死ニタリケル。其子紀伊新兵衛、同次郎、同三郎、共ニ打死シテンケリ。被レ討者十六人、自害スル者五人トソ聞シ。」

Ⅴ［後藤左衛門、此頸共取集テ、二位入道殿ヘ馳参ル。二位入道車ニ乗リ、一条大路ヘ遣出サセ、頸共実検セラレケリ。紀伊次郎兵衛入道カ頸ハ見知タル者共多カリケリ。伊賀大夫ノ頸ハ争カ可《キ》レ知《ル》ナレハ見知タル者モナシ。新中納言ノ北方、治部卿ノ局トテ、七条ノ女院ニ候ハレケルヲ迎寄奉リ、見《セ》奉リケレハ、北方、「イサトヨ、三歳ト申時、故中納言都《ノ》ニ捨ヲイテ落下リシ後ハ、生タリトモ死タリトモ我其行ヱヲ未《タ》《ス》レ聞。但故中納言被《ノ》二思出一所々ノ有ハ、若サヤラン」トテ涙ニ咽給イケルニソ、知忠ノ頸ニハ定リケル。」

続いて、延慶本の本文をあげる。

Ｐ［六代御前被レ宥給テ後、十二年ト申シ建久七年七月十日申剋ニ、」

［法性寺一橋辺ニ、謀叛者立籠タリトテ、二位殿ノ妹聟、一条ノ二位入道ノ侍、後藤左衛門基清子息、新兵衛基綱五十余騎計ニテ馳向テ搦取ムトシケレハ、」

［彼所、後ニハ大竹シゲリテ、前ニハ高岸ニテ橋ヲ引タリ。］

［外ヨリ借橋ヲ亙シテ打入テミレバ、隠籠タリケル者共待請テ、散々ニ戦ケルガ、大勢猶馳重リケレバ、コラヘズシテ、］

［打死スル者モアリ、自害スル者モアリ、自害半ニシカケタル者モアリ、又後ヨリ堀ヲ越テ落ル者モアリ。］

［大将軍ハ、故新中納言ノ御子、三歳ニテ叙爵シテ、伊賀大夫知忠トテ、紀伊次郎兵衛為範入道ガ養君ニシタリケル、年廿計ナル人ナリケリ。年比ハ伊賀国ノ山寺ニオハシケルガ、年モヲトナシク成テ、地頭守護モアヤシミヌベカリケレバ、建久七年ノ秋ノ比ヲヒヨリ、法性寺ノ一ノ橋ノ辺ニ忍テオハシケルニ、②平家ノ侍共、僅ニ甲斐ナキ命計生テ有ケルガ、此知忠ヲ大将ニテ少々立籠タリケリ。越中ノ次郎兵衛盛次、上総五郎兵衛忠光、悪七兵衛景清、飛騨四郎兵衛景後等也。手ノキハ軍シテ、城ノ中ミダレニケレバ、後ノ竹原ヨリ逃ニケリ。是等ハ西国ニテ軍ヤブレケレバ、平家ノ人々海へ入給シ時、共ニ入タリケレドモ、究竟ノ水練ニテアリケレバ、海ノ底ヲヅブ〳〵ハイテ、地へ付テ迷アリキケルホドニ、伊賀大夫ノ許へ尋行テ有ケルニ、ツヨクセメケレバ、叶ハズシテ逃ニケリ。甲者ハヨクニグルトハ、カヤウノ事ヲ申ベキナリ。平家ノ家人ノ中ニハ、宗ノ侍、一人当千ノ者共ニテ、門司関ニテモ是等ニコソ人ハ多ク討レシカ。］

［為範ハ、養君ノ自害シタルヲ膝ノ上ニ引係テ、腹カヒ切テウツブシニ伏タリケリ。其子共三人、兵衛二郎、同三郎、同四郎トテ有ケルモ、同ク自害シテ左右ニ伏タリ。哀ナリシ事也。］

［其比、管絃スルトテ寄合〳〵、夜ハ遊テ暁ハカヘリ〳〵シケルヲ、在地ノ者共アヤシミテ、二位入道ニ告申テ討セタリケルトカヤ。彼所ハ、平家相国禅門、吉城廓也トテ、城ニ構ヘムトテシメヲカレタリシ所也。］

［（屋代本Vとほぼ同内容の首実検）……女房宣ケルハ、「七歳ト申シニ為範ニ預置テ、我身ハ故中納言ニ具セラレテ西国へ罷リシ後ハ、生タリトモ死タリトモ其行ヘヲシラズ。……」］

屋代本に準じて分割してみたが、物語の展開からして、両者が著しく異なることは一見して読み取れる。屋代本に付したⅠ～Ⅴの番号を用いて整理することも難しい。これだけでも、延慶本の形をより源流に近いものと位置づけてよいのかという疑問が生じるが、そうした観点のもと、他の諸本に目を広げると、さらに問題の所在が明らかになる。煩瑣を避けて長門本のみ引用する。

B［平家の子孫は、去文治二年の冬、北条四郎時政上洛して、一子二子までものこさす、腹の中をもあけすと云はかりなり。尋あなくりて、悉うしなひてき。権亮三位中将の御子、六代御前はかりそ、高尾の文覚聖人の申あつかりしかは、あつけられたりし外は、いまは一人も平家の子孫なしとおもひしに、］

Ⅰ［新中納言知盛の御子、三歳にて叙爵して、大夫知忠とて、紀伊次郎兵衛為範か養奉りたりけるか、こゝかしこにかくれありき給けり。年比は、伊賀国、或山寺におはしけるか、年もおとなになりて、地頭、守護、あやしみぬへかりけれは、建久七年の秋のころより、法性寺の一橋の辺に忍ておはしけるを、いかなる者かひろめたりけん、一条二位入道、聞給て、北方の乳父、後藤兵衛実基か子に、後藤左衛門基清、同子息兵衛尉基綱十六歳、父子に仰て、同年十月七日の申剋許、五十余騎にて、法性寺一橋にはせ向て、新中納言の子息大夫知忠を、からめとらむとしけるに、そのうちに、思きりたるものとも、十二人籠たりけり。］

Ⅱ［彼所は、前はふかき堀にて、馬かよふへくもなし。後は大竹滋て、人、頭をさしいれかたし。］

Ⅲ［さりけれは、軍兵、馬より下て、堀にかり橋わたして、一、二人つゝ打入けるを、A伊賀大夫を初として、究竟の弓の上手ともなりけれは、大肩ぬきにて、さし顕て、さしつめて射けるに、おほくのものとも射ころされて、堀をそむめたりける。軍兵はし、つき〳〵に馳集る。南北の家をこほちのけて、左右より責入、禦戦事、時を移す程なり。］

Ⅳ［たけくおもへとも、力よはりて、矢たねつきけれは、人手にかゝらしとて、自害してけり。打ていつるものもなかりければ、軍兵、心のまゝに乱入て見れは、紀伊次郎兵衛為範は、伊賀の大夫の自害したるを、膝のうへに引懸て、為範も腹かひきりてふしたり、為範か子、兵衛太郎、兵衛次郎兄弟、太刀を差違て、二人うつふしにふしたり。所々に火をかけたりけるに、いかゝしたりけん、もえもつかす。為範か舎人男一人そ、腰骨を射させて、いきつきいたりける。其外のもの、一人も見えす。「人はこもりたるかと思つるに、洩にけるやらん」と、彼舎人男に問ければ、「人は二十余人おはしつるか、後よりみな落給ぬ」とそ申ける。越中次郎兵衛盛次、上総悪七兵衛景清も、例の生上手なれは、皆落にけり。」

Ⅴ［（屋代本Ⅴとほぼ同内容の首実検）……治部卿殿とて、七条院にさふらひ給けるを、むかへたてまつりて、見せられければ、「七歳と申しに捨置て、西国へ中納言に相具してまかりにし後は、いきたるとも死たるともしらす。……」］

屋代本との近さは明らかであろう。屋代本と長門本はともに、かつての残党狩りの激しさから、もう平家の子孫は残っていないだろう、と述べる記事を頭に置くが、このⒷの記述が、今井正之助氏(6)によって「平氏残党記事の「序」」とみなされていることは重要である。この「序」に導かれ、以下細かい相違はあるが、Ⅰ［知忠の略歴とその存在の露見］、Ⅱ［城郭の構え］、Ⅲ［寄手の苦戦］、Ⅳ［矢種尽き、知忠ら自害］、Ⅴ［首実検］と続く展開は、大筋において一致しているのである。

そして、これは他の多くの諸本にも共通している。四部合戦状本は、Ⅰ〜Ⅴまでの叙述は、若干の相違を除いて、長門本と同文といってよい。四部本はⒷに関して、前掲表に示したように、当該記事に先立つ〈忠房最期〉にこれを接続させているが、平家公達の最期を語る一連の記事の「序」たるその機能は変わるまい。読み本系では他には大島本がⅠ→Ⅲ→Ⅳという形をとる。かなりの省略があると思われるが、記事の順序は崩していない。語り本系の八坂系第一類本や、若干の独自記事を含む覚一本も、基本的にⒷ→Ⅰ〜Ⅴまでの要素を、順序を崩すことなく備えているのである。ひとり延慶本のみが、B を欠くかわりに P という独自の「序」を置き、謀反側の正体に触れぬまま戦闘を描いた後に初めて知忠の存在を明かし、その略歴に及ぶ、という独特の展開をとるのである。延慶本の特異性とともに、現存の読み本系の中に、「断絶平家型」を含めた語り本系の母体となった本文の面影を探るなら、延慶本以上に長門本・四部本の存在が無視できないのではないかということが浮かび上がる。(7)

（二）

以上の推定を裏付けるために、屋代本の傍線部①に注目したい。討手に向かった大宮二位一条能保について紹介する一文である。これは覚一本にも一部共有されているが、延慶本には見られず、従って延慶本からは出て来得ないものである。これに該当する記述を他の読み本系の中に探すと、長門本・四部本に次のように見出すことができる。

A［抑、平家の侍共、被㆓打漏㆒て、無㆓甲斐㆒命はかりいきたる、あまたありけり。頸をのへて、源氏におほく付たり。重代相伝久成、心さしふかき者七八人ありけり。源氏にも心をかれぬへし、我身にも人にたち交て世にあるへしとも覚ぬ者とも、山野に交り、こゝかしこに隠ありきけり。］

［平家亡はて、、日本国、鎌倉殿の世になりて、大宮の主と申て、世にもおはせさりしか、鎌倉の源二位の御妹にておはしけれは、官位すゝみのほりて、いまは一条殿とて、京都の片目にて、人の恐事なのめならす、「みるもめさまし」と人申けるとかや。］

右は長門本の引用であるが、この部分も四部本と長門本は殆ど同文である。A は語り本系には見られないが、これもまた今井氏によって「序」と見なされている記述である。長門本ではこのあと、平家生き残りの侍である盛久にまつわる観音利生譚が続くのに対して、四部本ではそれがなく、B 以下の公達のブロックに飛ぶのだが、いずれにしても、平家の侍たちのための「序」たる A 以下にあって、大宮二位について述べる傍線部は、いまひとつ据わりが悪い。屋代本の①は、長門本や四部本のような位置から整理されたものであり、その逆はないとみるのが穏当であろう。よって、このことを踏まえれば、屋代本はⒶ以下のブロックを有する形態からの再編で成ったとみることができることになる。つまり、語り本系の母体となった本文は、少なくともⒶ、Ⓑ二つのブロックを備えていたのであり、その姿は現存の延慶本の中には求め得ず、長門本や四部本を通して透かし見なければならないのだということが、確認できるわけである。

そのように考えるための傍証は、屋代本の中に他にもいくつか見出される。例えば、傍点で示した知忠の年齢である。長門本は三歳で叙爵、七歳の時平家の都落があったとし、これは四部本とも一致している。建久七年の謀反の時点での年齢は長門本は記していないが、四部本と大島本は二十六歳としている。三歳叙爵—七歳都落—現在二十六歳となるのであるが、建久七年から数えて平家都落があったのは十三年前、つまり、七歳であった人間が十三年後に二十六歳というあり得ない計算になる。史実は不明であるが、屋代本は三歳で都落、建久七年に十六歳という、計算上は正確な数字になっている。ちょっと数えればわかるはずのところを、四部本などがわざわざ崩したということは考えがたかろう(8)。

また、屋代本のⅢでは、傍線部のように極めて簡略な戦闘描写を経てⅣに至るのみである。長門本では「伊賀大夫を初として、究竟の弓の上手とも」が弓矢で応戦したために寄手が苦戦したことが描かれるために、矢種が尽きて知忠らが自決するに至る過程が理解しやすいが、屈強の射手が寄手を苦しめるという屋代本に見られない描写は、延慶本を除けば、四部本・大島本・八坂系第一類本・覚一本等に共有されるものなのである。

一方、八坂系第一類本では、Ⅴが「頸共廿五取リテ城ニ火ヲ懸、寄手ハ二位入道ノ許へ参リケリ。一条ノ大路ニ車ヲ立テ見物シ給ヒケリ。（C種南都本）(9)」とあるのみで、他諸本に見られる首実検には触れずに終わっている。こうした諸本の様相を見渡した上で、長門本・四部本の型を基点に据えれば、屋代本や南都本の形は、そこから各々の方法で再編されたものと見なせよう(10)。

（三）

では、ひとり独自の展開をとる延慶本については、いかに考えたらよいであろうか。[B]→I〜Vという諸本に共通する基本形を崩してしまっている延慶本が、独自の改編を経た姿であろうことは自ずと明らかであると思われるが、さらに注目したいのは、前掲の引用における傍線部②である。前述のように、延慶本では、事件をかつての六代助命と関連づけてとらえる、[P]の一文から語り起こす。その後、謀反人の正体を記さないまま落城までを描いた上で、初めて大将が知忠だったことを明かす。知忠の略歴については諸本と大差ないが、その後に続く②が問題である。合戦に参加した平家の侍たちを紹介する箇所であるが、「平家ノ侍共、僅ニ甲斐ナキ命計生テ有ケルガ」というその語り出しは、先に引用した、長門本・四部本の[A]の一部に他ならないのである。そのことに気付くとき、②の部分には他にも、長門本の[A]以下のブロックにおいて語られる、〈盛久観音利生譚〉に見られる本文と、表現において重なり合う記述があることが見えてくる。

〈延〉平家ノ侍共、僅ニ甲斐ナキ命計生テ有ケルガ、……

〈長〉抑、平家の侍共、被㆓打漏㆒て、無㆓甲斐㆒命はかりいきたる、あまたありけり。

〈延〉越中ノ次郎兵衛盛次、上総五郎兵衛忠光、悪七兵衛景清、飛驒四郎兵衛景後等也。……平家ノ家人ノ中ニハ、宗ノ侍、一人当千ノ者共ニテ、……

〈長〉平家の侍、被㆓打漏㆒たる越中次郎兵衛盛次、悪七兵衛景清、主馬八郎左衛門盛久、これらはむねとの者共なり。……

〈延〉是等ハ西国ニテ軍ヤブレケレバ、平家ノ人々海ヘ入給シ時、共ニ入タリケレドモ、究竟ノ水練ニテアリケレバ、……

〈長〉あはれ、西国の戦場に、軍破て人々海に入たまひし時、おなしく底のみくつともなりたりせは、……

無論これらは、表現上似通っているというだけで、Ａ以下のブロックを〈盛久観音利生譚〉で構成する長門本の形がそのまま、より古い姿を伝えているものだという保証はない。しかし、屋代本ほかの語り本系諸本の母体たる本文には、Ａ、Ｂそれぞれの「序」に導かれる二つのブロックがあったであろうという、ここまでの考察の結果を踏まえれば、延慶本もまた、本来有していたはずのＡのブロックを解体し、〈知忠最期〉譚の中に組み込んだものであると考えて、大きく誤ることはあるまい。このような作業とともに、Ｂ→Ｉ～Ｖという基本形までも組み替えて作り上げられたのが、延慶本の〈知忠最期〉譚であると思われる。「断絶平家型」の源流からは遠いものであろう。

二　〈六代出家〉をめぐって

以上により、「断絶平家型」のみに限らず、語り本系の母体たる本文の輪郭を探ろうとするとき、長門本や四部本などの他の読み本系諸本が、漠然とした「延慶本的本文」と現存の延慶本との間の溝を少しでも埋めてくれるものとして有用であることは認められよう(11)。そのための作業は同時に、延慶本の改編性をも浮かび上がらせるものでもある。このような立脚点のもと、新たに〈六代出家〉の記事をとりあげてみたい。今度は最初から長門本の本文を掲出しておく。前掲表では、〈頼朝、六代を警戒〉以下にあたる箇所である。

ｉ［権亮三位中将維盛の子息、六代御前は、としつもり給ふほとには、御見めかたち、御心さま、立居のふるまひまて、すくれてましましけれは、文覚上人、そらおそろしくそ思はれける。」

ii［鎌倉殿も、つねには、おほつかなけにの給て、「維盛の子息六代は、頼朝かやうに、朝敵をも打たへらけ、親のはちをもきよめつへきものか。又、頼朝を、むかし愛し給しかことく、如何様見給」と申されけれは、「これは、いひかいなき不覚仁なり。少も、おほつかなくおほしめし候まし」と申けれは、「世打取せて、方人してん、と思給へはこそ乞請給らめ。但、頼朝か一期は何なるものなりとも、いかてか可㆑傾。子孫のすゑそ知ぬ」と宣へるそおそろしき。これにつけても、世をつゝみ給けるそ、いとおしき。」］

iii［「九条右大臣、摂録せさせ給へき」よし、鎌倉殿より、院へとり申さるときこえしほとに、十二月廿八日に、内覧宣旨をくたされしを、「昌泰のころ、北野天神、本院左大臣、相並て内覧の事ありし外、幼主の御時、左右に並て、内覧の例なし」と右大臣おほせられけれは、次とし三月十三日、摂政の詔書をくたされき。（中略）］

iv［六代御前、十四五にも成給。されは、世のおそろしさ、いたましさに、「疾、そりおろし給へかし」と母上もの給へとも、見たてまつりては、これほとうつくしき人を、やつしたてまつらんことのかなしさよ。世のよにてありせは、今は、近衛司にてこそあらましかは、なとおほすそ、あまりの事なりける。」］

v［十六と申としの、文治四年の春のころ、「さてしもあるへき事ならねは」とて、柿衣、袴、負なと認めて、うつくしけなる髪を、肩のまはりよりをしきりつゝ、文覚上人にいとまこひて、修行にいて給にけり。斎藤五、斎藤六、おなしやうに出たち、御ともにまいる。先、高野にまいりて、時頼入道かあんしつにたつね入て、「我はしかく〱のものなり。父の成はて給けん事の、きかまほしくて、きたりたり」と宣へは、時頼入道、かく宣をきゝてより、権亮三位中将の、身なけ給しも、たゝいまのやうにおもひ出て、あはれなり。この山ふし、少も三位中将にたかはす似給へり。ありしはしめよりをはりまての事、こまかにかたり申けれは、このやまふしとも、涙もかきあへす。（中略）なく〱京へのほり給て、高雄の辺に栖給ふ。三位禅師の君とそ申ける。」］

先程と同様に番号を付けて、前掲表よりも細かく分割した。この長門本を基準に他諸本について見ておくと、まず四部本は中略部分も含めて、ほとんど長門本と一致している。両本の展開を纏めれば、i［成長した六代の美しさ］、ii［頼朝の危険視］、iii［兼実内覧、摂政］、iv［十四、五歳になった六代の姿と、母の嘆き］、v［六代出家］となる。屋代本は、ii→iii→〈大原御幸〉→iv→vとなっており、長門本や四部本が灌頂巻に収める〈大原御幸〉の記事を挟むこと、およびiを欠くことを除けば、他のii～vの要素は順序を崩さずに備えている。次に延慶本を少し長く、六代の助命よりあとの本文を引用する。

ア［十二月十七日、源二位ノ申状ニ任テ、大蔵卿泰経、右馬権頭経仲、越後守隆経、侍従能成、少内記信康、被二解官一ケリ。上卿ハ左大臣経宗、職事ハ頭弁光雅朝臣ナリケリ。大蔵卿父子三人被二解官一ケル事ハ、義経、彼卿ヲ以テ毎事奏聞シケル故トゾ聞ヘシ。（中略）］

イ［同晦日、解官幷流人宣旨ヲ被レ下ケリ。（中略）］

ウ［去廿七日、可レ預二議奏一人々ノ交名ヲ、源二位自二関東一注進ス。（中略）今度源二位注進状ニ入レル人ハ、其威ヲ振ヒ、不レ入ラ人ハ其勢ヲ失フ。世ノ重シ、人ノ帰スルコト、平将ニ万倍セリ。是人ノ非レ成二、天ノ所レ与也。右大臣、可レ被レ下二内覧宣旨一之由、同被レ申タリケレバ、法皇ヨリ、「政務雅不レ足二其器一、无レ可レ譲二人間一。自然ニ口入ス、此不意ノコトナリ。与今頼朝卿有リ」申ケリ。］

……〈行家・義憲最期〉……

iii［二月七日、右大臣殿月輪殿摂録セサセ給ベキヨシ、源二位被二取申一ト聞シ程ニ、内覧ノ宣旨ノ下タリシヲ、「昌泰ノ比ヲヒ、北野天神、本院ノ大臣、相並テ内覧ノ事有シ外、幼主ノ御時ナラビテ内覧ノ例ナシ」ト右ノ大臣被レ仰ケレバ、次年ノ三月十三日、摂録ノ詔書クダリキ。（中略）］

エ［二月十日、左府経宗ノ使者筑後介兼能、関東ヨリ帰洛ス。此ハ義経ガ申給官符ノ事ニ、雖レ遁二臣客一、猶被二怖畏㆒テ、被㆓謝遣㆒タリケレバ、「謀反ノ輩ニ仰テ、可㆑被㆑誅㆓頼朝㆒之由風聞之間、恐々給之処、今散㆓不審㆒」之由、返答セラレケル間、左府被㆑成㆓安堵之思㆒ヲケリ。」

i「権亮三位中将ノ子息六代御前ハ、年ノ積ニ随テ、貌、形、心様、立居ノ振舞マデ勝テオハシケレバ、文学聖人ハ空オソロシクゾ覚ケル。」

ii「鎌倉殿モ常ニハ穴倉ゲニ宣テ、（中略。頼朝の危険視、ほぼ長門本に同じ。）若君ノ母ハ、「遄々出家シテ、高雄法師ニオハスベシ」ト、若君ヲ勧メラレケレドモ、文学奉㆑惜テ、忩モ剃リ奉ラズ。」

v「角テ十六ト申シ文治五年ノ弥生ノ末ニ、若君、聖ニ暇乞給テ、山臥ノ体ニナリテ、斎藤五、斎藤六ニ負懸サセテ、高野山ヘ詣給フ。父ノ善知識シタリシ瀧口入道ニ尋値テ、父ノ御行末、遺言ナンド委聞給テ、且ハ彼ノ跡モユカシトテ熊野ヘゾ被㆑参ケル。本宮証誠殿ノ御前ニテ、祖父小松内大臣、父惟盛ノ御事、今更ニ被㆓思出㆒ツヽ、スゾロニ涙ヲモヨヲシ給ケリ。（中略）ナク〳〵カヘリ給ツヽ、「ヨキ次デニ、同ハ諸国一見セム」ト思ワレケレバ、山々寺々修行シ給テ、京ヘ上リ、其後高雄ニテ出家シ給テ、三位禅師トゾ申ケル。

iv′「母上ハ是ヲ見給テ、「世ノ世デアラマシカバ、今ハフルキ上達部、近衛司、スキビタイノ冠ニテゾ有マシ」ト宣ケルコソ、余事トハ覚シカ。」

ゴシック体の部分は、延慶本独自の記事である。こうして見ると、〈六代出家〉の前後は、iii→[エ]→i→ii→vと、長門本とは大きく異なっていることがわかる。長門本等では、iii「兼実内覧、摂政」によって隔てられていた、頼朝の存在を描くiiと、vの出家を繋ぐために、六代が、頼朝の圧力から出家せざるをえなくなったという文脈が、より明瞭であるといえる。独自記事である[エ]は、義経の都落の際、頼朝追討の院宣を発行したことを頼朝が快く思っていないことを受けて、義経の肩を持った経宗が鎌倉に送った弁明の使者の帰洛を述べたもので[12]、内容的には[ア]〜[ウ]の、義経に好意的だった貴族を頼朝が一掃したことを伝える記事と関連するものである。延慶本はここでも、長門本・四部本――屋代本というラインとの明らかな相違を見せており、語り本の生成を考えるならばやはり長門本、四部本のような形との関連を重視すべきであろうということがうかがわれるが、ここでは以下、一方の延慶本に特有な点をいくつか挙げて、それが孕む問題について考えてみる。

まずは、iii［兼実内覧、摂政］における、日付の問題である。物語中では、六代の助命譚の中で文治元年が暮れて文治二年を迎えたことになっているから、延慶本がiiiで記す「二月七日」の内覧の宣旨は文治二年、続く摂政の詔の「次年ノ三月十二日」は翌三年のこととなる。しかし、史実では文治元年十二月二十八日内覧、文治二年三月十二日摂政詔（ともに『公卿補任』）であって、長門本は文治元年十二月二十八日、翌年三月十三日と、ほぼ正しく記している[13]。続く［エ］を含めた延慶本の一連の叙述は、いかにも何らかの史料に基づいているかのように見えながら、摂政の交代をめぐる記述は全く史実から乖離していることになるのだが[14]、前後の日付に目を向けると、延慶本の中ではこの形で緊密な叙述が形成されていることがわかる。即ち、物語の日付を遡ると、文治元年十二月六日義経追討院宣、同七日北条時政上洛、と記し、六代助命譚の中で年が改まって、文治二年正月五日に六代帰洛、以後、［ア］十二月十七日、［イ］同晦日、［ウ］去る十二月二十七日、iii二月七日、［エ］二月十日となる。これら一連の叙述が、緊密な編年体を構成していることは、明瞭であろう。つまり、史実を無視した「文治二年二月七日兼実内覧」という記事は、「次年」の摂政の詔について一年のズレを生じさせているのであるが、延慶本の文脈の中では、きちんと編年体を構成し得ているのである。それは、長門本などのごとく、数年の経過を感じさせるiの記事を間に挟まない分だけ、一層緊密なものとなっている。長門本のように史実どおりであったはずのところに手を加えたために、内覧の日付が［エ］に引きずられ、結果「次年」が本来の機能を失ってしまったものと見なせよう[15]。

あるいは、ivの記事の問題がある。これは、延慶本を除いて、屋代本・南都本・覚一本などの語り本にも共有されるものであるが[16]、その前半、十四・五歳になった六代の姿を描く部分は、延慶本には見られない。後半の、六代母の嘆きの描写については、ⅳ′としたように、延慶本ではこれが〈六代出家〉譚の末尾に接続する、という特異な形をとるのである。本来ⅲによって隔てられていたはずのⅰ・ⅱとⅴ以下を接続させたために、六代の成長を語るという、内容的にⅰと重なるⅳの前半の記述を削り、行き場を失った母の嘆きの描写のみを後に回す（ⅳ′）、という作業を経たものかと想像される。

また、延慶本ⅴの中略箇所にいたっては、『宝物集』などに依拠したかと思われる句を用いた、六代による維盛供養の様が長々と描かれるが、これは他の諸本に全く受け継がれていない。長門本・四部本・屋代本などに比して、大きく異なる延慶本の〈六代出家〉譚をめぐる一連の記事は、これだけ独自の特徴を示しているのである。ⅱとⅴを直結させて六代関連話を纏めあげるという構成が、その上に成り立っているものであることを考えるとき、屋代本においては一連の六代関連話を中断する形で置かれている〈大原御幸〉についても、これをⅴよりも後に置くという延慶本の配列を、疑う必要が出てくるのではないだろうか。(17) ⅴ中に傍線を付した、六代と滝口入道との対面の場面も、長門本（四部本も）は「我はしか〳〵の」以下の六代の言葉や、それを聞いた滝口が維盛のことを回想し、彼と瓜二つの六代に父の最期の様を語って聞かせるなど詳細に描くが、延慶本ではこうした対話はかなり簡略で、殆ど形を留めていない。ⅱ以下の配列順を長門本と同じくする屋代本は、この箇所も

滝口入道カ庵室ヲ尋テ御坐シツヽ、「是ハ惟盛ノ子ニテ候カ、父ノ行ヱノ聞マホシサニ是マテ尋上タリ」ト宣ヘハ、滝口入道、急キ出合見奉テ、「少モ違ハセ給ハス。只今ノ様ニコソ覚候ヘ」トテ、墨染ノ袖ヲソ浞シケル。

と、長門本の記述をほぼ忠実に受け継いでいるのである。長門本（四部本）を通して「断絶平家型」の母体たる本文の姿を探ろうとするならば、現存延慶本のそこからの距離とともに、〈大原御幸〉の位置に関しても、あるいは屋代本が、灌頂巻を特立しない、現存しない古い読み本系の面影を伝えている、という可能性も考えなければなるまい。(18)

むすび

延慶本の〈六代出家〉の前後は、極めて独自の方向性を志向し、〈大原御幸〉より前に彼の出家までを語り終えてしまう、という他諸本に見ない形を作り上げている。ここで、翻って〈知忠最期〉の[P]に再び目を向けたい。「六代御前被」宥給テ後、十二年ト申シ建久七年七月十日申剋ニ」というこの語り出しと、それに導かれる記事が、延慶本独自の再編によって形成されたものであろうということは、すでに見たとおりである。この[P]が、六代の赦免を基点とし、そこからの時間的な懸隔をことさら意識させようとするものであることを考慮すると、同じく極めて独自な操作を経て作り上げられたと思われる〈六代出家〉の配列について、果たして両者は無縁であろうか、ということに思い至る。他諸本ではいずれも近接して置かれている両者の間に、〈大原御幸〉という長大な記事を挟む延慶本において、〈大原御幸〉より前に六代の出家までを一通り語り終えてしまうという構成と、内容的にも異質な〈大原御幸〉を語った後に、あらためて六代が赦免された時点を基点にして公達らの最期を語り起こそうとする[P]とは、呼応し合う関係にあるのではないかと思うのである。

延慶本以外の読み本系にも目を向けて語り本系との関係を考えるという作業は、時として延慶本の再編性をも浮かび上がらせる。本節では、〈六代出家〉と〈知忠最期〉という、「断絶平家」に関わる二つの大きな記事のいずれもが、延慶本において独自の改編を経ていることを見出したが、それは同時に、〈法皇崩御、礼讃〉〈頼朝賛嘆〉という延慶本の終幕が、他諸本に類を見ない特異なものであったことを、あらためて意識させずにはいないだろう。のみならず、その掉尾に至るまでの文脈の中にも、本節で言及できなかった独自記事は、数多くある。前掲表に示した範囲だけでも、〈宗親不留跡事〉〈貞能観音利生譚〉などは全くの独自記事であるし、六代の最期に先立つ、後鳥羽院に対する文覚の呪詛譚なども、特異な内容を多く含んでいる。これらの記事を経て〈法皇崩御、礼讃〉〈頼朝賛嘆〉という独自の終幕へ向かう叙述は、「断絶平家型」をはじめとする他諸本といかなる関係にあるのか。本節での考察の結果は、その終結部の姿もまた延慶本が新たに獲得したものであったことを自ずと予想させるが、だとすればそれはいかなる構想によって生み出されたものなのだろうか。次節以降の課題としたい。

（1）「断絶平家型」の呼称は「シンポジウム平家物語の終わり方」（『軍記と語り物』第三十五号、一九九九年三月）による。
（2）『平家物語の形成と受容』第二部第一篇第四章（二〇〇一年、汲古書院。初出一九九九年）。
（3）千明守氏「屋代本平家物語の成立―屋代本の古態性の検証・巻三「小督局事」を中心として―」（『あなたが読む平家物語1 平家物語の成立』一九九三年、有精堂）。
（4）「延慶本平家物語（応永書写本）本文再考―「咸陽宮」描写記事より―」（『国文』第九十五号、二〇〇一年八月）以降の一連の論考。
（5）史実との関係等をめぐっては、佐々木紀一氏「『平家物語』「伊賀大夫知忠被誅」について」（『山形県立米沢女子短期大学附属生活文化研究所報告』第三十号、二〇〇三年三月）より、多大な学恩を蒙った。
（6）「『平家物語』終結部の諸相―六代の死を中心に―」（『軍記と語り物』第十九号、一九八三年三月）。
（7）『源平盛衰記』の本文もまた、こうした考察において有用ではあろうが、該当部の記事を持たないため、対象に加えることはできない。
（8）三歳叙爵、七歳都落、建久七年「廿計」という延慶本の数字も、合理化とみなせよう。
（9）南都本は異なる系統の本文の取り合わせから成るが、巻十二は語り本系（八坂系第一類C種）とされている。引用は『南都本南都異本平家物語』（一九七一―七二年、汲古書院）により、私に句読点を付した。
（10）櫻井氏注（2）論文では、八坂系第一類本は「屋代本に後続するもの」とされているが、長門本・四部本的な本文を基点とすると、両者が縦の線で繋げる関係ではないことが推測される。
（11）無論、長門本や四部本を用いたところで、この溝を完全に埋めることは不可能である。何よりこの両本には、「断絶平家型」との関係において灌頂巻相当記事という最大の問題がある。他にも、盛嗣・景清らの扱いや、前掲表にも見える四部本の記事配列順など、各々の本文が固有の問題を抱えている。より広く諸本に目を配ることで、少しでも具体的な姿に近づきたいというのが、本節の立場である。

(12)『吾妻鏡』文治二年正月十七日条に、

去冬下向左府御使。今日帰洛。依二御報遅々一也。然而非レ無二使節之験一云々。是被レ下二官符於予州等一事。依二左府計議一之由。風聞之旨。頗以不快。而不レ被二宣下一者。行家義経於二洛中一企二謀反一歟。給二官符一赴二西海一之故。君臣共安全。是何被レ処二不義一哉由被レ申之。二品承二披由一被二諸申一云々。（新訂増補国史大系による）

という記事が確認できる。

(13) 四部本は摂政の詔を二月十二日とする。屋代本は日付は一切記していない。

(14) 延慶本ⅲの日付については、武久堅氏がすでに、「本文読解の問題点」として言及されている（『平家物語発生考』第二編第一章。一九九九年、おうふう。初出一九九五年）。

(15) 松尾葦江氏が、巻八を対象に「延慶本独自部分には、明らさまに記録的な文体を露出しているところが多い」とされ、それが必ずしも「旧延慶本以来のもの」であると見るべきではなく、「旧延慶本の中にあった記録的・政治史料的志向を、延長拡大」する方向へと「〝成長〟」したものであると論じられている（『軍記物語論究』第四章―一、一九九六年、若草書房。初出一九九六年）ことは、当該箇所について考える上でも極めて有効であろう。

(16) 屋代本ⅳは「サル程ニ、六代御前八十四五ニモ成給ヘハ、貌姿弥厳ク無レ類見給ヘリ。」とあるのみで、母の嘆きには言及しないが、南都本や覚一本はそこまで描いている。八坂系第一類はやはり、単純に「屋代本に後続するもの」ではなかろう。

(17) 南都本は、〈大原御幸〉→ⅲ→ⅱ→ⅴという、より整理の進んだと思われる形であるが、助命譚から〈六代助命〉に至るまでの文脈の間に、〈大原御幸〉が位置していることは、屋代本等と同じである。

(18) 櫻井陽子氏が、覚一本を「読み本系祖本」に遡るための補助線として用い、延慶本に改編があることを論じている（「平家物語の古態性をめぐる試論―「大庭早馬」を例として―」『中世軍記の展望台』二〇〇六年、和泉書院）のは、読み本系と語り本系の関係を考える上で、本節にとっても重要な示唆を含んだ指摘である。

第二節　延慶本の位相（二）

はじめに

前節の結論を踏まえて、延慶本掉尾記事の検討へ移る。平家嫡流であった六代の死を語って

此ヨリ平家ノ子孫ハ絶ハテ給ニケリ。

と告げた後に、「法皇崩御事」「右大将頼朝果報目出事」という二章段を置いて、十二巻の結びとする延慶本の姿は、『平家物語』諸本のほとんどが、六代の処刑記事を以て結ぶ「断絶平家型」か、建礼門院に関する記事をまとめて別巻として特立し、その往生を以て締め括る「灌頂巻型」のいずれかに大別される中にあって、特異なものである。他諸本に類を見ないその終結の様式は、とくに

抑征夷将軍前右大将、惣テ目出カリケル人也。西海ノ白波ヲ平ゲ、奥州ノ緑林ヲナビカシテ後、錦ノ袴ヲキテ入洛シ、羽林大将軍ニ任ジ、拝賀ノ儀式、希代ノ壮観也キ。仏法ヲ興シ、王法ヲ継ギ、一族ノ奢レルヲシヅメ、万民ノ愁ヲ宥メ、不忠ノ者ヲ退ケ、奉公ノ者ヲ賞シ、敢テ親疎ヲワカズ、全ク遠近ヲヘダテズ。ユ、シカリシ事共也。

此大将、十二ニテ母ニヲクレ、十三ニテ父ニハナレテ、伊豆国蛭ガ島へ被レ流給シ時ハ、カクイミジク果報目出カルベキ人トハ誰カハ思ヒシ。我身ニモ思知給ベカラズ。人ノ報ハ兼テ善悪ヲ定ムベキ事有マジキ事ニヤ。「『何事ノオハセムゾ』ト思給テコソ、清盛公モユルシ置奉リ、池尼御前モ、イカニ糸惜ク思奉給トモ、我子孫ニハヨモ思カヘ給ハジ。人ヲバ思侮ルマジキ物也」トゾ、時人申沙汰シケル。

と、征夷大将軍としての頼朝の功績を讃える「右大将頼朝果報目出事」の存在に基づいて「頼朝賛嘆型」(1)などと呼ばれ、物語内部に描かれる頼朝の地位との関連・照応といった観点から言及されることが多かった。例えば、名波弘彰氏は、壇ノ浦合戦の結果として出来した安徳帝の入水死と宝剣喪失という王法の危機に対して、八幡大菩薩の百王鎮護思想と、宝剣と「武士大将軍」との交代を説く慈円の『愚管抄』のごとき論理によってそれを超克しようとする構想を延慶本の中に読み取り、頼朝はそれを体現する存在であるが故に、「右大将頼朝果報目出事」によって寿祝されねばならなかったのだとされている。(2)早川厚一氏は、末世に相応せず早世した賢臣重盛に代わって、「青侍の夢」などによって神意を得ていた頼朝が、征夷大将軍の院宣を手にして平家を追討するという歴史叙述を原態『平家物語』における構想と見て、延慶本末尾の記事はそれと照応するものであり、如上の構想の補強のために補われたものであるとされている。(3)右の記事が後補であることにも言及されているのだが、これらの論によって明らかにされたように、物語中の頼朝像に末尾の記事と照応する一面が見いだせることは確かだとしても、ではなぜそのような記述が物語の最後に必要だったのだろうか。佐伯真一氏は、早川氏に対して、

「頼朝が平家を討った物語である」と説明ができると言うことと、「頼朝を誉め称えて末尾が終わる」ということはイコールではないのではないか。(4)

と発言されているが、その言葉は、『平家物語』の終結部がいかなる力学のもとに流動してきたのか、その中で延慶本はどのような位相にあるのかを考えようとする者にとって、不可避の問題を示していると思われる。

このような問いに向かおうとするとき、延慶本の終結部において独自なのは末尾の二章段のみではないことにも、目を配らなければならないだろう。六代の最期へと収斂する、平家残党たちについて扱った記事には、他諸本に見えない構成や内容が多く含まれている。延慶本においても、その歴史語りの終着点は、あくまでも六代の死なのであって、独自の終結様式も、これらと密接な関わりを持って構想されたものであったと考えることはできないだろうか。

本節では、以上のような観点から、延慶本末尾の記事を平家残党について扱った文脈との関わりにおいて捉えることを試み、両者が深く結びついていることを明らかにしたい。

一　延慶本の構成

まずは、問題点を抽出するために、迂遠なようだが六代が助命された時点にまで遡って、延慶本の構成を整理しておきたい。文覚の働きによって六代が助命された後も、

「惟盛ガ子ハ、頼朝ガ様ニ朝敵ヲモ打テ、親ノ恥ヲモ雪ツベキ者カ。頼朝ヲ昔相シ給シ様ニ、イカヾ見給」ト宣ケレバ、「是ハソコハカトナキ不覚者也。聖ガ候ハム程ハ、努々穴倉不レ可二思給一」ト申ケレバ、「如何様ニモ見留ル所ロ一ッアテコソ、世ヲモ打取タラバ方人ニモセムトテコソ、頻ニ乞取給ヒツラン。但シ頼朝ガ一期、何ナル者ナリトモ、争カ傾クベキ。子孫ノ末ハ不レ知」ト宣ケルコソ怖シケレ。

という文覚とのやりとりによって知られるように、頼朝は警戒を怠ることはなく、その圧力の中で六代は出家を余儀なくされる。大原御幸から往生にいたる建礼門院関連記事を挟んで、物語は平家残党たちの行く末を、①頼朝上洛・大仏供養、②頼朝暗殺未遂（家長最期）、③盛次最期、④景清預〜干死、⑤知忠最期、⑥忠房最期、⑦宗実最期、⑧宗親不留跡事、⑨貞能観音利生譚、⑩文覚流罪・後鳥羽院配流、⑪六代被斬、の順で語り進めた後に、⑫法皇崩御、⑬頼朝賛嘆を併置して幕を閉じる。

延慶本を特徴付けるのは第一に⑫⑬の存在だが、前節で論じたように、これらの叙述の中には他にも、六代の出家記事や⑤の成り立ちなどに後次的な改編の跡を見出すことができる。⑧⑨などの記事も他諸本には見られないものであることを考えれば、右の構成の基底には、延慶本独自の編集意識があることを見るべきだろう。それを読み解こう

とする上で、まず注目したいのは、②③④の侍に関する記事をまとめて⑤⑥⑦の公達に関する記事の前に置いていることである。この構成上の特徴と、公達の死を伝える最初の記事である⑤の知忠最期が

六代御前被」宥給テ後、十二年ト申シ建久七年七月十日申剋ニ……

と、明確に六代の運命を見据えて語り出されている(5)ことなどを踏まえると、これら一連の記事が、侍（②③④）→平家公達（⑤）→小松家公達（⑥⑦）→小松家嫡流（⑪）の順で整然と並べられていることに気付く。そして、横道に逸れているかに見える⑧⑨といった記事も、その文脈と深く結びついていることが明らかになるのである。⑧は、平宗盛の養子であった宗親が平家滅亡後に出家し、「无極ノ道心者」として、平家の後世を弔って歩いたことを伝える記事で、『発心集』と同文性が高い。⑨は、「平家重代相伝ノ所従」であった貞能が鎌倉に護送され、斬首寸前となったところを、観音の利生によって救われる話である。平家子孫の断絶を語る中に、これら「生き残った者」の話が挟み込まれていることは、一見極めて異質で、文脈を阻害しているかに見える(6)。しかし、この二話に「生き残った者」の存在という共通項を見出すならば、それが「平家子孫断絶」をいかに照らし出すか、その対比が肝要となるだろう。

⑧の宗親は、清盛死後の平家の頭領となった宗盛の養子であった。にもかかわらず、その生存は「平家子孫断絶」を打ち消す意味を持ち得ていない。延慶本は、六代の死＝小松家の終焉に「此ヨリ平家ノ子孫ハ絶ハテ給ニケリ」という結末を見たのである。⑨で登場する貞能は、巻十に描かれる維盛の入水に際して、相伝の武具の管理を委託されるなど、特に小松家と強い繋がりを持った存在として描かれる侍である(7)。観音の利生によって救われたという話型は、六代の助命(8)譚をも連想させる。その響き合いの中で、生き残った侍の姿もまた、斬られた嫡子の存在を鮮明にするだろう。これら二話は、小松家の断絶こそが、「平家の子孫断絶」なのだということを逆説的に浮かび上がらせる機能によって、前後と結びついているのである。

いま一つ注目したいのは、⑨における次のような記述である。死罪を免れた貞能を、宇都宮朝綱が預かって芳心し

たことについて、物語は、

彼宇津宮、平家ニ被㆓召籠㆒タリシヲ、貞能申請テユルシタリケリ。其恩ヲ不㆑忘シテ、今カク大事ニシケリ。恩ヲワスレヌ宇津宮ヲ、聞及人感ゼズト云事ナシ。人ニハヨクアタリヲクベキ事也。

と述べている。この評は、直接には宇都宮を讃えるものに他ならない。しかし、広く②〜⑪の文脈の中にあるものとして見るとき、この宇都宮とは対照的な、平家断絶に自ら関与して行く頼朝の姿が浮かび上がってくることに、注意したいのである。例えば、⑥忠房最期において、湯浅の城に立てこもって頑強な抵抗を続ける忠房らに対して、

二位殿被㆑仰ケルハ、「小松殿ノ公達、降人ニナラムヲバ宥申ベシ。立合ワム人々ヲバ誅スベシ。平治ノ乱之時、頼朝ガ死罪ニ定リシ事ヲバ、池尼御前ノ使トシテ、小松殿、大政入道ニ能様ニ被㆑申シニヨリテコソ、流罪ニモ定リタリシカ。サレバ小松殿ノ公達ノ事、疎トモ不㆑思」

と、重盛に対する恩を餌としておびき出し、「タバカリテ切」るという頼朝の姿は、「恩ヲワスレヌ宇津宮」とはあまりにも対照的であろう。個別に言及することは避けるが、他にも、前後の記事の中に「頼朝自身が殲滅に関わる記述が克明に記されて」いることは、櫻井陽子氏が指摘されている通り[9]であり、六代の処遇に関しても、⑨末尾に

人々申ケルハ、「平家ノ末々ノ公達ダニモ、謀叛ヲ起シ給テ、御大事ニ及ブ。マシテ高雄文学上人ノ申預給シ六代御前ハ、平家ノ嫡々也。祖父小松内大臣殿ハ、世中ノ傾ムズル事ヲ兼テ知給テ、熊野権現ニ申給テ世ヲ早シ、父三位中将殿ハ、軍ノ最中ニ閑ニ物詣シ給テ、身ヲ海底ニ投給フ。カヽル人々ノ子孫ナレバ、頭ハ剃トモ心ノ猛キ事ハヨモ失給ハジ。哀レ、トク失ハレデ」ト申ケレドモ、二位殿免シ給ハネバ、不㆓力及㆒過ケルホドニ、二位殿モ、「カク云也」ト聞給テハ、「文学ガ生テアラム程ハ、サテ有ナム」トゾ思給ケル。

という記述が見える。かつて文覚に対して、「惟盛ガ子ハ、頼朝ガ様ニ朝敵ヲモ打テ、親ノ恥ヲモ雪ツベキ者カ……」と、不穏な視線を隠そうとしなかった頼朝にとって、「哀レ、トク失ハレデ」という不安は、周りの人々から言われ

るまでもなく、重々承知のことだったのであろう。六代を「トク失ハ」んとする意志は、「文学ガ生テアラム」間だけ抑えられていたにすぎなかった。裏を返せば、六代を危険視する頼朝の意志は、助命後も途切れることなく続いていたのだということを、右の記事は明らかにしているのである。他の公達の謀叛が小松家嫡流への危機感を呼び起こす中で、文覚の存在を失うことは、六代が再び「頼朝ガ一期、何ナル者ナリトモ、争カ傾クベキ。子孫ノ末ハ不〻知」という敵視のもとにさらされることを余儀なくする。文覚の失脚自体は頼朝死後のことであっても、六代を斬り、平家を断絶へと追いやった意志の源泉が頼朝にあったことは明らかである。このような文脈の中にあって、「恩ヲワスレヌ宇津宮」の姿が、大恩ある平家の殲滅に自ら関与してゆく頼朝の存在をより明瞭に際立たせていることは疑いないだろう。

二　挙兵譚との対応

平家断絶を語る文脈の中で、小松家の終焉が持つ意味を鮮明にすること、残党粛正に自ら関与していく頼朝の姿を際立たせること。延慶本が独自記事を通じて打ち出したものの意味を以上のように認めた上で、さらに注意すべきなのは、⑨における「恩ヲワスレヌ宇津宮ヲ、聞及人感ゼズト云事ナシ。人ニハヨクアタリヲクベキ事也」という宇都宮評が持つ、⑬との対照の構造である。この宇都宮評は、前掲⑬の後半における

「……人ヲバ思侮ルマジキ物也」トゾ、時人申沙汰シケル。

という態度とは、あまりにも異なるものではないだろうか。両者はともに、過去の助命譚に言及し、不特定多数の「人」を主体として、最後に教訓じみた一文を加えるところまで含めて極めてよく類似しており、明らかに一つの対照をなしている。にもかかわらず、そこで言われている内容自体は、見事に相反するのである。かつて自らの命を救

ってくれた貞能に対して、その恩を忘れずに尽くす宇都宮を見て、「人ニハヨクアタリヲクベキ」だと教訓を垂れる⑨の立場からすれば、平治の乱の際に自らを助命してくれたはずの平家の断絶に積極的に関わって行く頼朝の行為は、まさに忘恩以外の何物でもないはずである。(10) しかし、頼朝にとっては、自らの助命のために奔走してくれた重盛に対する恩さえ、その子忠房を「タバカリテ切」るための餌でしかなかった。その策略に対して表面上は「賢カリケル謀也」と言っていようとも、恩を忘れぬ宇都宮への賞賛は、裏返せば、頼朝に対して「忘恩者」としての批判を突きつけるものであることは間違いあるまい。しかし⑬では、かつて清盛が頼朝を助命したことに対して、それが他人を「思侮ル」行為であったがゆえに、平家が滅ぼされることになったとするのである。頼盛を産んだのみで、厳密には滅ぼされた子孫たちとは血縁関係にないはずの池禅尼まで持ち出して、平家滅亡がその意に添わぬことであったことさえほのめかしながら、頼朝は「忘恩者」との非難を受けることなく、その果報のみ讃えられつつ「仏法ヲ興シ、王法ヲ継」いだ存在として寿祝され、人を「思侮ル」ことはよくないという教訓は、物語全篇の結びとなっている。ほとんど手のひらを返したような態度の変化だが、このような対照が独自記事同士の間に見いだせること自体が、残党処理や平家断絶を語る文脈と末尾の頼朝賛嘆とが、無関係に成立したものではないということを示しているように思われるのである。

それは、如上の観点から巻四・五に語られる頼朝の挙兵譚に目を向けると、極めて類似した構造を見出すことができるという点からも確認しうる。そのための糸口としたいのは、⑩の文覚に関わる記事について、弓削繁氏が「巻五の頼朝挙兵記事との照応・反復」の構想のもとに語られていると指摘されていることである。(11) 文覚の失脚と流罪を描く⑩の記事もまた、後鳥羽院に対して神護寺領の返還を求め、佐渡・隠岐と二度にわたって流罪される文覚の姿を描いたり、「隠岐院ノ御謀反ハ、文学ガ霊トゾ聞ヘシ」として、文覚が後鳥羽院に承久の乱を起こさせたとするなど、他諸本に見えない特色を持っている。(12) 「我ニカヤウニカラキ目ミスレバ、只今ニ我前ヘ迎取ムズルゾ」と後鳥羽院に向かって悪口を吐きながら流されて行く延慶本⑩の文覚の姿が、巻五の頼朝挙兵に先立って、後白河院に向かって荒言し、「文学ニカラキ目ヲミセ給ツル報答ハ思知ラセ申サンズルゾ」と叫んで伊豆に流罪となったかつての姿と重なり合うことは、弓削氏の指摘の通りであろう。しかし、⑨までの文脈を踏まえてこの点に着目するとき、反復されているのは文覚の行動の型のみではないということに気付くのである。

そのことを確認するために、巻四の叙述に目を向けてみる。大庭の早馬によって、頼朝挙兵の報を受けた清盛が

「昔、義朝ハ信頼ニ被レ語テ朝敵ト成シカバ、其子共一人モ被レ生マジカリシヲ、頼朝ガ事ハ、故池尼御前ノ難レ去被二歎申一シニ付テ、死罪ヲ申宥テ遠流ニ成ニキ。重恩ヲ忘レテ国家ヲ乱リ、我子孫ニ向テ弓ヲ引ンズルハ、仏神モ御ユルサレヤ有ベキ。只今天ノ責ヲ蒙ズル頼朝ナリ……」

と怒りをあらわにしたことに関しては、延慶本も他諸本と相違がない。この挙兵に対する解釈として置かれる「朝敵揃」では朝敵の必滅が説かれるが、すでにそれに先立つ「青侍の夢」において、節刀の移行によって頼朝を征夷大将軍とする神々の意志が示されていることも、諸本共通の構想である。だが、それに続けて置かれる「咸陽宮」説話には、延慶本独自の意味づけを見出すことができる。

我朝ニモ不レ限ラ、恩ヲ不レ知者ノ滅ビタル例ヲ尋ルニ

と語りだし、

昔ノ恩ヲ忘レテ、朝威ヲ軽ズル者ノ、忽ニ天ノ責ヲ蒙リヌ。サレバ、「頼朝旧恩ヲ忘レテ、宿望ヲ達セム事、神明ユルシ給ハジ」ト、旧例ヲ考ヘテ、敢テ驚ク事無リケリ。

と結ばれる延慶本の「咸陽宮」は、まぎれもなく忘恩者必滅の論理を示すものなのである。例えば覚一本の「咸陽宮」が、歴代の朝敵とその滅亡を列挙する「朝敵揃」に対して、

又先蹤を異国に尋に、燕の太子丹といふもの……

と直接続けられ、「忘恩者」の先例とはされていないように、他諸本では「忘恩者必滅」という意味づけは薄い(13)。さらに延慶本では続けて、伊豆配流中の頼朝の姿を描き、

頼朝モ又心ニ深ク思キザス事有テ、世ノアリサマヲ伺ヒテゾ年月ヲ送ケル。

と平家打倒を誓っていたということ、その宿願が、我が子を伊東祐親に殺害されても、

「大事ヲ心ニカケナガラ、其ノ事ヲ不㆑遂シテ、今、私ノ怨ヲ報ハムトテ、身ヲ亡シ命ヲ失ハム事愚カ也。有㆓大怨㆒忘㆓小怨㆒」

と言えるほどに強烈なものであったことを写し取っている。配流中の頼朝は、平家への復讐心を持ち続けてきたのであって、助命された恩に対する意識をそこに読み取ることはできない。「咸陽宮」の論理に従えば、彼のような忘恩者が、その本意を遂げることはありえないはずである(14)。しかし頼朝は、続く巻五において、文覚の教唆と奔走によって後白河院の院宣を手に入れ、平家を討つ大義名分を身につけた存在へと変貌する。延慶本の場合、頼朝は文覚を介して、朝敵の立場から脱却するだけでなく、「忘恩者」としての像をも脱ぎ捨てて行くのである。

この頼朝の姿に、巻十二との類似を見出すことは容易だろう。巻十二における頼朝は、平家の子孫を断絶へと追いやる意志の源であった。残党の最期に積極的に関わり、六代に対する「頼朝ガ一期、何ナル者ナリトモ、争カ傾クベキ。子孫ノ末ハ不㆑知」という敵視は、文覚の存在がなくなれば、そのまま六代に突き刺さるはずだった。その行為は、「恩ヲワスレヌ宇津宮」の存在によって照らし出されてもいた。しかし、六代の命にとって最後の砦であったはずの文覚の失脚と死を語る⑩を挟んで、頼朝は「仏法王法の再興者」の地位を手に入れる。終結部と挙兵譚とは、頼朝が忘恩者から王法の側に身を置く者へとその身を転ずるという点、そして、その間に介在するのが文覚の存在であるという点において、相似形を成しているのである。

さらに、巻五において謀叛を教唆するために文覚が頼朝に対して語る次のような言葉もまた、その相似形の中で一

つの対照を形作るだろう。それは、

「……大政入道嫡子小松内大臣コソ謀モ賢ク心モ強ニテ、父ノ跡ヲ可レ継人ニテオワセシガ、小国ニ相応セヌ人ニテ、父ニ先立テ被レ失ヌ。（中略）殿ハサスガ末タノモシキ人ニテオワスル上、高運ノ相モオワス。大将ニ可二成給一相モアリ。サレバ小松殿ニ次デ、ワ殿ゾ日本国ノ主ト可二成給一人ニテオワシケル。今ハ何事カハ有ベキゾヤ。謀叛発シテ日本国ノ大将軍ニ成給へ……」

とあるように、重盛に代わって頼朝が「日本国ノ大将軍」となるべきだという、将軍交代の論理であった。巻十で入水を前にした重盛の子維盛に対して、善知識の滝口入道が

「……御先祖平将軍貞盛、将門ヲ追討シ給テ、東八个国ヲ鎮給シヨリ以降、代々相継テ朝家ノ御固ニテ、君マデハ嫡々九代ニ当リ給ヘバ、君コソ日本国ノ大将軍ニテ渡ラセ給ベケレドモ、故大臣殿世ヲ早セサセ給シカバ、不二力及一……」

と語るように、小松家こそが「日本国ノ大将軍」たるべき家であったこと(15)を踏まえれば、巻十二の終結部において小松家の存在が重視されていたこととの脈絡が見えてくる。延慶本では、頼朝が文覚の存在を介して「忘恩者」から脱却を遂げ、王権からの保証をも得て、小松家に代わる将軍へと反転する図式が、挙兵譚と終結部とで重なり合うのである。

三　延慶本の歴史認識

如上の照応を仕組んだのは、それが、頼朝が平家を討ったということに対する、最も基本的な認識だったからであろう。延慶本にとって、命の恩人に対して弓を引く行為でもあったという側面は、頼朝が平家を討ったという歴史と

は、切り離すことができないものだったということだ。文覚の存在は、勅勘の身からの脱却のみならず、忘恩者との譏りを回避するための回路としても、頼朝の挙兵を支えている。なぜ文覚を介することによってこのような反転が遂げられるのかということも大きな問題だが[16]、本節の考察にとって重要なのは、延慶本がこのような構図を、巻十二の、平家断絶を語る文脈の中に再び持ち出し、はめ込んでいるということである。それは平家子孫断絶という事実を、頼朝挙兵の論理と、その歴史の完結として意味づけようということではなかったろうか。

早川厚一氏がいわれるように、巻五で文覚が語る将軍交代の論理に、重盛に代わって「日本国ノ大将軍」となった頼朝が平家を打倒するという『平家物語』の基本的な歴史認識を読み取ることができるならば、挙兵譚と相似の構図の中で小松家の断絶を強く浮かび上がらせる終結部は、小松家嫡流たる六代の死と、そこに収斂する平家の断絶を、将軍頼朝像の完成と表裏の事柄として理解しているということであろう。それは、かつて自らの命を救ってくれた恩人の一族を滅亡させるということとも不可分であったが、その「忘恩者」との非難をも反転させているのが、文覚という回路なのである[17]。挙兵譚の段階では、文覚がもたらした院宣は、平治の復讐という頼朝の私怨を覆い隠していただけなのかもしれない。しかし、平家が滅亡した後の世界において、この物語における頼朝の存在意義は具現化する。それを示すものとして、⑩の文覚譚に関わる弓削繁氏の見解に注意しなければならないだろう。氏は、文覚の働きによって挙兵した頼朝が打ち立てた後白河院との君臣関係とその治世を、「聖帝と賢臣による理想の姿」とし、⑩の記事が巻五との「反復・照応の形」をとっていることの意図とは、「こうして出現した後白河・頼朝体制を突き崩すのが後鳥羽であってみれば、文覚による後鳥羽排除のこの物語は、翻って後白河・頼朝体制を際立たせることになる」点にあるとされるのである[18]。「理想の姿」かどうかは検討の余地があるかもしれないが、少なくとも、⑩で文覚との関わりから語られる承久の乱の結末が、現実世界がもはや武家政権の存在を抜きには存立し得ないことを否応なく示していることは間違いない。文覚が後鳥羽院を「我前へ迎取ムズル」ために仕組んだ承久の乱においては、院が勝利

する可能性は最初からなく、延慶本はその乱を企んだ文覚の口から

「……此十一年之間、仏神ノ御ユルシノ候ハネバ、力及バデ候ツルガ、余ニ中候ヘバ、ヤウ〳〵御ユルシノ候際……」

と言わしめ、乱が「仏神ノ御ユルシ」によるものであったことをも示している。関東の政権がこの世界にとってすでに排除不能なものであることを、冥顕二つの意味から明らかにしたのが、延慶本における承久の乱なのである。その背後に文覚の存在があったことをいう⑩の記事が、文覚を介して結ばれていた後白河院と頼朝とを並べて讃える⑫⑬の存在を、鮮やかに照射することは確かであろう。

延慶本が、あえて終結部に繰り返して描き出した文覚譚に与えた新たな意味づけと、その先にある後白河・頼朝記事の存在をこのようにとらえるならば、そこには、自らが語ってきた歴史に対する延慶本自身の解釈を読み取ることができるだろう。頼朝は、自身の存在が新たな世界にとって欠くべからざるものであったことを告げる記事をくぐり抜けることで、「忘恩者」であることを超え、「仏法王法の再興者」となることができた。言い換えるならば、延慶本は、頼朝が新たに築いた秩序の政治的意義という結果と引き替えのものとして、「平家の子孫断絶」を意味づけようとしているのである。それは、「かつての命の恩人の一門を討ち、その子孫を断絶させた」ということを納得するための、殆ど唯一の理解だったのではないだろうか。

むすび

以上見てきたように、延慶本が終結部に持ち込んだ挙兵譚と相似の構図は、六代の死と、その中に見出した「平家の子孫断絶」とを解釈するための枠組みという側面を有しており、その構造の中で、掉尾の頼朝記事は、平家断絶を

語る文脈と深く結びついている。如上の読みに基づいて延慶本の終結様式を他諸本との関係の中で位置づけるなら、六代の死、平家断絶をいかに理解しいかに描くかという営為の中から生まれたという点において、それは「断絶平家」で終わる型（それが現存の「断絶平家型」とどれほどの距離があるのかは、なお課題である）の一亜種であったということができる。「歴史文学は、まずその題材を限定したとき、事件や時代の範囲を決定したときに、すでにその主張を明らかにしたと見るべきである」[19]とは松尾葦江氏の言葉であるが、そうして切り取られた歴史の終着点である六代の死をどのように語るか、その方法の差異が具現化したのが、多くの諸本の存在なのだろう。その流動は、確実な史料がなく、「諸寺諸山を修行する生活を送り、人知れず死んでいったというのが真相に近い」[20]という六代の死に、平家の断絶という意味を与えて全編の物語の結びとした時から始発していたはずであり、延慶本の終結様式もまた、その中における一つの産物なのである。

　では、延慶本がその独自の終幕に込めた意味とは何か。それは他の諸本とはどれほどの距離があるのだろうか。頼朝の世が「聖帝と賢臣による理想の姿」であったならば、それはいかなる意味においてか、あるいは延慶本にとって、頼朝が平家断絶と引き替えに成し遂げたものとは何だったのだろうか。これらの点に、本節ではまだ十分に踏み込んではいない。次節以降で検討することとなるが、注意しておきたいのは、本節冒頭に引いた名波弘彰氏の見解である。安徳帝の入水死と宝剣喪失とを、頼朝の存在によって超克しようとしたのだとする氏の説が、延慶本に対する理解として重要なのは間違いない。しかし、頼朝賛嘆を物語の最後に、平家断絶の文脈の中に深く食い込ませる形で置いている延慶本の姿が諸本流動による産物の一つであるならば、氏が見出した頼朝の存在意義は、延慶本一本に対する解釈としてのみではなく、終結様式の流動を見定める視座としても有効なのではないか。本書ではそれを、前章で得た観点が物語終局部にも導入しうるものであることを意味するものとして重視する。次節で延慶本と語り本の関係を考える中で、この点について触れていきたい。

（1）それぞれの様式に対する呼称は「シンポジウム平家物語の終わり方」（『軍記と語り物』第三十五号、一九九九年三月）による。

（2）「『平家物語』の成立圏（畿内）」（軍記文学研究叢書5『平家物語の生成』一九九七年、汲古書院）。

（3）『平家物語を読む　成立の謎をさぐる』第四章（二〇〇〇年、和泉書院。初出一九九九年）。

（4）注（1）のシンポジウムにおける発言。武久堅氏のまとめによる。

（5）この表現が、延慶本独自の改編によるものであろうということについては、前節で述べた通りである。なお、延慶本が、「六代処刑に収束させていく」構成となっていることは、櫻井陽子氏『平家物語の形成と受容』第二部第一篇第四章（二〇〇一年、汲古書院。初出一九九九年）で論じられている。

（6）ただし、⑧の冒頭は

阿波守宗親トテ、八島大臣殿ノ末子オワシケリ。誠ニハ養子ニテオワシケリ。花園左大臣殿ノ御末トカヤ。此モ平家ホロビテ後、出家シ給ヒテ……

となっており、傍線部の表現はいずれも『発心集』には見られない。「末子」であったかどうかは、史実としても定かではなく、これらの表現が、「小松殿ノ末子」宗実が出家後に死を遂げたことを語る⑦の記事との接続を意識したものであることは明らかである。

（7）貞能が物語において果たす特殊な機能の一面については、第一部第一章第三節でも述べた。

（8）六代は、彼の無事を観音に祈っていた母と、長谷寺で再会する。岡田三津子氏は、観音利生譚としての性格は、延慶本に最もよく読み取れるとされる。「六代をめぐる説話」（『あなたが読む平家物語2　平家物語　説話と語り』一九九四年、有精堂）、「『六代御前物語』の形成」（『国語国文』第六十二―六号、一九九三年六月）。

（9）櫻井氏注（5）論文。

（10）「忘恩」という観点から巻末の記事を捉えることについては、すでに小林美和氏「頼朝説話と頼朝物語―延慶本における歴史語りの方法とその倫理観をめぐって―」（『伝承文学研究』第五十号、二〇〇〇年五月）に言及があり、本節においても多大な学恩を蒙った。

(11)『六代勝事記の成立と展開』第三章第四節（二〇〇三年、風間書房。初出一九九七年）。なお、氏は同説話について延慶本を古態と見なす（同書第三章第二節。初出一九九六年）が、長門本の位置づけなど、読み本系諸本との関係は必ずしも明らかではない。氏は四部本を「特異な略述性本文」とし、長門本は屋代本以下の語り本とほぼ同様とされるが、長門本はむしろ四部本と近く、配流先の国名などを除いて殆ど同文である。両本は文覚の配流を語るのみで承久の乱に言及しないという特徴を共有しているが、前節での検討を踏まえれば、長門本と四部本のこのような共通性は、古態を考える上で無視できまい。

(12) 語り本系は同箇所で承久の乱にまで言及するが、注(11)で述べたように、長門本と四部本は文覚記事の中で承久の乱を語らない。『源平盛衰記』は六代の助命以降の話がなく、文覚記事自体を欠く。読み本系で文覚との関連から承久の乱に言及するのは、延慶本だけである。

(13) 佐伯真一氏「平家物語燕丹説話の成立」（『軍記と語り物』第十五号、一九七九年三月）に言及がある。

(14) 小林氏注(10)論文。

(15) 生形貴重氏『「平家物語」の基層と構造　水の神と物語』第一章―三（一九八四年、近代文芸社。初出一九八三年）。

(16) 今井正之助氏は、文覚の頼朝煽動に先だって「誠夫文学ガ行法ノ功力ニ報恩謝徳ノ為ナラバ、悪業煩悩モキヘハテヽ、無始ノ罪障絶ヌベク……」とあることに着目し、「頼朝の挙兵を「(亡父義朝への) 報恩謝徳」の行為とみなす」ことで「忘恩の「悪行」も解消される」とされる（「頼朝挙兵の位相―反平家の系譜から―」『国語国文学報』第四十七号、一九八九年三月）が、巻十二との対応からは、十分な論理とはなりえていないように思われる。むしろ、「宣旨の存在」が「頼朝の私怨を覆い隠し、その行動を正当化する上で重要な役割を果たしている」とする小林氏注(10)論文のような見解に従うべきであろう。

(17) 小林氏注(10)論文。

(18) 弓削氏注(11)前掲書第三章第四節。

(19)『軍記物語論究』第一章―三（一九九六年、若草書房。初出一九八八年）。

(20) 上横手雅敬氏『平家物語の虚構と真実』（一九七三年、講談社）。

第三節　断絶平家型の生成

一　問題の所在

壇ノ浦で捕虜となった宗盛父子は、鎌倉で頼朝と対面した後に近江国篠原で処刑され、一の谷で囚われの身となっていた重衡も、同日木津川の畔で斬首となった。兄弟の相次ぐ死を伝える報は建礼門院のもとにも届き、その心を苦しめた。延慶本『平家物語』には、

「大臣殿父子、本三位中将都へ帰入」ト聞セ給ケレバ、実シカラズハ思召ケレドモ、「若露ノ命計モヤ」ナド思召ケル程ニ、都近キ篠原ト云所ニテ、大臣殿父子被レ切給テ、御首被レ渡テ獄門ニ被レ懸タリシ事、重衡卿ノ日野ヘヨラレタリシ事、最後ノ有様ナンドマデ、人参テ細ニ語申ケレバ、今更ニ消入様ニ被二思召一ル、モ理也。都近テ、カ様ノ事キ、給ニ付テハ、御物思弥ヨ怠ル時ナシ。「露命風ヲ待ム程モ、深山ノ奥ニモ入ナバヤ」ト被二思食召一ケレドモ、サルベキ便モ無リケリ。

とある。

傍線部は、かつて渥美かをる氏が[1]、灌頂巻の成立を論ずる中で注目された箇所である。これをカットした屋代本のような本文を基に、覚一本灌頂巻が作られたことを明らかにされたのだが、右の記述をめぐる諸本の差異が示唆するものは、おそらくは氏が注目されたような意味のみにとどまらない。問題は、語り本系がいかなる物語として成立したのか、その歴史叙述の方法の相違にまで及ぶと考える。渥美氏の指摘を糸口としつつ、そのことについて検討してみたいと思う。煩瑣になるが、以下の記事表を用いて、本節の内容に関わる範囲で、延慶本と屋代本についての氏の

論点を整理しておく（表2－2）。

前掲の引用部分は、延慶本巻十一の20にあたる記事である。これが、屋代本では巻十二に置かれ、

建礼門院ハ、秋ノ暮マテ吉田ノ御坊ニ渡ラセ給ケルカ、コ、ハ猶都近フテ玉鉾ノ道行人ノ人目モ滋シ、露ノ御命風ヲ待ン程、憂事ノ聞へサラン何ナラム山ノ奥へモ入ラハヤトハ思食ケレ共、サルヘキ便ソ無リケル。（屋20′）或女房、吉田ノ御坊ニ参テ申ケルハ、「大原奥、寂光院ト申所コソ閑ニ目出キ所ニテ候ナレ」ト申ケレハ、女院、是ハ可〻然仏ノ御進メニテソ有ラン、山里ハ物ノサヒシキ事コソアンナレ共、世ノ憂ヨリハ栖ヨカンナル物ヲトテ、泣々思食立セ給ケリ。（屋30′）

とあるように、一部表現は重なるものの、宗盛・重衡の死を嘆く傍線部のような描写を持たず、30′の女院大原入りに接続する配列となっている点でも、延慶本とは異なるものとなっている（八坂系第一類も同様）。この両者の相違について渥美氏は、屋代本に「宗盛父子被誅と重衡被斬をめぐって同類説話集結の志向が強く働いている」ことにその因を求めている。確かに屋代本は、延慶本では離れて置かれている15と18を繋げており、また宗盛・重衡に限らず、28以降でも時忠・女院・源氏内紛という記事のまとまりが見いだせるような配列となっていることは、表2－2からも明らかである。屋代本的なものを基に覚一本灌頂巻が作られたという点も首肯できるだろう。(2) しかし、問題の延慶本20の記事について、18の移動とともに「同時に女院のこの問題文も移したならば」という仮定の上で、重衡の死の報と前後してしまうために、屋代本では傍線部のような表現がカットされたのだという説明には無理がある。順序が前後してしまうことが不都合ならばカットせずとも移さなければいいだけのことであって、延慶本と屋代本の差異に関して、「同類説話集結の志向」を以て説明するだけでは十分ではないのではないだろうか。前述のように、それは両者の叙述方法の相違に関わると考えるのだが、そのためにまずは延慶本の文脈を解きほぐすことから始めたい。

表 2-2　灌頂巻成立論の論点の記事

延慶本		
（巻十一） 1 一門大路渡し 2 女院吉田入り 3 頼朝従二位 4 内侍所温明殿へ．内侍所由来 5 時忠，義経を婿にとる 6 女院出家 7 帰洛後の重衡北方 8 帰洛後の女房たち 9 頼朝，義経の評判を不快に思う 10 宗盛，副将と対面 11 宗盛，関東に下る 12 義経，女院に配慮 13 頼朝，義経を金洗沢に追い返す 14 頼朝，宗盛父子と対面 15 宗盛被斬	16 重衡，北方と対面 17 重衡被斬 18 宗盛首渡し 19 髑髏尼のこと 20 女院，宗盛重衡最期の報に心を痛め，深山を志す （巻十二） 21 大地震 22 天台山の不思議 23 女院の吉田住居も被災 24 大仏開眼 25 源氏六人受領 26 義経，恩賞に不満 27 義経が鎌倉から討たれるとの風聞 28 時忠父子ら，生虜配流 29 時忠，配流前に女院に対面 30 女院大原入り	31 成良最期，忠快助命 32 頼朝義経不快（梶原讒言） 33 義経，頼朝追討の院宣を得る 34 土佐房夜討 35 範頼最期 36 原田大夫高直最期 37 義経，院庁下文を得て都落 38 義経追討の院宣 39 守護地頭設置 40 吉田経房のこと 41 六代捕縛～助命 42 頼朝による廟堂改造 43 行家・義憲最期 44 兼実摂録 45 頼朝，六代を警戒 46 六代熊野詣，出家 47 大原御幸・女院往生

屋代本		
（巻十一） 1 一門大路渡し 3 頼朝従二位 4 内侍所温明殿へ．内侍所由来 5 時忠，義経を婿にとる 2 女院吉田入り 6 女院出家 8 帰洛後の女房たち 7 帰洛後の重衡北方 9 頼朝，義経の評判を不快に思う 10 宗盛，副将と対面．宗盛，関東に下る （巻十二） 11 宗盛，関東に下る 13 頼朝，義経と対面せず	14 頼朝，宗盛父子と対面 15 宗盛被斬 18 宗盛首渡し 16 重衡，北方と対面 17 重衡被斬 21 大地震 23 女院の吉田住居も被災 25 源氏六人受領 28 時忠父子ら，生虜配流 29 時忠，配流前に女院に対面 20′ 女院，深山を志す 30′ 女院大原入り 26 義経，恩賞に不満 27 義経が鎌倉から討たれるとの風聞 32 頼朝義経不快（梶原讒言）	34 土佐房夜討 35 範頼最期 37 義経，院庁下文を得て都落 38 義経追討の院宣 39 守護地頭設置 40 吉田経房のこと 43 行家・義憲最期 41 六代捕縛～助命 45 頼朝，六代を警戒 44 兼実摂録 47 大原御幸・女院往生 46 六代熊野詣，出家 （′は記事内容に差異があることを示す）

二　延慶本の歴史叙述

延慶本20が描き出すのは、宗盛や重衡を飲み込んだ歴史の流れから無縁ではありえなかった存在としての女院の姿である。30における、屋代本などの語り本系には見えない記述の中で、それが具体的な形を伴って現れてくることに、まずは注意したい。延慶本では

其比、女院ハ、都モ猶閑ナルマジキ由聞食テ、イカナルベシトモ思召シワカズ、尽セヌ御物思ニ秋ノ哀ヲ打副テ、夜モ漸長成ケレバ、イトヾ御ネザメガチニテ、万ッ思食残御事モナク、「コ、ハ都近クテ、振舞ニクシ。哀、イヅチモ哉」トアクガレ思召ケルニ、付進セタリケル尼女房ノ便ニテ、「是ヨリ北山ノ奥ニ、小原、瀬料里、寂光院トテ可レ然所ヲコソ尋出テ候へ」

と見えるように、「都モ猶閑ナルマジキ由」と女院の大原入りとを関連づけるのである。すでに小番達氏(3)が注目されているように、この「都モ猶閑ナルマジキ由」とは、27に「鎌倉ヨリ判官可レ被レ打ト云聞アリ」とある、頼朝・義経の対立を指す(4)。前掲の屋代本20′・30′の一連の記事が、宗盛らの最期や源氏の内紛といった喧噪からは無縁に、濃厚な和歌的情緒の中に女院の大原入りを描いていたのとは大きく異なる叙述となっていることを、重視しなければならない。両本の間には、歴史に向ける視線のあり方に本質的な相違があるのであって、20の記事をめぐる差異も、そのことと関連する問題だと考えるべきなのではないか。いま、そのように仮定した上で、12の記事に目を向けてみたい。

判官ハ、アヤシノ人ノタメマデモ情ヲ当ケル人ナレバ、マシテ女院ノ御事ヲバ、ナノメナラズ心苦事ニ思奉リテ、御衣共サマ〴〵ニ調進ラレ、女房ノ装束モ献ラレケリ。

と、義経が細やかな配慮を示す場面である。「情」ある義経は、女院を気遣っていた。その義経と頼朝との対立の余波が女院にまで及ぼうとするに至って、女院は大原へ移ることを決意する。このことは、二つの意味において重要で

ある。一つは、頼朝・義経の対立を女院大原入りの契機とするのは物語の虚構だということである。小番氏が明らかにされているように、「都モ猶閑ナルマジキ由」が30の時点で女院の耳に入ることは考えにくい。(5) そしてもう一つは、右の女院と類似する描写が、平家の他の人々の末路を語る際にも繰り返されているということである。

女院の叔父時忠は、捕虜となって帰京したのち、没収された大事の文を取り戻すため、

「判官ハ大方モ情アル者ニテ候ナルト承ル。マシテ女房ナムドノ打絶歎事ヲバ、何ナル大事ヲモモテハナタレヌト申メリ。何カハ苦候ベキ。シタシクナラセ給ヘカシ。サラバナドカ露ノ情ヲモ不㆓懸奉㆒ラベキ」（延5）

という息子の進言を受け入れ、娘を差し出すことによって、

中将ノハカラヒ少モ不㆑違、大方ノ情モサル事ニテ、大納言御事斜ナラズ憐ミ申サレケリ。彼皮籠、封モトカズ、大納言ノ許ヘ奉㆑返ラレケリ。

ということを得る。いわゆる「文の沙汰」である。しかし、

今ハ国々モ静テ、人ノ往還モ煩ナシ。都モ穏シケレバ、「九郎判官計ノ人コソナケレ」トテ、京中ノ者共手ヲスリ悦アヘリ。「鎌倉二位殿ハ何事カシ出タル高名アル。是ハ法皇ノ御気色モヨシ。只此人ノ世ニテアレカシ」ナンド、京中ニハ沙汰アル由ヲ、二位殿聞給テ宣ケルハ、「コハイカニ。頼朝ガ謀ヲ廻シ、兵ヲモ差上レバコソ平家ヲモ滅タレ。九郎計ハ争カ世ヲモ可㆑鎮ム。カク人ノ云ニ誇テ、世ヲ我マヽニ思タルニコソ。下テモ定テ過分ノ事共計ワンズラン……」（延9）

とある部分以降、頼朝と義経の関係が悪化する中で、義経が時忠の婿となったことは、

「人コソ多ケレ、イツシカ平大納言ノ聟ニナリテ、大納言モチアツカフランモ不㆑被㆑請。又世ニモ不㆑恐、大納言聟ニ取モイワレナシ」（延9）

と頼朝の不興を買い、時忠は、

九郎判官ニ親ク成給ニシカバ、其好モオロカナラズ、流罪ヲモ申宥ムトセラレケレドモ、法皇モ御気色モアシク、鎌倉ノユルサレモナカリケリ。（延29）

として流されてゆく。

女院の兄宗盛は、関東へ護送される途中、

九郎判官ハ事ニフレテ情深人ニテ、道スガラモイタワリナグサメ申サレケレバ、大臣殿、「何ニモシテ宗盛父子ガ命申請給へ。法師ニ成テ、心閑ニ念仏申テ、後生助ラン」ト宣ケレバ、「御命計ハサリトモトコソ存候へ。定奥ノ方ヘゾ流シ奉ラレ候ワンズラン。義経ガ勲功ノ賞ニハ、両所ノ御命ヲ申請候べシ」ト、憑ゲニ被レ申ケレバ、大臣殿ヨニウレシゲニオボシテ、サルニ付テモ御涙ヲ流給。（延11）

と、義経にすがり、助命の約束まで取り付けていた。だが13で宗盛を連れて鎌倉へ着いた時には、頼朝は義経に対して

イト打解タル気色モナクテ、詞ズクナニテ、「苦クオワスラン。トク〳〵ヤスミ給へ」

というおざなりな待遇をしたのみで、「九郎ヲバ、オソロシキ者ナリ、打トクベキ者ニアラズ。但シ頼朝ガ運ノ有ン程ハ何事カ有べキ」という頼朝の警戒のもと、その後は対面すら許されず、両者の確執のうちに宗盛の助命嘆願は潰えてゆく。

女院も時忠も宗盛も、一旦は義経の庇護を得ながら、頼朝・義経の兄弟対立が激化してゆく中で、義経から切り離される形でその運命を決していったのである。それらが一つの共通性のもとに描き出されていることは、女院大原入りの記事に用いられていた虚構のことを想起すれば、一層明らかだろう。その中で義経が、平家の人々の前に常に「情ある」人物として現れていることにも、注目してよい[6]。だが、以上のことについて、延慶本は平家の人々の運命を描き出すのに一つの類型を用いている、というだけでは、おそらく十分ではない。問題を、語り本系との本質的な

差異に関わるものとしてとらえようとするのが、本節の立場なのである。むしろ、頼朝と義経の対立を軸として進行していく歴史の中に平家の人々の存在が位置づけられており、女院さえもがその中にあるのだと言ったほうが、延慶本の表現に沿うことになるのではないか。そして、語り本系との間に見いだされた20や30の変質と前後の記事配列の相違も、如上の問題に関わるものとしてとらえ直せるのではないかと考えてみたいのである。

三　語り本の視点

右のような問題のたて方をあえてするのは、両者が、その視線の先に見ようとしているものが、どれほど異なるのかということを重視するためである。延慶本には、語り本系には見えない次のような記述がある。

……頼朝ヲ可二追討一之由宣旨ヲ可レ被レ下之旨、大蔵卿泰経ヲ以テ、後白川院ニ判官被レ申タリケレバ、（中略）京都ノ固ニテ、所レ申黙止シガタキ上、義経心様情アリ、為レ人為レ都ノヨカリケレバ、上ミ一人ヨリ奉レ始、下モ万人ニ至マデ、クミシタリケリ。サレバニヤ、事トヾコヲラズ鳳含ノ詔ヲ下サル。（延33）

……各一同ニ被レ申ケルハ、「義経洛中ニテ合戦セバ、朝家ノ御大事タルベシ。逆臣京都ヲ罷出ハ、ヲダシキ事ニテコソ候ハメ。其上義経ガ心ザマ、為レ世為レ人、万ツ情深ク候ツ。只タビ下サレ候へ」ト被レ申ケレバ、義経ガ申請ガ如クニ成下サル。緒方、臼杵、経続、松浦党以下鎮西ノ輩、義経ヲ以テ大将トスベキヨシ、庁御下文被二成下一ニケリ。（延37）

頼朝との対立が避けがたくなったことを悟った義経が、法皇に院宣、院庁下文を相次いで求め、西国へと下ってゆく場面である。延慶本9に「法皇ノ御気色モヨシ」と見えるように、「情」ある義経の背後には、都人の共感とともに法皇の支持があった。だがその都落の直後、頼朝は、上洛した北条時政を通してただちに義経追討院宣を要求する。

法皇は、義経に与えた頼朝追討院宣（および院庁下文）を翻すことを余儀なくされ、同時に突きつけられた守護地頭の設置（39）も認めている。さらに頼朝は、義経に与した貴族の処分を皮切りに廟堂の改造を断行し（42）、摂政までもすげ替え（44）、法皇は、

「政務雅不レ足二其器一、无レ可レ譲二人間一。自然ニ口入ス、此不意ノコトナリ。与今頼朝卿有リ」（延42）

の言葉とともに政務の全てを頼朝へと明け渡してゆく。「情ある」義経に結ぼれた者たちが、源家の兄弟対立の余波の中でその運命を決してゆく。その表現は、平家の生き残りたちのためだけにあるのではない。女院さえも押し流そうとした歴史の流れゆく先には、頼朝の覇権確立とともに王法のありようが移り変わってゆくという局面が控えていたのである。それこそが、延慶本が最終的に見届けようとしたものではなかったか。

頼朝・義経の対立は、如上の叙述を貫く基軸となっているのである。そこに、延慶本の歴史語りの本質を見なければならない。二人の対立が、壇ノ浦合戦後の歴史を展開させてゆく。その構図の中で、この世界がどのように移り変わってゆくのかを見ようとするのである。平家の人々の運命も、そうした流れの中に点描されているのだと言った方が、延慶本の歴史語りの本質に沿うだろう。同時に、それは必ず、頼朝の覇権へと帰着する。頼朝と義経の対立を語ることは、それを通じて頼朝が、後白河院を中心として成り立つ王法の体制の中に、確たる地位を占めてゆく過程を語ることと不可分なのである。そのような基軸を設定したこと自体に、延慶本にとって語るべき世とはいかなる世界であったのかということを読み取らなければならない。

このような叙述の枠組みは、他の読み本系諸本にも大まかに共通している。一方の語り本の成立は、それを変質させたところにあるのではないかと考えるのである。右の傍線部のような表現の有無自体は、些細な差異にすぎないかもしれない。だが、それに伴う歴史叙述の構図までもが、語り本系においてきれいに解体されてしまっているという現象は、問題が本質的なところにまで及んでいることを示唆するだろう。ひとまず屋代本を対象として、延慶本との

差異について見てゆきたい。

屋代本でも、「文の沙汰」や宗盛についての描写は、おおよそ延慶本と同じである。(7) だが重要なのは、それ以降の叙述において、頼朝と義経の対立が歴史語りの軸となっているといえるような表現も構成も、屋代本の中に見いだすことはできないということだ。女院に関する記事については、先に引用した通りである。9でも、「法皇ノ御気色モヨシ」と述べる延慶本と異なり、法皇と義経の関係には言及しない。義経の都落の場面にも

「洛中ニテ合戦仕候ハ、朝家ノ御大事タルヘシ。逆臣京都ヲ出ナハ、穏シキ事ニテコソ候ハンスレ」　（屋37）

とあるにすぎない。義経との関連において、彼らのことを語ろうとはしないのである。一方の頼朝も、屋代本巻十二においてはその存在感自体が希薄である。櫻井陽子氏(8)が指摘された通り、

「今ハ頼朝ヲ可㆓思懸㆒者ハ奥ノ秀衡ソ有覧。其外ハ不㆑覚」ト宣ケレハ、梶原申ケルハ、「判官殿モ怖シキ人ニテ御渡リ候物ヲ……」　（屋32）

と述べて以降、義経の描写においてさえ頼朝は前面にはあらわれない。二人の対立は、他の人々の運命に影を落とすような意味を持つ事柄ではないのだ。それは記事構成においても明らかである。延慶本の場合、26の段階で、わずか伊予国一国にとどまった恩賞に不満を抱く義経を描き、鎌倉からの追討の噂について記す。さらに頼朝は、32で「判官殿ハオソロ敷人也。君ノ御敵ニ、一定可㆓成給㆒。打解サセ不㆑可㆑給」という梶原の言葉に対し、「頼朝モ、サ思ヘリ」と同意し、「隙モアラバ判官ヲ可㆑被㆑打謀ヲゾ心懸」ており、34でも「九郎ヲ金洗沢に止置テ、鎌倉ヘ不㆑入レシテ、『京ノ守護ニ候ヘ』トテ、追上セシヲバ遺恨トゾ思ラム。サレバ、ヒマモアラバ頼朝ヲ討バヤト心ニカケタルラム」と自ら義経に対する警戒を口にする。この両者の関係の緊迫が、時忠や女院にも影を落としていることは、記事配列表からも明らかである。一方、26・27・32・34を一続きとして時忠・女院記事の後ろへ回してしまっている屋代本では、そのような読解も成り立たないのである。

屋代本の叙述の中に、相互の記事を貫く基軸を見いだすことは難しい。延慶本のように、歴史が推移してゆく過程を一つの定点から描き出そうとはしていないのだ。ならば、屋代本の視点は奈辺にあるか。第一項に示した「同類説話集結」は、まさにこの点に関わる問題として捉え返さなければならないのではないだろうか。屋代本は、世の移りゆく様を見るのではなく、乱に関わった人々の運命を語ろうとしていると見るべきなのだ。そのために、読み本系的な歴史語りの構図を後退させ、それぞれの人物に関する記事を集約して、その運命に焦点を絞ってゆくのである。(9)それは、屋代本のみならず、八坂系第一類などにもある程度共通しており、語り本の基本姿勢と見なしてよいかと思う。本節のはじめに注目した、女院の存在を歴史的状況から切り離し、和歌的情緒によってその大原入りを彩るような文脈は、語り本がいかなる変質を経て成立したものであったのかを端的に示しているといえるだろう。

四　終結部への展望

冒頭に述べた20の記事の問題は、前項までに見てきた、頼朝・義経の対立を軸として歴史的状況を描出する構図の有無という、読み本系と語り本系との差異に関わるものなのである。両者の異質な叙述意識が、このような差異を生んだのだということを重視しなければならない。この点にここまでにこだわってきたのは、それが諸本の終結様式の違いにまで影響しているのではないかと考えるからである。(10)そのための糸口は、延慶本以外の読み本系諸本、すなわち、灌頂巻に該当する構成を持つ諸本にある。長門本・四部本・盛衰記はいずれも、建礼門院に関する記事の一部を、灌頂巻とそれ以前とで重複させている。それを表にすると次のようになる（表2－3）。

このような諸本のありようについては、従来は成立論の側から言及されることが多かったが、(11)前項までの検討を踏まえれば、物語の構造の問題として理解するという可能性も、考えてよいのではないだろうか。前述のように、読み

表2-3　建礼門院に関する記事

長門本	四部本	盛衰記
（本巻）	（本巻）	（本巻）
2	2	2
6	6	6
12		12
20		20
23	23	23（25，26に接続）
（25，26のあと）女院，頼朝による義経追討の噂を聞いて嘆く	（25，26のあと）女院，都が静まるまじき由を聞いて嘆く	
29	29	29
（灌頂巻）	30	30
吉田入り	（灌頂巻）	（灌頂巻）
出家	吉田入り	吉田入り
古宮へ転居	出家	出家
大原入り	大原入り	大原入り
大原御幸	大原御幸	大原御幸

本系において、義経の周囲の人々は、頼朝と義経の対立の中でその関係を断ち切られ、宗盛は斬首、時忠は流罪となる。大原御幸を別巻に回す構成は、彼らと同様に女院と法皇もまた、義経の退場に伴って歴史の表舞台から消えてゆく存在として認識されていたことの反映ではなかったか。義経とともに四人が去ったあと、頼朝は朝廷に対する影響力を確固たるものにし、平家に対して「情」をかける者のいなくなった京都で、子孫狩りの嵐が吹き荒れる。平家断絶の意味は、頼朝の覇権確立と表裏のものとして、鮮明に浮かび上がるだろう。本巻における女院関連記事は、このような歴史語りに必要であるがためにそこに残されているのであって、灌頂巻との重複を、単に成立過程の問題とすべきではない。本巻でこのような歴史の構図を提示し、一方で女院と法皇を再登場させ、両者の対話を通じて女院の心に深く切り込み、自らの生涯を回顧する言葉を鎮魂の祈りとともに語らせるために、本巻とは別次元の舞台を用意したのが、これらの諸本の構成ではなかっただろうか。読み本系諸本における灌頂巻の特立は、その歴史叙述の意識と不可分のものとして理解できるのではないかということである。

このような推測が成り立つとすれば、灌頂巻を特立せず、大原御幸を本巻内で語っている延慶本については、自ずと別の説明が必要となろう。延慶本が大原御幸を本巻内に置いていることの必然性は、どのような点に求めたらよいのか。そしてそれは、頼朝賛嘆という終幕と、いかに関わるのだろうか。問題としなければならないのは、他の読み本系諸本に比して、延慶本の大原御幸にいかなる特徴があるのかということであろう。様々な角度からの考察が可能な問いであろうが、ここで重視したいのは、「大原御幸」における女院の語りを、「恨み言の語り」「六道語り」「安徳帝追憶の語り」の三種に分けて論じられた、佐伯真一氏の見解である(12)。その想定の上で、延慶本だけが「安徳帝追憶の語り」を独立的に扱う形を残していると指摘されていることに注意したい。その中で女院は、

先伊勢大神宮ノ方ヲ伏拝奉リ給テ、西ニ向テ、『流転三界中、恩愛不能断、奇恩入無為、真実報恩者、南無西方極楽教主阿弥陀仏』ト、十念高声ニ唱給テ、『設我得仏、十方衆生、至心信楽、欲生我国、乃至十念、若不生者、不取正覚、光明遍照十方世界、念仏衆生摂取不捨ノ御誓タガヘ給ワズ、必ズ引摂ヲ垂給ヘ』ト唱モアヘ給ハズ海ニ飛入リ給シ音計ゾ、カスカニ船底ニ聞ヘシカドモ、消ハテ絶入ニシ心ノ内ナレバ、夢ニ夢ミル心地シテ、貞ニモ覚ヘ不ㇾ侍キ。

と壇ノ浦での安徳帝入水の場面を回想し、その入水死について

先帝ハ神武八十代之正流ヲ受テ、十善万機ノ位ヲ践給ナガラ、齢未幼少ニマシ〳〵シカバ、天下ヲ自治ル事モナシ。何ノ罪ニ依テカ、忽ニ百皇鎮護ノ御誓ニ漏レ給ヌルニヤ。是則我等ガ一門、只官位俸禄身ニ余リ、国家ヲ煩スノミニアラズ、天子ヲ蔑如シ奉リ、神明仏陀ヲ滅シ、悪業所感之故也。

という解釈を示す。佐伯氏が、「安徳帝追憶の祈り」を「天皇を神器と共に海に沈めてしまったことへの恐れに発する、鎮魂供養の語りだった」とされているように、女院の語りを通して、天皇の異常死と神器の喪失という王法にとっての未曾有の事件を再び物語の文脈の中に浮上させていることは、延慶本の大きな特徴であるといってよい。その

上でさらに考えてみたいのは、こうして浮上させた問題が、果たして女院の祈りのみによって克服されるものであったのだろうかということだ。注意されるのは、巻十一の安徳帝入水の場面に、

「南無帰命頂礼、天照大神、正八幡宮、慥ニ聞食セ。吾君十善ノ戒行限リ御坐セバ、我国ノ主ト生サセ給タレドモ、未幼クオワシマセバ、善悪ノ政ヲ行給ワズ。何ノ御罪ニ依テカ、百王鎮護ノ御誓ニ漏サセ給ベキ。今カヽル御事ニ成セ給ヌル事、併ラ我等ガ累葉一門、万人ヲ軽シメ、朝家ヲ忽緒シ奉、雅意ニ任テ自昇進ニ驕シ故也。願ハ今生世俗ノ垂迹、三摩耶ノ神明達、賞罰新ニオワシマサバ、設今世ニハ此誡ニ沈ムトモ、来世ニハ大日遍照弥陀如来、大悲方便廻シテ、必ズ引接シ玉へ。

とあり、また喪失した宝剣について語る、いわゆる「剣」の章段にも

時ノ有識ノ人々申合ケルハ、「八幡大菩薩、百王鎮護ノ御誓不レ浅。石清水ノ御流尽キセザル上ニ、天照大神、月読ノ尊、明ナル光未地ニ落給ワズ。末代澆季ナリト云ドモ、サスガ帝運ノ極レル程ノ御事ハアラジカシ」

とあることである。帝の異常死と、同時に出来した神器の喪失という事態を語る中で、百王鎮護の神としていずれも八幡大菩薩が引き合いに出されており、伊勢にしか言及しない女院の語りとは食い違う。これら巻十一の八幡に関する記述について、名波弘彰氏が、八幡大菩薩の百王鎮護思想を通じて、安徳帝排除による皇統の正統化と宝剣喪失とを超克する論理がそこにあるということ、それを体現するのが、失われた宝剣に変わる武士大将軍、すなわち源頼朝であることを、『愚管抄』などに見える慈円の思想を介在として論じられているのは[13]、極めて説得力に富む見解であると思われる。巻十一でこうした解釈を提示している延慶本にとって、女院の語りによって再び浮上させた問題とは、「武士大将軍」の存在なしに超克されるものではなかったのではないだろうか。

そのことは、延慶本自身が承久の乱の記述を通じて明らかにしていると思われる。前節でも触れたように、延慶本が語る承久の乱の記述には、文覚の役割の特殊性など、他の諸本には見えない特徴が多い。後鳥羽院による倒幕の挙

兵は、神護寺領を召し上げられたことに抗議し、流罪となった文覚が、その復讐として院を「我前へ迎取ムズル」ために起こさせたものであったという。それは、「コノ及杖冠者ニツラウ当レテ候アヒダ、当リ返サムト存候ガ、此十一年之間、仏神ノ御ユルシノ候ハネバ、力及バデ候ツルガ、余ニ申候ヘバ、ヤウ〱御ユルシノ候際……」という文覚の言葉が示すように、「仏神ノ御ユルシ」のもとに発動した、後鳥羽院の排除であったのだ。「武士大将軍」の排除を目論んだ帝王が敗れ、逆に院自身が排除される。いわば、「武士大将軍」がこの世界にとって欠くことのできない存在としてあることを、「仏神ノ御ユルシ」のもとに示すのが、延慶本の承久の乱なのである。このような形で世界が「武士大将軍」を求める要因こそ、その存在が天皇の入水死と宝剣喪失という王法の危機を超克する論理を体現している点にあるのではなかったか。延慶本は承久の乱を語り終えた後、法皇と頼朝とを並べて言祝ぎ、物語を終幕へ導く。このような問題に向き合い、それに対する解釈を求めようとする点こそが、他の読み本系にはない延慶本の特性であるとするならば、如上の論理ゆえにこそ頼朝が寿祝されなければなかったのだとする名波氏の見解は、正鵠を射たものといえよう。

むすび

いささか急ぎ足となったが、右に見たような延慶本と他の読み本系との差異はおそらく、歴史語りの射程に起因しているのだという見通しも、付け加えておきたい。長門本や四部本が、義経の排除を通して頼朝が覇権を確立するまでを見ているのだとすれば、そうして作られた新たな秩序の意味を求め、承久の乱までを射程に入れることによってその論理化を果たそうとしているのが、延慶本なのである。その背後には、読み本系に内在する、王法の歴史を語る叙述たろうとする一面を、他本に増して強烈に志向する延慶本の意識があるように思われる。それは、他の読み本系

が、安徳帝入水の場面でも

先帝、「これは、いつくへそ」と、仰ありければ、「弥陀の浄土へそ、我君」とて、波のしたにしつみ給ふとて
……(長門本。盛衰記略同、四部本はさらに簡略)

とあるのみで、延慶本のようにその死を論理化する記述を持たず[14]、文覚の流罪に際しても、

正治元年正月十三日に、右大将、御年五十三にてうせ給ぬ。文覚上人の方人する人もなかりければ、文覚上人、忽に勅勘を蒙て、二条猪熊の宿所に検非違使付て、水火の責に行て、終に隠岐国へなかされにけり。(長門本。四部本略同、盛衰記記事なし)

というだけで、本巻の中で承久の乱に言及していないことからも読み取れるだろう。

読み本系の歴史叙述が、一方で灌頂巻を要請し、また一方ではそれを極度に強める形で頼朝賛嘆という終幕を生んだのだとすれば、それは、読み本系がそのような形を得るまで流動を止めることがなかったということの裏返しでもある。現存諸本は、偶々現代まで伝わったに過ぎないものではあるのだろうが、それでも本節の論点からすれば、読み本系に断絶平家型の終幕をとる諸本がないのは、決して意味のないことではない。諸本流動の中で、「断絶平家」という終結のあり方を定着させたのが読み本系ではなく語り本系だということは、間違いないのである。その要因として、読み本系とは異なる視点を得たことを挙げることは許されるだろう。すでに述べたように、世の行く末を、歴史的状況の推移を写し取ろうとする読み本系に対して、語り本系は人の運命を見定めようとする傾向が強い[15]。源平の争乱を経て迎えた世がいかなるものであったのかを知ろうとする以上に、その乱に関わった人々の行く末を注視する。その視線が最後に見届けたのが、六代という平家嫡流の死なのである。断絶平家型の終幕の定着は、語り本が、王法の枠組みに縁取られた歴史語りから一つの家の滅亡へと焦点を変化させることによって立ち上がってきたことを証する現象であるように思われる。

（1）「平家物語灌頂巻成立考」（『愛知県立女子大学紀要』第八輯、一九五七年十二月）。

（2）ただし、あくまでも「屋代本的本文」であって、現存の屋代本そのものを、覚一本の母体として想定することはできない。拙稿「屋代本『平家物語』〈大原御幸〉の生成」（『平家物語の多角的研究　屋代本を拠点として』二〇一一年、ひつじ書房）。

（3）「建礼門院大原入りの契機―物語の叙述意識に関わって―」（『語文論叢』第二十六号、一九九八年十二月）。

（4）諸注釈が指摘するのは、「しをりせで猶山ふかくわけいらむうきことときかぬところ有りやと（新古今・雑中・一六四三・西行法師）」、「山里は物の憀慄《わびし》き事こそあれ世のうきよりはすみよかりけり（古今・雑下・九四四・よみ人しらず）」など。「玉鉾ノ……」以下も、「夏草はしげりにけりな玉桙のみち行人もむすぶばかりに（新古今・夏・一八八・藤原元真）」などがあるように、極めて韻文的な表現となっている（いずれも新編国歌大観による）。なお、渥美氏注(1)論文は、屋代本が「憂事ノ聞ヘサラン何ナラム山ノ奥ヘ」という「憂事」が、具体的に何を指すのかということを一つの論点としているが、右の西行歌を踏まえれば、必ずしも具体的な内容を考える必要はないと思われる。

（5）小番氏注(3)論文は、義経追討の噂が洛中にもたらされるのは、史実としては文治元年十月に入ってからであり、これを八月段階のこととして女院の動向と関連づける延慶本の虚構性を指摘する。

（6）義経が壇ノ浦合戦以後しばしば「情ある」人物として描かれるようになることは、早川厚一氏「『平家物語』の成立―源義経像の形象―」（『名古屋学院大学論集人文・自然科学篇』第四十一―一号、二〇〇四年七月）などに指摘されている。

（7）宗盛関東下向時の頼朝と義経の関係については、いわゆる腰越状にも関わって、諸本間に差異があるが、本節では言及しない。武久堅氏『平家物語の全体像』第Ⅱ章―六（二）（一九九六年、和泉書院。初出一九九一年）参照。

（8）『平家物語の形成と受容』第一部第一篇第四章（二〇〇一年、汲古書院。初出一九九九年）。

（9）覚一本はやや様相が異なるが、覚一本については次節で論ずることとする。

（10）厳密には、長門本は巻二十の最後に「灌頂巻」と題して建礼門院関連記事をまとめており、別巻立てにはなっていないのだが、ここでは他の読み本系と同様に扱う。

（11）佐々木八郎氏「平家物語灌頂巻私考―成立に関する試論―」（『学苑』第八―四号、一九四一年四月）、渥美かをる氏『平家物語の基礎的研究』（一九六二年、三省堂）など。

(12)「女院の三つの語り―建礼門院説話論―」(『古文学の流域』一九九六年、新典社)。後に『建礼門院という悲劇』(二〇〇九年、角川書店)において再説されている。

(13)「『平家物語』の成立圏(畿内)」(軍記文学研究叢書5『平家物語の生成』一九九七年、汲古書院)。および以降の一連の論考。なお、名波氏は巻十一と女院の語りとで百王鎮護思想の内容が異なることを、それぞれの説話の生成圏の相違に求める(「延慶本平家物語にみえる二つの「先帝入水」の物語」『文芸言語研究(文芸篇)』第五十一号、二〇〇七年三月)が、本節では物語の読みという面から考えてみたい。女院の語りにおける八幡の不在こそが、「武士大将軍」の存在を物語の終幕に呼び込むのではないか、ということである。なお、その終幕のあり方が、平家断絶を語る文脈とも分かちがたく結びついていることは、前節で論じたとおりである。王法の歴史語りと平家の滅亡とを結び合わせて語るという構造は、延慶本の終幕からも読み取ることができる。

(14)安徳帝を抱いた二位尼が神々に向かってかき口説く場面描写は、他には覚一本(一方系)にあるのみである。

(15)櫻井陽子氏が注(8)前掲論文で、屋代本の平家残党記事を延慶本と比較して「侍たちの死を新しい国家体制や頼朝政権と絡ませて描くことはなく、公達への断罪も頼朝自身の命によるものとする記述は激減する」と述べられていることも、本節で見た語り本の性格の延長としてとらえることができるように思う。

第四節　覚一本の成立

一　問題の所在

元暦二年三月二十四日、平家は壇ノ浦の海戦に敗れ、安徳帝は祖母である二位尼に抱かれて入水した。『平家物語』はその様を次のように記す。

A　アキレタル御気色ニテ、「此ハイヅチへ行ムズルゾ」ト仰有ケレバ、「君ハ知食サズヤ、穢土ハ心憂所ニテ、夷共ガ御舟へ矢ヲ進ラセ候トキニ、極楽トテ、ヨニ目出キ所へ具シ進セ候ゾヨ」トテ、①王城ノ方ヲ伏拝給テ、クダカレケルコソ哀ナレ。「南無帰命頂礼、天照大神、正八幡宮、慥ニ聞食セ。吾君十善ノ戒行限リ御坐セバ、我国ノ主ト生サセ給タレドモ、未幼クオワシマセバ、善悪ノ政ヲ行給ハズ。何ノ御罪ニ依テカ、百王鎮護ノ御誓ニ漏サセ給ベキ。今カヽル御事ニ成セ給ヌル事、併《ラ》我等ガ累葉一門、万人ヲ軽シメ、朝家ヲ忽緒シ奉、雅意ニ任テ自昇進ニ驕シ故也。願ハ今生世俗ノ垂迹、三摩耶ノ神明達、賞罰新ニオワシマサバ、設今世ニハ此誡ニ沈ムトモ、来世ニハ大日遍照弥陀如来、大悲方便廻シテ、必ズ引接シ玉へ。

　今ゾシルミモスソ川ノ流ニハ浪ノ下ニモ都アリトハ」

ト詠ジ給テ、最後ノ十念唱ツヽ、波ノ底へゾ被レ入ニケル。　（巻十一・十五「檀浦合戦事　付平家滅事」）

引用したのは延慶本の本文である。論述の都合上これをAとし、傍線部には番号を付したが、ここで、二位尼が死を前にした幼帝を抱き、切々と掻き口説く傍線部①のような描写は、『平家物語』諸本の中で必ずしも典型といえるものではない。数からいえば、先帝ハ、今年八歳ニ成セ給フ。御歳ノ程ヨリモ遙ニヲトナシク、御クシ黒クユラ〳〵ト、御背過サセ給ヘリ。アキレサセ給ヘル御様ニテ、「此ニ又何チヘソヤ、尼セ」ト仰ラレケル御詞ノ未タ㆑終ニ、二位殿、「是ハ西方浄土ヘ」トテ、海ニソ沈ミ給ケル

とする屋代本のような、簡略な記述をとる諸本の方が多い。ただ覚一本にのみ、

B　主上ことしは八歳にならせ給へども、御年の程よりはるかにねびさせ給ひて、御かたちうつくしく、あたりもてりかゝやくばかり也。御ぐしくろうゆら〳〵として、御せなかすぎさせ給へり。あきれたる御さまにて、「尼ぜ、われをばいづちへぐしてゆかんとするぞ」と仰ければ、いとけなき君にむかいたてまつり、涙をゝさへ申されけるは、「君はいまだしろしめされさぶらはずや。先世の十善戒行の御ちからによって、今万乗のあるじと生れさせ給へども、悪縁にひかれて、御運既につきさせ給ひぬ。②まづ東にむかはせ給て、伊勢大神宮に御いとま申させ給ひ、其後西方浄土の来迎にあづからんとおぼしめし、西にむかはせ給ひて、御念仏さぶらふべし。この国は心うきさかゐにてさぶらへば、極楽浄土とてめでたき処へぐしまいらせさぶらふぞ」と、なく〳〵申させ給ひければ、③山鳩色の御衣にびんづらゆはせ給て、御涙におぼれ、ちいさくうつくしき御手をあはせ、まづ東をふしをがみ、伊勢大神宮に御いとま申させ給ひ、其後西にむかはせ給ひて、御念仏ありしかば、二位殿やがていだき奉り、「浪のしたにも都のさぶらうぞ」となぐさめたてまッて、ちいろの底へぞいり給ふ。

（巻十一「先帝身投」）

という形で、該当する場面を見出すことができる。

こうして非業の最期を遂げた安徳帝とともに、三種神器の一である宝剣も海中に失われたが、その宝剣をめぐる文脈においても、両本の類似が認められる。延慶本が有職の人の言葉として、宝剣喪失に対する解釈を

C　「④八幡大菩薩、百王鎮護ノ御誓不㆑浅。石清水ノ御流尽キセザル上ニ、天照大神、月読ノ尊、明ナル光未地ニ

落給ワズ。末代澆季ナリト云ドモ、サスガ帝運ノ極レル程ノ御事ハアラジカシ」ト申合ケレバ……

（巻十一・十九「霊剣等事」）

と記すところ、覚一本も

D「昔天照大神、百王をまもらんと御ちかひありける、其御ちかひいまだあらたまらずして、石清水の御ながれいまだつきざるうへに、天照大神の日輪の光いまだ地におちさせ給はず。末代澆季なりとも、帝運のきはまる程の御事はあらじかし」と申されければ、……[5]

（巻十一「剣」）

としている。こちらもまた、長門本や特殊な『源平盛衰記』を除けば他の諸本には見られないものである。

以上からは、帝の異常死とそれに伴う神器喪失という未曾有の事件に対して、延慶本・覚一本が共に、『平家物語』諸本の中でも目立って強い問題意識を持って向き合おうとしていることを読み取ってよいであろうが、一方で、両本の間には、看過し得ない差異も存する。本節はそれが、物語の終局部全体を覆う問題を内包していると考えるものであるが、その細かくとも決定的な差異を足掛かりに、両者の構造の相違と、その意味について考察していきたい。

二　延慶本の構造

まずは、①を基点に、延慶本の文脈からたどっていく。①で二位尼は、入水直前の幼帝を抱いて「天照大神、正八幡宮」に向かい、「安徳帝は、いかなる御罪があって百王鎮護の誓いから漏れたのか」と悲痛な問いを投げかけている。ここで、延慶本がいわゆる二所宗廟神の名を挙げて、それを百王鎮護の神と規定していること、そしてその神々が、二位殿の訴えに応えていないことに注意すべきである。それは、安徳帝がすでに、百王鎮護の神から加護を受けるべき資格を失っていることを暗示しているのではないだろうか。この二所宗廟のうち八幡神は、合戦の最中、源氏

軍に対して、

Ｅ 猿程ニ、源氏ノ大将軍九郎判官、源氏ヨハクミヘテ平家カツニノル、心ウク覚テ、八幡大菩薩ヲ拝シ奉給フ。其時判官ノ船ノヘノ上ニ、俄ニ天ヨリ白雲クダル。近付ヲミレバ白ハタナリ。落付テハ、イルカト云魚ニナリテ、海ノ面ニウケリ。源氏是ヲミテ、甲ヲヌギ信ヲイタシ、八幡大菩薩ヲ拝シ奉リケリ。是併大菩薩ノ反化也。（巻十一・十五）

という奇瑞を示してもいた。源氏軍は宗廟八幡の神意を背負って戦の場にあったのである。これらＡ・Ｅ二つの文脈からは、安徳帝を擁する平家に対する八幡・源氏、という合戦の構図が読み取れる。それは、この合戦をいかに理解し叙述しようとしているかという延慶本の立場を示すものであって、結果として出来した、安徳帝の入水死と宝剣の喪失という二つの重大事件に向き合うための枠組みでもあるだろう。

では、そもそもなぜ安徳帝は、百王鎮護の神の加護を受けることなくその矛先に回らなくてはならないのか。答えは、合戦後に置かれる、「安徳天皇事付生虜共京上事（巻十一・十七）」に用意されている。物語はそこで、受禅の日の「様々ノ怪異」を初めとして、即位の日の不吉、「御在位三ケ年之間」の「天変地妖」を数え上げ、その治世が

春夏ハ旱魃、洪水、秋冬ハ大風、蝗損。五月無レ雨シテ冷風起、青苗枯乾、黄麦不レ秀。九月降レ霜シテ、秋早寒。万草萎傾、禾穂不レ熟。サレバ天下ノ人民、餓死ニ及、纔ニ命計生ル者モ、譜代相伝ノ所ヲ捨テ、境ヲ越、家ヲ失テ、山野ニ交リ海渚ニ彷フ。浪人衢ニ倒臥シ、愁ノ声郷ニ満リ。道々関々ニハ山賊、浦々島々ニハ海賊、東国北国謀叛騒動、天行、時行、飢饉、疫癘、大兵乱、大焼亡、三災七難、一トシテ残ル事無リキ。貞観ノ旱、永祚ノ風、上代ニモ有ケレドモ、此御代程ノ事ハ未ダ無シトゾ聞ヘシ。

という有様であったことを明かしている。武久堅氏が述べられているように「この王の立太子・受禅・即位がすべて間違いであった」(1)のである。「何ノ御罪ニ依テカ」という二位尼の言葉が、逆説的に帝自身に「御罪」のあったこと

を示すとして、

もしも皇位の決定が臣下（外祖父といえども宗廟信仰にとっては外部者）の意志によるとするならば、それだけで正当性を失うことになる。それは宗廟信仰のレベルからすると、嫡々正統の原理に背いたからで、当然のことながら、宗廟神の怒り（祟り）による皇統からの排除という論理がはたらきだすことになる。(2)

と、清盛の専横による即位という面から捉える名波弘彰氏の見解も、注意されるべきものであろう。安徳帝は、その存在を排除することこそが神々の意志だったのであって、それは即ち、皇統を正常な状態にあらしめるための百王鎮護の神意の発動ということになろう。

そのことは同時に、宝剣の喪失というもう一つの結果をもたらした。前掲のⒸが、それに対する延慶本の理解を示している。Ⓒでは、宝剣喪失という事態をも、百王鎮護の八幡神の神威によって克服されるものだと述べている。戦は八幡の神意を体現した源氏によって終結したのであり、八幡の神威はまた、その結果として宝剣を失った世界も支えるというのである。名波氏が続いて説かれるように、宝剣喪失と源氏の武とを繋ぐ存在としての八幡を浮かび上がらせるこうした文脈から、「八幡大菩薩モユルサレヌレバ」として宝剣と「武士大将軍」との交代を説く、『愚管抄』のような思想を想起することは、難くあるまい。その延長上には、「仏法ヲ興シ、王法ヲ継」いだ者として頼朝を寿祝する、「右大将頼朝果報目出事」というこの物語の掉尾も見えてくるであろう。延慶本は、八幡神を介することで、帝の死と宝剣喪失、という二つを同時に克服しようとしているのであって、そこに

宗廟八幡は、壇浦合戦→先帝入水→宝剣喪失→というストーリーの展開に沿って構想を実現させてゆく。すなわち一方に、安徳天皇を宗廟の論理にのっとって排除することで、皇統分裂の危機を克服し、また上皇（法皇）の王権を確認する。そしていま一方で、宝剣喪失による天皇の身体聖性の危機を、宝剣喪失と「武士大将軍」の歴史的交替を受け入れる――そのことは「武士大将軍」の出現を正当化＝必然化する――ことによって克服することが

できたということになろう。[3]

という構想を読み取る氏の見解は、正しい一面を捉えていよう。

延慶本に対する、如上の読みに照らせば、覚一本の終局部が孕む問題も、自ずと明らかになってくる。その糸口は、①と②・③、④と⑤それぞれの本文が示す、宗廟神信仰の相違である。すなわち、延慶本が天照大神と八幡という二所宗廟神信仰に基づく、八幡神の百王鎮護思想に立脚しているのに対し、覚一本B・Dには伊勢・天照大神しか登場しない。[4] こうした相違の背景には時代的な要因もあろうが、[5] それは同時に延慶本的な論理とは異なる覚一本のあり方を浮き彫りにする。Eにあたる叙述は覚一本も有しているが、そこでは源氏への加護のみならず、

F　平家の方には、十善帝王、三種の神器を帯してわたらせ給へば、源氏いかゞあらんずらんとあぶなうおもひけるに、しばしは白雲かとおぼしくて、虚空にたゞよひけるが、雲にてはなかりけり、主もなき白旗ひとながれまいさがッて、源氏の船のへに棹づけのおのさはる程にぞ見えたりける。判官、「是は八幡大菩薩の現じ給へるにこそ」とよろこンで、手水うがひをして、是を拝し奉る。（巻十一「遠矢」）

と明確に十善帝王と八幡との対抗関係を設定している。にもかかわらず安徳帝の最期に八幡が描かれることはない（②・③）のであって、八幡は源氏の氏神ではあり得ても、覚一本はこの壇ノ浦合戦において、宗廟神としての八幡を登場させることをしていないのではないか。このことから、次のような問題設定が可能であろう。延慶本が、八幡の神意を媒介として〈安徳帝排除による皇統の正統化〉と〈「武士大将軍」の登場による宝剣喪失の克服〉の二つを達成しているのなら、その根幹である宗廟八幡信仰をとらない覚一本では、これらの問題はどう扱われているのか。つまり安徳帝はなぜ海底に沈んだのか、そしてそれに伴う宝剣喪失という事態を、いかに乗り越えようとしているのか、ということである。

三　覚一本の構造（一）

一点目の安徳帝の問題から、Ａ・Ｂそれぞれの本文についてより詳しく見ていくことにする。すでに見たように、延慶本①が描くのは、宗廟神により排除されてゆく安徳帝の姿であった。覚一本②では、登場するのが二所宗廟ではなく伊勢のみという相違に加え、その神に対し、安徳帝の非を問い糾そうとするのではなく、ただ幼い帝に暇乞いをするよう諭す、という二位尼の発言自体、すでに延慶本とは異質である。こうした叙述をどう読むべきかについて、まずは安徳帝の物語内での処遇が著しく異なることを指摘しておきたい。

覚一本は、章段名こそ「先帝入水」ではあるものの、Ｂ冒頭「主上ことしは八歳にならせ給へども」とあるように、地の文では安徳帝を「主上」と呼ぶ。その直前にも「二位殿はこの有様を御らんじて（中略）神璽をわきにはさみ、宝剣を腰にさし、主上をいだきたてまッて」とある。延慶本では「先帝」で、他諸本はいずれもこれに準じるのだが、物語全体に目を広げれば、覚一本が安徳帝に用いる「主上」の呼称が、壇ノ浦だけのことではないことに気付く。一般に、『平家物語』において安徳帝が「先帝」となるのは、平家と共に都落した時からであり、本文で示せば、

主上外戚ノ平家ニ取レ給テ、西海ノ浪《ノ》上ニ漂ハセ給御事ヲ、法皇御歎《キ》アテ、「主上共ニ三種神器、無二事故一都へ奉《レ》二返《シ》入《レ》一」ト被二仰下一タリケレ共、平家用奉《ヒ》ネハ、大臣以下参入シテ、「抑何レノ宮カ可《キ》レ付二奉位《ニ》一」ト議定有ケルトカヤ。高倉院ノ皇子、先帝ノ外、三所渡ラセ給ケリ。（屋代本）

となる。平家が三種神器と安徳帝の返還を拒んだ瞬間を境に、以後「先帝」として扱われるのであるが、比較の便宜から屋代本を用いただけで、同じことは延慶本も含めてどの他諸本にもあてはまる。(6)

法皇は主上外戚の平家にとらはれさせ給て、西海の浪の上にたゞよはせ給ふことを、御歎きあッて、主上幷に三種神器宮こへ返し入奉るべきよし、西国へ院宣を下されたりけれ共、平家もちゐたてまつらず。高倉院の皇子は、

主上の外三所ましく〳〵き。（巻八「山門御幸」）

とするのは、覚一本のみであり、以後覚一本においては、安徳帝はその入水まで五度「主上」と呼ばれるが(7)、「先帝」とされることは一度もない。その位相差は、

平家は讃岐国八嶋の磯におくりむかへて、元日元三の儀式事よろしからず。主上わたらせ給へども、節会もおこなはれず、四方拝もなし。（覚一本巻九「生ずきの沙汰」）

平家ハ讃岐国屋島ノ儀ニ春ヲ迎テ、年ノ始ナリケレドモ、元日元三ノ儀式コソ事宜シカラネ。先帝マシマセバ主上ト仰奉ドモ、四方拝モナシ。（延慶本。他諸本同様）

と並べてみれば、明らかであろう。加えて、前掲「山門御幸」に記されていた、三種神器を都に返還すべき旨については、以後二度にわたって同様に言及される（巻八「名虎」、巻十一「逆櫓」）が、覚一本はそれをどちらも「主上幷に三種の神器、都へ帰しいれ奉るべき」「主上幷三種の神器、ことゆへなうかへりいらせ給へ」とする。他諸本がいずれも同箇所で三種神器についてのみを言い、安徳帝の帰洛には触れていないことを考えれば、覚一本は安徳帝を、中央政権にとっても取り戻すべき存在であったと描いているということもできよう。生前の安徳帝は決して「先帝」ではないのであって、それは、覚一本における安徳帝の位相を、極めて鮮やかに表現し得ている。[F]に「十善帝王、三種の神器を帯してわたらせ給へば」とあるのは、その端的な表出だろう(8)。

こうした覚一本が「安徳天皇事」にあたる記述を有することもなく、覚一本が安徳帝を、「御罪」によって排除されるべき王として描いてはいないことは、如上の点からだけでも看取できる。覚一本においては、宗廟伊勢が登場するのは、あくまでも安徳帝による「暇乞い」の相手としてである。そのこと自体が、安徳帝がその最期まで罪もなき「主上」であったことの証となり得ようが、さらにこの「暇乞い」というその所作には、いま一つ見過ごせない問題が含まれている。三橋正氏が、貴族の出家作法をめぐり、

院政期には出家によって俗世の姿を変える前に、氏神に対して暇乞《いとまご》いをすることが広く行われていたのである。

〈中略〉そして、出家作法における氏神を拝す儀の意味もまた、仏門に入る直前に現世で世話になった神や人々に対する暇乞いであったと考えてよい。(9)

と説かれていることについて、前掲の名波氏も注意を喚起されているが、覚一本の文脈にあっては、この「氏神拝」すなわち「伊勢への暇乞い」が、さらに③の叙述と絡み合うことで、より強く出家作法のイメージが重なるからである。③で安徳帝は、二位尼の言葉に従って伊勢への暇乞いを行うが、「びんづら」を結っていたというこの時の髪型について、記録類に記される出家の描写の中に、氏神への暇乞いと並んで、

早旦相具四位新少将詣座主御許、〈南陽房、〉舎弟小童出家也、〈中略〉巳時許着童装束、〈狩衣指貫等也、〉向南拝氏神三ヶ度、其後結鬢連《ツラ》、座主令剃始髪給、人々見之已有落涙気、（『中右記』承徳二年八月二十七日条）

と、類似した場面が散見するのである。「鬢連《ツラ》」と明言するのはこの一例のみだが、『兵範記』嘉応元年六月十七日条の後白河院出家の例では、「先太神宮、次八幡」を遥拝した後、「結分左右御髪」とある。(10)尼に抱かれて舷に臨んだ時の「御ぐしくろうゆら〳〵と」と明らかに異なるために、矛盾と解されることの多かった③の本文について、従来は神仏に通じる神聖さを読む解釈があったが、(11)それに加えて、長い髪を左右に分けるというその変化と、伊勢への「暇乞い」とに、出家作法のイメージを重ねることができるのではないかと思う。そうすることで覚一本は、安徳帝の死が神聖なる「主上」の最期であることに重ねて、はかなく途切れた往生への願いも、より強く表現しているのではないだろうか。

そして、以上のような解釈が許されるとすれば、覚一本が、延慶本のごとき「皇統の正統化」というような政治批判的なレベルから、安徳帝の正統性を訴えようとしているわけではないことが、自ずと理解されよう。考えてみれば、安徳帝が入水死を遂げ、後鳥羽帝の流れがその後の皇統として存続していったことは動かしようのない事実であって、

後鳥羽帝即位後の安徳帝は、むしろ他諸本のような「先帝」の方が妥当であろう。(12) それは、覚一本にとっても当然の知識であったはずである。すでに巻九「法住寺合戦」において後鳥羽帝を「主上」と呼ぶ例もあって、覚一本が後鳥羽帝を認めていないわけでもない。その上でなお、安徳帝をその最期まで「主上」として描こうとするところには、覚一本が向き合っているのが、「皇統の正統化」などとは次元の異なる問題であることを見るべきだろう。なぜ罪もない「主上」であるにも関わらず、非業の最期を遂げねばならなかったのか。そこには、覚一本という物語が、この帝に新たに負わせた役割があるのではないだろうか。そのように考えた上で、もう一つの問題である宝剣喪失へと視野を広げれば、壇ノ浦において宗廟八幡の存在が欠けていたことの持つ意味が、表面化することになる。

四　覚一本の構造（二）

前述のように、延慶本は宗廟神八幡を介することにより、皇統の正統化と並んで、失われた宝剣と源氏の武とを繋いでいると見られる。④で「八幡大菩薩、百王鎮護ノ御誓不㆑浅」というのは、そのための回路である。対応する⑤で「昔天照大神、百王をまもらんと御ちかひありける」と、天照大神の百王鎮護思想によって、宝剣喪失に対処しようとする覚一本では、こうした連関も断たれてしまうことになる。(13) つまり覚一本は、失われた宝剣に代わるものの存在を提示していないのである。本当に有職の人の言う通り、「帝運のきはまる程の御事」はないのだろうか。宝剣が失われて、それに代わるものがなくても王権が安泰なら、神代から今まで宝剣が存在したことの意味自体が薄れてしまうが、覚一本がそうした立場を取っているとは思われない。(14) 加えて、延慶本においては、源氏の大将たる頼朝は、宗廟八幡の神意を背負う者であるからこそ、宝剣に代わりうる存在であり、仏法王法の再興者として物語の掉尾で寿祝されているのである。前述のように、八幡を源氏を加護する神としてのみ登場させ、その下で源氏が「主上」を入水死へ追いやったとする覚一本の壇ノ浦合戦は、宗廟神の意志による皇統の正統化ではありえない。源氏は氏神の加護を受けて「主上」に敵対しただけであって、結果としてまさしき「主上」であるはずの安徳帝の入水死と、宝剣の喪失とをもたらした。一方で、「武士大将軍」＝源頼朝の存在は宙づりになったまま、王権の安泰をいう有職の人の言葉とは裏腹の不安だけが後に残ることになる。それは続く巻十二において具現化している。

覚一本は巻十二を

平家みなほろびはてて、西国もしづまりぬ。国は国司にしたがひ、庄は領家のまゝなり。上下安堵しておぼえし程に、同七月九日の午刻ばかりに、大地おびたゝしくうごいて良久し。赤県のうち、白河のほとり、六勝寺皆やぶれくづる。九重の塔もうへ六重ふりおとす。得長寿院も三十三間の御堂を十七間までふりたうす。[a]皇居をはじめて人々の家々、すべて在々所々の神社仏閣、あやしの民屋、さながらやぶれくづる。（中略）十善帝王都を出させ給て、御身を海底にしづめ、大臣公卿大路をわたしてその頸を獄門にかけらる。昔より今に至るまで、怨霊はおそろしき事なれば、世もいかゞあらんずらむとて、心ある人の歎かなしまぬはなかりけり。

という「大地震」の章段で語り起こす。傍線部は覚一本独自の叙述であるが、これは、こちらも独自記事である、続く「紺掻之沙汰」における、頼朝による父義朝への

新なる道場を造り、父の御為と供養じて、勝長寿院と号せらる。

という、平治以来の供養と対になると見る解釈があるように[15]、巻一に平家栄花の端緒として描かれる得長寿院の倒壊と、それに代わる勝長寿院の建立に至る文脈は、巻十二の主役が誰であるかを表明するに十分であろう。この「大地震」について、美濃部重克氏が[16]、それが、「国は国司にしたがひ、庄は領家のまゝ」という古い秩序による平和に対する期待が、その後の世界において空しく裏切られていくことを予告するものであるとの指摘をされているが、これは覚一本の特質を鋭く突いたものといえる。他の語り本とは異なり、「大地震」を巻十二の巻頭に据える覚一本は[17]、

他本に増してその意味に自覚的であったといえよう。その予告が現実となってゆくことの具体相について美濃部氏は、「平家一門の末路」と頼朝の政略をめぐる「歴史的な状況の展開」とを見出され、後者については、それが「王法の衰微に向けて拍車をかけたという否定的側面で捉えられている」として守護地頭設置の記事を重視されるが、都落に際し院宣を要求する義経に対する

九郎大夫判官院御所へまいッて、大蔵卿泰経朝臣をもッて奏聞しけるは、「(中略)院庁の御下文を一通下預候ばや」と申ければ、法皇「此条頼朝がかへりきかん事いかゞあるべからむ」とて、諸卿に仰合られければ、……
（「判官都落」）

という法皇の苦渋は、そうした意味での王法衰微を象徴するものとなっていよう。時忠らの配流に際しても、

同九月廿三日、平家の余党の都にあるを、国々へつかはさるべきよし、鎌倉殿より公家へ申されたりければ……
（「平大納言被流」）

と、他本に見えない記述があることも含め、鈴木彰氏が、「覚一本が頼朝に付与する〈将軍〉像とは、法皇の権力を相対化し、さらにはそれを超越する程のものと考えられる」[18]と論じられたとおりであろう。これらの記事を通して、覚一本は、前節に見た延慶本などとは別の形で、頼朝の権威を視野に入れているのである。

以後、頼朝は平家の子孫を中心に、行家・義憲ら同族までも含めて、自らに敵対しうる者たちへの粛正を断行してゆくが、その様はまさに、かつて水原一氏[19]が評された「魔王」そのものである。覚一本の巻十二後半の構成を眺めてみると、〈六代捕縛・助命〉以降〈行家・義憲最期〉〈忠房最期〉〈宗実最期〉と続き、〈頼朝上洛〉〈法皇崩御〉〈大仏供養・頼朝暗殺未遂〉を挟んで〈知忠最期〉〈盛嗣最期〉〈文覚流罪〉〈六代被斬〉に至ることとなる[20]。その間大原御幸などの建礼門院関連記事による中断を挟まず、また時間的にも、実際は十数年間に亙るはずの出来事を、時間の朧化[21]を伴いながら一気に語るという構成上の特徴を有する覚一本においては、いわば「魔王」の意志は他本に増して強

く、そして途切れることなく貫通しているのである。それは「六代被斬」の

さる程に六代御前は三位禅師とて、高雄におこなひすましておはしけるを、「さる人の子なり、さる人の弟子なり。かしらをばそッたりとも、心をばよもそらじ」とて鎌倉殿より頻に申されければ、安判官資兼に仰て召捕ッて関東へぞ下されける。駿河国住人岡辺権守泰綱に仰て、田越河にて切られてンげり。

という覚一本独自の表現が示すように、巻十二の最後まで通じている[22]。

その間、王法の代表者である法皇の姿は、行家の最期の場面に

「都へはいれ奉るべからずといふ院宣で候。鎌倉殿の御気色も其儀でこそ候へ。はや〳〵御頸を給はッて、鎌倉殿の見参にいれて御恩蒙り給へ」といへば、さらばとてあかゐ河原で十郎蔵人の頸をきる。（巻十二「泊瀬六代」）

と垣間見えるのみで、その後は短い崩御の記事を除いて、表舞台には現れない。同箇所、延慶本にのみ見いだせる

アクル日ノ午時バカリニ、北条平六、五十騎計ニテ幡サ、セテ、赤位川原ニ行会ヌ。「都ノ内ヘハ不レ可レ入」ト云院宣ニテ有ケレバ、コ、ニテ首ヲ刎テケリ。（巻十二・廿二「十郎蔵人行家被搦事　付人々被解官事」）

という対応する記事と比べれば、覚一本が「院宣」を「鎌倉殿の御気色」によって相対化していることは明らかであろう。頼朝の権威を王法の側から意味づける回路を内在させている延慶本[23]とは違い、旧来の王法を凌駕する存在となった頼朝が容赦ない粛正を続ける「魔王」へと変貌していく傍らで、王法の代表者たる法皇の存在は埋もれたまま、覚一本の巻十二は閉幕するのである。

五　覚一本の構造（三）

右に見たような世界の変容について、それを宝剣喪失と関わらせて読む解釈[24]もあるが、同時に、覚一本が「主上の

死」という宝剣喪失と並ぶ重大事件を描いていたことにも、注意が払われてよいのではないだろうか。その意味で、覚一本が、前掲「大地震」の傍線部ａに見るように、その後の展開を予告する大地震と安徳帝の死とを、明確に関連づけた認識を示していることは、看過できない。これは語り本系では覚一本だけの特徴で、ここでも覚一本が安徳帝の存在に対して強い意識を有していることが確認される。それは、覚一本が巻十二の世界を、壇ノ浦以降の流れと脈絡づけていることを示すものだろう。壇ノ浦において「主上」が源氏に攻め落とされるとともに宝剣も失われ、その宝剣に代わる存在も提示されないまま迎えた世界にあって、巻十二が描くような王法の弱体化は、免れ得ない事態であった。覚一本の文脈において、「主上の死」と宝剣喪失とは等価であって、宝剣喪失はいわば「主上の死」を象徴する出来事なのであり、そのことによる王法の危機の克服は、十二巻のうちでは解決されていない問題なのである。ならば、あえて「主上の死」という重大事件を描くことを選択した覚一本は、こうした問題にどう向き合おうとしているのか。それは、十二巻の外、すなわち灌頂巻に求めるしかあるまい。

灌頂巻における女院の仏道生活の中で、平家一門の鎮魂、中でもとりわけ安徳帝の鎮魂が、最も切実な、最重要ともいえる課題であったことは、女院の

仏の御前にまいらせ給ひて、「天子聖霊成等正覚、頓証菩提」といのり申させ給ふにつけても、先帝の御面影ひしと御身にそひて、いかならん世にかおぼしめしわすれさせ給ふべき。（「大原入」）

といった様子や、法皇と向き合って

専一門の菩提をいのり、つねは三尊の来迎を期す。いつの世にも忘がたきは、先帝の御面影、忘れんとすれども忘られず、しのばんとすれどもしのばれず。たゞ恩愛の道ほどかなしかりける事はなし。されば彼菩提のために、あさゆふのつとめおこたる事さぶらはず。（「六道之沙汰」）

と言い放つ、その言葉に示されていよう。「女院出家」にも同様の表現が見えるが、女院がこうした生活を送ること

になったのは、壇ノ浦で死を決意した二位尼の、「昔より女はころさぬならひなれば、いかにもしてながらへて主上の後世をもとぶらひまいらせ、我等が後生をもたすけ給へ」という要請に応えるためであり、囚われて都に上る途上に見た、

昔の内裏にははるかにまさりたる所に、先帝をはじめ奉て、一門の公卿殿上人みなゆゝしげなる礼儀にて侍ひしを、都を出て後かゝる所はいまだ見ざりつるに、「是はいづくぞ」ととひ侍ひしかば、二位の尼と覚て、「龍宮城」と答侍ひし時、「めでたかりける所かな。是には苦はなきか」ととひさぶらひしかば、「龍畜経のなかに見えて侍らふ。よく〳〵後世をとぶらひ給へ」（「六道之沙汰」）

という夢のためであることを、女院はその六道語りの中で明かしている。往生を願って入水した安徳帝の願いは、果たされてはいなかったのである。池田敬子氏[25]が論じられているように、このような課題を背負った女院であればこそ、その仏道生活の完遂、つまり「西に紫雲たなびき、異香室にみち、音楽そらにきこゆ」というその往生は、安徳帝と一門との救済をも保証することになるのではないだろうか。

そしてそれは、安徳帝がまさしき「主上」として死を遂げたがゆえに、単に我が子や肉親への恩愛を背負った一人の女性の問題であるにとどまらない意味を持つ。帝をめぐる文脈が、壇ノ浦から「大地震」以下の巻十二を経て灌頂巻に至ることを考慮すれば、その救済は、同時にその死後の宝剣なき世界の危機をも包み込むことになるのではないだろうか。池田氏はまた、灌頂巻が十二巻の外に特立されることで、女院の往生が、時間的には後の六代の死まで含めて一門の救済を果たすことになるという、「構成による一種のトリック」があることを指摘されているが[26]、この構成のトリックは泉下の平家一門だけでなく、此岸の世界にまでも及ぶものと考えたいのである。

ここまで考察してきて、最後にもう一つ問題が残っている。第三項で提示した、なぜ安徳帝が入水死という非業の最期をとげねばならなかったのか、ということを、覚一本がいかに論理化しているか、という問題である。灌頂巻に

着目する時、この点についてもまた、平家の運命についての次のような記述が注目される。

是はたゞ入道相国、一天四海を掌ににぎッて、上は一人をもおそれず、下は万民をも顧ず、死罪流刑、おもふさまに行ひ、世をも人をも憚かられざりしがいたす所なり。父祖の罪業は子孫にむくふといふ事疑なしとぞ見えたりける。
（「女院死去」）

「父祖の罪業は子孫にむくふ」とは、覚一本に至って初めて見える一文である。「悪行故に子孫が滅びた」という因果観は、佐伯真一氏が[27]、儒や仏の論理そのものではなく、むしろそれらに媒介されながら成立した「日常的次元での常識的な認識」に依拠しているとされたものである。覚一本が、物語の最後を飾る灌頂巻においてそれを「父祖の罪業は子孫にむくふ」と明文化した時、そこには、父祖清盛の罪業こそ、子孫の滅亡という結末なしにはけりのつかない問題であったという認識が提示されているに他ならないであろう。そうした因果律の下に滅びゆく一門の中にあって、最も求心的な存在こそ、安徳帝ではなかったか。安徳帝はいわば、自身の「御罪」ではなく、「父祖の罪業」のために入水したのである。このように考える時、榊原千鶴氏が、壇ノ浦の安徳帝について示された、

安徳天皇その人が、日本の王としての天皇であるからこそ、平家一門の悪業だけでなく、社会の悪や穢れをその身に負うにふさわしい存在であったと言いたい。そして、幼くして流されるその姿は、たとえばかつては幼児の身の穢れを祓うために流されていたという形代《かたしろ》としての雛人形などをも連想させる。[28]

という解釈は、覚一本において安徳帝がなぜ、そしていかなる役割を負って入水死を遂げたのか、という問いに対して、一つの答えとなりはしないだろうか。安徳帝は、平家の子孫であると同時にこの世の「主上」であるからこそ、父祖の罪の精算とともに、乱世の浄化を果たし得た存在なのであり、一方でその死が王法の弱体を招くことになるのもまた必然であった。覚一本の灌頂巻には、そうした役割を背負って海に沈んだ帝を救って、浄化を完遂することと、その鎮魂によって此岸の世界の秩序を回復させることを、二つながら達成せんとする願いがこめられていると考える

ことが、本節の辿り着いた結論である。

むすび

覚一本は、安徳帝入水、宝剣喪失と、一見延慶本に類するとも見える言説を有していたが、前項までの検討によって、そうした記述が形成する終局部全体の構造は、結局延慶本からは大きく隔たった、新たな姿を見せていることを指摘し得たと思う。安徳帝を皇統を汚したものとして排除し、頼朝を失われた宝剣に代わる、仏法王法の再興者として寿祝して物語を終える延慶本とは、まさに表裏をなしているかの感がある。第一項に引用した屋代本のように、こうした問題についてほとんど言及しようとしない諸本があることを考えれば、覚一本の叙述は、その背後に延慶本的な物語世界への強い意識を潜ませているのではないかと思われる。

灌頂巻によって物語を閉じる覚一本の形が、灌頂巻を持たない語り本からの改編によって生まれたということは、おそらく間違いがない。しかし、本節の考察を通していいうるのは、覚一本の終結様式を単に断絶平家型との対比のみによってとらえるべきではないということである。覚一本の背後に延慶本的な世界への意識を見ることができるということは、覚一本の成立が、延慶本的な歴史認識の段階を経ずしてはありえなかったということに他ならない。本文の上で、延慶本が覚一本的なものを取り込んでいることは、櫻井陽子氏の研究(29)によって明らかである。しかし、『平家物語』諸本の流動を、物語の読みを通じてうかがい知ることのできる、歴史に対する解釈とその語り方という面からたどろうとするならば、覚一本の成立は、先行する語り本系からの発展とするのみではなく、延慶本的な認識の段階をもくぐりぬけていると見なければならないのである。語り本が一度脱ぎ捨てたであろう王法の歴史語りという枠組みを再び引き受けて、読み本系とは違う形で物語の中に結実させる。それは、第二部第一章で論じた内容と相似することでもあるが、そこでは読み本系的な性格を代表するものとして延慶本を用いたにすぎなかった。これに対して、「読み本系的」から「延慶本的」にまで絞り込み、終結様式の変遷と絡めて論じる視点を得たというところに、本章における考察の意味がある。

覚一本の文芸的な達成については、従来様々に論じられてきたが、覚一本が、断絶平家型の語り本と、読み本系の一つの到達点たる頼朝賛嘆型という、二大系統それぞれの発展を経て生まれたものであるという理解は、その達成への評価を裏付ける。「覚一本の成立は、二度目の平家物語の成立であった」という松尾葦江氏の指摘は、本章にとっても重い言葉である。(30)

（1）『平家物語発生考』（一九九九年、おうふう）第二編第三章。（引用部初出は一九九七年）

（2）「延慶本平家物語の終局部の構想における壇浦合戦譚の位置と意味」（『文芸言語研究（文芸篇）』第四十五巻、二〇〇四年三月）。

（3）名波氏注（2）論文。なお、氏は延慶本の構想に一二三〇―四〇年代という古い時代の鎮護国家イデオロギーの反映を見ておられる。しかし、生形貴重氏「「先帝入水伝承」の可能性―延慶本『平家物語』「先帝入水」をめぐって―」（『軍記と語り物』第二十四号、一九八八年三月）が指摘するように、壇ノ浦合戦をめぐる諸本関係は複雑で、必ずしも覚一本との間に直接関係を見いだせるわけではなく、本説では、物語としてのあり方の相違として、問題を設定しておくことにしたい。

（4）宗廟神信仰の相違については、すでに源健一郎氏「『平家物語』の継体観―〈四宮即位〉と〈先帝入水〉との脈絡―」（『日本文学』第五十―六号、二〇〇一年六月）に指摘されている。

（5）源氏注（4）論文は、天照大神一神の宗廟神信仰は、南北朝時代に一般的なものであることを指摘する。

（6）「太宰府落」にあたる記事に一例のみ、

平家ハ、緒方三郎惟義カ三千余騎ニテ已ニ寄スト聞ヘシカハ、取物モ不二取敢一、太宰府ヲコソ落給ヘ。（中略）主上腰輿ニ被レ召ケリ。（屋代本）

と、一旦「先帝」となったはずの安徳帝を「主上」と呼ぶ箇所があるが、これも延慶本等に共通している。

(7) 壇ノ浦の二例のほか、注(6)「太宰府落」該当箇所、および後掲の三箇所。

(8) 振り返れば、巻四の福原遷都に際し、清盛の悪行を列挙する一文でも、延慶本が

帝王ヲ奉㆓押下㆒シテ我孫ヲ位ニ即奉リ、王子ヲ奉㆑討チテ首ヲ斬リ、関白ヲ流シテ我聟ヲナシ奉リ、大臣、公卿、雲客、侍臣、北面ノ下﨟ニ至マデ、或ハ流シ、或ハ殺シ、悪行数ヲ尽シテ、所㆑残ルハ只都遷計也。（第二中・卅「都遷事」）

とするところ、覚一本を含む語り本系では、

おほくの卿相雲客、或はながし、或はうしなひ、関白ながし奉り、わが聟を関白になし、法王を城南の離宮にうつし奉り、第二の皇子高倉の宮をうちたてまつり、いまのこるところ都うつりなれば、か様にし給ふにや。（巻五「都遷」）

と、安徳帝の即位に触れることはない。

(9) 『平安時代の信仰と宗教儀礼』第三篇第一章補節（二〇〇三年、続群書類従完成会。初出一九九五年）。

(10) 三橋氏の指摘される資料とも重なるが、他に、『山槐記』応保元年十一月十二日条、『兵範記』久寿二年七月二十二日条、『兵範記』嘉応元年六月十七日条、『兵範記』仁安元年十月二十四日条等に、出家に臨んで「氏神遥拝」と並んで「髪を左右に結い分ける」動作をしていることが確認できる（西口順子氏「女性の出家と受戒」（『京都女子大学宗教・文化研究所研究紀要』第五号、一九九一年三月）によれば、鎌倉期の大宮院、玄輝門院、東二条院、宣光門院なども同様）。なお、『中右記』・『兵範記』の引用は増補史料大成による。

(11) 斎藤慎一氏「実践報告『平家物語』の人物形象をめぐって―教室での風俗考証―」（『国語通信』第百九十六号、一九七七年五月）、生形貴重氏『「平家物語」の基層と構造　水の神と物語』序説（一九八四年、近代文芸社。初出一九七八年）等。

(12) 『愚管抄』や『神皇正統記』、その他皇代記の類なども、安徳帝の治世を、都落以後を含めずに三年と数えている（入水までを数えれば五年）。

(13) Dでは続けて「石清水の御ながれ」に言及しているが、天照大神の百王鎮護思想をいう前後の文脈にあって唐突で、浮き上がってしまっている。源氏注(4)論文はそこに、「宝剣喪失は天照大神の神慮のもとに克服される、という論理を提示するための作為」を読み取られるが、従うべきであろう。また、この「石清水の御ながれ」を仮に八幡との関わりで理解するとしても、壇ノ浦における八幡の神格を考えれば、王権の安泰を保証する言説とはなりえないであろう。

(14) 内田康氏「『平家物語』〈宝剣説話〉考―崇神朝改鋳記事の意味づけをめぐって―」（『説話文学研究』第三十号、一九九五

年六月）は、『平家物語』諸本が、それぞれの方法で宝剣喪失を重大事件として把握しようとしていることを論じられている。

(15) 春日井京子氏「「紺掻之沙汰」の生成と展開―覚一本を中心に―」（『平家物語の成立』一九九七年、千葉大学大学院）。

(16) 「「平家物語」の構成―覚一本巻十二を通して―」（『語文』第五十二輯、一九八九年六月）。

(17) 巻十一と十二の区切りについて、水原一氏「『平家物語』巻十二の諸問題―「断絶平家」その他をめぐって―」（『駒沢国文』第二十号、一九八三年二月）は「副将処刑談―A宗盛処刑談―B重衡処刑談―C大地震」の三つのパターンに整理する。Cは覚一本および延慶本、屋代本はA、八坂系、一方系の下流本はBとなる。

(18) 『平家物語の展開と中世社会』第二部第一編第二章（二〇〇六年、汲古書院。初出一九九五年）。

(19) 水原氏注(17)論文。

(20) こうした覚一本の独自の記事配列については、他諸本との比較を含めて、今井正之助氏の「『平家物語』終結部の諸相―六代の死を中心に―」（『軍記と語り物』第十九号、一九八三年三月）に詳しいので、ここでは触れない。

(21) 美濃部氏注(16)論文。

(22) 厳密にはすでに頼朝の死後であるが、物語中にその名が記されることのない二代将軍頼家より、それまで苛烈な粛正を続けてきた頼朝の方が、この「鎌倉殿」と響き合うところが大きいと思う。

(23) 延慶本のこのような性格については、前節でも触れた。

(24) 高木信氏『平家物語　想像する語り』Ⅳ―9、10（二〇〇一年、森話社。初出一九九二、一九九五年）等。

(25) 「女院に課せられしもの―灌頂巻六道譚考―」（『軍記と室町物語』二〇〇一年、清文堂。初出一九九四年）。

(26) 池田氏注(25)論文。

(27) 「平家物語の因果観」（『日本文学』第三十二―四号、一九八三年四月）。

(28) 『平家物語　創造と享受』第一部―Ⅰ（一九九八年、三弥井書店。初出一九八八年）。

(29) 「延慶本平家物語（応永書写本）本文再考―「咸陽宮」描写記事より―」（『国文』第九十五号。二〇〇一年八月）以降一連の論考。

(30) 『軍記物語論究』第三章―二（一九九六年、若草書房。初出一九九四年）。

第五節　小　括

前節までに述べてきたのは、以下のようなことである。

『平家物語』の研究史が、叙事詩論、延慶本古態説、延慶本古態説への部分的な修正、という歩みを続ける中で、諸本の流動が文学の問題として語られる機会が少なくなってきている。延慶本古態説が、説話ごとの検証を重ねて延慶本の「全体的古態性」を論じたのに対して、近年の本文研究の進展は個々の本文のさらなる精査を通して疑義を呈した。それは大きな前進には違いないが、議論が部分の問題にとどまることは、流動の文芸としての『平家物語』の全体像を見えにくくしている面もあるだろう。諸本間の複雑な関係が明らかになる中で、そこに筋道を見出すためには、部分ごとの本文研究や思想的背景の分析とともに、それらを統合する「読み」という視座が必要なのではないか。そのような問題意識に立つとき、諸本の二大系統である読み本系と語り本系の関係をいかにとらえ、語り本の成立という問題をいかに考えるかということは、一つの有効な論点となるだろう。

序章において提示した右のような意図に基づき、第一部には延慶本と語り本系それぞれの輪郭と位相を見定めるための論考をまとめた。第一章第一節では、延慶本の屋島合戦譚が後次的な改編を経ていることを指摘し、かつて古態と評価された延慶本に再編性を見出すことが、その構想や文学的意図を析出する糸口たりうるのではないかという見通しを述べた。そうした観点から巻十の横笛説話をとりあげ、前後を含む独自の配列がやはり再編によるものであることを明らかにし、それを足がかりに延慶本の新たな構想の解明に踏み込んだのが第二節である。横笛説話の独自の配列と内容は、延慶本もまた、他諸本とは異なる新たな個性を獲得した一異本なのだということをはっきりと示している。このことは第三節でも引き続き論じているが、延慶本は、平家都落の際に敵将頼朝のもとへと走る頼盛の行為を描き出すにあたって、彼が「弓矢取」たることを放棄していたと述べる。その頼盛と、「弓矢取」であることを貫く者達との対照は、頼盛自身の存在の意味と、都を捨てた一門の姿とを照射する。その独自の造型の多くは、他諸本に見えない記事や表現に支えられており、延慶本を他諸本への展開を考える基点と見るべきではない。

このような延慶本に比して、語り本系の位相はいかに理解できるのか、第二章第一・二節では、屋代本を対象として考察を行った。語り本巻十の維盛関連記事は、読み本系的な本文の再編から成っている。その過程を示す痕跡を特に多くとどめる屋代本からは、語り本がいかなる物語として成立したのかということを垣間見ることができる。「世をあぢきなく感じて出家を志し、妻子への愛を断ち切って往生していく」維盛像は、語り本において「妻子への愛ゆえに絶望し、自死を選ぼうとする者が、最後に救われる」姿へと変質している。仏教的に筋道の立った読み本系に比して、語り本系における維盛の救済は情緒的な色合いを強めている。そうした傾向は、維盛北の方の造型に際し、悲劇的な心理描写を削ぐ代わりに、夫のために出家する役割を与えているという点からも、語り本の特質として認められる。これらのことを明らかにした第一節に続き、第二節では屋代本前半部の物語構造に着目した。屋代本が、「平家は悪行故に滅んだ」という語り本固有の因果観的構想に基づきながら、独自の物語を目指していることは、「悪行」という語の用例と、それに関わる構成の上に認めることができる。屋代本の構造からは、「悪行故の滅び」という新たな構想に対して、異本それぞれの理解と方法をもって物語を組み上げていった、語り本の流動の軌跡を読み取ることができる。その屋代本を含めた語り本系と、延慶本などの読み本系の間にある本質的な差異について、第三節では、巻六を中心とする内乱叙述の検討を通じて考察した。語り本系巻六の墨俣合戦譚は、読み本系本文の再編によって成っている。その生成過程には、巻六全体を含む長い範囲における大胆な改編があったと思われるのだが、王法の物語から平家の物語へという変質こそ、その改編の最も大きな意味であったことを、語り本の叙述が示している。一方の読み本系は、特に延慶本に明確なように、王法の物語という枠組みの中で、平家の凋落と源氏の興隆を対にして描く構造を持っており、頼朝挙兵譚を持たない語り本系の形は、それを崩したものと認められる。頼朝挙兵譚は両系統を識別する最大の指標であるが、『平家物語』本来の姿は読み本系に見出すべきであろうとし、同じく両系統の差異に関わる横田河原合戦についても同様に考えた。

延慶本と語り本系それぞれの位相と両者の関係について第一部で得た結果に基づき、「頼朝賛嘆型」「断絶平家型」「灌頂巻型」の三種に大別される物語の終結様式に論点を絞って、その変遷について考察したのが第二部である。第一章では、そのための端緒として巻八の〈宇佐行幸〉前後の叙述に着目し、諸本の関係と読解とを示した。延慶本は、他諸本に対して必ずしも古態性を主張できるわけではないが、〈宇佐行幸〉に関しては最も合理的かつ自覚的な構成を持っている。後鳥羽帝の神器なき践祚を神々の意志で固め、安徳帝の正統性を否定する文脈の中で、八幡神の意志を示す〈宇佐行幸〉は、その要となる意味を果たしているのである。皇統への問題意識は読み本系にある程度共通しているが、それを極度に強く打ち出したのが延慶本であり、一方、屋代本は延慶本的な問題には極めて無頓着に、それゆえに矛盾をも生じさせながら、叙述の焦点を平家の運命に合わせてゆく。この点は、第一部第二章第三節における考察の結果と相似するのだが、同じ語り本系でも覚一本には、さらに踏み込んだ認識が見られる。屋代本などが捨象した問題に再び向き合い、法皇・後鳥羽対平家・安徳という構図を隠蔽するという、延慶本とも異なる形でそれを描こうとするのである。このような姿勢は以後も一貫していることにより、安徳帝の問題を中心とする王法に関する意識が、終局部の変遷をたどる座標軸たりうることが予想される。

以上を踏まえて終結様式の問題を考えるべく、第二章の第一・二節では再び本文の問題から切り口を探った。「頼朝賛嘆型」の延慶本では、平家子孫粛正を語る記述に多くの改編の跡があり、語り本系に対して祖型たる地位を主張できるものではない。語り本と関係が深いのは他の読み本系諸本である。延慶本掉尾の頼朝賛嘆記事も、独自記事と呼応しながら他本にない文脈を形成しており、その終結様式は、物語の終着点たる平家断絶をいかに解釈しいかに描くかという営為の中から生まれたものに他ならず、諸本流動の産物の一つであるという意味において、他諸本と異なるところはない。現存の「断絶平家型」語り本の位置は、延慶本に対する如上の理解に基づいて考察されるべきであり、続く第三節では、巻十二における歴史叙述の意識の差異という点に着目した。読み本系は、頼朝と義経の対立を軸として進行する歴史の中で、王法によって成り立つ世界が移りゆく様を見ようとする。平家の人々の運命も、その中に点描される。その叙述意識は、頼朝賛嘆・建礼門院の往生といった読み本系の終結のあり方とも不可分と思われるが、語り本系にはこのような性格は希薄である。語り本系は、世の行く末を見ようとする以上に人々の末路を見定めようとする傾向が強く、それは表現にも構成にもあらわれている。このような視点を獲得した段階に至ってはじめて、六代の死は物語の結末として定着し得たのであろう。以上の検討からは、両系統はそれぞれ異なる方向に発展を遂げたものと理解することになるが、王法の物語という枠組みに関していえば、再編の中でその色合いを薄めていった語り本系のほうが、より大きな変質を経ていると見られる。二つの系統の関係をこのように理解するならば、問題は自ずと安徳帝の存在へと帰着するだろう。続く第四節では、幼帝の入水という王法にとっての重大事件に対して、諸本の中でも最も強い問題意識を持っていると思われる延慶本と覚一本とを対比させることによって、終局部の変遷に筋道を見出すための考察を行った。延慶本における安徳帝入水は、八幡神の神意とそれを体現する源頼朝による、正統を汚した王の排除である。頼朝は、失われた宝剣に代わる存在でもあり、その政治的意義によってこそ、頼朝の覇権は正当性を得て、掉尾で讃えられる。一方の覚一本は、終局部において宗廟神としての八幡を登場させることはなく、安徳帝を排除されるべき王として扱うこともしない。安徳帝をその最期まで「主上」とする叙述の中には、巻八前半とも通底する、覚一本の新たな論理を読み取ることができる。安徳帝は「主上」として最期を遂げたが故にこそ、平家の悪行がもたらした罪業をその身に背負い、浄化を果たすことができたということ、そして、十二巻の外に特立された灌頂巻において、母建礼門院の祈りによって鎮魂が果たされることで、その浄化は此岸の世界までも包み込むということである。

　この覚一本の終局部からは、延慶本的な物語に対する強い意識が透けて見える。それは、屋代本をはじめとする他の語り本系が捨て去ったものに他ならない。「灌頂巻型」たる覚一本が「断絶平家型」語り本系の本文を基として作られたことは疑いなく、また現存の延慶本には覚一本的本文の取り込みも指摘されている。しかし、歴史に対する認識の段階としては、「断絶平家型」のみならず、「頼朝賛嘆型」との関わりも視野に入れなくては、覚一本の成立を論じることはできない。現存の「頼朝賛嘆型」と「断絶平家型」は、ともにそれらを遡った地点からそれぞれに発展を遂げたものだったが、「灌頂巻型」の覚一本は、その両者の発展を経た上に成立したものといえるのである。この時、「六代の死」を軸に揺れ動いてきた『平家物語』の終結部は、灌頂巻という新たな型を得たのだ。

　以上が、本書において見出した『平家物語』流動の筋道であるが、もとより大まかな見取り図を提示しただけで、掬い取れなかった論点も少なくない。中でも、長門本や四部合戦状本など、延慶本以外の読み本系の位置づけという問題には、十分踏み込めたとはいえない。これらの諸本が灌頂巻（相当部）によって物語を終えていることの意味や機能を問わなければならない。また、延慶本を論じるにあたっては「王法」という言葉をほとんど単一的な意味で用いてきたが、その認識がどのようなものとして発生し(1)、諸本の中でどのような変遷を遂げたのかを明らかにすることも、大きな課題であると思う。異本それぞれの文脈に即した読解は、今後も積み重ねていかなければならないだろう。また、室町期以降無数に作られた八坂系の諸本、あるいは覚一本以下の一方系諸本の流動をいかに論じるかということも問題となる。屋代本と覚一本の混態本とされる、覚一系諸本周辺本文と呼ばれる一群も含めて、一度語り本としての輪郭が定まった後もなお多くの諸本が新たに作られ続けたことの意味については、本書のこれまでの問題意識とは別の角度からの説明が必要となるだろう。いずれの場合も、時代・地域・環境など、微視的な問題にも視野を広げていかなければならないと思う。

また、本書では、読み本系と語り本系の関係を、語り本系は本文の上で読み本系よりも後出性を示すことが多いものの、現存の読み本系諸本もまた、本文レベルでも内容においても、再編を経て獲得した個性を持つものであるととらえた。その意味では、両系統が早い段階で分岐し、二方向へ展開したとする松尾葦江氏の仮説[2]の範囲から出るものではないが、作品の読みを通して見た場合には、語り本の方により大きな変質と、それに伴う大胆な改編があったと考えるのが、本書の立場である。しかし、このような見方を提示したならば、その先に、『平家物語』そのものの成立をいかに考えるかという問題に直面することは避けられないだろう。そうした場合に、現存諸本から帰納できる古態を超えて、成立の姿をイメージするには、他の軍記作品との対比から考察することが、一つの有効な方法となると考えている。中でも、『保元物語』や『平治物語』との関連には、特に注意しなくてはならない。本章で行ってきた物語の終わり方への着目は、そのための一つの視座ともなりうるのではないだろうか。『平家物語』は結局のところ六代の死[3]＝平家の断絶を軸として流動してきたのだという考察結果に照らせば、『保元物語』『平治物語』の古態とされる諸本の幕切れがそれぞれ、

（為朝の首渡しの後）

源ハタヘハテニキト思シニ千世ノ為共今日見ツル哉

昔ノ頼光ハ四天王ヲ仕テ、朝ノ御守ト成リ奉ル。近来ノ八幡太郎ハ、奥州へ二度下向シテ、貞任、宗任ヲ責落シ、武衡、家衡ヲシタガヘテ御守ト成奉ル。今ノ為朝ハ、十三ニテ筑紫へ下タルニ、三ケ年ニ鎮西ヲ随ヘテ、我ト惣追補使ニ成テ、六年治テ、十八歳ニテ都へ上リ、官軍ヲ射テカヰナヲ抜レ、伊豆ノ大島へ被レ流テ、カヽルイカメシキ事共シタリ。廿八ニテ、終ニ人手ニ懸ジトテ、自害シケル。為朝ガ上コス源氏ゾナカリケル。保元ノ乱ニコソ、親ノ頸ヲ切ケル子モ有ケレ、伯父ガ頸切甥モアレ、兄ヲ流ス弟モアレ、思ニ身ヲ投ル女性モアレ、是コソ日本ノ不思儀也シ事共ナリ。

（半井本『保元物語』）

九郎判官は二歳のとし、母のふところにいだかれてありしをば、太政入道、わが子孫をほろぼさるべしとは思はでこそ、たすけをかるらん。今は、かれが為に、累代の家をうしなひぬ。趙の孤児は、袴の中にかくれ泣かず。秦のいそんは、壺の中に養れて人となる。末絶えまじきは、かくのごとくの事をや。　（一類本『平治物語』）

となっていることには、多くの問題点が含まれているように思われるのである。これらの記述と、『平家物語』の

其ヨリシテ平家ノ子孫ハ絶終ケリ。　（屋代本）

を並べてみれば、対象とする時代も近く、成立時期も近接しているといわれるこれら三作品が、いずれも末尾で争乱に関わった武家の存続（断絶）に特別な関心を払っていることに、強く目を引かれるだろう[4]。三者はともに、冒頭で乱勃発以前の宮廷の政治状況を、大きな虚構を交えて記しながら、戦闘の開始とともにそこで戦う武士に焦点を移していく。その上で、敗れた武門の「末」を注視して終わるという構造に共通性が認められるならば、それは中世軍記物語の本質を考える上で、重要な手がかりともなるだろう。その上で、『保元物語』『平治物語』において、半井本や一類本の終結の形が、全ての諸本において保持されているわけではないという事実に目を向ければ、諸本流動という観点から『平家物語』との関連を考える上で、さらに大きな問題を提起することにも繋がるはずだ。

如上の問題に向かうための考察は、『保元物語』『平治物語』という文学作品の中で、右に掲げた終結部が、どのような形で物語全体の中に組み込まれているのかということを読み解くことから始めなければならない。終章では、この点について若干の私見を提示してみたい。

（1）　名波弘彰氏の「『平家物語』の成立圏（畿内）」（軍記文学研究叢書5『平家物語の生成』一九九七年、汲古書院）以降の一連の論考や、弓削繁氏『六代勝事記の成立と展開』（二〇〇三年、風間書房）などは、この点に関する研究として特に注目される。

（2）『軍記物語論究』第三章―三（一九九六年、若草書房。初出一九九五年）。

（3）以下の引用は、新日本古典文学大系『保元物語　平治物語　承久記』（一九九二年、岩波書店）による。

（4）一類本『平治物語』に関しては、延慶本『平家物語』の頼朝賛嘆との類似が言われることが多かったが、子孫断絶（存続）への注視という意味において、六代被斬との関連からの検討も必要であると思われる。

終章　『保元物語』『平治物語』への展望

第一節　半井本『保元物語』終結部の解釈

一　問題の所在

半井本『保元物語』は、乱後大島に流された源為朝が伊豆七島、さらには「鬼島」までも支配し、最終的に朝廷から追討されるまでを語って幕を閉じる。このいわゆる為朝渡島譚は、いかなる構造で物語の中に組み込まれているのか。この記事を持たない諸本や、異なる配列をとる諸本がある中にあっては、物語の本質とも関わる問いであろう。それを解きほぐすことは、半井本を理解する上で不可欠の作業であると思われる。渡島譚を含めて、為朝論はこれまで数多く書かれてきた(1)。それらに学びながら稿者なりの検討を試みたい。

問題は、以下に引く終結部に集約されている。物語は、為朝の首が入京するにあたってひとつの落首が詠まれたことを明かし、為朝評に続けて保元の乱自体に言及して終わる。

A 源ハタへハテニキト思シニ千世ノ為共今日見ツル哉

B 昔ノ頼光ハ四天王ヲ仕テ、朝ノ御守ト成リ奉ル。近来ノ八幡太郎ハ、奥州へ二度下向シテ、貞任、宗任ヲ責落シ、武衡、家衡ヲシタガヘテ御守ト成奉ル。今ノ為朝ハ、十三ニテ筑紫へ下タルニ、三ケ年ニ鎮西ヲ随ヘテ、我ト惣追補使ニ成テ、六年治テ、十八歳ニテ都へ上リ、官軍ヲ射テカヰナヲ抜レ、伊豆ノ大島へ被レ流テ、カヽルイカメシキ事共シタリ。廿八ニテ、終ニ人手ニ懸ジトテ、自害シケル。為朝ガ上コス源氏ゾナカリケル。[C]保元ノ乱ニコソ、親ノ頸ヲ切ケル子モ有ケレ、伯父ガ頸切甥モアレ、兄ヲ流ス弟モアレ、思ニ身ヲ投ル女性モアレ、是コソ日本ノ不思議也シ事共ナリ。(2)

（一四一頁）

便宜的に付したABCの記号を用いて整理する。注意されるのは、まずAにおいて、首となって入京した為朝の姿が、「タエハテ」た源氏たちとの対比において捉えられているということである。十八歳で保元の乱を戦った為朝が二十八歳になっていたというから、時はすでに平治の乱を経た仁安元年。文字通り源氏が「タエハテ」ていたかに見えた中で、首となって入京した為朝が、「千世」続くほどの印象を、都人の心に刻んだということだろう。(3)それほどまでに強烈に記憶にとどめられることになった要因として、彼の事跡を列挙するのがBである。「上コス武士」がいないのではなく「上コス源氏」がいないのだとする記述に明らかなように、為朝の評価は、ここでも他の源氏との対比においてなされていることが目を引く。やがて来る頼朝の世への予感までも漂わせているかに見える落首とともに、保元・平治の乱を通じて「タエハテ」た源氏たち、さらには昔の頼光や義家に比してさえ別格の地位を与えられていることの意義は、Bの内容が示すとおり、渡島譚のみの範囲を超えて、この物語全体における為朝の位置づけと関わるだろう。Bの評価が、「朝ノ御守」となった先祖たちとの対比という形でなされていることも問題である。彼らと為朝を並べて為朝の方に軍配をあげているのだとすれば、「朝ノ御守」とはならなかった為朝の中に、半井本は何を見ていたのか。それは、「タエハテ」た源氏とは異なる「千世」の名を残したこととどう関わるのか。

その上で考えなければならないのは、如上の為朝の事跡を語って物語を閉じるということの意味である。保元の乱とその戦後処理は、Cが告げるように、まさしく骨肉の争いだった。その乱を語り納めるのに、直前の崇徳院説話

（治承三年までを含む）と時間を逆転させてまで為朝の記事が選ばれていることの意味は、半井本全体の構造に関わるものとして理解されなければならないだろう。その考察は、従来、為朝個人の話題を離れた、乱全体の総括として読まれることが多かったC以下について、新たな解釈の可能性を浮上させるものともなるのではないか。本節は、以上のような関心から、主として為朝描写の分析を通じて、半井本の一面について論じようとするものである。(4)

二　半井本の為朝

迂遠なようだが、為朝が初めて話題に上る場面にまで遡って検討する。崇徳院方から招集された為義は参戦を渋り、息子の為朝を代官として派遣しようとする。この時、為義が為朝について述べた言葉の中に、終結部へと通底する、為朝造型の基本的な問題点は出揃っている。

八郎ニ当リテ候為朝冠者、此間、九国ニテ生立テ、弓箭ノ道不レ暗候ヘ。今年ハ十七カ八カニ罷成テ、タケウヰサメル者ニテ、「兄義朝ニモヲトラジ」トゾ申ケル。為朝ガ可レ然弓取ト生レツキタル事ハ、弓手ノカヰナスデニ四寸マサリテ、弓ノホコ普通ニスギ、矢ツカ人ニモ勝テ候也。余ニ不用ニ候テ、筑紫ヘヲウテ候ヘバ、豊後国ヲトナシガ原ニ居住シテ、尾張権守家遠ヲ傅ニテ、鎮西ニシタガハザリケル名主共シタガヘントテ、十三ト申シ、十月ヨリ、軍ヲシソメテ、十五ノ三月マデ、大事ノ軍共廿余度罷合テ、城ヲ落ス其支度、敵ヲ打ハカリ事、人ニスグレテ候也。三年ニ九国ヲシタガヘテ、上ヨリモナサレヌニ、我ト鎮西ノ惣追補使ニ成テ、今年六年ニ候ツル也。為朝ガ狼藉ノ故ニ、為義、此程解官セラレマイラセテ候。折節、可レ然コソ候ラメ。為朝ヲ代官ニマヰラセ候ハン。召テ、打手ノ大将仰ツケラレ候ヘ。（一一三頁）

為朝は、「可レ然弓取ト生レツキタル」武力と、「タケウヰサメル」気性とを備えた武者として登場してくる。それゆえに父から放逐されながら、九州の地を制して「我ト鎮西ノ惣追補使ニ成」っていたという。同じ内容は、崇徳院方の手分けが決まり、為朝が一人で大事の門を固めることになった際に、より詳しさを増して繰り返され、そこでは

将門ニモ勝レ、純友ニモ超タリ。（三二頁）

との記述が加わることになるのだが、いま注目したいのは、「タケウヰサメル」気性のほう、為朝がその視線の先に何を見ていたのかということ、そしてその背後にいかなる意識を潜ませていたのかということである。何のために、何を望んで、猛く勇んで己の武威を振るおうとするのか。彼自身の言葉には、次のようにある。

「更ヌダニ、判官殿、幼少ヨリ兄弟共ヲ押ノケテ、我一人世ニ有トスルエセ物トテ、久不孝ノ身ニテ有ガ……」（四四頁）

「為朝ヲ幼少ヨリ「兄弟皆打失イテ、我一人、世ニアラントセンズルエセ者也」トテ悪レテ、久ク不孝ノ身ニテ有ガ……」（五八頁）

では、為朝にとって「世にある」とは、より具体的にはどのようなことか。(5)おそらくそれは、渡島譚の冒頭に置かれた

「哀レ、安ヌ物哉。朝敵ヲ責テ、将軍ノ宣旨ヲモ蒙、国ヲモ庄ヲモ給ハルベキニ、イツモ朝敵ト成テ、流レタルコソ口惜ケレ。今者此島コソ、為朝ガ所領ナレ」（一三六頁）

という言葉に尽きる。武功によって所領を得ること、それこそが「タケウヰサメル」武者としての為朝を衝き動かしていた力の源泉なのだ。朝敵となっても屈することのないほどの強靭さを有している点に、それが為朝造型の本質に関わることが窺えよう。彼が

「為朝ハ兄ニモツルマジ、弟ヲモ具スマジ。其故ハ、人ノ不覚我高名、我不覚人ノ高名、分テ見ユマジケレバ、千騎モアレ、万騎モアレ、コハカラン方ヘハ、為朝ヲ一人指遣、一方ハ射破ラン」（二八頁）

と、己一人の高名を心にかけて戦っていたのも、そのためなのである。九州を制し、「我ト鎮西ノ惣追補使ニ成」っていたというのも、如上の意志の端的な発現だろう。(6)

だが為朝にとって、九州は最終目的地ではなかったようだ。

「糸ド為朝ヲバ、鎮西ノ勢ニテ関東セメント云ナレバトテ、久不孝ノ身ニテアルガ……」（二九頁）

という言葉に示されるように、為朝は「関東」を目指していたらしいのである。それは、

「此合戦ニ打勝テ、東国知行セン時、キヤツバラヲコソ召仕ハンズレ」（六七頁）

と、類似の言葉があることからも裏付けられる。ここには、半井本の為朝について論ずる上で不可欠の問題がある。なぜ為朝は、その視線の先に関東を見るのか、為朝にとって東国とはいかなる意味を持つのか。次のような記述に注目したい。

（鎌田正清に対して）「是ハ筑紫八郎為朝也。汝ハ一家ノ郎等ゴサンナレ。サコソ日ノ敵ニ成共、争カ己ハ相伝ノ主ヲバ可レ討ゾ。引テノケ」（五五頁）

大庭平太、同三郎（中略）御曹司ノ御前ニ引ヘテ申ケルハ、「音ニモ聞食ラン。昔、八幡殿ノ後三年ノ軍ニ、金沢ノ城責ラレシニ、鳥海ノ館落サセ給ケル時、生年十六歳ニテ、軍ノ前ニ立テ、左ノ眼ヲ射ラレ乍答ノ矢ヲ射テ、敵ヲ打取テ、名ヲ後代ニ留タル鎌倉ノ権五郎景政ガ五代ノ末葉ニ、相模国住人大庭平太景義、同三郎景親」ト名乗ケリ。御曹司、此ヲ聞テ、「猿者有トハ風ニ聞タリ。猿ニテハ汝等モ、為朝四代相伝ノ家人ナ」（六二頁）

鎌田・大庭らに向かって「相伝」の立場をふりかざす根拠は、自らの先祖である頼義・義家が、かつて東国に地盤を築いたこと以外にありえない。(7)換言すれば、源氏の血を引く者としての強烈な自負が、(8)東国に対する意識と表裏のものとして、「タケウヰサメル」為朝の中にあるということだ。為朝はまた、右の大庭への言葉に続けて

「坂東ノ者ニ手浪見スル事ハ、是ガ始ニテ有ゾ」（六二頁）

とも述べて、「相伝ノ家人」に己の武威を見せつけている。その過剰なまでの東国への意識は、源氏たることへの自負と不可分のものとして理解されなければならないのである。

それゆえに、「タケウヰサメル」為朝は、「此合戦ニ打勝テ、東国知行セン」ことを目指す。その強固な源氏意識は、「我高名」を心にかけて戦場に臨んだその初めの敵に、

「源氏ハ、誰カハ不ㇾ知、清和天皇ノ苗裔ニテ、為朝マデ九代ニ当レリ。六孫王ノ七代、満仲ガ六代ノ後胤、頼義ガ四代ノ孫、八幡太郎義家ガ四男、六条判官為義ガ八男也」　（四七頁）

と高らかに自己の系譜を宣言しているところからも明らかである。それが、他本に比して半井本の為朝に特に顕著に認められるということにも注意しておきたい。右の名乗りは、例えば金刀比羅本では、「源氏は清和の御末、為朝迄は正く九代也[9]」とあるにすぎない[10]（京図本同様）。同じく金刀本では、為義招集の際、頼義の伊予守・義家の陸奥守を望んで果たされなかった過去を口にする為義に対して、教長は「御方として忠をいたされ候はゞ、たとひ卿相の位に昇とも堅かるべしや」と口説いている（鎌倉本・京図本類似）。父祖に近づこうとする意志を為義の参戦理由の一端とするのだが、半井本はこの位置に当該記事を欠く。嫡子義朝は、合戦前の昇殿を「六孫王より伝はれる弓矢の面目」と評され、義家ゆかりの家伝の鎧「八龍」を纏う（金刀本。鎌倉本・京図本類似）が、半井本にはこれらの場面も見えない。半井本において、源氏の血統を誇ることは、ひとり為朝にのみ許された行為なのである。

三　為朝造型の論理

本節は、「タケウヰサメル」気性と分かちがたく結びついたこの源氏としての強烈な自負を、半井本の為朝造型を読み解く鍵と見る。それは、時には

「糸ド為朝ヲバ、鎮西ノ勢ニテ関東セメント云ナレバトテ、久不孝ノ身ニテアルガ、マレ〱ニユルサレテノボル物ノ大勢引具シテノボルナラバ、ヨモ京ヘハ入レラレジ。志アラン者ハ、後々ニノボレ」トテ、皆打捨テゾ上タル。（二九頁）

八郎思ケルハ、「更ヌダニ、判官殿、幼少ヨリ兄弟共ヲ押ノケテ、我一人世ニ有トスルエセ物トテ、久不孝ノ身ニテ有ガ、適許リテ、親ノ前ニテ、兄ニ争イカケタランモ悪シカリナン」ト思テ、……（四四頁）

「義朝ハ内ヘ参給ヘリ。又、為義ハ院ヘ参ラルヽ。「内勝セ給ハバ、汝ヲ頼テ、我ハ参ラン。院勝セ給ハバ、我ヲ頼テ、汝ハ扶レ」ナンド、内々約束モヤ有ランニ、爰ニテ射落テハ、後悔可レ有。其上、イトヾシク、為朝ヲ幼少ヨリ「兄弟皆打失イテ、我一人、世ニアラントセンズルエセ者也」トテ悪レテ、久ク不孝ノ身ニテ有ガ、マレニ許リテ上テ、親ノ免シモ無兄ヲアヘナク射殺テ、重テ不孝セラレテハ、如何アラン」ト思直テ、矢ヲ指弛ス。（五八頁）

と、自身の行動を掣肘するものとしてさえ現れる。源氏としての自らの存立基盤を切り崩すような行為に対して、実に慎重である(11)。為朝の源氏としての意識は、それほどに強固なのだ。これらのことを踏まえれば、一方で、「可レ然弓取ト生レツキタル」という武力が

伊藤五重テ申様、「昔、伊予守殿、貞任・宗任ヲ責ラレケルニ、クリヤ河ノ城ヲ落テ後、武則ガ八幡殿ニ申ケル、「君ノ弓勢程、拝ミ奉バヤ。甲冑ヲヨロウト云ヘ共、当ル者ノ倒レ不レ伏ト云事無」ト申ケレバ、金能鎧ヲ木ノ枝ニ三両懸テ、六重ヲ射通シ給ケレバ、「神変化」トゾ申ケル。イトヾ帰伏シ奉ケリ。其ハ伝テコソ承及候ヘ。是ハ眼前也。一人シテ鎧ノ四五両モ重テ着ザランニハ、人種有マジ。如何センズル。引返セ給ヘ」ト申ケレバ、……（四八頁）

と、まさしく義家の再来としての姿をとって発現していることも、重要な意味を持ってくるだろう。半井本の為朝は、

源氏としての自負を誰よりも強く持つと同時に、語り継がれる源家の英雄義家の強弓と、同等の武力を有する存在なのである。いわば、意識の上でも実力の上でも、誰よりも純粋な源氏なのだ。そして、問題はその先にある。ここで、

タケウヰサメル者ニテ、「兄義朝ニモヲトラジ」トゾ申ケル。為朝ガ可レ然弓取ト生レツキタル事ハ、弓手ノカヰナスデニ四寸マサリテ、弓ノホコ普通ニスギ、矢ツカ人ニモ勝テ候也。余ニ不用ニ候テ、筑紫ヘヲウテ候ヘバ……　（二三頁）

という為義の言葉に立ち返らなければならない。「タケウヰサメル」気性と「可レ然弓取ト生レツキタル事」とは、為朝の、源氏としての本性の発露である。だがそれこそが、彼が父から疎外される要因であったというのである。

誰よりも純粋な源氏であったがゆえに、源氏一族の中に身を置くことができずに疎外されてゆく。半井本の為朝造型における最大の問題は、この点にある。周知のように、半井本は、天皇家・摂関家内部の「愛子」の情に端を発するもつれに、保元の乱という骨肉の争いの因を見る。(12) 鳥羽院の近衛帝に対する偏愛、忠実の頼長に対する偏愛によって、崇徳院・忠通が不満を募らせてゆく一方で、鳥羽院と崇徳院、忠実と忠通の間にあった対立には、ほとんど筆を染めていない。そうした中にあって、これほどまでに「父に愛されなかった子」の存在が明確にされているのは、意図的なものだろう。

以上のことが、第一項に示した終結部に通じる問題として立ち現れてくるのは、敗戦後、為朝と為義が袂を分かつ場面である。

六人ノ子共、山へ尋テ上リタリ。其中ニモ為朝ガ父ニ申ケルハ、「サテシモ山ニヲワスベキ事カ。坂東ヘ下ラセ給ヘカシ。今度ノ軍ニ上リ合ヌ義明、畠山庄司重能、小山田別当有重等ヲ、太政大臣、左右大臣、内大臣ニモ成シ、是等ガ子共ヲ、大納言、宰相、三位、四位、五位ノ殿上人ニ成シヲキ、将門ガシタリケル様ニ、我身ヲ親王ト号シテ、奥ノ基衡カタライテ、ネズノ関ヲ堅サセテ、奥大将軍ニハ、四郎左衛門ヲ下申、海道ヲバ掃部権助ニ

堅メサセ申、山道ヲバ七郎殿ニ固メサセ申テ、坂東ノ御後見為朝シテ、世中ナドカスギザルベキ」トゾ申タル。
父ノ義法房申ケルハ、「若ク盛リナリシ時、陸奥守ニ成ラデ、今老衰ヘ、朝敵ト成。出家入道ノ後、其ホドノ可レ有二果報一共不レ覚。如何シテ病モ直リ、命ヲモ扶ルベシト思ズ。一日モ忍ブベシ共不レ覚。我身ノ合期シタラバコソ、子共引具テ、東国ヘモ趣キ、山野ニモ籠ラメ……」　（九三頁）

為朝はあくまでも東国を目指す。武力によって東国に跋扈しようとする本性は、敗戦後も少しも変わっていない。一方の為義は、その意志も力も失っている。いや、彼もまた、若い頃には源氏の正統として陸奥守を目指し、父祖の歩んだ道を進もうとしていたのだ。右の引用に先立つ出家の場面でも、それが果たされなかった時の挫折を回顧している。だが今の為義にその気力はない。己の命を継がんとして、後白河方についた長男の義朝を頼ってゆくことしかできない存在なのだ。ただ一度、清盛の策略にはまって斬られることが明らかとなったとき、「哀、八郎冠者ガ千度制シツル物ヲ（一〇二頁）」と気づいたのちに、

六孫王ノ六代ノ末葉、満仲ガ五代ノ末ニ、伊予入道頼義ガ孫、八幡太郎義家ガ四男也。昨日マデ謀反ノ大将也。今日、出家ノ姿ナレ共、弱気見ヘジトテ、押ル袖ノ下ヨリモ、余テ涙ゾコボレケル。　（一〇三頁）

という程度の矜恃を取り戻すに過ぎない。

為朝の中に宿っているものを、為義は失って久しいのだ。そしてそれこそが、二人の道を分けたのである。為朝は、父に疎まれたその本性ゆえに、一族と運命をともにすることなく離脱してゆく。そうして決別した二者が、その後いかなる道を歩むことになるのか。ここにおいて、為義の処刑が、実子義朝によってなされたものであるということは、極めて重い意味を持つ。父為義と同様に義朝によって処刑されてゆく乙若・亀若・鶴若の幼い兄弟たちのうち、死を前に乙若が残した言葉、

「哀、下野守ハ悪クスル物哉。是ハ清盛ガ讒奏ニテコソ有ラメ。親ヲ失ヒ、弟ヲ失ヒ終テ、身一ニ成テ、只今源

氏ノ胤ノ失ナンズルコソ不便ナレ。二年三年ヲヨモ出ジ」（一〇八頁）

によって、同族間の殺し合いがやがては源氏の断絶に通ずることが予告されているからである。その言葉通りに、平治の乱で義朝は滅亡する。半井本は、そのことを描いて

一年セ保元ノ乱ニ乙若ガ云シ詞ニ少モ違ズ。（一三三頁）

と告げる。源氏の一族は皆、骨肉の争いの中で滅びていったのであり、義朝の死さえその連鎖の中にあるものとして語られるのだ。平治の乱はまた、崇徳院の怨念によって引き起こされた事態でもあった。保元の乱という骨肉の争いによって生み出された敗者の怨嗟が、以後の歴史にも波及していったとするのが、半井本の叙述である。その連鎖の中で多くの者が滅び、清盛すらもそこから自由ではなかった。崇徳院らの憑依は清盛を

其後、清盛、次第ニ過分ニナリ、太政大臣ニ至リ、子息所従ニ至マデ、朝恩肩ヲ幷ル人ゾ無。ヲゴレル余ニ、院ノキリ人中御門ノ新大納言成親卿父子ヲ流シ失ヒ、西光父子ガ首ヲ切リ、摂録臣ヲ備前国ヘ移奉リ、終ハ院ヲ鳥羽殿ヘ押籠進スルモ、只讃岐院ノ御祟トゾ申ケル。（一三五頁）

という行為へと走らせる。清盛の後半生を「おごり」の語によって捉える背景には、その滅びまでを見通した『平家物語』的な認識があるだろう(13)。保元の乱を捉える半井本の射程は、そこまで及んでいる。

その骨肉の争いの連鎖から、ただ一人違う地点を生きたのが、為朝なのである。前掲の

「哀レ、安ヌ物哉。朝敵ヲ責テ、将軍ノ宣旨ヲモ蒙、国ヲモ庄ヲモ給ハルベキニ、イツモ朝敵ト成テ、流レタルコソ口惜ケレ。今者此島コソ、為朝ガ所領ナレ」

という言葉に明瞭なように、為朝は為義と別れた後も、捕らえられ、流罪となってなお、その本性のままに前進することをやめていない。その果てに、一族の他の者たちとは全く異なる死を遂げるのである。自身の生き方を貫いて父と決別すること、それは、骨肉の争いの連鎖からただ一人抜け出ることでもあったのだ。

前掲の終結部のAにおいて、為朝が「タエハテ」た源氏との対比によって語られていたことの意味は、まさにこの点に存する。続くBで、その為朝の事跡を「カ、ルイカメシキ事共シタリ」と締めくくっていることも、それと関わっていよう。「イカメシ」とは、

「是御覧候へ。筑紫ノ八郎殿ノ弓勢ノイカメシサヨ」（四八頁）

などと、保元の合戦において為朝の弓勢を語るのに繰り返し用いられていた語である。(14) 源氏としての力を象徴する語は、自身の道を貫いた生涯の謂でもあるということだ。為朝は、誰よりも純粋な源氏として、その「イカメシ」き生を貫徹した。それこそが、骨肉の争いの中で「タエハテ」ていった一族と為朝を分かつ、決定的な要因だったのである。

四　終結部の解釈

以上のように考えるならば、終結部のBにおいて、為朝が「朝ノ御守」となった先祖たちと並べられて、「上コス源氏ゾナカリケル」と評されていたことの意味も見えてくるだろう。為朝もまた、「朝敵ヲ責テ、将軍ノ宣旨ヲモ蒙、国ヲモ庄ヲモ給ハル」という、先祖たちと同じ道を歩むことを志してはいた。それが今、朝敵のまま終わろうとしている。(15) その時にあってもなお、「国ヲモ庄ヲモ」我が物にするという望みは捨てていないのである。そのために、伊豆七島、さらには「鬼島」までを武力で制してゆく。武功によって所領を得んとする、その「イカメシ」き本性にとって、「朝ノ御守」となることは、必ずしも本質的な問題ではないのだ。戦に勝って関東を知行することを望んでいた為朝が、敗戦が明らかになった段階で、坂東に朝廷から独立した新たな政権を作ることを、為義に対してたやすく進言したのも、それゆえであろう。いやむしろ、朝廷という後ろ盾を失い、関東への望みを絶たれてもなおその生き

方を貫いたという点において、為朝は、「朝ノ御守」となった先祖たちより純粋だとさえいえるのだ。「為朝ガ上コス源氏ゾナカリケル」という評が与えられるのも、「タエハテ」た源氏たちとは異なって、「千世」の記憶に残る存在となり得たのも、ひとえにそのことによる。

そこには、「武」というものに対する半井本の理解が垣間見える。それは、「朝ノ御守」となり得る力であると同時に、場合によってはいつでも朝廷に牙をむく存在ともなるものなのだ。誰よりも純粋な源氏は、同時に「将門ニモ勝レ、純友ニモ超」たる武者なのである。上巻の冒頭近くで、鳥羽院の熊野詣を通じて、

「明年必ズ崩御アルベシ。其後ハ、世ノ中手ノウラヲカヘスガ如クナランズルゾ」（七頁）

と語られるように、保元の合戦が、うち続く乱世の端緒なのだとすれば、その果てにやがて訪れる新たな時代を予告するものとして、半井本の為朝に対する評価は、「武」の本質を突いているともいえるだろう。だが同時に半井本は、その力がストレートに民衆に向かえばどうなるかということまでも暴き立てているようでもある。為朝の最期に際して

筑紫八郎ノ方人スベキ人モナシ。或ハ親ガ指切ラレテ鳴子共アリ。カヰナ折レテ歎クアリ。此人ノ無ラム事ヲ悦ケル。（一四〇頁）

という描写には、それが端的にあらわれているのではないだろうか。

いずれにせよ、半井本における為朝は、源氏としての本領をとことんまで発揮し、そのことによってただ一人、保元の乱という骨肉の争いを突き抜けていった存在なのだ。それゆえに、物語の掉尾を飾るのである。ならば終結部のC、

保元ノ乱ニコソ、親ノ頸ヲ切ケル子モ有ケレ、伯父ガ頸切甥モアレ、兄ヲ流ス弟モアレ、思ニ身ヲ投ル女性モアレ、是コソ日本ノ不思儀也シ事共ナリ。

の部分、この「是」の語の解釈を、保元の乱を総括したものとして限定してしまう必要はあるまい。語り手が、保元の乱が骨肉相剋の争いであったことに対して驚嘆していないというのではない。そのこと自体、十分な驚きを以て捉えられているのだろう。しかし、だからこそその中をただ一人突き抜けていった為朝という存在に対して、「不思議」と言わずにはいられないのではなかったか。「是」とは、直接的には為朝がなした「カ、ルイカメシキ事共」を指すと解釈したい。[16]保元の乱という骨肉の争いの中で多くの者たちが滅びていった。けれど、この為朝の事跡だけは「不思議」のことである、ということだ。

さらに付言すれば、類似の配列と記事を有する京図本でさえ、最後は

一かたならぬ哀はこのときなりとぞ申ける。[17]

と、「哀」一般に焦点を拡散させており、右のような解釈は成り立たない。Cに該当する記述を持たない流布本や、政道論にも似た独自の評を以て締めくくる鎌倉本についても同様であり、金刀本は渡島譚自体を持っていない。古態といわれる半井本が、全ての面で他諸本に先行する姿を残しているのかどうかはなお検討を要するだろうが、これら諸本の様相は、為朝をいかに形象し、その死をいかに意義づけて描くかという問題が、『保元物語』終結部の流動をたどる上で一つの軸になることを示しているのではないかと思われる。

（1）紙幅の都合でそれら全てには触れ得ない。原水民樹氏「『保元物語』の生成と変容の場―研究史展望に立って―」（『日本文学』第五十八―七号、二〇〇九年七月）等参照。
（2）引用は岩波新日本古典文学大系により、表記を一部あらためた。（　）内に頁数を示す。
（3）当該歌の解釈については、野中哲照氏「『保元物語』の〈現在〉と為朝渡島譚」（『国文学研究』第百四集、一九九一年六月）が詳しい。「渡島譚」の語も同論による。
（4）平野さつき氏「『保元物語』の結語について」（『古典遺産』第四十一号、一九九一年二月）など。

（5）この点に関しては、須藤敬氏「源為朝論―「我一人、世ニアラン」―」（『日本文学』第四十三―九号、一九九四年九月）があるが、本節とは観点が異なる。
（6）野中哲照氏に、為朝について「自らの軍功と名誉の為に戦う姿」とする指摘がある（「為朝像の造型基調―重層論の前提として―」『軍記と語り物』第二十四号、一九八八年三月）。
（7）野口実氏『源氏と坂東武士』（二〇〇七年、吉川弘文館）など。
（8）為朝が、「清和源氏という己れの出自に絶対的な自負を有している」ことは、原水民樹氏「『保元物語』の一側面―合戦譚の姿勢と為朝形象の吟味から―」（『徳島大学学芸紀要』第二十七号、一九七七年十一月）に言及されている。
（9）岩波日本古典文学大系による。
（10）安部元雄氏「『保元物語』における為朝像の原型について―八幡太郎義家像との関連から―」（『宮城学院女子大学研究論文集』第五十三号、一九八〇年十二月）に指摘がある。
（11）平野さつき氏「半井本『保元物語』における為朝について―〝孝子的側面〟の本質を中心に―」（『軍記と語り物』第二十六号、一九九〇年三月）は、これらの記述が「孝子為朝」を示すものとして読まれてきたことを見直すべきだと主張する。その為朝論は、本節にとっても示唆に富むものである。
（12）日下力氏『平治物語の成立と展開』前篇第六章第一節（一九九七年、汲古書院。初出一九七八年）。
（13）佐伯真一氏「『平家物語』の「おごり」」（『国語と国文学』第八十四―二号、二〇〇七年二月）。
（14）「イカメシ」への注目は、平野氏注（11）論文など。
（15）野中氏注（6）論文は、「公権を渇仰しながら遂に逆賊で終わろうとしている武人の悲劇」を見る。
（16）為朝の話とC以下を連結するものと捉える視点は、すでに池田敬子氏「『保元物語』諸本の意図―末尾三章段考―」（『軍記と室町物語』二〇〇一年、清文堂。初出一九八四年）によって示されている。
（17）『京都大学附属図書館蔵保元物語』（一九八二年、和泉書院）による。

第二節　一類本『平治物語』試論

はじめに

『平治物語』の原作者は「王朝体制帰属意識」に基づいて物語を構想している。朝廷の安泰を第一と考える立場から、朝廷への反逆者が忠臣たちのはたらきによって追討される過程を描こうとする。現存最古態本である第一類本において、その姿勢が後半にいたって希薄になり、謀反人である義朝一族への同情に傾斜してゆくことを、志向の「ゆれ」であると捉える。(1) 一類本において、最終的に頼朝の天下を語るまでに源氏関係の記事がふくれていったのは、増補が繰り返された結果である。(2)

この日下力氏の的確な指摘の中に、一類本『平治物語』の重要な問題点は尽くされている。それゆえに、これまで広く受け入れられてきた。そこに、近時新たな見解を示されたのが、佐倉由泰氏である。(3) 佐倉氏は、一類本において藤原信頼が徹底して「戯画化され、愚弄され、罵倒され」る人物として造型されていることを、「『平治物語』の歴史叙述の切り札であり、本質である」と見る。実像からかけ離れた「信頼像の周到で執拗で悪辣な捏造」が必要とされたのは、「王朝体制帰属意識」のためではない。「「朝敵」であった源氏をできるだけ肯定的、同情的に書く」ために、信頼に平治の乱の全責任を負わせることによって源氏を免罪化する。それが、『保元物語』や『平家物語』が描く合間の時期の源氏の動静を埋めるべく、遅れて成立してきた『平治物語』の選んだ手法であったということだ。氏の立場からすると、「王朝体制帰属意識」は結果として現れたものであるということになり、同時に日下氏のいう「ゆれ」を、後発的に生じたものと捉えることには疑問があるということにもなる。

信頼を全人格的に貶め、戯画化してゆく表現を精緻に分析した佐倉氏の論は、その高い説得力ゆえに、今後の『平治物語』研究において避けて通ることのできない重要なものとなると思う。信頼の造型は、確かに『平治物語』における最大の勘所である。ならばそれは、一方の源氏の問題と具体的にどのような形で関わるのか。信頼が徹底的に貶められている傍らで、義朝ら源氏はどのように描き出されることになるのか。その構造を問うことが、新たな課題として浮上するのではないだろうか。本節は、如上の問題に対して大まかな私見を提示してみようとするものである。

一　一類本の義朝（一）

『平治物語』に描かれる最大の戦闘は、十二月二十七日（一類本の叙述。正しくは二十六日）の大内裏・六波羅を舞台とした攻防である。それが、合戦を題材とした文学としての『平治物語』の中核をなしていることは疑いない。物語は、この日の合戦に先だって、戦場に臨もうとする信頼・成親・義朝の装束をきらびやかに描き出す。義朝については、次のようにある。

> 左馬頭義朝は、赤地の錦の直垂に、黒糸縅の介に、鍬形打ッたる五枚甲をきたりける。年三十七、その気色、人にかはりて、あはれ大将軍やとぞ見えし。黒馬に黒鞍をきて、日花門にぞひきたちたる。出雲守と伊賀守、心がはりの見えければ、義朝、「あはれ、うたばや」と思へども、「大事をまへにあてて、わたくし軍して敵に力をつけんこと、くちおしかるべし」とて、思ひ止る。[4]　（一八三頁）

ここに義朝は、物語の中で初めて活躍の場を与えられて、その武士としての姿を現してくる。これ以前に、義朝がその本領を発揮するような機会は訪れていない。右の描写からは、いま初めて「大事」に臨もうとする義朝の気概と、大将軍としての風格が伝わってくるようである。一方、義朝に並べられている信頼については、以下のようにある。

中にも、大将右衛門督信頼は、赤地の錦の直垂に、紫裾濃の鎧に、鍬形うちたる白星の甲の緒をしめ、金作りの太刀をはき、紫宸殿の額の間の長押に尻をかけてぞゐたりける。年廿七、大の男の見目よきが、装束は美麗なり、その心はしらねども、あはれ大将やとぞ見えたり。（一八二頁）

「その心はしらねども」という一句の存在が示すように、信頼はこの時点ですでに存分にその劣性を我々の前にさらしている。己の力を示す場を初めて得た武士は、「大事」の合戦を前に、すでに十分に戯画化された愚者と並び立つのである。この二人の造型は、おそらく表裏のものとして仕組まれ、物語の構造を支えている。それを明らかにし、その中で義朝がいかなる存在として立ち働くことになるのかということを問うてみたい。そのために、まずは二人が接触する最初、信頼が義朝を抱き込む場面にまで遡る。

信頼は、「文にもあらず、武にもあらず、能もなく、又、芸もなし。（一四七頁）」という人物として登場し、大将就任というおおけなき望みを抱き、打倒信西を志して義朝に誘いをかける。

源氏左馬頭義朝は、保元のみだれ以後、平家におぼえ劣りて不快者なりと思ければ、ちかづきよりて懇のこゝろざしをぞかよはしける。つねは見参して、「信頼かくて候へば、国をも庄をも所望にしたがひ、官加階をもとり申さんに、天気よも子細あらじ」と語へば、「か様に内外なく被仰候上は、とかくも御所存にしたがひて、大事をもうけたまはるべき」とぞ申ける。（一五二頁）

信頼、義朝をまねきて「(中略) いさとよ、御辺ざまとても、始終いかゞあらんずらむ。よく〳〵はからはるべきぞ」と語へば、義朝、申けるは、「六孫王より義朝までは七代なり。弓矢の芸をもつて叛逆のともがらをいましめて、武略の術をつたへて、敵軍のかたきをもやぶり候き。しかれども、去保元のみだれに、一門朝敵となりて、類輩こと〴〵く誅伐せられ、義朝一人にまかりなりて候へば、清盛も内〳〵、所存こそ候らめ。これは存じのまへにて候へば、おどろくべきにあらず。かやうに頼みおほせられ候へば、御大事にあいて便宜候はば、当家の浮沈をもこゝろみ候はん事、本望にてこそ候へ」と申せば、信頼、大によろこびて、いかものづくりの太刀一振りとりいだし、「よろこびのはじめに」とてひかれけり。（一五三頁）

ここで信頼の言葉に応じる義朝は、平家への対抗意識に火を付けられる形で、同心を決めたわけではない。平家への意識は、信頼に煽り立てられるまでもなく、確かに義朝の中にあった。だが、傍線を付したように、その義朝が、信頼との共闘という道を選ぶことを決意した直接の要因は、信頼から「内外なく被」仰」たこと、「頼みおほせられ」たことであったという。

左馬頭義朝こそ保元以来平家に世のおぼえをとッて恨み深かむなれ、語ばやと思ひ、義朝をよびよせ、憑べき由の給ば、「命を捨る事なり共たのまれたてまつるべし。」と深く契りてぞ帰ける。(5)

とあるのみの金刀比羅本（第四類）とは異なり、一類本の義朝は、信頼が企む「大事」に全てを預ける形で、「当家の浮沈」を賭けた戦いに踏み込もうとしたのだ。義朝はこのとき、自らに期待を寄せてきた信頼に、「当家の浮沈」をゆだねることを決断したのである。

二人の関係がこのような形で結ばれていることは、一類本読解の上で極めて重い意味を持つ。義朝は、信頼の「大事」に源家の浮沈をゆだねている。それは、完全なる愚者として信頼を造型し、その信頼に全ての責任を負わせようとする物語の手法と不可分の問題ではないのか。信頼はこのあと、三条殿夜討や光頼参内の場面を通じ、ことごとくその劣性を発揮してゆく。三条殿夜討に際しては多くの非戦闘員を虐殺し、「ひとへに天子の御ふるまひの如なり」（一七五頁）と僭上を極めた態度も、光頼を前にして崩れ去る。そこにどれほど「信頼像の周到で執拗で悪辣な捏造」があったかは、佐倉氏が詳細に論じられたところである。その果てに、一旦は拘束した院・主上の存在までも失って、二十七日の合戦を迎えることになるのだが、そうした叙述の過程で、義朝の存在感がほとんど読み取れないほど希薄にされているという点に、注目しなければならない。

特に、三条殿の夜討という武力沙汰にあっては、義朝の部隊は主力として働いたはずである。だが、本文には

同九日夜、丑の刻に、衛門督信頼卿・左馬頭義朝、大将として、以上その勢五百余騎、院の御所三条殿へをしよせ、四方の門々をうちかこむ。衛門督信頼、馬にのりながら南の庭にうちたち、大音あげて申けるは、「此年来、人にすぐれて御いとをしみをかうぶりて候つるに、信西が讒によつて誅せらるべきよし承候あひだ、かいなき命をたすけ候はんとて、東国がたへこそまかり下候へ」と申せば、上皇、大におどろかせ給て、「さればとよ、何者が信頼をうしなふべかるらん」とおほせもはてぬに、つはものども、御くるまをさしよせて、いそぎ御くるまにめさるべきよし、あら〻かに申て、「はやく御所に火をかけよ」と声〴〵にぞ申ける。上皇、あはてて御くるまにたてまつる。御妹の上西門院も、一御所におはしましける、同御くるまにたてまつる。信頼・義朝・光保・光基・重成・季実、御くるまの前後左右をうちかこみて大内へ入まいらせ、一品御書所におしこめたてまつる。

（一五四頁）

とあるにすぎない。「衛門督信頼、馬にのりながら南の庭にうちたち、大音あげて申けるは」以下の描写によって、信頼の姿ばかりが前面に押し出される陰で、義朝は、独自の言葉や動きを付与されることもなく、ただ名のみが記されるだけの存在となっているのである。佐倉氏はまた、この夜討で行われた

三条殿のありさま、申もをろかなり。門々をば兵どもうちかこみ、所々より火をかけたれば、猛火、虚空に満、暴風、けぶりをあぐ。公卿・殿上人・局の女房たち、何も信西が一族にてぞあるらんとて、射伏、切殺しけり。火に焼けじといづれば矢にあたり、矢にあたらじとすれば火に焼けり。矢におそれ火をかなしむるは、井の中へこそとび入けれ。下なるは水におぼれてたすからず、上なるは、造重たる殿々、はげしき風にやけければ、灰・燃杭に埋みてたすくる者もさらになし。かの阿房の炎上には、后妃・采女の身をほろぼすことはなかりしぞかし。此仙洞の回禄には、月卿雲客の命を堕すこそかなしけれ。衛門尉大江家仲・左衛門尉平康忠二人が首を矛につら

ぬきて、待賢門にぞさゝげたる。（一五六頁）

という殺戮における信頼の「暴力性」を問題視されているのだが、その「暴力性」が信頼像へとのみはね返るような叙述になっていることに、あらためて注意しなくてはならないだろう。三条殿夜討の描写が治承三年十一月の清盛クーデターや義仲の法住寺合戦から想像された幻像であることも併せて指摘されているが、それが「信頼の暴力性」をことさらに描き出すものとして構想されていても、それに加担した「義朝の暴力性」の問題には少しもなっていかないことが重要なのである。夜討のあとに行われた勧賞の除目においても

さるほどに、去九日の夜の勧賞、おこなはれける。院内をとりたてまつり、一品御書所に押しこめたてまつるよりほかは、しいだしたる事なければ、兵共をいかませんがはかりこととぞきこえし。信濃守、源重成。佐渡式部大夫なり。多田蔵人大夫源頼範、摂津守になる。前左馬頭源義朝、播磨守になる。右兵衛佐頼朝。左兵衛尉、藤原政家。鎌田兵衛政清が改名也。左衛門尉に源兼経。左馬助、やすたゞ。左馬允に為仲等也。（一六〇頁）

と、一類本では義朝らの名は、他の面々の中に混じって記されているにすぎない。その存在感は、不自然なまでに薄い。

これが、金刀本の場合、夜討に際して

信頼・義朝御所に火をかけて、「防者あらば討取。」との給ひ出せ馳ぬ。

と義朝の指示が明確にされ、除目についても

軈而除目行て、信頼は本より望懸たる事なれば、大臣の大将を兼たりき。左馬頭義朝は播磨国を給て播磨左馬頭とぞ申ける。兵庫頭頼政は伊豆国を給、出雲守光泰は隠岐国、伊賀守光基は伊勢国、周防判官末真は河内国、足立四郎遠元は右馬允になさる。鎌田次郎は兵衛尉に成て政家と改名す。今度の合戦に打勝ば上総の国を給るべき由の給けり。

とある。義朝は常に信頼と並べられ、義朝の関与は一類本よりはるかに色濃く描き出されているのである。『愚管抄』もまた、三条殿の夜討について記しているが、事件に先立って、義朝と信西の間に一族の婚姻をめぐるトラブルがあったことを述べ、「(信西は)義朝ト云程ノ武士ニ此意趣ムスブベシヤハ」と義朝の存在感をあらわにした上で夜討へと接続させている。除目についても

サテ信頼ハカクシチラシテ大内ニ行幸ナシテ、二条院当今ニテオハシマスヲトリマイラセテ、世ヲオコナヒテ、院ヲ御書所ト云所ニスヱマイラセテ、スデニ除目行ヒテ、義朝ハ四位シテ播磨守ニナリテ、子ノ頼朝十三ナリケル、右兵衛佐ニナシナドシテアリケルナリ。(6)

のように、義朝父子にのみ焦点を当てている。『愚管抄』には、鎌倉幕府成立後の将軍家の姿を遡及させたことによる義朝の過大評価があるという指摘もあるが、(7)幕府成立後の歴史観と無縁ではありえないのは、『平治物語』も同じ条件のはずだ。三条殿夜討の記事に関して、ことさらに信頼の陰に義朝を隠そうとするのは、一類本の叙述の一つの特徴なのである。

二　一類本の義朝（二）

十七日には、信西の首が入京する。

同日、出雲守光保、又内裏へまいりて、「今日、少納言入道が首をきりて、神楽岡の宿所にもちきたりて候」と申入しかば、信頼・惟方同車して、神楽岡に渡て実検す。信頼、日ごろのいきどをりをば、いまぞ散じける。

（一六一頁）

この一類本の本文に対して、金刀本には次のようにある。

出雲前司光泰、信頼に此由申せば、同十四日別当惟方同車して、光泰の宿所神楽岡へ行向て実検、必定奈れば、十五日には大路をわたし、獄門に懸らるべしと定めらる。京中の上下河原に市をなす。信頼・義朝車を立み給ふ。十五日午剋の事なるに、晴たる天気俄にくもりて星出たり。信西が頸渡けるに、信頼・義朝の車の前にて、うちうなづきてぞ通ける。

両者の差異は明瞭である。続く「光頼参内」(8)においても、信西が徹底的に戯画化される傍らで、義朝の姿は一切描かれない。話題の性質上当然のことでもあるのだが、光頼の叱咤を受けた惟方らの働きによって院・主上の脱出が行われるまで、義朝は名前を記されることさえないということには、やはり注意すべきだろう。たとえば『愚管抄』には

大方世ノ中ニハ三条内大臣公教、ソノ後ノ八条太政大臣以下、サモアル人々、「世ハカクテハイカヾセンゾ。信頼・義朝・師仲等ガ中ニ、マコトシク世ヲオコナフベキ人ナシ」。

という記述がある。ここでは義朝は、三条殿夜討後の政局を語る上でのキーパーソンの一人なのである。このような歴史叙述もありえたのだ。

一類本『平治物語』において、三条殿夜討から二十七日の開戦まで、常に信頼を中心に物語が進行し、彼を貶めることに終始するということは、その陰に、加担していたはずの義朝の存在を覆い隠すことと表裏の問題なのである。それ自体は、ごく基本的なことであるのかもしれない。しかしその結果として、義朝が二十七日の開戦を前にようやく舞台の上で活躍する機会を得たときに、すでに信頼の愚者性は存分に暴かれているという構図ができあがっていることには、十分注意をしておかなければならない。信頼の数々の失態は、彼が企てた「大事」がもはや成就する余地のないことを決定づける。全てを信頼にあずけて舞台の後方に退いていた義朝は、今日の事態を招いたことに対する責任を負うことはない。だが、そのようにして信頼一人に全てを負わせた代償は、支払わなければならない。義朝は、「当家の浮沈」を賭けた「大事」の破綻を悟った上で戦場に臨まなければならないということである。

大宮の大路に、時の声、三ケ度きこえければ、大内にも時の声をぞあはせける。紫宸殿の額の間にゐたりける右衛門督、気色・事柄、以外にかはりてぞ見えし。色は草の葉のごとく也。何のやうに立べしとも見えざりけり。人なみ〳〵に馬にのらんと立ちあがりたれども、膝ふるいてあゆみもやらず。南面のきざはしを下煩。馬のかたはらに寄りけれども、片鐙をふみたる計にて、草摺の音のきこゆるほどふるい出てのりえず。侍一人、つと寄りておし上ければ、弓手へのりこして、まッさかさまにどうど落ちたりけるを、侍、つと寄りて引立ければ、顔に沙、ひしと付て、鼻の先つきかき、血あけにながれて、まことにおめかへりてぞ見へし。侍ども、あさましながらおかしげに見るもあり。左馬頭、たゞ一目見て、臆してけりと思ければ、あまりのにくさに物もいはざりけるが、こらへかねて、「大臆病のもの、かゝる大事をおもひたちけるよ。たゞ事にあらず。大天魔のいりかはりたるを知ずして、与して憂き名をながさん事よ」と、つぶやき〳〵馬ひきよせてうちのり、日花門へぞむかひける。

（一八五頁）

この「大臆病のもの、かゝる大事をおもひたちけるよ」という義朝の言葉は、『愚管抄』の

カヽリケル程ニ内裏ニハ信頼・義朝・師仲、南殿ニテアブノ目ヌケタル如クニテアリケリ。後ニ師仲中納言申ケルハ、義朝ハ其時、信頼ヲ、「日本第一ノ不覚人ナリケル人ヲタノミテ、カヽル事ヲシ出ツル」ト申ケルヲバ、少シモ物モヱイハザリケリ。

と類似することが指摘されている。[9] ならばなおのこと、両者の文脈の違いを重視しなければならない。『愚管抄』では、院・主上を取り逃がした後の場面である。信頼に与して「カヽル事ヲシ出ツル」ことを義朝は悔いている。『平治物語』では、院・主上を取り逃がしたことに対する義朝の反応は

（信頼）「かまへて、此事、披露し給な」といひければ、成親、世におかしげにて、「義朝以下の武士共、みな存知して候ものを」とこたへければ、信頼、「出しぬかれぬ〳〵」と云て、大の男の肥ゑふとりたるが、踊上〳〵

しけれども、板敷のひゞきたるばかりにて、踊出したる事もなし。（一八一頁）

とあるにすぎない。事の重大性を認識して取り乱しているのは信頼だけである。義朝は、事態を知った後もなお、

「大事をまへにあてて、わたくし軍して敵に力をつけんこと、くちおしかるべし」（前掲）

のように、「大事」はまだ先にあると信じている。その義朝が、全てをゆだねた信頼の無様な姿を目撃するに及んで「大事」の破綻を知り、大臆病の者に与したことへの後悔を吐き捨てるのである。一類本『平治物語』において、義朝の後悔はただ信頼という人物に与したことのみに向けられている。それは当然である。

「かやうに頼みおほせられ候へば、御大事にあいて便宜候はば、当家の浮沈をもこゝろみ候はん事、本望にてこそ候へ」（前掲）

という決意をした以外に、義朝がこれまでの時点において、自らの意志で「シ出」したことなどないのだから。

敗北を招いた責任は、不覚人信頼が全て負ってくれる。それと引き替えに義朝は、「当家の浮沈」の行く末を見失うのである。そのような状況の中で、一体何のために戦えばいいのか。朝敵となった身で、仮に目先の戦闘に勝ったとしても、その先に何があるというのか。戦場に向かう大将軍として、このときの義朝はあまりにも空虚であるといわなければならないだろう。源氏の免罪化のために信頼一人に全責任を負わせるという方法が、源氏の姿をどのように描き出してゆくことになるのか、その構造を問う上で最も問題となるのは、この点なのではないか。

三　義朝の戦い

「当家の浮沈」を賭けて信頼に荷担した己の判断の誤りを悟ってしまった義朝は、その視線の先に何を見ていたのだろうか。源家の未来など、もはやいかなる形においても彼の目に映ずることはなかったのではないだろうか。せい

ぜい、

「大臆病のもの、か丶る大事をおもひたちけるよ。たゞ事にあらず。大天魔のいりかはりたるを知ずして、与して憂き名をながさん事よ」

と吐き捨てた、その「憂き名」を少しでも雪ぐような戦いぶりを示すことくらいの道しか残されていなかっただろう。戦場で、同族でありながら敵対した頼政と向かい合ったとき、二心をなじる義朝に対して、頼政は次のように答えた。

義朝、申けるは、「や、兵庫頭。名をば源兵庫頭とよばれながら、云甲斐なく、など伊勢平氏にはつくぞ。御辺が二心によりて、当家の弓矢に疵付ぬるこそ口惜けれ」と、たからかに申ければ、兵庫頭頼政は、「累代弓箭の芸をうしなはじと、十善の君に付奉るは、全く二心にあらず。御辺、日本一の不覚人信頼卿に同心するこそ、当家の恥辱なれ」と申せば、義朝、ことはり肝にあたりけるにや、其後は詞もなかりけり。（二〇三頁）

「当家」の名誉の問題を振りかざす義朝に対して、信頼に同心したことこそが「当家の恥辱」だと頼政はいうのである。その直後、戦況の悪化を理由に退却を主張する部下に対して、義朝は、

義朝、「ひかばいづくまで延ぶべきぞ。討死より外は、又、別の儀、有べからず」とて、やがてかけんとしければ、鎌田、馬より飛下、轡に取付、「是は存ずる所ありて申候ものを。御当家は、弓箭をとりては神にも通じ給へり。やうこそあるらめと天下の人は申あひて候に、平家の目の前にて、御かばねをとゞめ、馬の蹄にあてさせ給はん事、口惜かるべし。全く、御命をおしむためにあらず。敵、何十万騎候とも、懸場よき合戦なればうちはらひて、小原・静原の深山の中へはせ入、御自害候べし。若又のびぬべくは、北陸道にかゝりて、東国へくだらせ給ひなば、東八ケ国に、たれか御家人ならぬ人候。世をとらむずる大将の、左右なく御命捨られん事、後代の誇、有べし」と申せ共、なをかけんとはやりけるを、郎等あまた、鞦・胸懸、手綱・腹帯にとり付て、西へむかせて引もてゆく。（二〇四頁）

という様を演じる。「当家の浮沈」を賭けて信頼に同心した行為が、「当家の恥辱」でしかなかったことを同族の口から突きつけられた義朝にとって、もはや源家の名誉も、そのために再興を期することも、視野に入ってはいないのだ。彼の目に映っているのは、ただ「討死」だけなのである。「当家の浮沈」のために戦うはずだった義朝の意志が、すでに途絶えていることは明らかである。

義朝は絶望的に空虚な戦いを強いられている。物語は、徹底的に信頼を戯画化し、その醜態を義朝に目撃させる。「大事」の破綻を知らしめた上で、義朝を戦場に送り出す。このとき義朝は、源家の浮沈を担う者としては、すでにあまりにも空虚である。見込むべき人物を誤ったために、何の展望もない合戦を戦わねばならないのである。それは、全ての責任を信頼一人に負わせたことの代償である。その空虚さは、何物かによって満たされなければならない。信頼を戯画化し供犠とすることが、源氏の免罪のためになされたことであるならば、その結果として義朝が抱え込むことになる空虚さは、必ず埋められなければならない。免罪とは、やがて開けてゆく源家の未来のためにこそ必要とされたものであったはずだからである。結論を先取りするようだが、一類本の後半に至って肥大化してゆく源氏関連話は、まさにそのために物語に呼び込まれたものではなかったかと考える。

「文にもあらず、武にもあらず、能もなく、又、芸もなし」という信頼に「当家の浮沈」をゆだねる義朝の意志は、信頼の失脚とともに必ず断絶するように仕組まれている。だからこそ、義朝以外の人々の力が必要なのだ。物語が、義朝の敗北のあと「当家の浮沈」のためにどれだけの人たちの参画があったのかを語ろうとするのは、必然なのである。一類本が持つ「ゆれ」は、以上のようにして生じたものだと想定したい。

四　源氏関連記事の意味

現存の一類本を右のように読み解くにあたり、注目しておきたい問題がある。その端緒は、先に引用した、討死を主張する義朝に向かって鎌田が言葉をかける場面である。鎌田はここで、一旦退いて関東へ逃れ、再起を期すことを進言している。義朝は聞き入れようとしないが、部下たちに引きずられるようにして戦場を離脱した後は、関東へ向かって歩んでおり、形としては鎌田の言葉に従ったことになっている。問題は、その義朝の行動が、以下の文脈においてどのように描かれているかということである。

三郎先生・十郎蔵人は、義朝に申けるは、「いかにもして東国へ御下向候て、八ケ国の兵共はみな譜代の御家人にて候へば、彼等をさきとして、都へせめのぼらせ給はん事、何の子細か候べき。其時まで、われらも山林に身をかくして待奉り、先途の御大事には、などかあはで候べき。御なごりこそ」とて、泣々いとまをこひ、小原山の方へぞ落行ける。（二〇九頁）

常葉、なく〳〵起あがりて、「頭殿は、いづ方へとおほせられつる」と問ひければ、（金王丸）「相伝譜代の御家人共を御たづね候て、東国へと仰せられつる。片時も覚束なき御事にて候へば、いとま申て」とて、出んとしけるを……（二一一頁）

（金王丸が常葉に語る報告談中）鎌倉の御曹子をよび参らせて、「わ君は、甲斐・信濃へ下て、山道より責上れ。義朝は東国へ下て、海道よりせめのぼらんずるぞ」と仰られしかば、悪源太殿は飛騨の国のかたへとて、只御一所、山の根に付ておちさせ給ひ候ぬ。（二一七頁）

悪源太、申けるは、「故義朝が申候しは、「われ、東国へ下ッて、武蔵・相模の家人等を相具して、海道を責て上るべし」義平をば、「甲斐・信濃の勢を相語て、山道を責てのぼれ」と申しかば、山づたひに飛騨国のかたへ落行て候しかば、……（二三四頁）

義朝は、確かに東国を目指している。だがそれが、全て他人の言葉を通して描き出されているにすぎないというこ

とを重視したいのである。金刀本には、

・兵共に宣けるは、「この勢一所にてはかなふまじ。いとまとらするぞ。東国にまいりあふべし。」との給へば

……

・かの宿の長者大炊がむすめ延寿と申は、頭殿御こゝろざしあさからずおぼしめされし女也。彼がはらに夜叉御前とて十歳にならせ給御息女おはします。日来のよしみなれば、大炊が宿所へいり給。大炊・延寿をはじめて遊君共まいりて、なのめならずもてなしたてまつる。「姫はいづくにぞ。」と宣へば、乳母の女房たち、ぐしたてまつりて参りたれば、義朝みたまひ、「東国にくだりて別の子細なくは、人をのぼすべし。其時くだれよ。うたれたりときかば、後世をもとふらふべし。」と宣ひふくめて返しいれられけり。

・そのゝち悪源太と大夫進とめして、「一所にてはあしかるべし。義平は北国へくだり、越前国よりはじめて北国の勢そろへてのぼるべし。朝長は信濃へくだり、甲斐・信濃の源氏どもをもよほしてのぼるべし。義朝は東国にくだり、兵相具してのぼらんずるぞ。三手が一所になるならば、平家をほろぼし、源氏のよになさんこと何のうたがひかあるべき。」と宣へば、二人の公達、やがて奥波賀をいでられけり。

などとある。『愚管抄』にも

義朝ガ方ニハ郎等ワヅカ二十人ガ内ニナリニケレバ、何ワザヲカハセン、ヤガテ落テ、イカニモ東国へ向ヒテ今一度会稽ヲ遂ント思ヒケレバ、大原ノ千束ガガケニカヽリテ近江ノ方へ落ニケリ。

とある。こうした叙述に比して、一類本の描写は明らかに異質である。義朝の中にいかなる意志が宿り、その目がいかなる未来を見ていたのかということが、他の登場人物の言葉を通してしか表出しないのだ。敗北後の義朝が躍動するのは、信頼に対面した

義朝、あまりのにくさに、はたとにらみ、「あれ程の大臆病の者が、かゝる大事を思ひたちける事よ」とて、も

ちたる鞭をとりなをし、左の頬さきを、二打三打ぞうちにける。（二〇八頁）

という場面くらいしかない。あとはただ、人々に守られて落ちてゆくだけで、自ら運命を切り開いていこうとする姿に直接焦点が当てられることのないまま終わるのだ。

もはや義朝は、「当家の浮沈」のために彼自身が何をなしたかということを語るべき存在ではなくなっているのである。一類本の視点は別にある。重要なのは、義朝が何をなしたかではなく、彼の存在に触れ、その言葉を聞いた者たちが何をなしたかということではなかったか。義朝の意志が、他人の言葉を通してしか表現されないのは、そのためではなかったかと考えてみたいのである。そのように考えれば、義朝の最期が、金王丸の報告談という形でしか描かれないということにも、一定の意味を認めることができるだろう。義朝の最期を伝え聞いた常葉は、義朝の遺児とともに生きる。常葉に抱かれていた義経は、成長して父の意志を継ぐ決意をする。

「わが身のありさまをおもふに、清和天皇より十代（中略）伊予守、相模守にて有し時、奥州の貞任・宗任を九ケ年の間責給に、其功ならざりしかば、八幡殿、奥州に下向して、後三年の合戦にうち勝て出羽守になされたりし、其時の如にわれも成て、父義朝の本望を達せん」とぞ思ひける。（二七六頁）

義経は、義朝の「本望」を継いでいる。「甲斐・信濃の勢を相語て、山道を責てのぼれ」と告げられた義平は、死してなお雷となって復讐を遂げるまで行動をやめなかった。その姿は、怨霊になることもなかった義朝と、対照的でさえある。義朝とはぐれて捕縛された頼朝も、

兵衛佐、心に思けるは、「八幡大菩薩おはしましけり。命だにたすかりたらば、などか本意をとげざらむ」と、いつしか思けるぞおそろしき。（二五一頁）

という意志を抱いている。「当家の浮沈」を賭けた義朝の意志の断絶がもたらした空虚さを埋めるように、他の人々の存在が入り込んでくるという構図が、ここにある。「当家の浮沈」は、彼らによって担われたのだ。

五　終結部への視点

かつて鈴木則郎氏は、「当家の浮沈をもこゝろみ候はん事、本望にてこそ候へ」と述べて信頼に加担する一類本の義朝の姿を、「意志的な姿勢」と評された。[10] それに対して日下力氏は、主として物語後半部の用例を中心として、「義朝像の意志的姿勢」は金刀本のほうが遥かに増していることを指摘され、批判的な立場をとられた。[11] 確かに、一類本の義朝を「主人公」と認め、その存在を物語の「骨格」と見ることには、日下氏のような批判がありえよう。それでも私には、両氏の説が根本的に対立するもののようには思えない。義朝は、確かに自らの意志で、源家の浮沈を信頼にゆだねることを選択した。そうして預けた未来が信頼の醜態とともに崩壊したとき、全ての展望も意志も失ったということではないのか。

それゆえにこそ、義朝以外の多くの人の参画によって源家の運命が保たれていったことが、語られなければならないのである。現存の一類本の後半部が、特に源氏関係話をめぐって繰り返し増補を経ているという蓋然性は高いが、少なくとも、物語の終幕において

九郎判官は二歳のとし、母のふところにいだかれてありしをば、太政入道、わが子孫をほろぼさるべしとは思はでこそ、たすけをかるらん。今は、かれが為に、累代の家をうしなひぬ。趙の孤児は、袴の中にかくれ泣かず。秦のいそんは、壺の中に養れて人となる。末絶えまじきは、かくのごとくの事をや。（二九二頁）

と、絶えることのなかった源家の未来を見つめる視座は、義朝に、不覚人信頼に向かって「かやうに頼みおほせられ候へば、御大事にあいて便宜候はば、当家の浮沈をもこゝろみ候はん事、本望にてこそ候へ」と言わせたときから、すでに用意されていたはずだ。

（1）『平治物語の成立と展開』前篇第二章第一節（一九九七年、汲古書院。初出一九七〇年）。
（2）『平治物語の成立と展開』前篇第四章第一節（初出一九七九年）および第二・三節など。なお、同氏の『平治物語』論は、『古典講読シリーズ　平治物語』（一九九二年、岩波書店）や新日本古典文学大系『保元物語　平治物語　承久記』解説（一九九二年、岩波書店）などでも再説されている。
（3）『軍記物語の機構』第六章（二〇一一年、汲古書院）。
（4）引用は岩波新日本古典文学大系により、（　）内に頁数を示す。
（5）引用は岩波日本古典文学大系による。
（6）引用は岩波日本古典文学大系による。
（7）元木泰雄氏『保元・平治の乱を読みなおす』（二〇〇四年、ＮＨＫブックス）。
（8）当該記事の虚構性については、日下氏『平治物語の成立と展開』前篇第五章第一節、および『古典講読シリーズ　平治物語』三二頁以下など。
（9）日下氏『平治物語の成立と展開』前篇第二章第三節（初出一九七三年）、および『古典講読シリーズ　平治物語』八三頁。
（10）「『平治物語』初期本についての一考察―陽明文庫本上巻を中心に―」（『文芸研究』第八十号、一九七五年九月）。
（11）『平治物語の成立と展開』後篇第三章第二節（初出一九七六年）。

初出一覧

序章　新稿

第一部

第一章

第一節　「屋島合戦譚本文小考」（中世の文学『源平盛衰記（五）』附録。二〇〇七年十二月、三弥井書店）をもとに、大幅に加筆。

第二節　「延慶本『平家物語』「横笛」説話の一側面」（『國學院雑誌』第一〇八巻第四号、二〇〇七年四月）。

第三節　「延慶本『平家物語』における平頼盛像の一側面」（『国語国文』第七十七巻第十二号、二〇〇八年十二月）。

第二章

第一節　「屋代本『平家物語』における維盛関連記事の形成」（『東京大学国文学論集』第六号、二〇一一年三月）。

第二節　「屋代本『平家物語』試論――前半部の物語構造をめぐって」（『国語と国文学』第八十二巻第十号、二〇〇五年十月）。

第三節　「『平家物語』語り本の形成――巻六の叙述を中心に」（『国語と国文学』第八十八巻第六号、二〇一一年六月）。

第二部

第一章（第一節・第二節）

「『平家物語』巻八〈宇佐行幸〉とその前後」（『古代中世文学論考』第十七集、二〇〇六年四月、新典社）に、「読み本系『平家物語』の流動に関する一試論――『源平闘諍録』巻八之上を窓として」（科学研究費補助金研究成果報告書『『源平闘諍録』を基軸とした古代中世東国をめぐる軍記文学の基礎的研究』（基盤研究（C）・19520133）、二〇一〇年三月、群馬大学）で得られた成果を加味して加筆、修正。

第二章
第一節　「「断絶平家」をめぐる一考察」（『東京大学国文学論集』第一号、二〇〇六年五月）。
第二節　「延慶本『平家物語』終結様式の位相」（『国語と国文学』第八十五巻第十一号、二〇〇八年十一月）。
第三節　新稿
第四節　「覚一本『平家物語』終局部の構造」（『国語と国文学』第八十三巻第九号、二〇〇六年九月）。
第五節　新稿

終章
第一節　新稿
第二節　新稿

右に記した以外にも、全体の統一性のために、加筆・修訂を行った箇所がある。

あとがき

本書は、平成二十一年十一月に東京大学に提出した、博士学位審査論文に基づいている。自分の書いてきたものが一書にまとまるということの実感も自信もなかなか涌かないが、それでもあとがきとして記すことがあるとするなら、これまで私を導いてきてくださった方々への感謝の言葉以外にない。

『平家物語』の勉強を続けたいという気持ちの他にこれといった展望もないまま大学院に進学したとき、研究室には中世文学の先生がお二人いらっしゃった。散文は小島孝之先生から、韻文は渡部泰明先生から、同時にお教えを受けることができた。研究の世界に踏み込んだ始めにこのような環境に身を置くことができたのは、今思えば夢のように贅沢なことであった。毎回の演習での白熱した議論は、進学したばかりで右も左もわからない私にとって、極めて刺激的だった。研究の世界に引き込まれることになったきっかけが、そのときの体験にあったことは間違いない。博士課程への進学も、あまり迷うことなく決断した。小島先生のご退職ののちは、渡部先生を指導教員として仰いだ。単位取得退学してからは、松尾葦江先生の研究室に日本学術振興会特別研究員として一年間お世話になった後、助教として東京大学に二年間勤務した。

そんな恵まれた環境の中で、ぼんやりと先輩たちの背中を追いかけるということに慣れすぎていたのかもしれない。博士課程の半ばを過ぎてからも、心のどこかで博士論文なんてまだまだ先のことだと思い続けていた。その時その時で関心を持った題材についていくつかの文章を書くことはあったが、やがてそれらを一つの形にしなければならないということは、あまり考えなかった。あらためて本書の初出一覧を見ても、足もとのおぼつかない歩みだったことがよくわかる。先生方が勧めてくださることがなかったら、出版など考えもしなかっただろう。そのようにしてまとめたものの中に何らかの統一性を見出しうるとすれば、その根幹にあるのは、『平家物語』を読むことが好きで、その作品に内容の異なる多くの諸本があるという事実に惹かれ続けてきたということに尽きるのだろうと思う。そのために、昨今の研究状況と比べれば多少なりとも毛色の違うものになっているかもしれない。

初対面の軍記研究者に、『平家物語』の研究をしていますと自己紹介をすると、何本をやっているのですかと聞き返されることがある。明確な答えはいまだにできない。学会などでよく目にするような、新しい資料を見つけ出した経験もない。忸怩たる思いがなかったわけではないが、今は少しだけ開き直ってみたいとも思っている。自分が『平家物語』に魅了されてきた一人であり、国文学の世界に入門してから今まで、教わり学んできたことのひとまずの成果が本書であることには違いないからである。お教えを賜った先生方への感謝の思いは尽きることがない。

本書が成るにあたっては、東京大学出版会の山本徹氏に、ひとかたならぬお世話になった。常に的確なご指導・ご助言をいただけたことは、何かにつけてためらいがちになる私にとって、この上ない励ましだった。この場を借りて御礼申し上げる。

なお、本書は独立行政法人日本学術振興会平成二十四年度科学研究費補助金（研究成果公開促進費）の交付を受けて刊行される。記して、謝意を表する。

平成二十四年十一月十五日

原田敦史

索　引

さ　行

た　行

な　行

は　行

ま　行

や　行

著者略歴

1978年　埼玉県生まれ
2001年　東京大学文学部卒業
2004年　東京大学大学院人文社会系研究科修士課程修了
2009年　東京大学大学院人文社会系研究科博士課程単位取得退学
日本学術振興会特別研究員（PD），東京大学大学院人文社会系研究科助教を経て
現　在　岐阜大学教育学部准教授

主要著書・論文

「屋代本『平家物語』〈大原御幸〉の生成」（『平家物語の多角的研究　屋代本を拠点として』2011年，ひつじ書房）
「『承久記』諸本論の検証―流布本と前田家本の関係をめぐって―」（『國學院雜誌』第113巻第9号，2012年9月）
『校訂延慶本平家物語（十一）』（共編，2009年，汲古書院）

平家物語の文学史

2012年12月25日　初　版

［検印廃止］

著　者　原田敦史《はらだあつし》

発行所　一般財団法人　東京大学出版会
代表者　渡辺　浩
113-8654　東京都文京区本郷7-3-1 東大構内
http://www.utp.or.jp/
電話 03-3811-8814　Fax 03-3812-6958
振替 00160-6-59964

印刷所　新日本印刷株式会社
製本所　誠製本株式会社

ISBN 978-4-13-086044-4　Printed in Japan